이 책은 미국 아마존에서 출간한
《판도라 비밀 상자에 숨겨진 인연》책 표지입니다.

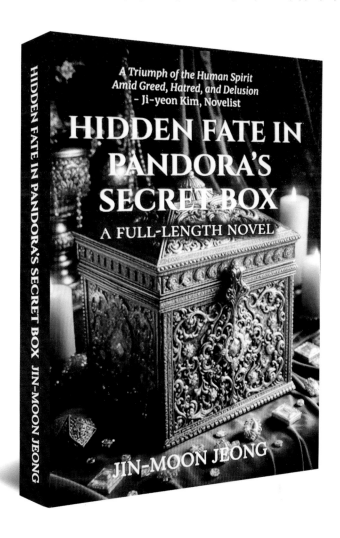

A Triumph of the Human Spirit
Amid Greed, Hatred, and Delusion
- Ji-yeon Kim, Novelist

HIDDEN FATE IN PANDORA'S SECRET BOX

A FULL-LENGTH NOVEL

JIN-MOON JEONG

이 책은 미국 아마존에서 40여개 국어로 번역되어 전자책과 종이책으로 만들어져 전 세계인이 읽어볼 수 있게 만든 책입니다.

This book has been translated into over 40 languages on Amazon in the United States and made available as an e-book and paper book for people around the world to read. (영어)

本書已在美國亞馬遜上被翻譯成40多種語言，並以電子書和紙本書的形式提供給世界各地的人們閱讀。(중국어)

Ce livre a été traduit dans plus de 40 langues sur Amazon aux États-Unis et mis à disposition sous forme de livre électronique et de livre papier pour que les gens du monde entier puissent le lire. (프랑스어)

Dieses Buch wurde auf Amazon in den USA in über 40 Sprachen übersetzt und als E-Book und gedrucktes Buch für Menschen auf der ganzen Welt zum Lesen bereitgestellt. (독일어)

この本は、アメリカのアマゾンで40以上の国語に翻訳され、電子書籍や紙本で作られ、世界中の人々が読むことができるようにした本です。(일본어)

Эта книга переведена на более чем 40 языков на Amazon в США и доступна в виде электронной и бумажной книги для прочтения людьми по всему миру. (러시아어)

40여 개 국어로 번역되어 아마존에서 판매하고 한국어책은 정은출판에서 출간하여 〈교보문고〉, 〈영풍문고〉, 〈알라딘〉, 〈예스24〉 등 인터넷망에서 판매합니다.

판도라 비밀상자 속에 숨겨진 인연
Hidden Fate in Pandora's Secret Box

초판 1쇄 발행 2025년 5월 7일

지은이 정진문
펴낸이 노용제
펴낸곳 정은출판

출판등록 제301-2011-008호
주소 (04558) 서울특별시 중구 창경궁로1길 29, 304호
전화 02)2272-9280   팩스 02)2277-1350
이메일 rossjw@hanmail.net
홈페이지 www.je-books.com

ISBN 978-89-5824-518-6 (03810)
값 16,000원

* 출판을 원하시는 분들의 투고를 환영합니다.

판도라 비밀상자 속에 숨겨진 인연

Hidden Fate in Pandora's Secret Box

정진문 장편소설

졍흘판

인연因緣은 선善과 악惡을 동시에 가진 인간끼리의 만남이다. 그러므로 인연因緣이란 판도라 가슴속에 숨겨진 비밀 상자이다. 그 속에는 지옥의 재앙도 있고 천국의 큰 선물도 들어있다. 판도라의 비밀 상자 속에 든 인연은 예측 불가 인간의 운명과 함께한다. 신이 아닌 한 그 판도라의 비밀 상자를 미리 열어 볼 수는 없다. 인연이 있다면 멀리 있어도 만나는 것이며 인연이 없다면 가까이 있어도 만나지 못하는 것이다. 옷깃만 스쳐도 인연이라지만, 스쳐 가는 인연이라면, 그냥 지나쳐야 한다. 우연히 맺어지는 인연도 소중하지만, 인연은 깊이 통찰해 보고 맺어야 한다. 잘못 만난 인연은 한순간에 자신도 모르게 집착에 빠져들어 에고(Ego)로 바뀔 수가 있는 것이다.

떠난 인연을 다시 만들려는 것은 어리석음이고. 집착의 에고는 내 인생을 망칠 수도 있는 것이다. 어떤 인연도 영원한 것은 없다.

많은 책을 읽으면 슬기로워지고 지혜가 생길 것이다. 그러면 좋은 인연을 가려 만날 수가 있을 것이다. 서로의 신뢰信賴에서 일어난 인연은 선善의 꽃을 피우는 것이다. 그것은 바로 나의 행복이 되는 것이며, 내 이웃도 내 행복에 꽃의 향기를 맡을 수가 있는 것이다.

2025년 4월
저자 정진문

탐욕, 증오, 그리고 망상 속에서 인간 정신의 승리

김지연(소설가)

　정진문 작가는 일흔이라는 나이에 『낚시꾼을 고소한 우럭』을 출간하며 문단에 데뷔했습니다. 그가 쓴 여섯 권의 장편 소설들은 한국 문단의 주목을 받게 했습니다. 작가들이 흔히 어린 시절의 기억과 사춘기 시절의 사랑을 학문적으로 다듬어진 시적 또는 철학적 표현으로 엮어내는 전통적인 방식과 달리, 작가 정진문은 다른 길을 선택했습니다. 그는 젊은 시절의 영감이 아닌, 온전히 살아온 삶에 글을 쓰기 시작했습니다. 수십 년간의 고난과 인내로 형성된 기억과 성찰의 물줄기를 쏟아낸 것입니다.

　그의 인생과 지난한 삶의 궤적들이 팔순에 이르러 마치 작가의 결정판이듯 「판도라 비밀상자 속에 숨겨진 인연」이란 장편 소설로 세상에 나왔다.

　인연이란 무엇인가를 주인공 병호의 삶을 그린 작품입니다. 가난하게 태어난 것은 내 죄가 아니었다. 그러나 그것은 참고 견뎌야 할 인연 속으로 들어갔다. 단순하고 성실한 성격의 그는 강간 혐의로 3년간 억울하게 옥살이를 하게 되었다. 부당한 수감 기간 주인공인 병호는 30권이 넘는 고전 문학 작품을 읽고, 가장 강인한 범죄자들조차 '스승'으로 부르며 그의 겸손함을 보여주었습니다. 이는 그의 내면적 변화에 대한 열망을 보여주는 증거였습니다. 화자의 지혜와 수감자들의 범죄, 심리 상태, 심지어 범죄 수법까지 생생하고 통찰력 있게 묘사된 이 작품은 범죄학 연구서로도 손색이 없을 만큼 생생합니다. 병호가 자신의 수감 생활 중 읽은 많은 책은 "하버드 대학에서 얻은 교훈"이라고 묘사하는 것도 무리가 아닙니다. 이 표현은 독자들에게 분명 공감을 불러일으킬 것입니다.

석방 후 어머니를 찾았으나 오직 하나, 외아들을 기다리다 지친 어머니는 조현병 환자가 되어 있었다. 살기 위한 투쟁은 시장에서 짐꾼으로 일을 시작했다. 그러나 어머니는 조현병으로 비극적인 죽음을 맞이합니다. 그 후 마사지 치료사, 고철 수집가, 그리고 결국 보석 중개상으로 일했습니다. 그는 확고한 의지로 재정적 독립을 이루고 자신에게 잘못을 저지른 사람들을 상대로 끝까지 포기하지 않고 정의를 추구하기 시작했습니다.

이제 80대의 그는 그것이 자기의 문학적 대작이라 할 만한 작품으로 돌아왔습니다. 판도라의 비밀 상자에 숨겨진 운명은 그의 놀라운 삶의 궤적을 담아낸 장편 소설입니다. 거의 440페이지에 달하는 이 책은 약 80%의 생생한 경험과 20%의 허구적 스토리텔링을 혼합했습니다. 그 결과, 이 작품은 활력, 감정, 그리고 서사적 힘으로 가득 차 있습니다.

복잡한 인간성으로 가득한 이 세상에서 우리는 기쁨, 슬픔, 사랑, 고통을 가져다주는 관계와 사건들에 얽혀 있습니다. 선과 악은 종종 불안한 조화 속에 공존하며, 인간의 조건과 불가분의 관계를 맺고 있습니다. 우리는 정도의 차이는 있지만, 욕망, 분노, 무지의 굴레에 갇혀 있지만, 용서와 연민을 통해 개인적인 구원의 길을 찾을 수 있을지도 모릅니다. 정진문 작가의 타고난 선함은 압도적인 역경 속에서도 그러한 은총이 가능하다는 것을 보여줍니다.

팔순 노령의 작가이기보다 열정적 청년의 장대한 저력이 넘쳐나는 정진문 작가의 건필, 건투를 기원합니다.

차례

1부) 선善도 악惡도 가난도 인연因緣이었다

2부) 감옥 죄수들과의 인연

1부

선善도 악惡도 가난도
인연因緣이었다

1
어머니 내 어머니

"어머니를 찾아야 한다!", "나의 어머니를 찾아야 한다!"

어머니를 찾는다는 것은 바닷가 백사장에서 바늘 찾는 일이 될지도 모른다. 그러나 "나의 어머니가 살아만 계신다면, 전국을 다 뒤져서라도, 어머니를 찾아야 한다." 그것은 인륜(人倫)이고, 천륜(天倫)이며 어머니의 은혜를 죽을 때까지라도 내 정성을 다하여 갚아야 하기 때문이다. 감옥에서 나와 본 세상은 땅을 치고 울어도 소용없는 어찌할 수 없는 무수저의 고통이었고, 내가 감내해야 할 세상이었다. 처절히 고민하는 나의 뇌 속에 번갯불이 뚫고 쳐들어왔다. "시작이 반이다." 그렇다! 시작하면 언젠가는 어머니를 찾을 수 있을 것이다! 1975년 8월 17일, 눈에 휘등잔만한 불을 켜고 어머니를 찾아 나섰다. 밤낮을 가리지 않고 어머니가 살던 집 부근의 식당 밀집 지역. 또, 남대문. 시장 일대의 식당가를 뒤지고 다닌 지가 나흘이 지나갔다. 초조한 마음은 어머니의 그림자라도 보았으면 하는 심정이었다. 그러나 나흘 동안 어머니 그림자도 구경하지 못했다. 지친 몸은 오두막집으로 들어와 그냥 고목 쓰러지듯 쓰러져 잠을 잤다. 오늘은 동대문 시장 식당가를 뒤지기 시작했다. 10여m에 있는 음식물 쓰레기통을 향해 걸어가는 봉두난발(蓬頭亂髮)을 한 여인의 걸음걸이와 모습이 낯설지 않다. 저 여인이 혹시 내 어머니? 아니겠지! 그를 가까이 쫓아가며 보니, 몸에 걸친 다 헤진 옷은, 찌든 때 국물에 절여 놓은 것만 같다. 그런 옷을 입은 사람을 본 것은 6·25 때 보고는 처음 본다. 나는 그 여인을 향해 뛰어가 그의 앞에 섰다. 그의 얼굴을 보고는, 나는 벼락에 맞아 감전된 듯 땅에 푹 주저앉았다. 그토록 애타게 찾아 헤매든, 어머니였다. 그는 3년 전의 어머니 모습이 아녔다. 어머니를 찾아 헤매던 첫날, 고향 이웃에 살던 한 노인이,

"너희 어머니 미쳤다 하던데 집에는 있든가?"

아! 믿고 싶지도 않던 그 말이, 사실이라는 것이 확인된 순간이었다. 노숙하며 세수도 안 했는지, 진한 갈색이 된 얼굴은 몰라볼 정도로 수척해 있었다. 사랑과 고뇌와 환희가 뒤섞인 내 심장은 멈춘 것 같았다. 천둥이나 쳐야 심장이 살아날 것 같았다. 천둥이 쳤다. 그것은 어머니의 목소리였다.

"댁은 누구요?"

이 극적인 모자의 만남은 삼 년이라는 통탄할 눈물겨운 세월이 있었다. 목이 메어 어머니 소리도 빨리 나오지 않았다. 큰 숨을 쉬고서 일어나 "어머니"하고는 껴안았다. 그리고 오열(嗚咽)했다. 어머니는 누구냐는 듯. 나를 쳐다보더니, 있는 힘을 다해 나를 밀쳐 냈다. 어머니 힘이 그렇게 센 줄은 정말 몰랐다. 어머니가 저렇게 되신 것은 내 탓이다! 징용으로 일본 탄광에 끌려갔던 아버지는, 폐병이 걸려 귀국하여서 돌아가셨고, 여동생 하나마저 아버지 폐병에 전염되어 죽었다. 단 한 점 핏줄인 내가 죄도 없이 감옥에 가자, 어머니는 몇 년 동안 우울증이 심해 조현병이 된 것이다. 심장이 떨리며 명치 끝이 저려

와 숨이 막힌 것만 같았다. '어머니 죽지 않고 살아있어 주셔서 고맙습니다. 감사합니다.' 그 말은 내 가슴에 반응이었을 뿐 말은 나오지도 않았다. 한숨을 더 크게 한 번 더 쉬고서

"어머니"

하자. 어머니는

"나 데려다주러 왔지?"

"네? 어머니 저는 병호입니다. 이병호입니다."

눈물이 앞을 가리고 목이 메어 말도 잘 나오지 않았다. 어머니는 감옥에서 얻어맞아 눈꺼풀이 내려앉고, 몸이 바싹 말라 쪼그라든 나를 쳐다보며. 고개를 갸웃거렸다. 내가 아들인 병호가 아니라고 결론을 내린 모양이다.

"병호는 요단강 건너갔대. 요단강 건너가면 우리 아들 병호 만날 수 있을 거야. 나를 그곳으로 좀 데려다줘."

"어머니 내가 병호입니다. 이병호."

큰소리를 지르자, 어머니는 또 고개를 갸웃거리며 나를 자세히도 쳐다본다. 목소리는 귀에 익은 목소리였을 것이다. 그래도 나에게 바로 다가오기가 쉽지는 않은지 온 힘을 다해 밀쳐 낸 나를 물끄러미 쳐다만 보고 있다. 나는 지금 이것저것 따지고 있을 때가 아니다. 어머니는 배가 고플 터이니 밥을 먹여드려야 한다. 어머니는 한 끼니를 해결하기만 하면 조현병으로 집을 찾아갈 수도 없었을 것이니 잠잘 곳도 걱정이 됐을 것이다. 어머니는 나를 요리조리 자세히 한 번 더 쳐다보셨다. 나를 목소리로 알아본 것 같다! 그것은 눈물로 범벅된 내 가슴에 슬픔이며 기쁨이었다.

가난하게 태어난 것은 내 죄가 아니었다. 그러나 가난은 내 평화와

15

자유를 박탈하고 항거할 수 없는 징역 삼 년이라는 거대한 누명의 허리케인(Hurricane) 속으로 처박아 곤두박질을 치게 했다. 나에게 닥친 그 저항 할 수 없는 거대한 운명의 힘을 어떻게 헤치고 나가야 할까? 나는 맘속으로 흐르는 눈물을 가슴에 묻고 이를 갈며 가슴을 안정시켰다. 경찰, 검찰, 판사도 인정할 수밖에 없는 기망(欺罔)의 올가미를 씌운 자는 소꿉친구였다. 그 사건은 죄가 없는 나를 입학금이 필요 없는 학교에 들여보내 공짜 밥을 먹게 했다. 내가 굶어 죽지 않게 밥을 주었으니 참 고마운 학교지만, 그 학교는 보통 학교와는 다른 세상의 학교였다. 내가 꿈에도 모르던 것을 배웠던 곳이니, 세계 최고의 명문 하버드 대학교보다도 더 좋은 학교가 아닌가? 그러나 두 번 다시 가라면 아마도 자살하고 말 것이다. 내 사건을 두고 감옥 사람들은 무전 무죄, 유전 무죄라고 했다. 이제 "내가 살아야 하는 이유," 그것은 내 어머니의 정신을 파괴하고 내 삶을 엉망진창으로 만들어놓은 자들에게 복수하는 것이다.

2
나는 소꿉친구를 왜? 하늘과 같이 생각했을까?
그것은 어릴 적 추억과 군인 시절의 추억이 만든 결과였다

1) 초등학교에서의 첫 인연(因緣)

김유창이와 나는 초등학교 1학년 때 한 책상에서 공부하는 짝꿍이 됐다. 그와 내가 만난 어린 시절의 첫 인연(因緣)이었다. 우리 집은 가난했지만 바로 이웃 동리에 사는 유창이네 집은 머슴이 세 명이나 있는 부자였다. 그는 초등학교 시절 내내 나에게 번데기, 붕어빵, 국화빵, 비과 또는 사탕을 항상 주는 사람이었다. 또한, 씹던 껌도 내가 달라면 찍 늘여서 반쯤을 잘라주기도 했다. 어린 마음에도 공짜로 자꾸 얻어먹어서는 안 된다는 생각이 들었다. 초등학교 4학년이 되자, 내가 그에게 해줄 수 있는 것은 없나 생각했다. 늦가을 콩밭에 가서 찰마구리(큰 개구리의 일종)를 잡아다가 다리를 잘라 구워서 신문지에 싸서 줬다. 메뚜기 철에 메뚜기를 잡아 볶아다 줬다. 늦가을 시제 철에는 산소를 쫓아다니며, 몫을 받아다 숨겨두었다가 유창이에게 주었다. 그런 것들이 내가 유창이에게 해줄 수 있는 초등학교 때 최상의 일이었다.

초등학교 졸업식 날 졸업식장에 말을 타고 온 유창이 아버지는 무릎까지 올라오는 붉은 가죽 장화를 신고 번쩍번쩍 빛나는 금빛 견장을 단 경찰복에 말 채찍을 든 기마대 순사(경찰)였다. 유창이 아버지는 타고 온 말을, 운동장 나무에 묶어 놓고, 선생님들과 이야기를 했다. 콜록거리며 힘든 농사를 짓는 아버지를 생각하며 나는 단짝 유창이에게 상상도 하지 못할 초라함을 가졌었다.

시험제인 중학교에 갈 때 각자 가는 학교가 달라져 만나기가 어려워졌으나 항시 보고 싶은 친구였다. 중학교 때 만난 유창이는 아버지가 중학교 1학년 때에 훈련 중 말에서 낙상하여 목이 부러져 죽었다고 했다. 내가 중학교 3학년 때인 가을에 나의 아버지도 폐병으로 돌아가셨다. 어머니는 아버지 제사를 정성껏 모셨다. 유창이 그가 고등학교에 가자 만남은 끝이 났다. 나는 고등학교는커녕 중학교 졸업 후 따비밭 500여 평이 전 재산인 집에서 어머니 농사일을 거들어 드려야 했다. 그 후 유창이는 00 대학교에 들어가 학군단(ROTC)에 들어갔다. 나는 군대에 갈 때 우리 집은 왜? 아버지 어머니 친척이 한 사람도 없는지 궁금하여 어머니에게 물어보았다. 그것은 군인을 간다고 친척들에게 나 이웃에 인사하러 가면 "전쟁터에 가니" 하며 돈을 주머니에 넣어주는 게 관례이었기에서였다. 어머니는 아무런 대답도 하지 않았다.

2) 육군 이등병의 추억

나는 1965년도 11월에 논산훈련소로 입영을 했다. 오전 5시에 나팔 소리가 나니 "기상" 소리가 나며 곡괭이 자루를 든 내무반장이 기상나팔 소리보다도 더 크게 지르기 시작한다. "침상에 모포는 각이 지도록 개어서 관물함에 정리해라. 1분단 다섯 명은 식당에 가서 밥 타와. 시간이 없어 "빨리빨리 해" 처음으로 당하는 생소한 군인 생활 첫날이다. 내무반장이라는 기간병은 꾸무럭대는 훈병들 등짝을 사정없이 곡괭이 자루로 패며 설쳐대니 정신이 하나도 없다. 훈병들은 내무반장이 무섭기만 했다. 1개 소대 병력 40명에게 주는 밥은 식통을 꽉 차게 밥을 줘도 모자랄 판인데 식통에 5분에 4쯤 준다. 식사 당번이 그것을 가져다가 나누어서 40명의 밥그릇에 담아주면 밥은 중간이 폭 들어가게 퍼줘야 한다. 얇은 군용식기 그릇에 4분의 3도 안 된다. 훈병은 식사 배급 시간이 되면 배식이 다 끝나기 전까지 수저를 밥그릇이나 국그릇에 대면 안 된다. 그것은 식사량이 모자라면 배식된 식기에서 또 덜어서 다른 그릇을 적당히 채워야 하기 때문이다. 내 식기에서 밥을 덜어가면 내 살을 떼어가는 것만 같을 때가 그때였다. 오전 6시가 되자, "중대 연병장으로 집합." 그야말로 오줌 누고 자지 볼 시간도 없다. 아침저녁 구보로 2km를 뛰고 나면 뱃가죽과 등가죽이 붙어있는 것만 같다. 배가 고프니 돌려가며 하는 식사 당번으로 가 보았던 식당 밥솥에 붙어있는 누룽지가 생각이 난다. 어떻게 하면 그 누룽지를 훔치러 갈 수가 있을까? 옆 사람과 작당을 했다. 훈병들이 다 피곤하여 잘 때, 변소를 가는 척하고 옆에 훈병과 두 사람이 식당으로 몰래 잠입하였다. 밥솥 옆은 따뜻하니 취사병이 잠을 자고 있다. 솥을 여니 드르릉 소리가 천둥 치는 소리만 같았다. 도망하다가 둘 다 붙들렸다. 곤욕을 치른 것은 말할 필요가 없다. 훈병들은 다 배가 고프다. 그러니 돈이 있는 훈병은 훈련 시간 중 "휴식"하고 호루라기 소리가 나면 간이 변소로 쫓아간다. 간이 변소 그곳은 일반인인 이동 주보라 불리는 사람들이 들어올 수가 있는 군인 훈련장과 마을 경계에 붙어있는 곳이다. 간이 변소라는 곳은 기름을 넣고 버린 빈 드럼통 위에 나무판자 두 개를 올려놓은 곳이 30여 개가 있다. 간이 변소는 누가 그랬는지 앞쪽은 나무판자가 다 떨어져 나갔다. 10분간 휴식 시간이든 점심시간이든지 그저 이동 주보들이 간이 변소로 쫓아온다. 그러면 이동 주보들은 자동으로 남자 성기를 총천연색 시네마스코프로 보게 돼 있다. 이동 주보 중에는 처녀들도 많았다. 고구마를 5원에 몇 개를 줄 것인가가 중요하지, 배고픈데 그놈의 남자 성기는 이동 주보가 보거나 말거나가 된다. 큰 것은 5원에 두 개이니, 10원을 주면, 다섯 개를 줄 거냐고 흥정을 한다. 조금 더 작은 고구마 한 개를 받는 흥정에 성공하면 기분은 최고로 좋다. 휴식 시간인 10분 동안 고구마를 다 삼키지 못한 병사는, 명령 불복종 죄, 벌을 받아야 했다. 사제를 사 먹었다고 기간병에게 작은 곡괭이 자루로 등짝을 얻어맞는다. 그리고 원산폭격까지 해야 한다. 얻어터지고 원산폭격을 시켜도, 배고픈 훈병은 고구마를 사 먹는다. "먹고 죽으면 때깔도 좋다." 하며 배가 부른 훈병은 헤헤거리기도 했다. 그렇게 36일의 지옥 같은 기본 훈련을 받으면 이등병 계급장을 옷에 꿰매라고 준다. 그 지옥 같은 훈련에서 배고파 쓰러져 죽지 않은 것만 해도 큰 다행이었다. 작대기 하나 이등병 그 계급장을 옷에 달면 마음마저 뿌듯했고 자랑스러웠다. 집에서 편히 살다가 지옥을 맞본 6주간의 훈련이 얼마나 힘이 들었든지 새로 들어오는 장병들이 불쌍하게 보였다. 그래도 제일 궁금한 것은 어디로 발령이 날 것인가였다. 훈련을 받고 제대할 때까지 있어야 하는 자대 배치 명령을 받으면 거기서 입대자는 천국과 지옥이 갈린다. 제대할 때까지 있어야 하는 자대 배치는 중대본부에 사무직으로 발령을 받으면 그곳은 천국이다. 천국에 근무병은 옷도 좋고 먹는 것도 좀 자유스럽다. 소총 소대로 발령을 받으면 그것은 지옥이다. 그것은 또 훈련소같이 배가 늘 고프기 때문이다.

  3) 기네스북에 오를 만한 신병 신고식의 추억

  빽이 없는 나는 논산 훈련소에서 춘천 제103 보충대로 발령이 났다. 그리고 이틀 후 제대할 때까지 있어야 하는 0사단(00부대) 수색 중대 1중대 3소대로 발령받았다. 늘 훈련하며 사단 경계근무까지 하는 부대이다. 그곳은 또 배가 항상 고플 것 같다. 훈련소 36일도 지겨웠는데 나는 어떻게 3년을 여기서 버티나……. 눈앞이 캄캄했다.
  배고픈 나에게 15일 동안 끼니때마다 식권 한 장을 더 얻어 주던 선임 하사는 내 맘에 천사였다. 그리 친절하게 대해 줬던 선임 하사가 말을 했다.
  "오늘 이병 이병호 신고식을 일석점호 후에 한다."
  이등병인 나는 신고식이 무엇이고 어떻게 하는지도 모른다. 신고식을 시작한다는 시간은 일석점호가 끝난 오후 8시였다. 선임자들은 신고 대상자인 나를 소대 내무반 중간 침상에 따로 앉혔다. 소대원들은 그냥 앉아서 보고만 있다. 선임 하사가 지정한 신고 조장 김 병장이 그럴듯하게 중대를 소개했다.
  "우리 중대는 6·25 때 철의 삼각지 전투에서 200여 명의 중대원이 14,000명의 중공군을 격멸한 자랑스러운 부대이다. 또한, 철의 삼각지를 최후로 탈환한 전사에 역사에 남긴 중대에 속한 소대이다. 그러므로 소대원은 부대의 명예를 실추시켜서는 안 되는 것이다."
  그리고 신고 조장은 1부, 2부 신고 부조장을 소개했다.
  "1부 조장 이찬우 상병은 근래에 드문 명사수로서, 사단장 표창장을 받은 사람이다. 2부 조장 오홍근 상병은 유도가 삼 단으로, 사단

씨름대회에서 일등을 하고 휴가를 갔다가 온 우리 소대의 자랑이다.
1부 조장은 나와서 신병 이병호의 신고식을 실시하라."

그 신고 조장의 말이 진짜인지 가짜인지는 모르지만, 어쨌든 나는
3년 시집살이 첫 시작이라고 생각했다. 1부 조장 이찬우 상병은 한
손에 곡괭이 자루를 들고 있었다. 그것으로 무엇을 할 것인지는 단번
에 알았다. 1부 조장은 잡아먹을 쥐를 잡아다 놓은 고양이 마냥 나를
쳐다보며 명령을 내렸다.

"이병 이병호는 오늘 신고식을 치러야 진짜 자랑스러운 우리 소대
원이 되는 것이다. 신병 이병호는 침상 중간에 서라."

그 인격 모독의 현장은 사연이 많기에 여기에 다 쓸 수가 없다. 다
만 신고식 마지막 두 가지만 간단하게 줄여서 적는다. 신고식이라며
1부 조장에게 엉덩이 또 등짝을 몽둥이로 맞은 것이 몇 대인지도 모
른다. 온몸이 얼얼하니 정신도 없지만 맞는 것은 둘째치고, 몰려오는
공포감에 몸은 오그라들었다. 신고 조장이

"다음은 똥숫간 아들에 대한 예의를 시작하기로 한다. 〈핸드프레이〉
안 쳤다는 놈 나와."

하자, 선임자들은 또 하, 하, 하, 거리며 손뼉을 친다. 그 말이 무슨
뜻인지를 모르는 나는 놀란 토끼가 되어 귀를 쫑긋 세웠다. 또 무슨
짓을 하려는 걸까? 1부 조장은 2부 조장 오홍근 상병을 그럴듯하게
소개했다. 그리고

"야 2부 조장 야수님. 너 정말 핸드프레이 한 번도 안 쳤다고 했지?"

야수님이라는 별명은 예배당을 다닌다고 하여 붙은 별명이었다.

"네 진짜로 안 했습니다. 그것은 죄를 짓는 것이기 때문입니다."

신고 조장이 큰 소리로 말을 했다.

"그려? 그러면 실토를 하게 해주지. 1부 조장은 나무 몽둥이 대령

해.”

2부 조장은 선임들이 아무리 닦달해도 실토를 하지 않았다. 그러자

“군대는 말이야 몽둥이면 다 해결이 되는 거야. 2부 조장 엉덩이를 다섯 대를 세게 때려라.”

몽둥이로 다섯 대를 때리는데 그 소리가 얼마나 큰지 내무반이 쩌렁쩌렁했다. 그리고는 “원위치”했다. 말을 안 들으면 몽둥이가 춤을 춘다는 것을 신병에게 보여준 것이다. 나는 눈이 동그란 채 고양이 앞에 겁먹은 쥐가 되었다. 신고 조장의 명령이 떨어졌다.

“이병 이병호는 침상 끝으로 나와 서라, 너는 똥숫간에 가서 〈핸드플레이〉 쳤어 안 쳤어?”

이건 또 무슨 소리야! 참으로 난감한 대답을 해야 할 판이다. 창피하여 얼굴이 달아올라 말이 안 나온다. 〈핸드프레이〉 그것은 밝히고 싶지 않은 나의 비밀이다. 그들은 죽기보다도 더 싫은 고백을 강요했다. 말을 하지 않으면 엄청난 몽둥이 세례를 받을 것이 아닌가! 이등병인 나는 얻어맞지 않으려면 선임들의 말에 순종해야 했다.

“쳤어. 안 쳤어! 2초 내로 대답 안 하면, 2부 조장 야수님 같이 얻어맞는다. 그러나 아까 그것은 맛보기였고, 진짜 큰 공병 곡괭이 자루로 얻어맞는다. 대답해. 하나. 두 우울…….”

공갈이 아니라 내무반 안에 세워둔 진짜 공병 곡괭이 자루가 보인다. 그걸로 다섯 대만 맞으면 엉덩이뼈가 부러질 것 같다. 그러면 평생 장애인으로 살아갈지도 모른다.

모깃소리로

“네. 했습니다.”

“아 자식! 이거 말을 하는 거야 집어 먹는 거야. 해보니 기분이 어때?”

우물적 거리다가 목으로 다시 기어들어 가는 소리로

"고추가 빳빳하게 서서 옷을 들치고 있으니 창피해서 할 수 없이……."

"그래서 주물러 터트렸다 이거지? 그래 사정을 할 때 똥숫간에다 절을 했나 아니면 죄송하다고 했나?"

나는 무슨 말을 해야 할까! 겁먹은 눈망울을 침상 바닥으로 굴렸다. 그러자 조장의 굵은 큰 목소리가 내 귓속을 파고 쳐들어왔다.

"야 인마! 똥숫간으로 떨어지는 게 누구니? 네 자식 아냐? 그런데도 아무 말도 안 하고 생각도 없이 살인을 했다고?"

"저기 저는, 저는, 저는, 그게 살인죄인가요? 그런 생각은 안 했는데요."

"이놈 이거 안 되겠다. 1부 조장 네가 한번 신병 대신 말을 해봐."

"충성. 본인은 어저께 핸드프레이를 치면서 똥숫간에 떨어지는 내 아들아! 네 아비를 용서하거라. 하고 사정을 했습니다."

"솔직해서 좋다."

나는 당황하여 정신이 없는데 소대원들은 배꼽을 쥐고 허리가 아플 정도로 웃어댔다. 조장은 곧이어

"이병 이병호 너는 뭐라고 하면서 사정을 했느냐?"

두들겨 맞지 않으려면 어떤 말이라도 꾸며서 말을 해야만 했다. 집에서 꿀 훔쳐먹다 들킨 벙어리만 같았던 나였다. 죽어도 말하고 싶지 않다, 그러나 엉덩이가 떡이 되지 않게 맞지 않으려면, 어떤 말이라도 꾸며서 말을 해야 했다.

"하늘에 대고 말한다. 정말 미안하다. 했습니다."

"이 자식이, 여기가 네가 장난하는 자리인 줄 아냐?"

신고 조장이

"1부 조장 이 신병이 알아듣게 다시 큰 소리로 해봐."

"네. 똥숫간에 떨어지는 내 아들아. 네 애비를 진짜 용서하거라. 했습니다."

"좋다. 신병 귓구멍이 있으면 들었을 터이니 다시 해봐."

내가 멈칫거리자, 신고 조장이 갑자기

"야 흔병(m.p) 불러와. 자식 말이야 자기가 지은 죄를 모르다니."

내무반에 앉아 있던 소대원 한 사람이 벌떡 일어서서, 거수경례를 붙인 다음

"충성, 흔병(m.p) 도착했습니다. 충성."

"에~자식을 똥숫간에 넣어 죽인 죄는 어떤 벌을 받나?"

"네 그것은 수억(億) 명의 자식을 죽인 아비이니 최고 사형이고 최하도 사형입니다."

"무기징역은 없냐?"

"예 그것은 사형 외에는 다른 벌이 없습니다."

"좋아 알았다. 앉아. 신병 잘 들었지?"

"충성 흔병(m.p) 물러갑니다."

그 후로도 조장은 이등병 나를 닦달하여, 얼굴을 눈물 콧물 범벅을 만들어 놓았다. 그것으로 신고식 끝난 게 아니었다. 신고 조장은

"나는 지리산에 가서 1년 동안 도를 닦고 왔다. 새끼손가락으로 '삼천 근'을 드는 괴력을 배웠다. 그것을 마술이라고 하는데 누구나 놀라는 마술이다. 오늘 본 조장은 그 마술을 이병 이병호에게 보여 줄 것이다."

'조장이 새끼손가락으로 삼천 근을 들어? 글쎄? 마술이라니까 들 수도 있겠지!' 그리 생각하고 눈물을 닦은 다음 지시를 기다렸다.

"이병 이병호는 침상에서 천정을 보고 눕는다. 그리고 신고 1.2부

조장과 보조 두 명도 대기하라.”

“삼천 근” 들기가 무언지를 모르는 나는, 시키는 대로 침상에 반듯이 누웠다.

“에 지금으로부터 신고 조장이, ‘삼천 근’ 들기를 새끼손가락으로 한다. 준비.”

하니까 1부 2부 조장은 누워있는 나의 양쪽 팔을 올라타고 앉았다. 대기 보조 두 명이 나와서 나의 양쪽 허벅지에 올라탔다. 나는 그들의 힘에 눌려 꼼짝도 못 했다.

아구야! 이게 웬일입니까? 그후로 진행된 삼천 근 들기는 기네스북에 올릴만한 신고식이었다.

어느 부서나 똑같을지는 모르나 나는 그런 신고식을 하고 그들이 인정하는 정식 대원이 되었다. 신병 신고식 그것은 신병을 아주 종으로 만들기 위해 만든 기발한 내용이었다. 신병 신고식은 오후 8시에 소등 사이렌이 울리면 시작해서 11시가 되자 끝이 났다. 신고 조장은 2~3시간 동안 잡아먹을 쥐를 잡다 놓은 고양이 마냥 나를 인간 이하로 만드는데 최고의 실력을 발휘했다. 소대에서 개발한 신고 종류야 많지만, 그중에서도 특이하고 아주 악랄한 인격 모독의 “삼천 근” 들기는 참으로 기네스북감이다.

중대장도 그런 신고식의 사실을 잘 알면서도 큰 사고가 아닌 것 외에는 질서 유지라는 틀을 유지하기의 위해 모른 척하는 것 같다. 세 시간 가량을 그런 인격 모독을 당한 신병인 나는 피곤하고 창피하고 분하고 죽고만 싶은 심정이었다. 침상에 누우니 고향 생각이 나고 어머니 생각도 난다. 얻어맞아 화끈거리며 아픈 곳 때문에 잠도 오지 않았다. 앞으로 군에서 3년 동안 살 걱정이 태산만 같다. 눈을 감고 있지만, 눈물이 얼굴로 연신 흘러내렸다. 그런데 살금살금 발걸음 소리가 들린다. 그게 불침번이라고 생각했는데. 그는 내 바로 위 선임병이었다. 그는 눈을 감고 있는 나를 흔들며 일어나라고 했다. 그는 내 얼굴의 눈물을 수건으로 닦아주며 "내무반 밖으로 나가자" 했다. 선임자의 명령이기도 하지만 목소리는 정이 든 목소리였다. 그와 내무반 밖으로 나왔다. 밖 날씨는 전방이라 몹시 추웠다.

그는 같은 소대 나의 직속 선임병 일등병 이호용이었다. 밖으로 나가보니 내무반 밖에는 페치카에 불을 때고 지켜보는 좁은 공간이 있었다. 그는 나를 그곳에 앉으라고 했다. 그는 항고(군인들 밥통)에 물을 페치카 위에 얹고 끓이면서 라면을 넣기 전에 나를 불러낸 것이었다, 시중에 판매된 지 얼마 되지 않은 귀한 삼양 라면이었다. 끓는 물에 라면을 넣고는

"병호야 큰 고생했다. 소대의 분위기를 잘 살펴야 고생을 덜한다. 선임자들이 어떤 짓을 하던 무조건 참아야 해. 그래야 무사히 제대하는 거야. 나는 신고식 때 네가 당한 것보다도 더 큰 곤욕 신고식을 치렀다. 내가 선임들한테 들은 이야기는 군대에서 맞아서 병신이 되면 육군병원으로 보낸다는 거야, 그걸로 끝이야. 의병 제대를 시켜도 어디 가서 하소연할 곳도 없는 곳이 우리나라 현재 군대야."

당시 상이군인들은 쥐꼬리만 한 돈을 정부에서 받기에 가난한 상이군인들은 패거리로 상가를 다니며 돈을 달라며 행패를 부렸다. 그것은 내가 시장에서 실제로 목격했던 일이다. 경찰은 신고를 받아도 큰 사고가 아니면 그냥 갔다. 내가 군에서 얻어맞아 병신이 된들 그것으로 끝이 아닌가! 그 선배의 말은 맞는 말 같았다. 시집살이가 고추보다 맵다는, 벙어리 3년, 귀머거리 3년, 장님 3년을 버텨야 한다는 신혼 며느리보다, 군 생활 3년이 더 심한 게 아닌가! 나는 어떻게 삼 년을 버티나 걱정이 태산 만 같았다. 라면이 다 익었는지,

27

"힘들고 배고팠지? 이거 따뜻한 국물부터 마시고 먹어."

하고는 나무젓가락을 손에 쥐어준다. 눈물이 왈칵 올라와 국물을 급히 마시다가 사레가 들려 한참을 캑캑댔다. 그 맛있는 라면을 훌떡 먹고 국물 한 방울도 아까워 항고(군인들 밥통)를 거꾸로 들고 마셨다. 라면을 다 먹고 배가 부르니 몸이 훈훈하고 참 좋다. 그때야 그 선임의 얼굴을 자세히 보았다. 그리고 신고식 때 궁금했던 물어보았다.

"선배님 2부 조장이 그렇게 엉덩이를 곡괭이 자루로 얻어맞고도 괜찮을까요?"

"하하하 그것은 짜고 치는 화투(고스톱)야. 바지 안에 종이박스 조각을 넣고 때렸기 때문에 소리가 그리 컸던 것이지. 나도 그 바람에 고양이 앞에 쥐가 됐었지."

그 소리 때문에 내가 그리 겁을 먹었다니! 그러나 그것은 비행기 지나간 하늘이다. 밖은 어두웠지만, 페치카 불 때문에 그의 얼굴이 보였다. 아는 사람 하나 없는 군대에서, 그런 따뜻한 대접을 받으니 너무나 고마웠다. 나는 이 고마운 것은 열배 백배로 갚아 주리라고 마음속 깊이 새겨 넣었다. 그런 인연으로 그를 보면 깍듯이 선배라고 불렀다. 그리고 두 사람은 부대에 같이 있는 동안 서로를 아끼며 친하게 지냈다. 일등병 이호용 그의 고향이 선유도라는 것은 알았다. 그가 제대하는 날, 나는 월급에 반이나 되는 금액을 주고 구매한 앨범을 그 선배에게 주었다. 제대하고 가서 살 곳이 어디냐고 물어보니 직업이 어부였으니 어디로 떠나 살 곳도 없을 것 같다고 했다. 언제든 다시 한번 만나자고 굳게 손을 잡고 헤어졌다. 엉덩이에 굳은살이 만들어지도록 몽둥이찜질을 당해도 육군 시계는 삼 년을 향해 째깍거리며 갔다. 드디어 고추보다 맵다는 신혼 시집살이보다 더한 남자 시집살이를 하고 제대했다.

4) 오래간만에 만난 소꿉친구는 장교인 하늘이었고 나는 가난뱅이 농부였다.

　나는 집에서 갓 수확한 옥수수를 리어카에 싣고 시장을 다니며 어머니와 팔러 다니는 중이었다. 유창이는 모자에 번쩍번쩍 빛나는 대위 계급장을 단 군인이었다. 소꿉친구 한 사람은 장교가 되고 한 사람은 농부가 되어 오래간만에 만난 것이다. 그를 피해 쥐구멍에라도 들어가고 싶었다. 내가 그에게 가까이 가기가 얼마나 어려웠는지는 상상에 맡긴다. 그러나 바로 앞에서 딱 마주쳤으니 피할 수도 없었다. 유창이가 먼저 손을 내밀었다.
　"야! 이병호! 이게 얼마 만이냐 정말 반갑다."
　나는 황송하여 두 손으로 그 손을 잡았고는 말을 더듬거리며
　"어. 어…. 어쩐 일이야? 이곳에 사는 게 아니. 잔… 어…?"
　"응 나 최전방에 있어. 휴가 나왔어! 이틀 있다가 올라가야 해."
　그는 내 손을 꼭 잡고 계속 흔들며 놓을 줄을 모른다. 어려서는 친했기에 참 반가웠다. 그러나 군에서 병장 제대를 했던 나는 장교 모자를 쓴 그 친구에게 반말하는 것도 어려웠다. 어머니는 유창이가 초등학교 친구라는 것을 아신다. 옥수수를 실은 리어카를 끌고 가시면서 막걸리 두 주전자 정도는 마실 돈을 주머니에서 꺼내주고 옥수수를 팔러 다른 곳으로 가셨다. 나는 유창이와 간단하게 목로에서 막걸리를 한잔할 셈으로, 그의 손을 붙들고 막걸리를 파는 술집으로 들어가려고 술집 문을 열었다. 방 안에 있던 아가씨 두 명이 쫓아 나왔다. 술집이지만 색시가 있는 니나노 집이었다. 나는 술집에서 나온 아가씨를 보니 먼저 술값 걱정이 됐다. 멈칫멈칫하니까 유창이 그는 내 속을 안다는 듯

"너 힘들지? 술값은 걱정하지 마! 나는 매월 월급을 타잖니."

목사가 좋은 일만 하면 천당으로 간다는 말보다도 더 반가운 소리였다.

"그래도……."

나는 도로 나와 다른 곳으로 가려 하니

"걱정하지 말라니까! 우리 방으로 들어가서 마시자."

그래 유창이는 장교니까, 월급도 많이 받겠지! 나는 엉거주춤 따라 들어갔다. 날씨 탓인지 방에 들어서자 퀴퀴한 곰팡냄새가 난다.

"아주머니 여기 막걸리 한 주전자하고 돼지머리 썬 것 한 접시 주세요. 그리고 예쁜 아가씨 하나"

아구야! 이게 웬일이야! 나에게는 아가씨가 있는 술집은 사치였다. 막걸리는 농사일에 힘들 때 마시는 농주이다. 농사일하다가 힘들 때, 동네 구멍가게에서 사다가 두어 잔 마시는 게 다였다. 내가 술집 아가씨와 안주와 술을 마신다는 것은 꿈이고 어불성설이었다. 아가씨 두 명이 방에 들어오자마자, 유창이는 아가씨 한 명을 끌어안았다. 그러니까 방에 들어온 아가씨는 제멋대로였다.

"에이 막걸리 먹으면 냄새나. 우리 동동주로 합시다. 그래야 오동추야 노래가 나올 거 아닙니까?"

"언니 여기 막걸리 말고 동동주하고 안주 하나."

유창이가 찍소리도 안 하는 걸 보니, 내 졸병 시절 생각이 났다. 아가씨는 중대장이고 유창이는 병장만 같다. 방 안으로 들어온 술상을 올라타신 술 주전자를 보니 오뉴월에 잡아먹을 개처럼 몽둥이로 맞은 건지, 빨랫방망이로 맞은 건지, 주전자는 찌그러져 응급실로 가서 입원해야 할 것만 같다. 술집 주인의 얄팍한 상술이다. 술상에 테두리를 보니 쇠젓가락에 얼마나 많이 두들겨 맞았는지 옻칠이 다 벗겨져

허옇다. 동동주와 함께 들어온 안주는 돼지고기를 튀긴 탕수육이었다. 달짝지근하니 맛은 좋다. 주머니를 만지며 먹으니 마음이 편치 않다. 술집 아가씨 한 명은 나에게 술을 따르고 마시라고 재촉을 했다. 그리고 한 아가씨는 유창이와 붙어 암창난 개와 수캐가 된 것 같이 어울리고 있다. 나는 그저 그들이 하는 행동만 보고 있었다. 술을 두어 잔 먹으니 확실히 막걸리보다는 독하고 가슴이 알싸하니 기분은 좋다.

"언니 여기 안주 하나 하고 동동주 술 추가요."

오래간만에 만났으니 술값은 어떻게든 내가 내려고 했다. 막걸리도 아닌 동동주라 내가 가진 돈은 언뜻 생각해도 좀 모자랄 것 같다. 술값에 겁이 난 나는

"아니 주전자에 술이 남아 있는데, 왜 또 술을 시켜?"

그 말은 상전 장교 같은 여자의 웃음소리에 파묻혀 버렸다. 술 주전자는 또 들어와 술상에 턱 올라앉았다. 본격적으로 한 아가씨가 장구를 치며 노래가 시작되니 분위기가 좋아졌다. 젓가락으로 상을 두드리며 부르는 노래는 신이 났다.

"오동추야 달이 밝아 오동동이냐아~~. 동동주 술타령이 오동동이~냐아."

유창이는 한 손은 여자를 끌어안고 한 손을 젓가락을 쥐고 상을 두들기며 노래 반주를 했다. 한 아가씨는 장구를 치며 흥을 돋우었다. 나는 입은 꿰매고 젓가락 장단만 맞추었다. 유창이는 아주 신이 났다.

"아싸야로 아싸야로. 엽전 열얼닷 냥.~~ 술만 먹고 돈만 내라. 술만 먹고 돈만 내라. 아싸야로 아싸야로."

"야! 더 신나는 노래로 해."

"알았다, 오빠야."

"닐니리아 닐니리아 닐니리맘보오~."

"앗싸야로 앗싸야로. 술만 먹고 돈만 내라."

"문패도 번지수도 없는 주막에……."

방안은 후끈 달아 목욕탕에 온 것 같았다.

"인생은 나그넷길. 어어~디서 왔다가……."

"아싸야로 아싸야로 야! 신나는 노래로 바꿔."

"한 되 수울- 이백환에- 취하면 그만이지이- 막걸리 사랑이란 싸고도 비싸다오 나도 순정은 있어요, 사람 무시 말아요."

아싸야로 아싸야로 하던 유창이가 소리를 질렀다.

"야! 그 노래 집어치우고 인천에 성냥공장 아가씨. 노래를 해봐."

"아이고 오빠 그거 좋아해요?"

"그려 해봐."

"인천에 성냥공장 성냥 만드는 아가씨 하루에 한 갑 두 갑, 낱개로 열두 갑, 치마 밑에 숨겼다가 치마 밑에 불이 붙어, 음음털이 다 탔네."

"아싸야로 아싸야로. 술만 먹고 돈만 내라. 엽전 여얼~ 닷 냥."

하던 유창이가

"어라 이게 뭔 소리야? 야! 음음 털이 뭐야."

"노래는 확실하게 해야지. 다시 해."

"오빠 얄궂다 그지? 미워."

"치마 밑에 불이 붙어 00털 다 탔네."

그것은 물리칠 수 없는 바다의 파도이려니……. 웃는 나도 유창이와 같은 부류가 틀림없다는 생각도 들었다. 술 먹는 시간은 시간을 잃어버린 채 그리 갔다. 그런 술집에 빠진 술꾼들은 술집 아가씨가 치는 뚱따당 뚱땅 장구 소리가 긴 여운으로 잠자고 있다가 돈이 생기면 그 생각이 머리에 꽉 차 그곳으로 달려가지 않고는 못 배기나보다. 그것

은 술꾼들의 습성이겠지만 나에게 그것은 사치이고 꿈이었다. 유창이는 술을 마시다가는

"병호야! 너 애가 몇이나 되냐?"

"응? 나는 아직 결혼을 안 했어."

"뭐야? 네 나이에 지금껏 결혼을 안 했어?"

"어."

"에라이 이 병신아. 여자는 말이야, 먼저 올라타는 놈이 임자여."

그렇다! 그 소리는 백 번 들어도 싸다. 나는 친구에게 병신 소리를 듣고도 히~웃고 말았다. 중학교를 졸업한 이력 가지고는 직장을 잡을 수가 없었다. 중학교 3학년 때 아버지가 돌아가셨다. 고등학교에 간다는 것은 꿈이고. 500여 평 따비 밭 어머니 농사일을 거들어야 했다. 군인 제대 후에도 밭 농사일이나 거들며 살았다. 그러니 어느 여자가 결혼하자고 할 것인가! 결혼한다 해도 그 농사일 가지고는 겨우 입에 풀칠할 것이다. 동네 친구들은 장가를 가려면 교회에 가라고 한다. 교회는 연애당이니 처녀와 눈만 맞으면 장가를 갈 수 있다고 한다. 그래서 교회를 다니기 시작했다. 어떤 처녀 한 사람도 농사꾼인 나에게 눈길을 주는 사람은 없었다. 나는 그 교회에 개밥에 도토리였다. 그래서 교회를 그만두고 말았다. 술에 취하고 분위기가 좋아지자. 나는 어린 시절처럼 유창이에게 편하게 말을 할 수가 있었다.

"안 한 게 아니라 못한 거다. 여자가 있어야지. 교회에 가면 장가를 갈 수 있다고 해서 갔다가 그만뒀다. 누가 가난뱅이 농사꾼에게 시집을 온다고 하겠니?"

"그려? 야 인마. 걱정하지 마. 내가 여자 하나 구해줄게. 내가 데리고 있는 장병 중에 여동생이나 누나 있는 사람을 찾아봐서 꼭 성사되도록 만들게. 너도 군대에서 알다시피 군대는 말이야 상관의 말을 안

들으면 괴롭지, 안 그런가?”

 ‘뭐야! 나를 장가를 보내준다고?’ 술이 확 깨는 것 같다. 유창이가 하는 말은 나에게는 하늘에서 들려오는 하느님 말만 같았다. ‘그려! 장교면은 그렇게 하고도 남겠지!’

 장가를 보내준다는 말에 그걸 믿고 싶었으니 아가씨가 따라주는 술을 그만 먹겠다고 할 처지가 아니었다. 그러다가 그만 술에 만취가 되었다. 유창이는 그동안 술을 많이 마셨는지 꼿꼿했다. 나는 혀가 꼬부라지고 눈이 트릿해진 것만 같으면서도 호주머니를 만지작거렸다. 술값은 턱없이 모자랄 것이다. 그 반발심으로 오히려 술을 더 시켜도 막지를 않았다. 어디서 그런 배짱이 나왔는지는 모르지만 ‘정 안되면 외상으로 해 달라고 주인에게 사정하면 들어 주겠지!’ 였다.

 외상이면 소도 잡아먹는다는데⋯⋯. 언젠가 갚으면 되잖아⋯⋯. 참 귀신 씻나락 까먹는 생각이다. 술에 잔뜩 취하면 될 대로 되라는 배짱이 생기고, 하늘이 돈짝만 하게 보인다더니, 바로 내가 그 꼴이 됐다. 따지고 보니 어머니가 파는 채소를 손수레에 싣고 가서 팔아도, 오늘 술값을 값으려면⋯⋯. 대충 계산하다가 어지러워서 그만두었다. 내일을 팽개쳐 버리게 한 술, 그것은 시간을 잃어버린 환락의 공간 속이었다. 마누라도 있는 유창이는 술집 아가씨를 끌어안고 입술을 비벼대며 노는 꼴은 참 꼴불견이었다. 유창이는 손으로 여자의 젖가슴을 조몰락거리기도 하다가는 돈을 아가씨 손에 쥐여주고는 아래 깊숙한 그곳도 만지는가 보다, 좋은 것인지 싫어서 그런 것인지, 하여간 아가씨는 죽는소리를 한다. 그래도 그녀는 치마 밑으로 들어간 손을 뿌리치지 않고 그대로 받아들였다. 케세라 쎄라였다. ‘돈 없으면 집에 가서 빈대떡이나 부쳐 먹지 돈도 없는 건달이 기생집이 무어냐⋯⋯.’ 한복남의 노랫소리가 어지러운 머릿속에서 맴을 돈다. 아가씨는 그저 술만 따라주고 유창이 옆에 찰거머리같이 붙어있다. 유창이는 여자를 다루는 게 능숙했다. 나는 정말 꿈에도 그리 못해 볼 것만 같다. 여자만 보면 가슴이 떨리니 그게 문제였다. 그런데 친구가 장가를 보내준다는데 그거보다 좋은 게 어디 있나? 죽어도 마실 거야. 그것은 연일 하나뿐인 아들 장가 타령을 하는 어머니의 마음을 편히 해드리는 게 아닌가! 얼마나 마셨는지 하늘이 빙빙 도는데

"나는 바로 부대로 가야 해, 보름 휴가가 모래면 끝나. 너하고 한 번 더 만나 술 한 잔 더 하고 싶지만, 다음에 기회가 있겠지. 여자는 꼭 소개해 줄게."

"그래. 그렇게 꼭 해 줘."

일어나서 보니 아침이었다. 그 말만 생각이 나고, 다른 이야기는 동동주 먹고 죽어 하늘로 다 올라가고 희미한 그 기억만 남았다. 친구는 술값을 계산하고 갔다. 곯아떨어진 나를 방에서 잘 자고 가게 해 달라고 술집 주인에게 부탁까지 하고 갔다. 유창이에게 미안했다. 많은 술값을 혼자 내고 가다니. 내가 언젠가는 갚아야지! 방에는 유창이의 부대 주소가 적혀있는 종이쪽지가 있었다. 전화가 귀한 시절이었으니 연락처 전화번호 같은 것은 없었다. 군인들도 군 직장에서만 서로 교환수가 연결해주는 군용 전화로만 통화가 가능했다. 그와 연락을 하려면 편지를 보내는 것뿐이 없다. 그의 주소로 아주 고맙다는 편지를 보냈다.

3
선善에 두 얼굴

1) 가난한 자가 맞선보러 가는 길이 감옥 가는 길이 될 줄이야

유창이로부터 답장이 왔다.

"내가 데리고 있는 중대원들에게 누나나 여동생들의 사진을 가져오라고 했어. 내가 보고 네가 장가갈 상대가 되나 보고서 연락을 할게. 내가 날짜를 알려 주면 그날 네가 내가 있는 부대로 와라. 나는 영외 거주자이고 결혼도 했으니 퇴근 시간 이후에 비상만 안 걸리면 자유롭다."

유창이는 헤어진 지 한 달 만에 여자 사진을 보내왔다. 유창이가 보내온 여자 사진을 보니 아주 예쁜 미인이다. 나는 즉시 편지 답장을 보내고는 답이 오기를 기다리는 게 하루가 한 달만 같았다. 군인에게 편지를 보내고 답장을 받으려면 검열을 받는 군사우편이라 빨라야 15일 정도가 걸렸다. 드디어 열흘 후에 오라고 연락이 왔다. 유창이는 편지에서 모든 것은 걱정하지 말란다. 그 여자가 네 맘에 들기만 하면 장가를 가게 노력해 주겠단다. 어머니에게 얼마 전에 술을 마셨던 그

36

동창이 처녀를 소개한다고 하니 어머니는 흡족해하셨다. 떠날 날이 가까이 다가오자, 어머니는

"양복이 없으니 어떡하지?"

어머니는 그게 큰 걱정이셨나보다!

"날이 더우니 시장에서 잠바 하나 사서 입고 가지요."

"그건 안 된다. 시내로 가서 세탁소에서 안 찾아가는 양복이 있으면 그걸 빌려 달라고 하자. 돈을 좀 주면 빌려줄 거야."

세탁소에 가 보니 정말로 안 찾아가는 양복이 있었다. 옷 입을 시기도 딱 맞는 아이보리색 여름 양복이라 아주 환하고 몸에도 딱 맞았다. 세탁소 사장은 순순히 허락하였다. 그 옷을 입어보니 날아갈 듯 기분이 좋다.

"어디 긁혀서 양복이 찢어지면 짜깁기를 해야 하니 그게 표시가 날 수도 있어. 그러면 짜깁기하는 돈을 내야 해. 아주 잘 입고 가져올 수 있지?"

"네, 네, 그럼요, 정말로 깨끗하게 입고 열흘 안으로 다시 가져올게요."

"얘야, 네가 다른 사람이 된 것 같다. 사람은 옷이 날개라더니 정말 그렇구나!"

옷 한 벌 해주지 못하며 그리 말을 하는 어머니 마음은 어떠셨을까? 오히려 죄송하기만 했다. 최전방 강원도 화천군에 있는 군부대를 찾아가기 위해 버스를 두 번이나 갈아타고 만날 장소로 찾아갔다. 부대 앞에 동리는 오일장이 서는 인구가 천여 명이나 될까? 말까? 하는 작은 동리였다. 1개 대대 본부가 있는 곳이니, 아주 작은 마을이다. 잡화점, 또 구멍가게와 대장간 술집과 길거리 작은 시장과 음식점들이 있다. 이곳저곳 다니며 보니 송판에 먹으로 쓴 고향집. 순천집 서

울집. 강릉집. 그런 간판을 붙인 집들이 보인다. 그런 곳은 아가씨들이 술도 팔고 면회객들의 숙소도 된다. 만나기로 약속한 곳이 고향집이라 간판이 붙은 초가집 마당 안쪽으로 들어가 보니 작은 홀 안에는 의자가 여섯 개 있고 마당에는 흙벽돌로 만든 방이 네 개가 있다.

"여보세요. 여기가 고향 집인가요?"

집에서 어떤 여자가 문을 열고 나왔다, 주인아주머니인가?

"오늘 약속한 분이신가요?"

"네 오늘 김유창 중대장과 고향 집 여기서 만나기로 했는데요."

"아! 그래요. 중대장님은 퇴근하시고 오신다고 했어요."

"서울서 오셨지요?"

"네."

주인아주머니는 세 번째 방문을 쳐다보며

"색시 여기 사람이 찾아왔어요. 아마도 색시를 만나러 온 분 같아요."

2) 선녀(仙女)같은 여자

방문 앞에는 군화 한 켤레와 여자 구두가 나란히 있다. 문을 열고 얼굴을 삐죽이 내민 것은 상병 모자를 쓴 군인이다. 그는 문밖으로 나와 나를 쳐다보고 고개를 꾸벅하더니

"서울서 오셨지요? 중대장님은 한 시간은 더 있어야 오실 것입니다. 방으로 들어오시지요."

방 안으로 들어가니 여자가 일어서 있다. 아! 저런 미인이었구나! 알맞은 키에 늘씬한 몸매, 광채를 띠는듯한 맑은 눈동자. 그녀의 미모에 압도된 나는 숨도 크게 쉬지 못하고 고개를 꾸벅하고는 방으로

들어갔다. 내가 앉자, 그녀도 다소곳이 앉았다. 흙냄새가 물씬 풍기는 시골 작은방은 더웠고 선풍기가 돌아가고 있었다. 자세히 보니 그 여자는 보내온 사진보다도 훨씬 더 예쁜 미녀였다. 이게 꿈은 아니겠지? 그녀의 매혹적인 얼굴과 자태에 가슴이 두근거린다. 여자가 이렇게 아름답다고 느껴본 적이 없다. 표현이 안 되는 어떤 짜릿한 느낌이 온몸에 핏줄로 퍼졌다. 거룩한 영혼을 가진 여자만 같다. 가슴이 떨려왔다. 그녀가 나와 결혼만 해준다면, 그저 내 순수함과 진실을 합쳐서 내 목숨까지도 아깝지 않을 것만 같다. 내 가슴속 깊은 곳까지 흔들어 놓은 그녀는 입을 꼭 다물고 있다. 방에 앉기는 했으나 그녀의 관심을 끌 만한 말을 붙일 수도 없었다. 말 한마디 못 하고 우두커니 앉아만 있었다. 저런 예쁜 여자하고 산다면 평생소원이 없을 것만 같다. 내 맘에만 들면 장가를 들게 해준다는 유창이 말을 꼭 믿고만 싶다. 어머니는 아들 하나 있는 거 장가보내는 것이 목마름이었고 고뇌였다. 선을 보러 간다면서 최전방으로 떠나는 날 어머니는

"이놈아 이제 네 나이가 스물여덟이여. 좀 더 있으면 삼십 노총각이여. 그러면 더 여자가 없어. 이번에는 그저 언청이래도 좋으니까 그냥 데리고 와."

그런 말을 듣고 선을 보러 왔는데 이 여자는 언청이가 아니라 선녀이다.

'어머니. 내가 이 여자를 데리고 간다면 놀라 자빠질 겁니다.' 그런 생각을 하며 있는데. 밖에서

"어이 병호 왔니?"

유창이었다. 나는 메뚜기 같이 뛰어 일어나 방문을 열었다. 그리고 그의 손을 두 손으로 잡고 흔들어 댔다. 유창이는 앉자마자.

"여기까지 찾아오느라고 고생 많았지?"

"고생은 뭐."

"인사들 안 했지? 이쪽은 내 친구 이병호입니다. 저쪽은 내가 이야기할게. 엊그제 오셨거든 그래서 여기서 묵었고 이름은 조현자 씨여."

정신 나간 듯 넋을 잃고 그녀의 얼굴만 쳐다보고 있으니 친구가 뭐 하냐는 듯이 어깨를 툭 쳤다. 얼떨결에 이름은 제대로 댄 것 같다.

"저는 이병호라고 합니다."

하자. 그녀는 고개를 까딱했다. 첫눈에 홀딱 반했다고 할 것인가? 미쳤다고 할 것인가? 어머니는 여자를 만나면 먹고사는 데는 지장이 없다고 말을 하라고 했다. 그 말을 하려 해도 당최 입이 안 떨어진다. 우리 집 전 재산은, 따비 밭 500여 평에, 다섯 마리의 닭과 염소 한 마리, 그리고 진돗개 튀기 똥개 한 마리가 다이다. 매일 낳은 달걀과 염소에서 짜낸 우유를 끓여 먹는 것이 우리 집의 보양식이었다. 그것이 우리 집 생활인데, 선을 보는 여자에게 어떤 거짓말 해야 할 것인지 생각이 안 난다. 가슴이 두근 두근거리니 그냥 가만히 있었다. 어머니는 무조건 집으로 데리고 오라고 한다. 그런 말은 우물에 가서 숭늉을 달라는 이야기가 될 것 같다. 망설이다가

"저는 요, 서울 변두리에 살지만, 곧 운전면허를 딸 것이고, 큰 기업에 운전수로 들어갈 겁니다. 저와 결혼만 해주신다면 영광이겠습니다."

차가 많지 않았던 당시에 운전수는 좋은 직업이기에 나는 그리 말했다. 그런 이야기를 듣고도 그녀는 그저 방바닥만 쳐다보고 있었다. 앉은자리가 정말로 어색한데 어떻게 하면 그녀에게 내 마음을 그녀에게 전할 수가 있을까? 어머니는

"여자는 말이야 칭찬을 해야 해, 그래야 장가를 갈 수가 있는 거야."

그녀에게 어떤 칭찬을 해야 할까? 생각이 안 난다. 그녀는 껍질을

꼭 닫은 조개같이 입을 꼭 다물고 아무런 말도 안 한다. 유창이가 나서서 주인댁을 부르고 술상을 차려 오라고 했다. 막걸리 안주니 김치와 삶은 오징어. 명태탕, 메밀 부침개, 깍두기, 만두와 쌀 과자, 새우깡 두 봉지가 상을 차지하고 방으로 들어왔다. 역시나 강원도 음식상이었다. 친구가 내게 술을 따라주며

"이 친구는 여자만 보면 가슴이 떨려 말도 못 붙입니다. 그래서 아직 장가를 못 갔습니다. 아주 선비입니다."

함박웃음을 웃으며 농담조 말을 하니 분위기가 조금 살아나는 것 같다. 그녀는 만두와 과자에도 손을 대지 않고 앉아만 있다. 언감생심 그녀가 내 약혼녀나 된 듯 기분이 좋다. 누나를 오게 한 상병은 나를 흘금흘금 쳐다보며 무언가(매형 감이 될까?)를 찾으려는 듯했다. 방안에 남자 세 명은 군인 이야기나 하며 막걸리를 네 주전자나 마셨다. 얼근했다. 유창이가 부하를 데리고 밖으로 나갈 때 쫓아나가 주인댁에게 술값과 방값을 미리 치렀다. 둘이 이야기를 해보라고 자리를 피해 주는 것 같다. 고맙다! 유창이가 나가고 시골 골방에 두 사람만 남았다. 그녀는 다소곳이 앉아 아무 말이 없다. 나는 또다시 그 여자의 얼굴이며 입은 옷을 자세히 보았다. 얼굴은 영화배우 뺨치게 예쁘고 입은 옷은 세련미가 돋보였다. 얼근하게 마신 술은 여자에게 말하라는 용기를 주었다. 나는 그녀가 수원에서 왔다는 소리를 들었기에 그녀에게 무슨 말이라도 시키려고,

"여기로 오시려면은 버스를 몇 번이나 갈아타야 한다는데 그 먼 수원에서 어떻게 혼자 찾아오셨어요?"

"동생이 그냥 한 번만 왔다 가라고 사정을 해서 오게 됐습니다. 오는 길을 몰라 물어물어 왔습니다."

그녀의 입에서 처음 나온 목소리는 꾀꼬리 소리만 같다.

"아! 그랬군요. 원래 고향은 어디이신가요?"

"수원입니다."

"먼 곳에서 오셨군요."

제일 급한 게 결혼이니 그 이야기를 슬쩍 물어보았다.

"동생이 혼인 이야기는 안 하던가요?"

"혼인 이야기가 아니라, 한번 만나보고 마음에 들면 펜팔이라도 하며 사귀어보라는 이야기였습니다. 나는 안 된다고 했습니다. 중대장님과 약속을 한 것이니 내가 안 오면 안 된다고 합니다. 동생 생각을 해서 온 것입니다."

아! 그렇구나! 남자를 보고 첫눈에 반하지 않고서야, 어느 여자가 처음 만난 남자와 혼인 이야기를 할 사람이 있을까! 불쑥 꺼낸 혼인 이야기가 성급했다는 게 바로 감이 왔다. 펜팔을 하자고 이야기를 시작해야 했을 것이지만, 내 나이에 펜팔? 하여간 혼인 이야기를 했으니 속을 보인 것 같아 머쓱했다. 유창이는 이 여자에게 나에 관한 이야기를 뭐라고 하였을까? 참으로 궁금했다.

"제가 동생에게 듣기로는 이틀 전에 오신다고 듣고 온 것입니다. 그런데 댁에 무슨 사정이 있다면서 이틀을 기다리라고 했습니다. 다시 갈 수는 없고 해서 이틀을 이 집에서 기다린 것입니다."

'감이 왔다. 아! 유창이는 나와 여자를 확실하게 만나주기 위하여 그렇게 했구나!'

보통 사람들에게서는 전혀 느껴보지 못한 감을 느낀 나는 눈으로 그녀의 전신을 어루만지고 있었다. 내가 첫눈에 반했던 선생님은 중학교 때 음악 선생님이었다. 그 선생님은 발랄하고 싱그러운 향이 나는 사람만 같았다. 감히 옆에도 가 보지 못할 기풍에 눌려 그저 쳐다만 보는 것으로도 좋았던 기억에 남는 선생님이었다. 그런데 바로 내 눈앞에 있는 처녀가 그 선생님보다도 더 예쁘고 아름답다. 내 가슴속이 방망이질을 치는 것은 아마도 한눈에 반한 것에 대한 파동만 같다. 그녀의 앵두 같은 입술은 붉다 못해 활짝 핀 꽃 봉오리만 같다. 그 입을 쳐다보노라니 언감생심 그냥 달려들어 꼭 껴안고 키스라도 하고 싶었다. '유창이라면 그리할 수도 있었겠지만……' 생각만 머릿속을 헤집고 다녔다. 그녀를 위해서라면 어떤 희생과 대가를 치르더라도 감내하리라 생각했다. 그러나 귀한 보석만 같은 여인이 나 같은 무지렁이에게 맘을 줄까? 어떤 말이라도 한마디 했으면 하지만 그녀의 입은 껍질을 꼭 닫은 조개만 같다. '좋아! 여자는 환경에 물든다고 하지 않나? 내일이면 어차피 그녀도 춘천으로 나가야 할 것이다. 그러면 동행할 수도 있고 춘천에 가면 그럴듯한 식당도 있을 터이고 다방도 있을 것이다.' 그때 만나서 탁 털어놓고 결혼을 하자고 해야겠다. 그리 생각을 하고는 주머닛돈을 계산해보았다. 일천팔백 원 정도가 남았을 것이다. 모자라지는 않을 것 같아 기분이 좋다. 시간이 점점 가도 그녀는 입을 꼭 다물고 있으니 그녀는 내가 마음에 안 드는 것인가? 약혼녀나 된 듯이 좋았던 마음은 땅속으로 들어가는 것만 같다. 어떻게 하든 그 여자의 마음에 들어야 할 텐데……

눈은 타오르는 듯 이글거리는데, 그 여자 앞에서 얼굴이 달아올라 화끈거리고 내 입은 쇠가죽으로 꿰맨 듯 말이 나오지를 않는다. 안 되겠다 싶다 술을 한 주전자 더 시켰다. 그리고 그 여자를 흘금흘금 쳐다보며 자작으로 막걸리 한 주전자를 다 마셨다. 더운 방에서 막걸리 두 주전자 이상을 마셨으니 배도 부르고 술에 취하기 시작했다.

몸이 달아올랐는지 선풍기는 있으나 마나 너무 덥다, 방에 창문을 활짝 열어붙였다. 얼마나 시간이 갔는지 으흠. 밖에서 인기척이 난다. 중대장 유창이었다. 문을 열려고 일어나려니 다리가 휘청한다. 술에 취한 것 같다. 문고리를 잡기도 전에 유창이가 먼저 문을 잡아당겨 열었다. 바깥바람이 들어오고 유창이가 오니 방 안 분위기가 확 달라졌다. '젠장 여기는 왜 또 오냐! 두 사람만 있게 두지! 시간이 가다 보면 그 여자가 나에게 어떤 말이라도 할 게 아닌가! 그것을 내색할 수는 없다. 다만 그가 얼른 갔으면 좋겠다! 하긴 고향 친구가 먼 길을 왔으니 대접도 할 겸 찾아온 것도 같다.' 유창이는 자리에 앉자마자.

"주인아주머니 여기 막걸리 한 주전자 주세요."

그가 빨리 가기는 틀렸다. 아주 자리를 차지하고 앉을 모양이다. 유창이는 나에게 또 술을 권한다. 더 먹으면 안 되는데……. 지금까지 먹은 술도 취한 것 같은데 또 잔을 받아야 했다. 주전자가 비자. 또 술을 시킨다. 더운 방에서 술을 너무 많이 마셨는지 속이 울렁울렁한다. 밖으로 나가 캑캑대며 토악질을 했다. 방으로 들어오니 유창이가 또 술을 따라준다. 유창이와 둘이 앉아 술을 마시면서 그 조현자라는 그녀를 쳐다보다가는 얼마 전에 니나놋집에서 술집 아가씨를 조몰락조몰락하던 유창이를 떠올리고는 얼굴이 달아올랐다, 미소를 지으며 유창이가 따라주는 술을 거절하지 못하고 계속 마셔댔다. 어지럽다는 것만을 느끼고는 이러다 쓰러지면 안 되는데……. 문이 열렸다 닫히는 소리는 들은 것 같기도 하고 꿈속에서 들려오는 소리 같기도 하고 그랬다. 그런데 귓속으로 벌들이 윙윙대는 소리가 들리는 것 같더니 그 소리가 커지며 사이렌 소리가 귀청을 때린다. 방문이 확 열리고 빨간 글씨로 MP라고 쓴 화이바를 쓴 두 사람이 어른거리는 것 같다. 나는 어지러워 방바닥에서 몸을 굴려 돌아누우며 보니 언제 온 건지 지금껏 나와 같이 있었던 것인지? 헷갈리지만 중대장 유창이가 그들과 같이 서 있다. 정신이 몽롱하니 꿈인 것 같았다. 그냥 눈을 감았다. 유창이가 지금까지 나하고 있었나? 그런데 웬 헌병이? 헌병 그들은 유창이와 말을 하는 것 같은데 잘 들리지도 않았다. 얼마가 지났는지는 모르겠는데 누군가가 나를 흔들어 깨운다. 보니 경찰이었다. 왜? 경찰이 나를 깨우는지 몰랐다. 다만 꿈속에서 헌병들과 유창이를 본 것만 같았다. 고개를 들어 방안을 쳐다보니 나는 술에 취해서 옷을 입은 채로 쓰러져 있었고, 여자는 고개를 푹 숙이고 앉아 있고 술상은 있던 대로 그대로 있다. 아마도 새벽까지 유창이와 술을 마셨나 보다. 그때까지도 나는 술이 안 깨 정신을 못 차리고 어질어질했다. 경찰은 내가 말귀를 잘 못 알아듣는 것 같은지 큰 소리로

"이 방에서 저 여자분과 하룻밤을 지낸 것이 맞나요?"

속이 울렁거려 토할 것만 같다. 눈을 반쯤 뜨고 엉거주춤 겨우 대답했다.

"네."

하고는 반쯤 떠진 눈으로 경찰을 쳐다보았다.

"이 방에서 여자를 강간했다며요?"

"강간이라니요? 그런 일은 없었습니다. 나는 술에 취해 언제 잠이 들었는지도 모릅니다."

경찰이 재차 소리를 질렀다.

"술에 만취하면 내가 한 행동은 모르는 것입니다. 하여간 파출소로 갑시다."

술이 덜 깨 몸도 못 가누는 나를 경찰은 둘러업듯이 하여 차에 태웠다. 나는 강간은커녕 술에 취해 어지러워 쓰러진 기억 뿐이다. 속이 울렁거려 입도 벌리기 어렵고 파출소가 빙빙 돌아가는 것만 같다. 파출소 사무실에서 토악질을 해대니 경찰은 유치장으로 떠밀어 넣고는 술 깨거든 조사한다고 했다. 점심때가 지나서 경찰은 나를 파출소 사무실로 불러냈다. 정신을 차리고서도 '이게 꿈일 거야! 현실은 아

니겠지?' 아무리 생각을 해도 선녀만 같은 여자의 옆으로도 가기 어려웠는데, 여자에게 달려들어 강간했다는 것은 있을 수도 없는 일이었다. 파출소까지 왔으니 큰일이 난 것만 같다. 유창이의 말이 떠오른다. "여자는 말이야 먼저 올라타는 놈이 임자여," 정말로 내가 강간을 했다면 내가 책임진다고 하면 될 게 아닌가! 그렇다면 내가 조현자의 남편이 될 수도 있는 게 아닌가! 그런 생각도 해보았다. 나와보니 조현자가 앉아 있다가 일어난다. 그 여자에게 어떤 말이라도 하고 싶었다. 그러나 어떤 일이 있었는지도 모르니 할 말이 없었다. 속도 울렁거리지만 한눈에 반한 그녀에게 어떤 말을 해야 할지 생각도 안 났다. 다만 경찰이 그녀를 강간했다고 하니 '조현자 당신을 내가 강간했다고?' 어처구니없는 표정으로 그녀를 한 번 바라보고는 입을 다물었다. 아! 이게 꿈이 아니구나! 경찰 조사가 시작됐다. 유창이가 파출소 안으로 들어왔다. 그리 반가울 수가 없다.

"유창아 내가 조현자 씨를 강간했다고 하니 그건 말도 안 되는 소리 잖아. 내가 그녀를 강간한 적이 없다고 말해 줘."

하자 유창이는

"병호야 가만히 있어도 어떻게든 결혼을 성사시키려고 했는데 네가 나를 아주 망신을 줬다."

이게 무슨 말이야? 나는 깜짝 놀라 유창이를 쳐다보며 어안이 벙벙했다. 그 말을 하고 유창이는 조현자 그녀와 함께 파출소 밖으로 나갔다. '아니 이럴 수가!'

"유창아! 내가 강간한 게 아니라고 말이라도 하고 가줘."

하며 쫓아 나가자, 경찰이 나를 붙들고 제지를 했다. 유창이는 나를 힐긋 한번 쳐다보고는 조현자와 같이 나갔다. 그들이 가자, 경찰은 조사를 시작했다.

"그 방에는 이병호 당신과 그 처녀만 있었지요?"

"아니요. 친구와 그녀의 동생이 같이 있었습니다."

"그것은 처음 이야기이고 나중에는 그 방에 조현자 씨와 이병호 당신만 있었잖아. 우리가 갔을 때도 두 사람이 같이 있었잖아."

"친구 유창이가 온건 사실입니다. 밤새 같이 있었던 것 같기도 하고, 그가 간 것 같기도 하고 그렇습니다."

"아니 무슨 그런, 이것도 아니고 저것도 아닌, 말도 안 되는 말을 합니까?"

"하여간 저는 그 여자를 강간한 적은 없습니다. 말도 붙이기 어려운 여자였는데

어떻게 선 보러와서 강간합니까?"

"중대장 김유창 씨 참고인 진술도 받았어요. 그는 술을 먹고 집으로 갔다고 진술했습니다."

"나는 그 여자를 강간한 적은 없습니다."

"이봐요. 어쨌든 그 여자와 둘이 있었던 것은 사실이잖아요."

거기에 대하여 통 기억이 안 나니 어떻게 말을 해야 할지 생각이 안 난다.

"그 여자는 뭐라고 합니까?"

"그 조현자 씨는 당신이 강간했다고 확실히 진술했어요. 중대장 김유창 대위도 참고인으로 그리 진술하고 부대로 갔어요. 조현자 그는 피해자이니 나중에 경찰에서 한 번 더 부를 겁니다."

알 수 없는 일이었다.

"그 여자와 친구 중대장 유창이와 대질신문을 받고 싶습니다. 한자리에서 같이 말하게 해주세요. 그리고 그녀가 진술한 것을 보여 줄 수 있나요?"

"그건 안 됩니다. 대질신문은 경찰서나 검찰에서 할 겁니다. 그리고 진술서는 법에 따라 보여 줄 수가 없어요."

참으로 난감했다. 친구 유창이가 내가 그녀를 강간하지 않았다고 진술만 해주면 될 터인데. 그는 내가 그녀를 강간하여 자기 얼굴에 먹칠했다는 이야기를 내게 하고 가고 없다. 말도 안 되는 소리였다.

"친구 김유창 대위를 만나게 해주세요."

"조금 전에 그를 보았잖아요. 중대장 그는 근무 때문에 부대로 들어갔습니다."

"그 친구가 진술한 것을 보여주세요."

"그 진술서도 법에 따라 보여 줄 수가 없습니다."

선을 본 날, 말도 안 되는 일이 벌어진 것이다. 이게 꿈이지! 아마 꿈일 거야! 했던 것은 사실이 되고 말았다. 파출소에서는 더 조사할 게 없다며, 저녁때가 되자 내 양손에 수갑을 채우고 차에 태워 경찰서로 보냈다. 빌린 양복도 문제이지만 나를 기다리는 어머니 생각에 정말 미칠 것만 같다. 경찰서에서도 마찬가지였다. 나는 이틀 후에 서울 검찰로 넘어갔다. 나는 검찰에서 그녀와 대질신문을 요구했으나, 검찰에서도 경찰 최초 보고서에서도 원고의 진술과 증인의 진술이 확실하다며 대질신문은 하지도 않았다. 아무리 생각해도 기가 막힌 일이다. 정말로 내가 그녀를 강간했다는 것인가? 정말로 미칠 노릇이다. 그놈의 술이 웬수만 같다. 김유창이를 만나게 해 달라고 사정을 했다. 검찰은 강간을 하지 않았다고 항의하는 나를 보고

"그 방에는 너와 그 여자 단둘이만 있었다고 경찰이 보았다는데 귀신이 들어와서 강간했냐?"

검찰은 어루만지기도 하고 욕도 해대며 집요하게 말꼬리를 질질 끌면서 이야기를 하는데 나는 뭐가 뭔지 판단을 못했다. 나는 조사관에

게 달려들어 얼떨결에

"내가 그녀와 결혼하면 될 게 아닌가요?" 하니

"개풀 뜯어먹는 소리 하네."

그리고 그는

"그런 이야기는 네가 그녀를 강간했다는 이야기야, 알아들었나?"

그 말은 오히려 나를 올가미가 되는 말이 되고 말았다. 그러나 그 것은 내가 뱉어놓은 말이니 취소할 수도 없는 게 아닌가! 검찰에서는 내가 한 말을 조서에 써놓고 손도장을 찍으라고 했다. 손도장을 안 찍 으려고 버티니

"네가 한 말이 다 녹음돼있어. 들어볼 거야?"

언제 녹음을 했는지 그의 말은 사실이었다. 조사는 그것으로 끝이 었다. 아무리 생각해도 첫눈에 반한 여자에게 대들어 강간했다는 것 은 있을 수 없는 일이었다. 강간범으로 만드는 일은 일사천리로 진행 됐다.

4
항거할 수 없는 형식적인 재판

1) 1972년 11월 15일 서울중앙지방법원 재판정

재판은 오후 두 시에 예정돼 있었다. 법정 옆 피의자 대기실에서 묶여 앉아 있는 나는 숨쉬기조차도 힘들었다. 조사를 시작하고 3개월째인 오늘이 선고가 예정된 날이다. 검찰 구형은 3년이었으나 경찰에서 조사받을 시는 징역 일 년 정도는 받을 것이라고 했다. 두 시가 넘어 세 시가 되니, 이병호. 부르는 소리가 들리자, 나는 의자에서 화다닥 일어났다. 꿈속만 같았다. 바로 옆 결심 공판정으로 교도관에 끌려 들어갔다. 들어가 피고석에 서서 보니 조현자가 원고석에 앉아 있다. 재판장인 그 젊은 판사를 본 것이 오늘이 두 번째이다. 오늘 선고 공판을 한다는 판사는 서류만 뒤적이고 있다가 원고석과 피고석을 번갈아 쳐다보고 있다. 전 달 판사가 이야기한 것과 거의 같은 말을 했다.

"원고는 조현자가 맞는가?" 그녀는 고개를 숙이고 대답했다.

"네."

"원고는 묻는 말에 거짓이 있으면 처벌을 받는다는 것을 아십니까?"

"네."

"직업은 무엇입니까?"

"가사에 종사하고 있습니다."

"피고가 그날 술에 만취했는가?"

"그것은 모릅니다. 다만 피고가 술은 많이 먹었습니다."

"피고가 술을 먹고 강간을 한 것이 맞습니까?"

"네 맞습니다."

"판사님 아닙니다. 저는 강간을 하지 않았습니다. 술에 만취만 됐을 뿐 강간은 하지 않았습니다."

내가 큰소리로 외치자. 판사는

"지금 피고에게 물은 게 아닙니다. 조용히 하세요."

교과서대로 묻던 판사는 물어볼 말 다 물어본 듯 눈을 아래로 내리 뜨고 쳐다보았다.

"원고 더 할 말이 있습니까?"

"피고를 법에 따라 처벌해 주십시오."

기가 막힌 원고 조현자의 거짓 증언이었다. 아! 저 여자는 무엇 때문에 거짓말을 할까? 그렇게도 내 마음을 송두리째 가져간 그 여자가 나를 처벌하라니, 도대체 이해가 안 된다. 나는 어처구니없는 표정으로 그녀를 쏘아볼 뿐 내 말을 제지하는 법정에서 무슨 말을 할 수도 없었다. 그녀가 나의 청혼을 거절한다면 나는 그녀의 집 앞에 가서 문지기라도 할 것이라고 생각했으니 내가 얼마나 바보스러운 사람이었던가! 조현자 그 여인은 얼굴과는 정반대되는 이중인격자인 것만 같다. 저런 여자를 한 번 보고 정신이 나갔다니……. 판사는 교도관들과 함께 서 있는 나에게 피고의 주소는? 이름은? 직업은? 종교는? 결혼은 했는가? 할 말은 없는가?

그것을 묻는 판사는 교과서를 읽는 것 같았다.

"조현자 씨를 강간한 게 맞는가?"

"술에 취했을 뿐 그런 일은 없습니다."

"피고는 강간을 안 했다고 주장하나, 피해자인 조현자 씨는 검찰 조서에서도, 이 재판정에서도, 이병호 씨가 강간범이라고 처벌을 원하고, 참고인과 검사도 이병호 씨가 강간했다고 조서에 명시하고 녹음한 것도 제출했습니다."

그리고 그는 원고와 피고를 번갈아 보고는

"마지막으로 피고에게 묻습니다. 원고를 강간 안 했다는 증인이 있습니까?"

"강간했다고 주장하는 장소에는 친구인 김유창 씨와 조현자 씨만 있었기에 다른 증인은 없습니다."

"김유창 씨와 피고는 어릴 적부터 친한 친구가 맞습니까?"

"네 맞습니다."

"피고는 강간을 안 했다고 주장하는데, 피고가 강간을 안 했다면 어릴 적부터 친했던 친구는 피고의 편을 들었을 것입니다. 그런데 친구라는 김유창 씨는 피고가 강간했다고 참고인 진술에서 밝혔습니다."

"친구 김유창이는 나와 술을 먹다가 나갔고, 저는 술에 취해 방에 쓰러져 있었던 것 외는 기억 나는 게 없습니다. 친구인 김유창 씨가 그런 진술을 왜? 했는지가 저는 의문입니다. 김유창 씨와 대질신문을 요구합니다."

그 말은 판사가 꿀떡 삼키듯 목으로 꿀떡 삼켰다. 법원의 재판은 교과서대로 그저 형식적으로 지나갔다.

"오늘 서울지방 법원 가 000000. 강간 사건에 대하여 판결을 합니다."

"이 사건은 원고와 증인의 진술서대로, 피고가 술을 먹고 조현자 씨를 강간했다고 볼 수밖에 없습니다. 피고는 강간 시 원고에게 전치 3주간의 상처를 입었습니다. 그것은 의사의 진단서로 갸름합니다."

이 강간죄 사건에 대하여 형법 297조에 의해 다음과 같이 주문한다.

주문

"서울지방 법원 가 000000. 강간 사건에 대하여 다음과 같이 주문한다. 강간범 피고 이병호에게 징역 3년을 선고한다."

1972년 11월 15일.

땅 땅 땅. 판사는 망치를 세 번 두드렸다. 나의 몸에는 전율이 일어났다. 포승줄로 묶여서 재판정에 서 있던 나는 교도관들이 아니었으면 재판정 바닥으로 꽈당 넘어졌을 것이다. 그 판사는 판에 박힌 교과서적 질문을 몇 마디 던지고 판결을 해버린 것이다. 변호사를 선임하지 못했으니 돈이 원수인 것만 같다. 변호사만 선임했었다면……. 경찰에서 들은 대로라면 징역 1년이니 1년만 참으면 되겠지! 그리 생각하고는 더 버티지 않고 손도장을 찍었다. 그런데 검찰이 구형한 대로 3년이라니……. 징역 3년 그것은 내가 생각하지도 않았던 중형이었다. 나는 징역 3년을 선고한 판사를 레이건 총으로 쏘듯이 쳐다보았다. 어떤 구원의 손길이 나에게 온다는 기적은 오지 않을 것을 직감했다. 나의 가슴에 회한이 몰려오며 온몸이 사시나무 떨듯 덜덜 떨려왔다.

"억울합니다. 판사님 저 진짜 강간을 안 했어요. 피해자라는 여자의 진술 그것 다 거짓말입니다. 그러니까 허위 증언입니다. 억울합니다."

소리를 지르자 교도관이 손으로 내 입을 막고는 법정 옆 피의자 대기실로 끌고 갔다. 질질 끌려가면서 뒤를 돌아보자, 망치를 세 번 때린 판사는 나를 한번 흘긋 쳐다보고는 그냥 "다음" 했다. 판사가 꼭 칼을 든 망나니 같이만 보인다. 말도 안 되는 판결을 한 판사, '내가 언젠가는 복수를 할 것이다.' 하고는 이를 앙 물었다. 대기실로 다시 온 나는 진짜 술에 취한 사람만 같이 현기증이 왔다. 재판을 받은 사람들이 피의자 대기실로 다 나오자, 다섯 시가 넘은 것 같다. 나는 교도관들에 끌려 법정 밖으로 나오니 사진기와 녹음기를 든 기자들이 벌떼같이 달려들어 내 앞을 가로막았다. 기자들은

"1972년 강간 사건에 징역 3년이라는 중형이 선고된 것은 우리나라 사법 사상 이병호 씨가 처음입니다."

"이병호 씨 1954년 박인수 사건은 여자 70명과 성관계를 한 사기범인데 1심은 무죄이고 2심에서 징역 1년을 받았습니다. 검사가 항소하지 않아 그 사건은 그리 마무리됐습니다. 그것을 어떻게 생각하세요."

"이병호 씨 너무 억울하지 않으세요? 항소할 생각은 없으신지요."

"피해자와는 합의할 건가요? 항소하실 건가요?"

"피해자와 합의하고 항소한다면 다른 판결이 나올 수도 있을 텐데요."

장마철 개구리가 개굴개굴하는 것인지, 모기가 귀속으로 들어와 앵앵대는 것인지 분간이 안 간다. 배운 게 많아 지식도 풍부하고 영리한 기자들. 그들이 경찰관보다도 더 많은 질문을 해대는데 대답할 기력도 없었다.

"징역 3년 그건 말도 안 돼. 항소해. 법이란 공정해야 하는데, 박인

수 대위라는 놈은 헌병 대위라며 사칭까지 하며, 수많은 여자를 짓밟았는데도 봐주고, 힘없는 자는 징역 3년이라니. 항소해."

"아마도 판사가 전날 마누라랑 싸웠을 것이야. 그런 날 재판을 받으면 형량이 다르다는 소문도 있어."

뒤에서 들여오는 말들의 잔치가 귓속에 엉켜 비벼져도 나는 눈앞이 흐려져 세상이 뿌옇게 보일 뿐이다. '젠장. 아니! 강간범도 아닌데 강간에 대한 재판을 받았는데 하필 그날이 그런 날이라고……?' 처음 듣는 이야기라 그런 말을 하는 사람은 누구인가 뒤를 돌아다 보았다. 그는 전연 보지도 못한 사람이었다. 기자인가? 녹음기를 안 들은 것 같으니 기자는 아닌 것 같다. 방청객이었던 것 같다. 어쨌든 이번 나의 사건은, 경찰 조사, 검찰 조사, 판사 모두가 한통속이 되어, 없는 죄를 만든 것만 같다. 선보러 갔다가 강간죄를 뒤집어썼으니, 길 가다가 똥 밟고 넘어져 독사에게 물린 꼴이 됐다. 미칠 노릇이 아닌가!

"나는 진짜 강간범이 아닙니다."

나는 기자들에게 그 말만 한 번 하고는 고개를 푹 숙이자. 조장인듯한 교도관이

"호송해."

여덟 명의 교도관은 세 명 또는 다섯 명씩을 줄줄이 사탕처럼 묶고는 끈으로 맨 개 끌고 가듯 호송 버스가 있는 곳으로 끌고 갔다. 버스 문 앞에서 뒤를 쳐다보자. 기차 화통 삶아 먹은 소리가 귀청을 때렸다.

"빨리 차 안으로 들어가."

나는 너무나 억울해 뒤를 쳐다보며 멈칫멈칫하자,

교도관은

"얻어맞기 전에 순순히 들어가."

뒤를 돌아다 보며 멈칫거리는 나를 교도관 중 한 사람이 포승줄을

끌고 한 사람은 엉덩이를 손으로 밀어 버스 안으로 밀어 버렸다. 그들은

"야! 얌전하게 있어."

형무소에 들어가 버스에서 내리자 몇 사람씩 엮었던 포승줄을 풀고 한 사람씩 담당자가 끌고 사무실로 들어갔다. 이제 신체검사를 한다. 옷을 전부 홀딱 벗어."

"팬티까지요?"

"이××팬티는 옷이 아녀?"

"딱"하는 소리와 함께 머리에 불이 번쩍했다. 구치감과는 다른 대접이었다. 변호사를 선임한다는 것은 꿈이니 항소는 못 할 것이다. 3년 형은 일주일 후 확정이 되었다. 교도관은 확정된 판결문을 나에게 보여주었다. 교도관은 중형이 선고된 것은 여자의 치상 때문일 것이라고 했다. '이명수 당신은 판사 자격이 없는 자야. 허위 조사 서류와 허위 증언을 믿고 판결을 했으니……'

징역 3년 생각할수록 울화통이 터지고 기가 막히는 일이었지만 어찌할 수도 없는 신세가 되었다. 삼 년 동안 감옥에서 어떻게 견디나…… 아무리 생각해도 이해가 가지 않는다. 어릴 적 그리도 친했던 유창이는 나에게 도움이 될 말 한마디도 하지 않았으니 이게 있을 수 있는 일인가? 내가 술에 취해 인사불성이 되어 자는 동안 누가 방으로 들어와 그녀를 강간했을까? 그것도 아닐 것 같다. 그런 일이 있었다면 내가 아무리 술에 취했어도 그녀는 나를 흔들어 깨웠을 것 아닌가! 그건 그렇고 유창이는 왜? 내가 강간범이라고 진술을 했을까? 정말로 알 수 없는 일이 벌어진 것이다!

그랬다! 열 길 물속은 알아도 한 길 사람 마음속은 모르는 것이라고.

2부

감옥 죄수들과의 인연因緣

5
감옥이 나에게는 하버드 대학교였다

1) 또 다른 세계 감옥

이제 이병호라는 나의 이름은 없어지고, 감옥에서 준 누비옷에 2312번이라고 쓰인 하얀 헝겊 명찰이 나의 이름이 됐다. 교도관이 문을 열어 준 2평 정도가 될까 말까 한 방에는 아홉 명이 앉아 있다, 구치감과는 완전히 다른 분위기이다. 입은 봉하고 고개를 꾸벅하고 들어갔다. 11월의 냉기가 돌아 서늘하고 콩나물시루 속 같다. 방안에 사람들은 국가에서 준 방한복인 누비옷을 입은 사람이 두 명이 있었고 나머지는 사제 방한복을 입고 있었다. 좁은 자리를 비비고 들어가려니 한 사람이 손가락으로 가르친다. 그곳으로 가라는 뜻이다. 그곳은 바로 일명 뺑기통(똥통) 옆이었다. 좁은 방은 사람이 난로 역할을 하고 있었고 자리에 앉으니 똥 냄새가 코를 후비고 들어왔다. 감방 사람들은 나를 흘끗 쳐다볼 뿐 말이 없었다. 나는 고양이 앞에 쥐가 되어 감옥 방에 사람들을 살피며 엉덩이를 바닥에 붙였다. 이 큰 불행이 나에게 올 줄은 상상도 못 한 일인데 이 좁은 곳에서 3년이라니……. 정말로 기가 막혔다. 내 가슴 속에서 솟구쳐 올라오는 감정은 정말 어떤 말로 표현할 수가 없다. 가슴이 답답하고 터질 것만 같아. 소리를 막 지르고 싶다. 누군가가

"여기 감방장은 천썹구 번이(1019)야 인사드려야지?"

참, 말도 고약하다. 쳐다보니 중죄를 짓고 감방장이 된 사람은 아닌 것 같다. 옷만 방한복을 입었지 그저 평범한 사람만 같다. 무슨 특별한 말을 할 것은 없는 게 아닌가! 그에게 고개를 숙이고

"잘 부탁드립니다."

감방원들을 보아도 다 범죄를 저지르고 들어온 사람 같아 보이지는 않는다. 그저 입은 옷만 일반인과, 틀린 것 같다. 방에서 누구 하나 말을 거는 사람도 없다. 다만 서로 눈치를 보는 것인지 살벌한 분위기만이 가슴을 조여 왔다. 칼잠을 자고 일어나 아침 식사 후 오전 7시가 되자, 깡 보리밥에 좁쌀 섞인 밥이 들어왔다. 배가 고프니 그것도 감지덕지하다. 8시가 되자, 교도관이 문을 열고 10명 중 세 명을 데리고 나갔다. 그들이 나가자 앉을 자리가 좀 편해졌다. 그래도 추워서 덮고 자는 담요를 몸에 둘둘 말았다. 그들이 돌아온 시간은 저녁 식사 직전이었다. 알고 보니 그들은 모범수로 중소기업에서 보낸 일을 하고 온 자들이었다. 감방장은 나를 쳐다보며

"죄명이 뭐야?"

"강간은 하지 않았는데 강간죄로 들어왔습니다."

"여기 와서는 누구나 그리 말하지."

감방장의 목소리는 수녀의 기도 소리처럼 방바닥으로 차분히 내리깔렸다.

옆에 있는 사람이 귀엣말로 "감방장은 징역 25년짜리야. 18년 남았어." 그 소리를 듣고 보니 이런 곳도 사람이 살 수 있는 곳이구나!

나에게 내린 3년은 버틸 수 있다는 생각도 든다. 그러나 가슴이 터질 듯 답답하다. 감방에 들어와 삼 일째 되는 금요일이었다. 아홉 시가 되자, 사이렌 소리와 함께 밝은 불빛이 희미하게 바뀌었다. 잘 시간이라는 표시였다. 누우려 하는데 느닷없이 누군가가 나의 입을 수건으로 막고 모포를 씌웠다. 그것은 순식간의 일이었다. 누군가 여러 사람이 달려들어 온몸을 발로 차고 주먹으로 때린다. 내가 지르는 비명은 내 귓속으로 들어와 몸속으로 쳐들어왔다. 솜이불 속으로 들어간 것같이 마음이 편안해졌다. 아홉 명 그들에게 얼마나 두들겨 맞았는지는 모르지만, 모포가 벗겨졌다는 것을 알았을 때는 기절했다가 정신이 든 때였다. 온몸에 통증이 왔다. 누가 눈을 발로 걷어찬 것인지 주먹으로 때렸는지 나는 왼쪽 눈은 퉁퉁 부어 눈꺼풀이 눈을 완전히 덮어 실명이 된 것 같다. 군대에서 신고식은 상대도 안 될 험한 꼴을 당했다. 온몸 구석구석에 통증이 와 밤새도록 잠을 못 잤다. 아침이 되자 감방장이라는 자가 진통제라며 국과 함께 먹으라고 주었다. 조소가 섞인 듯한 얼굴로 나를 쳐다보는 감방원들 그들은 인면수심(人面獸心)을 가진 자들만 같다. 이런 곳에서 3년을 살라면 차라리 삶을 포기하고 싶다. 그러면 혼자 있는 어머니는 어쩌란 말인가? 나는 죽을 수도 없다는 생각이 들었다. 정말 미칠 것만 같다. 감방장이라는 자가 눈썹과 어깨를 치켜세우고는 목소리를 낮게 깔았다.

"2312번 이게 감방 신고식이야! 앞으로 감방 규칙을 어기면 오늘 맞은 것의 몇 배는 더 맞을 것이다. 그러면 죽을 수도 있어. 그러나 너를 죽였다는 게 누구인지 알 수가 없겠지? 너보다 먼저 들어온 사람들은 네 선배이며 형님이야. 앞으로 똑바로 하도록."

내 귓속을 파고드는 그 소리는 악마의 속삭임만 같았다. 그렇다! 모포를 씌웠으니 누가 때린 줄도 모른다. 증거가 없으니 전부 나는 안 때렸다면 그만이란다. 교도관은 방을 자세히 보지도 않고 인원수만 보았는지 밥그릇만 밀어 넣고 그냥 지나갔다. 온몸이 쑤시고 아프니 온종일 굶었다. 나는 교도관을 불러 신고를 한다 해도 그것은 군대와 같을 것 같아 포기했다. 눈 상처에 바를 약도 없으니 그냥 지낼 수밖에 없다. 말이 콩밥이지 콩은 몇 알 없고 보리쌀과 좁쌀을 찐 것은 씹으면 입안에서 보리쌀과 좁쌀이 뱅글뱅글 돈다. 그래도 그것을 감지덕지하며 먹어야 산다. 악마만 같은 감방원들을 쳐다보았다. 그들과 3년이라니……. 정말 담배 한 대만 피우고 죽고만 싶다. 감옥의 하루. 그게 어떤 건지는 실제로 경험을 하지 않고는 이해가 안 가는 사람이 많을 것이다. 사람이 자유롭게 살다가, 갑자기 좁은 방에 갇히게 되면, 가슴이 터질 것만 같다. 감옥을 나가기 위해서라면, 무슨 짓이라도 할 것이다. 그래서 교통사고를 내고 들어온 사람은, 집을 팔아서라도 피해자와 합의를 하라고 가족들을 들볶고, 변호사도 선임하라고 시킨다. 그것은 감방의 일상생활이고 진짜 어려운 것은 서로의 갈등으로 치고받고 하는 너 죽고 나 죽자 하는 식의 싸움이었다. 감방 안은 또 다른 치외법권 지대였다. 이리 떼와 같은 감방 사람들은 핀만 빼면 터질 수류탄만 같다. 숨을 죽이고 그들을 쳐다볼 수뿐이 없다. 감방에 앉아 생각하니 홀로 남은 어머니 걱정이 되고 비싼 양복값도 걱정이 된다. 속이 뒤집힐 것 같다. 3년 안에 석방되어 밖으로 나간다는 것은 꿈이다. 일요일에, 감방원들은 교회. 절. 천주교를 간다면 다 불려 나갔다. 나는 교회와는 아무 상관이 없으니 홀로 남았다. 교회에 설교를 듣고 온 사람이 와서 말을 했다. "아니 꼭 교회를 다니는 사람만 가는 게 아니야! 그냥 아무 곳이나 부르면 나가서 바람이라도 쏘이고 오면 되는 거야." 그렇구나! 감방에는 재범이 세 명이나 있었다. 먹고 살기가 힘들었나 보다! 이 개월의 감옥 생활이 지나가자, 사기죄로 들어온 경제 사범 한 명이 병보석으로 나갔다. 감방원들은 병보석은 돈의 힘이라고 했다. 썩어 뽑힌 치아에 임플란트하듯 새로 한 사람이 들어와 또 열 명이 됐다. 3054번호를 달고 새로 들어온 나이도 어린 그는 이것들이 다 뭐야! 하는 쌩쌩한 얼굴로 들어왔다. 그는 들어오자마자 뺑끼통(일명 똥통) 옆으로도 가지 않으려고 했다. 18.18 하며 뺑끼통 옆으로 가라는 부 감방장에게 주먹을 날렸다. 부 감방장 얼굴이 순식간에 코피로 피범벅이 되었다. 감방장이 달려들어 그를 날개 꺾기로 제압하고 비상벨을 누르자, 교도관 두 명이 바로 왔다. 그놈은 순순히 수갑을 차고 징벌방인 독방으로 즉시 갔고. 부감방장은 치료소로 갔다. 감방장이 말했다.

"저 자식 하는 짓이 또 오겠구먼."

감방장은 그가 다시 방으로 오면 시행할 신고식에 대해 말을 했다. 모포를 씌웠을 때 급소를 때려서는 안 된다며 급소를 알려줬다. 그때서야 내가 그 지독한 매를 맞으면서도 죽지 않았다는 것을 알았다. 내가 눈을 맞은 것은 어느 한 사람의 실수였을 것이라는 것도 알았다. 군대에서도 엉덩이를 때릴 때도 엉치뼈를 때리지 않고 살만 치는 요령이 있었다. 그와 같은 것이었다. 부 감방장을 폭행한 그가 징벌방으로 직행했다가 다시 왔다. 그도 나처럼 신고식은 몰랐을 것이다. 그가 독방에서 돌아온 저녁 아홉 시에 감방장의 눈짓으로 부 감방장이 달려들어 그에게 모포를 씌웠다. 전원이 달려들어 발길질과 주먹질을 해댔다. 전부가 킥복싱 선수만 같았다. 감방원들은 자기가 감옥에 온 게 그놈 때문이라는 듯 인정사정이 없었다. 감방장의 눈짓을 어길 수가 없다. 그러니 나도 동참을 했다. 그저 손에 힘을 빼고 때리는 시늉만 했다. 얻어맞으며 억! 억! 하든 소리가 멈추고 그가 담요 속에서 꿈틀거리는 것을 멈추자, 감방장이 손을 들었다. 중단하라는 표시였다. 기절한 것이었다. 나도 그들이 그렇게 했을 것 같다. 이제 그가 정신을 차리고 일어나면 아침 식사 때에 진통제를 줄 것이다. 감방원이 의무실에서 먹는척하며 마술사 같은 실력으로 몰래 숨겨 가져온 진통제이다. 나는 눈을 감고 누워서도 잠이 안 왔다. 감방원들도 자는 척했지만, 나와 같이 잠을 못 이루고 있었을 것 같다. 그것은 맞은 사람이 혹시나 죽지 않았을까 하는 공포감이었다. 나는 무서운 공포감뿐만 아니라 온몸에 소름이 돋았다. 두들겨 맞은 그는 20여 분 정도가 지난 다음 신음을 하며 일어났다. 그가 깨어나자 나는 안도감에 한숨이 나왔다. 감방장은 그를 보고 검지를 까딱대자, 그는 엉거주춤 기어가 감방장 앞에 엎드렸다. 감방장 그는 왕답게 말을 했다.

"여기는 선 후배가 분명한 곳이야. 너는 감방 규칙을 어긴 것이야. 그래서 맞은 거야. 까불면 어찌 된다는 것을 알았을 테니 앞으로 똑바로 해!"

칠팔월에 잡아먹을 똥개처럼 두들겨 맞은 그는 꼬랑지를 내린 개만 같았다. 그는 동공이 풀어져 허공을 헤매고 있는 것 같다. 그는 알아들었고 시키는 대로 하겠다는 뜻인지 고개를 주억거렸다. 아침 식사가 배달되자. 감방장은 그에게 멀건 국물과 함께 먹으라고 진통제를 주었다. 알고 보니 그는 신출내기 새끼 조폭이었다. 3054번 그의 말을 들어보았다. 징벌방에 가니 포승줄로 온몸을 누에고치가 되도록 만든단다. 그리고 식사 때가 되면 밥그릇만 밀어주고 간단다. 죽지 않으려면 개같이 밥을 먹어야 한다고 했다. 대소변도 옷에다 그냥 쌌다고 한다. 그래서 이 좁은 방보다는 독방이 편할 것 같다는 나의 망상은 깨졌다. 징벌방과 독방을 착각한 것이다. 징벌방을 갔다 온 신입처럼 사회에서 왈왈대며 사고를 치다가 감옥엘 들어오는 놈이 정말 정상적인 놈일까? 아마도 개판을 치며 먼저 들어와 있는 감방 선임들에게, 손찌검과 욕을 하며 안대든 다는 보장이 있을까? 그래서 신고식으로 새내기를 제압하는 것 같다. 신고식 그런 것을 교도관들은 정말 모를까? 군대에서 신병 신고식을 아는 중대장이 눈을 감아주듯 그냥 눈감아 주는 걸까? 뺑기통 옆은 신입이 차지하지만, 더 어려운 것은 앉을 자리와 누울 자리가 좁다는 것이다. 그것은 한 마디로 고문이었다. 정말로 콩나물시루 속 같은 방. 정 죽겠으면 일어나서 앉았다, 일어났다를 반복하다가 다시 그 자리에 주저앉는 수밖에 없다. 그곳은 죽으려도 죽을 수도 없다. 다들 보고 있는데 어떻게 죽을 것인가! 죽는 것도 선택된 자만이 죽을 수 있다는 곳이 바로 그곳 감옥이다. 내가 다리를 뻗고 누우면 다른 사람은 더 좁은 공간으로 밀려나야 한다. 그것을 그냥 넘길 사람들이 있을까? 밤이 돼야 칼잠을 잘 수가 있는 것이다. 칼잠이란 한 사람씩 건너뛰어 머리를 대고 자는 것을 말한다. 그러면 반대편 사람 발이 바로 코앞에 닿는다. 그러면 목욕도 안 한 발에서 나는 냄새는 견디기 어려운 고약한 냄새이다. 그런데 감방원 한 사람이 사흘 동안이나 계속 코를 골자. 그게 도화선이 됐다.

"ㅆㅂ 놈 코는 팔자 좋은 놈이나 고는 거야."

말을 한 자는 벌떡 일어나더니 코를 곤 자의 머리를 발로 짓뭉개 버렸다. 비상벨을 누르자 교도관이 쫓아오고 금방 난리가 났다. 그는 "ㅈㄸ. 독방 갔다 오면 되겠지,"

날벼락을 맞은 사람들이 전부 일어나서는 맞은 사람을 동정하는 게 아니라, 감방원들은 "말똥 싸다"라는 그런 눈으로 피투성이가 된 자를 보고만 있다. 폭행을 감행한 자는 정말 독방이 어떤 곳인지 모르고 그랬을까? 그는 참다 참다 그만 폭력을 행사하고 만 것이다. 그는 바로 두들겨 맞은 사람과 함께 교도관에 이끌려 나갔다. 감옥에 갇힌 예민한 사람은 이 생각 저 생각에 잠 못 이루는 밤이 많다. 감옥이라는 곳이 그런 곳이다. 그러니 그런 사건이 발생한 것이다. 3년 동안은 어차피 이 지옥 같은 곳에서 살아야 한다. 밖으로 나간다는 것을 포기하니 마음이 좀 가라앉았다. 그러나 답답하고 무료한 시간에 마음을 다스릴 무언가가 필요했다. 감옥 안에서라도 새롭게 살아보자. 아무리 어려워도 내가 한번 변해보자. 우거지상을 하고 독이 오른 뱀 같은 감방원들에게 미소를 보내 보자! 간식을 사는 사람들에게도 진심으로 감사하다는 말을 했다. 그리고 감방원들의 이름을 전부 외워 수인번호 대신 존칭사를 붙여 이름을 부르기로 마음을 먹었다. 학교에서 태조 이성계와 무학대사의 돈시돈(豚視豚) 불시불(佛視佛)을 들을 이야기가 생각났기에 이다. 그렇다! 내가 타인에게 대접한 대로 내가 대접받는다. 나는 내 마음조차 바꾸어보려고 감방장에게 수인번호를 부르지 않고 OOO 선생님 하자, 감방장 그는 아니 꼽살스런 눈으로 나를 쳐다보았다. 감방장을 선생님이라고 부르는 내 말을 들은 감방원들은, 깔보는듯한 경멸적인 냉소의 비웃음을 나에게 보냈다. 또한, 몇 명은 내가 미쳤나 하고 쳐다보는 것 같다. 당연하겠지! 나는 돈시돈(豚視豚) 불시불(佛視佛)을 생각하며 그들의 표정에는 상관 안 했다. 감방원들 전원에게 앞으로는 전부 선생님이라고 부를 것이라고 설명했다. 그것은 이 방에 같이 있는 분들은 농사만 짓다가 온 나보다도 사회 경험도 많고 중학교만 겨우 졸업한 나보다는 학력도 높을 것 같기 때문이라고 나는 설명했다. 그리고는 그들을 부를 때 수인번호를 부르지 않았다. 나이가 많든 적든 존칭사를 붙여 OOO 선생님하고 불렀다. 다들 말은 안 해도 좋아하는 눈치였다. 살벌한 감방 분위기를 바꾸어보기 위한 시도는 성공적이었다. 감방원들에게 선생님이라 부르며 존칭사를 쓰자, 신고식 할 때를 빼고는 확실히 감방 분위기가 달라졌다. 돈시돈(豚視豚) 불시불(佛視佛)은 딱 맞는 말이었다. 감옥에서 책을 읽는 사람이 있다는 이야기를 들었다. 망설이다가 교도관에게 밝은 미소를 보내며, 책을 읽어 보게 해달라고 했다. 나이가 많아 보이는 교도관은 내 미소에 미소로 답하며

"필요한 책이 있으면 말해."

교도관의 미소를 본다는 것은 뜻밖의 일이었다. 아! 내가 미소를 보내니 그도 미소로 답을 하는구나! 나는 '데미안'을 신청했다. 그 책을 신청한 것은 중학교 때 읽어보았지만, 그것은 대충 읽었기에 다시 한 번 읽어보고 싶어서였다. 책은 바로 가져다주었다. 책을 읽으려니 가슴이 답답해서 읽을 수가 없다. 감방원들이 떠들거나 말거나 귀를 막고 그저 책 한 단어 한 단어에 눈으로 매달렸다. 그게 습관이 되니 책을 읽을 수 있게 됐다. 아프락사스. 새는 알을 깨고 나오려고 투쟁한다. 새의 그 알은 세계이다. 태어나려고 하는 자는 신을 향해 날아간다. 그 알은 천사와 악마의 두 개의 얼굴과 짐승이기도 하며 여자이기도 하고 남자이기도 한 아프락사스, 또한 아프락사스는 가장 추악한 것과 선한 것과 뒤섞여 있는 알이었다. 나는 그 말의 뜻을 전혀 이해 못 했었다. 그러나 깊이 들어가 보니 그것은 두 개의 영혼을 가진 인간을 이야기하는 것이었다. 그렇다! 인간은 껍질에 쌓여있는 알이었다가 산산이 부서지는 껍질이 깨지는 아픔을 감내하고 나온 한 마리의 새일 수도 있다. 그리고 아프락사스가 되는 것이다. 아프락사스는 신일 수도 있고 세상을 모른 아프락사스는 바보 멍청이일 수도 있다. 또한, 아프락사스는 맑음과 어둠의 세계를 동시에 가진 인간 새이다. 그것이 바로 나라는 것을 책에서 발견했다. 그렇다! 내가 그동안 궁금했던 것이 풀렸다. 책은 마음을 바꾼다는 것을 인지했다. 다 읽어본 책은 반납하고 계속 책을 주문했다. 더 많은 책을 읽어 볼 것이다. 그렇게 되어 감옥은 답답하지만, 나에게는 공부하는 교실도 되었다.

평일에 책을 읽는다는 것은 쉽지 않았다.

　일요일은 감방원들은 교회나 천주교회나 불교 강의를 들으러 나가니 오전이나 오후에는 감방 안은 사람이 적다. 그 시간은 다른 이들의 말에 신경을 안 써도 되니 책을 읽기가 좋다. 그래서 나는 일요일이 좋았다. 감방원들과 나는 어쨌든 한배를 탄 사람들이다. 나는 그들에게 어떤 말이든 미소를 지으며 상냥하게 말을 하려 노력했다. 죄를 짓고 감옥을 왔어도 그들에게도 자존심은 있는 것이다. 그들도 자존심이 있는 하나의 인격체이다. 인격을 높여주자! 사기죄로 들어온 사람, 도둑질, 소매치기로 들어온 사람. 강간으로 들어온 사람들 그들도 다 똑같은 인격체이다.

　도둑질과 사기죄를 들어온 자와 진짜 강간범으로, 잡혀 온 자들이 말을 했다.

　"돈 많은 자들에게 가난한 우리는 사람도 아니야. 그래도 먹고는 살아야 할 것 아냐? 그 연놈들 돈을 좀 빼앗기로서니 그게 무슨 죄인가?"

　"씨× 나는 그놈들 집에 쳐들어가서 금고에 있는 금붙이와 명품을 좀 훔친 것뿐이 없어, 그러니 도긴개긴이란 말이야. 이 말은 대도(大盜) 조세형이 한 말이야. 틀린 말이 아니지!"

　"조×, 정욕은 폭풍우야. 모험이고, 소모품이니, 바람에 날아가면 아무것도 남지 않아."

　"틀린 말은 아니지만 어쨌든 그것은 판사가 보면 그냥 되는대로 몇 년 하고 망치를 두드릴걸!"

　"강간이라는 것은 고추가 남자에게 매달려 그 청을 들어준 것뿐이라고. 머심애는 말이야 고추가 달렸다고, 그게 왜 달렸겠어. 써먹으라고 달린 것 아냐. 그렇다면 고추는 어디에 쓸 것인가 뻔한 거 아녀?"

"그래서 강간을 했다 이 말인가?"

"강간이 아니라 너 좋고 나 좋고 한 것이지."

그런 마음을 가진 사람들 때문에 감옥은 빌 틈이 없나 보다. 감방원 가운데 도둑질을 하다가 붙들려 징역 2년을 선고받은 자의 말은 눈물 겨웠다. 그는

"가난이 죄이지. 돈이 있어 먹을 게 있었다면 누가 식구를 먹여 살리기 위해 도둑질을 하다가 붙들려 감옥엘 오겠습니까? 정말로 나에게는 어떤 일도 할 일이 없었습니다. 나는 강도는 아니였습니다. 첫 도둑이 첫날 걸린다고 내가 그렇게 됐습니다."

가슴이 뭉클하는 말이었다. 그렇다! 가난은 죄의 원인이 될 수도 있는 것이다.

일이 있을 때만 하는 중소기업 일을 하는 시간을 빼고 식사 시간과 일주일에 한 번 감옥 안 운동장에 나가 한 시간 운동하는 시간을 빼고는 책을 읽을 수 있었다. 교도관에게 부탁하면 읽어 본 책은 반납하고 책 목록을 보고 주문한 책을 가져다주었다. 감방은 연신 사람들이 들고 나고 했다. 감옥에 들어온 자들은 특별한 자를 빼고는 대부분이 가난한 자들이었다. 낚싯대에 걸린 배고픈 한 마리의 고기인지도 모른다. 먹고 살기 위한 투쟁이 법의 잣대에 걸린 것일까?

감옥에 누가 나가고 다시 들어오는 사람이 간식을 산다면 그 지긋지긋한 덜 익은 보리밥과 좁쌀을 씹어 넘기는 것보다는 달콤한 팥빵에 통닭을 먹는 것은 입안에 잔치를 벌이는 것이니 참 맛있고 좋다. 돈 있는 자가 영치금이 많다면 감방의 왕이 그것을 뺏어 먹는 것은 식은 죽 먹기만 같다. 감방에 누구든 간식을 주문하라는 감방장의 은근한 압력에 대해 말할 사람은 아무도 없다. 감방원들에게는 적지만 날개죽지나 닭 꽁지 기름샘이라는 떡고물이 떨어질 것이니까! 콜라

나 사이다 빵은 새로운 맛이다. 확실한 범죄를 저지르고도 반성은커녕 별이 무슨 자랑인 듯 나 별이 몇 개여 하며 폼을 잡고 들어오는 자도 있었다. 감방에서 그들의 이야기는 다 오만과 편견에 쌓인 변명이다. 하나같이 죄가 없단다. 그리고 세상 탓만 한다. 그래도 나는 그들에게 항시 미소를 보내며 그들의 이야기를 경청해줬다. 그리고 한 감방원이 된 그에게 깍듯이 선생님이라고 불렀다. 그것은 나와 그들 사이를 가깝게 해줬다. 또 감방원들끼리 서로 마음을 터놓고 이야기를 하는 것까지 발전했다. 그 바람에 감방 안에서 싸움하다가 징벌방으로 가는 사람이 없어졌다. 대화란 그리 중요하다는 것도 깨달았다. 아무리 보아도 정신 이상자 같은 사람이 들어왔다. 그는 천정을 보며 "사탄아 물러가라"를 울면서 계속 외쳤댔다. 보다 못한 감방장은 신고식이 시작도 되기도 전에 못 참겠다는 듯 한마디 했다.

"시끄러워 헛소리는 네 집에 가서 하늘에 대고 해! 뭐 하다가 들어왔어?"

"신도들이 예뻐서 안아 준 것밖에 없어요."

"자식 강간범이군."

그래도 그는

"주여 저들을 용서하시옵소서,"

계속 그 소리를 반복하자. 감방장이

"야! 너 조용히 못 해?"

감방원들은 술 취해 깨어 아픈 속에 해장을 하는 듯 세상에 있는 욕은 다해 재꼈다.

"ㅆㅂㄴ. 저런 놈은 고추는 왕팅이 벌통에 좀 넣어 두었다. 꺼내야 할 거야."

"들개가 가면을 쓴 하나님 졸이지."

"누가 누구를 용서해."

"저질스럽고 교활한 놈."

"야. 잡아먹을 때 뭐라고 하고 잡아먹었니?"

"햇병아리를 잡아먹었니. 늙은 암탉을 잡아 고아 먹었니." 등등…….

감방원들이 말로 난도질을 하자. 감방장은

"저 새끼는 눈깔을 보니 정상이 아니야. 그만해."

그는 이틀 후 신고식을 치르고서야 곤혹스러운 듯 표정을 애써 감
추며, 통통 옆도 황송한 듯, "주여." "주여." 소리는 씹어 목구멍으로
삼키고, 차디찬 찬 방바닥에 납작 엎드렸다.

싸우다가 폭행죄로 들어오는 자들과 교통사고를 내고 들어온 자들
은, 그 지겨운 감옥 생활을 청산하려고, 큰돈을 주고서라도 합의해 달
라고, 면회 온 가족을 들들 볶는다. 그들은 변호사를 선임하고 피해
자와 합의하면 거의 6개월이면 나간다고 한다. 아마도 감옥 쪽으로
는 오줌도 안 눈다고 하고 나갈 것 같다. 나는 감방원 그들의 이야기
가 새삼스럽기만 했다. 사람들이 먹고살 직장이 없다면, 아마도 남의
것을 빼앗아 먹으려고 하지 않을까? 배가 고픈 사람이 먹을 것이 없
다면 범죄에 빠져들 것이다. 나는 농사나 지으며 살아왔으니 세상 물
정을 모르는 눈뜬 봉사였다. 감옥에 들어와 느낀 것은 나는 천진난만
한 어린아이였다는 사실이다. 감옥에서 읽어 보는 책은 나를 확실히
바꾸어 놓기 시작했다. 또 한 사람이 나가자. 얼굴에 징그러운 미소를
실실 띤 사람이 들어왔다. 그는 이곳은 별것 아니라는 듯, 감방 안을
휘둘러 본다. 부 감방장이 그에게

"뭐하다 왔니?"

"뭐 사업 좀 하다 잘못돼……. 응, 두 번쨉니다."

"뭔 사업?"

"청춘사업인데 그게 뽀롱 나는 바람에."

"이 새끼 뚜쟁이였군."

어머니는 어떻게 마련했는지 겨울 방한복과 영치금을 감옥으로 보내왔다. 절기로는 입춘이지만 아직도 감방은 냉장고만 같았다. 그걸 입으니 세탁소 생각도 나고 덜 춥게 지낼 수가 있었다. 어머님의 은혜는 정말 하늘만 같다. 그동안에 감옥에서 있었던 일은 빼고 선보러 갔다가 죄를 뒤집어썼다고만 간단히 쓴 편지를 보냈었다. 어머니에게서 편지가 왔다. 그 편지를 보려니 가슴이 덜덜 떨려왔다. 편지는 검열하기에 다 뜯겨서 왔다.

어머니가 보낸 편지

'사랑하는 내 아들 병호야.

이 엄동설한에 감옥에서 어찌 지내느냐? 나는 잘 먹고 잘살고 있다. 요즈음 에미는 새벽에 일어나 비닐하우스에서 기른 시금치 등을 수확해 팔고 땅 밑에 묻어놓은 무우를 꺼내다가 시장에 가서 판다. 항시 바쁘니 밤늦게 서야 처음으로 너에게 글을 쓴다. 자주 편지도 못 하니 마음이 괴롭다. 글을 쓰다가는 눈물이 나서 편지를 쓸수가 없구나! 편지를 쓰다가 찢어 버리기를 한 것이 몇 개월 동안 한두 번이 아니다. 이 편지를 써놓고도 너에게 붙일까 말까, 고민하다가는 그냥 보낸다. 네가 있을 때는 그래도 집이 훈훈했는데 나 혼자 있으니 너무나 쓸쓸하다. 네가 감옥엘 가다니 내가 대신 감옥을 들어가고 싶구나. 장가가겠다고 선을 보러 가서 무슨 죄를 지었겠니? 나는 마음 착한 네가 죄를 짓지 않았다고 믿는다. 법원에서 집으로 온 편지를 보고는 청천벽력이라 믿을 수가 없었다. 언젠가 네 죄가 아니라고 할 날이 있을 것이다. 그저 꾹 참고 견디거라. 네가 감옥에서 사는 걸 생각하면 밤에 잠이 안 온다. 자식이 감옥에 있는데 편히 잠이 오겠느냐? 네 아버지가 돌아가시고 네 동생마저 죽으니 그 아픔을 가진 나를 너는 모를 것이다. 너는 단 한 점인 하나뿐인 아들이다. 나에게 있어서는 무엇과도 바꿀 수 없는 소중한 단 하나의 희망이며, 내가 의지할 수 있는 하나의 혈육이다. 너의 아버지 제삿날은 더욱 쓸쓸했다. 네가 있어서 절을 한다면 얼마나 좋을까도 생각해 보았다. 네가 추운 방에서 지내는 것을 생각하면 에미는 잠이 안 온다. 에미가 돼서 네게 해줄 것이 없으니 안타깝기만 하다. 네가 선보러 가던 날 세탁소에서 빌린 양복 값은 사정사정하여 양복값 반만 주고 해결을 했다. 세탁소 사장님 참 고마운 분이다. 네가 나와서는 그분에게 인사를 해야 할 것이다.

네가 집에 있을 때는 집으로 돌아오는 길이 참 좋았다. 그러나 지금은 텅 빈 집으로 온다는 게 너무나 쓸쓸하다. 나는 가난하고 돈이 없어도 너와 함께 사는 것이 참 좋았다. 이 이야기를 해야 할지 망설이다가 글을 쓴다. 지금 우리 동네는 물론 이웃 동리까지 염병(장티브스)이 돌아 난리가 났다. 보건소에서 길을 막고 누구도 출입을 못 하게 막고 있다. 그래서 장사도 못 나간다. 네가 친했던 친구 유창이네! 동내에 염병(장티푸스)이 들어 그 동네는 염병에 쑥밭이 되었다고 한다. 그런데 불행하게도 유창이네 가족이 전부 명줄을 놓았다는 소문이다. 안타까운 일이지만 그곳을 가 볼 수도 없다. 그리 알고만 있어라. 우리 동네에도 춘식이네 집에 염병이 들어 보건소에서 나와서 그 집 입구에 흰 가루를 뿌려놓고 줄을 쳐놓고, 우리 동리 입구에도 사람의 출입을 막고 있다. 네가 있는 감옥은 그런 일은 없겠지? 조심하거라. 여기 사람들은 염병에 안 걸리려면 소주를 마셔야 한다면서 술을 못 마시는 사람들도 소주를 하루 한두 차례씩 마시는 집이 생겨났다. 나는 새벽마다 일어나서 정한 수 떠 놓고 네가 전염병인 염병에 걸리지 말게 해달라고 조상 신님에게 빌고 있다. 그리만 알고 있거라.

나는 매일 네가 보고 싶어서 눈물이 난다. 어느 부모가 자식이 감옥에 가 있는데 마음 편할 사람이 있겠느냐? 혼자 있으니 단 하나뿐인 네가 너무나 보고 싶구나.

자식 사랑은 부모가 되어 보아야 아는 것이다. 감옥 방에 불을 때는 데가 없다니 얼마나 추우냐? 너에게 방한복을 마련해서 보낸다. 영치금을 많이 보내주지 못하니 정말 미안하다. 아무래도 영치금이라도 자주 넣으려면, 평생 지켜온 밭을 팔아야 할 것 같다. 그런다 해도 산 입에 거미줄이야 치겠니? 너만 건강하게 잘 있다가 나오면 모든 일이 잘될 것이. 집에 혼자 있으니 단 하나뿐인 네가 너무나 보고 싶구나. 부디 몸조심하거라……'

영치금은 무슨 돈이 생겼는지 계속 들어왔다. 영치금을 보내는 게 쉽지는 않았기에 궁금했는데 어머니의 편지에서 윤곽이 잡힌 것이다. 그렇구나! 어머니는 내 방한복과 영치금을 보내기 위하여 땅을 팔은 것 같다. 내가 여섯 살 때 6·25 전쟁이 터졌다. 아버지 어머니는 죽어도 내 땅에서 죽는다며 피난을 가지 않았다. 그런 우리 집 목숨 같은 땅을 내가 감옥에 가자 팔아버린 것 같다. 모든 것이 내 탓이다! 어머니의 편지를 받고 읽고서 가슴이 터질 것만 같다. 마음속으로 얼마나 울었는지 모른다. 단 하나뿐인 핏줄인 아들은 어머니의 희망이었다. 어머니는 편지에서 다른 동리로 이사를 했다고 했다. 개 또 닭 염소를 나 데리고 이사를 했는지도 궁금하다 이사한 집이 좋을 리는 없을 것 같다.

편지를 읽으며 눈물을 흘리니 어릴 적 어머니와의 추억이 영화처럼 머릿속을 지나갔다. 어머니는 안 봐도 뻔하다. 내가 감옥에 있는 동안 매일 정화수 떠놓고 흐느끼며 빌고 빌고 하실 것이다.

요지경 속 같은 감옥에 들어온 지가 6개월이 넘었다. 항시 의문인 내 사건을 아홉 명의 사람들에게 공개 하소연을 했다. 그들은 사회 경험도 풍부할 뿐만 아니라, 나하고는 확실히 다른 세상을 살다가 온 사람들이니 잘 알 것 같았다. 당시의 사정 이야기를 하자, 그들은 자기 나름의 생각을 솔직히 이야기하였다. 그것은 내가 그들에게 깍듯이 선생님이라고 부른 것에 대한 보답 같기도 했다. 두 명은 술에 완전히 취하면 전연 생각이 안 나니 그럴 수도 있다고 하고, 여섯 명은 아무리 취했어도 강간을 하면 기억이 있다고 했다. 감방장은 술에 취해도 상대방을 강간하려는 생각이 있었느냐 없었느냐에 따라 생각이 날 수도 안 날 수도 있다고 했다. 그날은 확실히 나는 인사불성이 되도록 취한 것은 맞다. 그들의 이야기대로라면 처음 만나 선을 본 여자를 강간할 생각은 전연 없었으니 나는 확실히 강간을 안 했을 것이다. 감방장은

"대 도시에도 강간 사건은 부지기수인데 군부대라고 강간 사건이 없겠나? 시내 여관도 아닌 시골 방은 문을 잠금장치가 너무나 부실하다. 잡아당기면 거의 그냥 열린다. 그러나 방문 앞에 남자 신발과 여자 신발이 가지런히 있다면 아무리 강심장 군인이라도 문을 열고 들어가 강간은 하지 않았을 것이다."

'아! 그렇겠구나! 나는 왜 그런 생각을 못 했을까?'

감방장 그는 단번에

"네 친구 중대장 그는 이성을 잃고 암창난 개를 발견한 숫캐가 됐던 것일 거야. 그 범인은 당신의 그 알뜰한 친구 중대장이야!"

그는 범인을 중대장 유창이라고 결론을 내렸다. 그리고

"피고였던 당신의 어리뻥뻥한 진술도 문제였지만, 판사의 시시콜콜한 교과서적 이야기는 빼고 보면 판사의 판결문이 된 핵심은 피해자라는 여자와 당신의 친구가 증언한 진술일 것 같다. 그런 데다가 피고는 바리케이드인 변호사도 선임을 못 했으니 판사 검사는 신경 쓸 일이 없어진 것이다."

유창이가 범인일 것이라고 의심을 했는데 딱 맞는 말 같다. 그렇다! 바보 같은 내가 그 말을 들으니 머리가 지끈거리며 사정없이 아파져 왔다. 25년 장기수 방장 그는 법에 대하여 참으로 아는 게 많고 사회 경험도 많은 것 같다. 그의 지론은 확실히 맞는 것 같다. 감방장은 나를 판결한 담당 판사 이명수는 1944년생이라고 하며 대학교 다닌 이력까지도 알려주었다. 감방장의 말이 맞는다면 그 판사와 나는 동갑이었다. 감방장은 검찰에서 진술한 내 이야기를 듣고 내 얼굴을 다시 쳐다보고는

"참 한심한 사람이군. 아니 강간 사건에, 그를 데리고 살면 안 되냐고 했다면, 법을 아는 사람들이 그것을 어떻게 받아들이겠나. 2312번 당신은 당신이 올가미를 스스로 만들고, 그 올가미에 몸을 집어넣은 멍청한 짓을 한 것이야. 당신 참 경험이 없어도 너무 이 사회를 모르는 사람이었군, 그러니까 판사는 그 진술서를 보고 당신이 확실히 범인이라고 판단을 했을 것이야. 여기서 나가면 앞으로 정신 차리고 살아."

그들의 말을 곱씹으며 생각을 해봐도 감방장의 말이 맞는 것 같다.

그날 방 밖에 조현자 신발과 내 신발이 나란히 있었으니 강심장을 가진 자라도 문을 열고 들어와 강간은 안 했을 것이다. 만약에 유창이가 범인이 아니라면, 그는 나를 위해 면회라도 한 번쯤 왔을 것이다. 그리고 진술서도 내가 범인이 아니라고 했을 것이다. 그러나 유창이는 면회는커녕 조사받는 내내 연락 한 번도 하지 않았다. 그것은 확실히 감방장의 말을 뒷받침하는 것이다. 한편으로 생각해보면 처녀인 조현자가 술에 만취해 방에 벌러덩 누워있는 나를 보고 어떤 생각을 가졌을까? 나와 그녀가 결혼한다는 것은 여드레 삶은 호박에 도래송곳도 안 들어갈 뻔한 일이었을 것이다. 어쨌든 그날 어떤 일이 벌어진 것만은 확실하다. 유창이가 조현자를 강간했다면 두 사람이 짜고서 나를 감옥으로 보낸 것? 왜? 그랬을까? 그게 항시 의문이다. 그게 확실하다면 '유창이 너 내가 나가기만 해봐라. 조현자와 너는 나에게 죽은 목숨이다. 라스코리니코프처럼 너희를 죽일 것이다. 판사도 그냥 두지는 않을 거야! 그러면서 이를 박박 갈았다. 복수를 꼭 해야 한다는 에고(Ego)는 시베리아의 한겨울 얼음장같이 굳어졌다.

　감옥에서 조금이라도 편하게 지내려면 돈이다. 돈이 있어야 한다. 그러려면 첫째는 큰 로펌 변호사를 선임하면 된다. 이틀 간격으로 서너 명의 변호사가 와서 면회 신청하면 그만큼 갇혀 있는 시간에서 벗어난다. 그리고 사식도 먹을 수가 있다. 그것은 재벌들이나 할 수 있는 일이다. 두 번째는 감방장에게 잘못 보이면 그냥 인정사정없이 얻어맞는다. 그것을 피하려면 그에게 영치금에서 통닭이든 빵이든 사서 연신 먹여야 한다. 옛말에 며느리가 미우면 버선 뒤꿈치가 보기 싫다면서 며느리를 구박했다고 한다. 그와 마찬가지로 억지 트집을 잡고 패도 거기에 항거할 수가 없다. 그러니 그저 집에다 영치금 좀 많이 넣어 달래서 영치금이 두둑해야 한다. 감방 안의 사람들은 대부분이 가난한 사람들이었다. 나 또한 가난한 집의 아들이 어찌할 것인가? 그저 발길에 걷어 채인 강아지가 되어도, 이를 사려물고 꼬리를 흔들어야 했다. 그 감방장 장기수는 2심에 항소한 사람들에게 죄의 질을 묻고 2심 판결의 형량 선고도 정확하게 맞추었고 항소한 그들에게는 어느 변호사를 선임해야 형량도 깎인다면서 자세한 이야기를 해주는 사람이다. 그의 말은 판사의 말과 같다고들 했다. 밝은 하늘 아래서 일할 곳과 먹을 것과 편히 잘 곳만 있다면 그곳이 바로 천국이라는 것을 느낀 곳은 바로 감옥에서이다. 감옥 생활을 하면서 나는 우리에 간힌 동물을 생각하게 됐다. 그 동물도 얼마나 답답할까! 오후 8시가 되면 교도관이 열쇠를 떨그럭거리며 와서는 방 창 구멍을 넘겨다보며 사람 숫자를 세어보고

"시끄럽게 굴지마 떠들면 독방으로 보낸다. 알았어?"

어쨌든 그런 엄포를 놓고 감방 감시 교도관이 열쇠를 쩔그럭거리면서 통로를 빠져나가면 통로의 밝은 등불은 희미한 불로 변한다. 그렇다고 아주 캄캄하지는 않다. 그때 감방에서는 바로 다른 세계가 펼쳐진다. 신고식도 그때 한다. 감옥의 밤, 낮에 왕이었던 감방장은 밤의 왕이 된다. 한방에 있는 사람들은 감방장 그가 어떤 행동을 할지 벌써 다 안다. 그중에서도 감방장 옆에서 자는 강제 추행을 당해야 한다. 그가 감방장 옆에서 있어야 하는 이유는 젊다는 것 하나이다. 감방장의 선택을 받으면 임금의 총애를 받는 왕후 다음의 벼슬을 받듯이 그는 감방장이 특별 대우를 해준다. 그게 통닭이 한 마리 들어오면 다리 하나는 감방장, 하나는 동성애자의 것이다. 취침 시간이 되면 며칠에 한 번씩은 그를 엎어 놓고 올라탄다. 끙끙거리며 참 듣기 거북한 말도 한다. 그랬다! 감옥은 남자를 뒤엎어놓으면 여자였다.

감옥 그곳은 우리나라 법에 따른 죄를 지은 사람들을 모아놓은 곳

이니 어떤 일이 일어날까? 그곳에서 일어나는 폭행은 나이와는 아무 상관이 없이 펼쳐지는 곳이다. 그들은 무료한 시간을 보내기 위해 한 방에 앉아 그들이 사회에서 어떤 범죄를 저지르고 온 것을 서로 이야 기하는 곳이기도 하다. 감방장이나 부 감방장은 그가 관심이 있는 한 사람을 지목하고 그의 사건을 한번 들어보자고 한다. 몇 년이나 감옥 생활을 한 감방장도 형사 뺨치게 노련한 조사관 같다. 부 감방장은, 지목된 당사자에게

"얼토당토않은 거짓말을 하면 안 돼! 사실대로 이야기해 봐. 거짓말 을 했다고 판단됐을 때는 가차 없이 두들겨 팬다."

그러니 지목된 그는 사회에서 저질렀던 범죄에 대하여 솔직히 털 어놓을 수밖에 없을 것이다. 그것은 산 교육이다. 그 사람이 저지른 범죄에 대한 자세한 이야기를 들을 수가 있는 것이다. 그러면 그곳 은 그들의 범죄 지식을 전파하는 곳이 돼버린다. 심심하면 부 감방장 은 새로 들어온 사람들이나 전에 들어온 사람들에게도 그의 범죄사 실을 그대로 자세히 말하라고 했다. 그것은 거역할 수 없는 감방의 규 칙이 돼버린 것 같기도 하다. 그들의 이야기는 내가 상상도 할 수 없 는 일이 부지기수였다. 작든 크든 죄를 저지르고 감옥을 다녀온 사람 들은 그곳을 학교라고 부른다. 그렇다! 감옥이 나에게는 새로운 세계 였고 학교였다. 감옥은 수준 높은 대학교에서 범죄학 교육을 받는 학 교라면 사람들은 믿을까? 감옥의 문제는 바로 그것이다. 감옥에서 들 은 이야기는 정말로 많다. 그러다가 별이(감방에 한 번 들어올 때마 다 별 하나라고 부른다.) 많은 놈이 들어오면 감방의 서열이 바뀐다. 그래도 그놈들이 제일 무서워하는 놈은 교도관이다. 잘못 보이면 징 벌방인 독방행이니. 교도관만 보면 그저 굽실거린다. 그 악마의 소굴 같은 곳도 내가 감방 사람들에게 존칭사를 붙여 말을 하니 감방은 조

금이라도 서로 이해를 하는 감옥이 된 것은 사실이다. 감방에서 교도관에게 잘 보이던지 감방의 수칙을 잘 지키는 장기수 모범수 중 형기가 얼마 남지 않은 지원자는 농촌으로 가서 농사일을 거드는 일도 하는 사람이 있다고 한다. 그것은 아주 좋은 일이다. 밖으로 나갈 수가 있기 때문이다.

감옥에서 들은 소매치기들의 애환과 조직 그것을 만들게 한 자는 과연 누구인가? 그것은 아마도 일자리 없는 가난한 국가일 것은 아닌지? 그들이 처음부터 소매치기였을까? 그것은 아니었을 것 같다. 일하기 싫어서 소매치기하는 사람도 있겠지만, 잡히면 감옥에 간다는 것을 알면서도 먹을 것이 없는 가족들을 위해, 그런 일을 하게 된 사람들도 있을 것이다. 그들의 이야기를 자세히 들어 보니 그들은 마술사 이상 가는 기술을 배우고 하는 짓이었다. 그랬던 시절이 우리나라에 1950년대에서 1970년대 초까지도 진행형이었다. 여자들로부터 돈을 갈취하다 들어온 자들에게, 들은 그들의 여자 울리기 수법은 기상천외한 일들을 많이도 들었다. 여자가 약한 것은 성 관련이란다. 남자와 성관계를 하고 나면, 그 남자에게 매여 헤어나지를 못한다는 것이다. 그 이야기도 자세히 밝힐 수는 없는 이야기이다. 그것이 사회의 보통 관념은 아니지만, 돈 있는 여자를 사귀어 성관계만 가지면 편히 살 수가 있다고 했다.

마약을 하다가 들어온 사람은 한번 마약에 빠지면 헤어나기가 무척 어렵다고 한다. 그래서 그는 재범이 되어 들어온 자였다. 담배 중독이나 술 중독은 그것은 마약과는 상대도 안 되는 전혀 다른 것이라고 한다. 마약은 인생 망조의 첫걸음인데 허공에 뜬 것 같은 느낌을 받는다고 한다. 모든 것이 꿈속 같기만 하단다. 새가 되고 싶기도 하여 아파트 옥상에서 뛰어내린다고 한다. 이것은 무엇을 말함인가? 마약이 얼마나 무서운가를 알려주는 대목이다. 마약범들은 감방에 들어와 적응을 못 하면 자살을 시도하기도 한다. 신고를 하면 그는 마약 전담 감옥으로 가든지 치료소로 간다.

어떻게 하면 마약 검사에서 안 걸릴지. 마약범은 실제로 자기가 했다며 이야기를 했다. 00액에 00제를 채워 넣고 그걸 오른쪽 안 주머니에 넣고 바지에 미리 낸 작은 구멍으로 00액 주둥이 부분이 바깥으로 나오도록 한다. 허벅지에 붙들어 맨 작은 주머니에 조금만 압력을 가해도 00제와 00액이 오줌 줄기와 함께 소변 검사 용기 안으로 들어가면 양성 반응은 나오지 않는단다, 그 기술 이야기는 여기에서 밝히지 않겠다. 다만 거기에는 아00000가 필요하단다. 마약범은 그렇게 해서 완치 판정을 받았단다. 도사 감방장의 얼굴에 동요가 없으니 그의 말이 맞는 것인지는 모른다. 그러나 어찌하랴 또 마약을 하다가 들어 왔으니…… 큰 정치범이나 재벌급들은 이런 감옥은 짬짜미 할까 봐 거의 징벌방이 아닌 독방으로 보낸다. 그곳은 발을 쭉 뻗고 잘 수도 있고 먹고 싶은 것도 맘대로 주문하는 곳이다. 그러니까 우리가 보기에는 그곳은 감옥의 천국이다. 그게 그들은 특혜를 아는지 모르는지는 모르지만, 감옥의 불평등을 감옥살이하는 사람들은 속으로는 다 알고 있다. 한 사람이 나가자, 나이가 오십은 돼 보이는 자가 들어왔다. 2848번 그는 감방에 들어오자마자. 얼굴에 징그러운 능글능글한 미소를 띠고 명쾌한 소리로

"저는 중소기업을 하고 있어요. 정치에 관심도 있습니다. 동지들! 내가 나가서 동지들을 만나면 일백만 원씩 주겠습니다. 정말입니다. 같이 있는 동안 나 좀 편하게 해줄 수가 없나요?"

일백만 원 그것은 아주 큰 돈이다. 감방원들은 감방장의 눈치만 보고 있었다. 감방장은 신고식 전까지는 그의 말에 대해 아무 말이 없었

다. 신고식을 끝낸 후 감방장은 능글능글한 그의 콧등을 물고 늘어졌다.

"일백만 원 준다는 것 그거, 네 묘비명에 써도 될까?"

그 말에 신입 그는 넙죽 엎드렸다. 그것은 죽인다는 말이 아닌가! 일백만 원 이야기를 소가 들었다면 소는 웃다가 자빠져 오줌을 질금질금 쌀 일이다. 감방 사람들은 아주 모욕하는 말로 들렸을 것이다. 뱉은 말은 도로 주워 담을 수가 없는 게 아닌가!

"나에게 일천만 원을 준다는 각서를 쓰지, 그러면 생각 좀 해볼 테니까."

그는 얼굴이 붉그죽죽해졌다. 감방장의 말에 놀랐는지. 그는 자존심을 팽개치고 머리를 바닥에 구부리고 입을 다물었다. 그는 감옥에서 독이 잔뜩 올라 있는 독사 같은 사람들에게 말을 잘못한 것이다. 부 감방장이 미소를 흘리며 씨익 웃었다.

"야! (2848)이판사판, 여기가 거짓말이나 하는 00판인줄 아냐? 똥 마려우면 그냥 한번 싸 볼래?"

오만을 떨며 왕인 듯 군림하는 감방장은 잔인하게 지껄여 댔다.

"동지라. 그러니까 동지라는 것은 같은 짓을 했다는 이야기인가? 나는 00자다. 씨×노마, 너도 00자냐? ス을 사발로 까고 있네. 이 개 씨×노마 여기는 사기꾼, 깡패, 도둑놈, 강간범, 소굴인데 동지라니? 개 ス같은 소리하네. 여기서는 사기 치는 것은 안 통해 그런 ス 나발은 불지 말아. 아마도 빵에서 나가면 내가 당신을 언제 보았든가 할걸?"

"야! 입에 침도 안 바르고 거짓말하는 저놈의 장딴지에 털을 열다섯 개만 뽑아."

부감방장이 장딴지에 붙은 털을 쥐고 잡아당겼다.

"으으윽 악! 따가워."

그는 기절할 듯이 소리를 질러 댔다.

"짜식 이제 한 개여, 잘 안 보이니 세 개가 한꺼번에 뽑힌 겨, 한 개씩 뽑아야 네가 그 진가를 알 텐데 열다섯 개면 아직도 열두 개가 남았어."

감방장이 큰소리를 질렀다.

"야. 무슨 털을 닭 털 뽑듯 하냐? 너 노인네 머리칼에 붙은 서캐 뽑아봤어?

털 한 올을 침 발라 쥐고서 머리털을 훑터야 되는 거야. 그러니까, 털 하나를 쥐고서, 당겼다 놓기를 반복하다가 뽑는 거야. 똑바로 해."

"알았습니다. 실수로 털이 세 개나 뽑혔습니다."

그는 감방장이 시키는 대로 털 한 올을 침 발라 잡고서는, 조선 시대에 곤장을 한 대 때리고는 "한 대요!" 하듯이 부 감방장은 "한 개요.", "두 개요"를 할 때마다 그는 "윽", "윽", "아이고" 하며 죽는시늉을 했다. 털 열다섯 개를 뽑는데 5분도 더 걸려 뽑았다. 군대 신고식보다 기가 막힌 발상이었다. "동지"라는 한마디를 한 그는 아주 녹초가 되었다. 그는 법을 이용하는 기가 막히게 머리가 좋은 자였다. 그는 사카린인가 뭔가 하는 것을 먹고 6개월도 안 돼 당뇨병 판정과 병보석으로 나갔다. 그게 무엇일까? 역시 돈은 위대한 게 아닌가? 어찌 된 일 일까지는 물어볼 필요가 없다. 다만 그가 나갈 때 감방장이 한 말이 지금도 생생하다.

"야. 너 여기 들어올 때 한 말 생각나? 네 말대로 여기 감옥에 같이 있든 사람들을 사회에서 만나면 일백만 원씩을 줄 거야?"

그는 입을 봉했고 통통한 엉덩이를 흔들며 교도관을 따라 나갈 때, 한 사람이

"약속했으니까 내가 백만 원 받으러 갈게." 해도

그는 내가 언제 그런 말을 했냐는 듯이 안 들은 것인지 못 들은 건지 쌩글거리며 나갔다. 그가 나가고 이틀 후에 바로 국내 최대의 문화재 도굴범 총책이라며 잡혀 온 자가 들어왔다. 이0호 3818번 수인 번호를 달고 들어온 자는 대법에서 징역 12년을 확정 선고받고 구속된 자였다. 돈이 많은 사람인지, 그는 감방에 들어오자마자 감방 사람들이 흡족할 만큼 간식을 샀다. 아마 그도 어떤 짓을 하던 감옥을 나갈 것만 같다는 생각이 든다. 돈이 많은 3818번이라도 신고식을 면할 수는 없다. 신고식을 치르기 전에는 그저 사회에서 말하는 형씨 또는 동생쯤으로 생각하고, 간식을 많이도 사며 이틀 동안 기고만장하던 자였다. 신고식을 치르고서야 감옥 방바닥에 납작 엎드렸다. 3818번 이0호 그는 대형 로펌 변호사를 선임하였다. 이틀에 한 번씩 변호사가 교대로 면회를 온다. 감방 안 사람들은 말은 안 해도 3818번 그가 참으로 부러웠다. 그저 돈이 많은 3818번이 들어와 연일 간식을 주문하니 감방원들은 호강을 했다. 그러나 간식은 간식이고 그는 또 도굴할 때의 모든 것을 부 감방장이 묻는 대로 대답을 해야 했다. 또 그 기술도 말해야 한다. 3818번 이0호는 골동품에 관한 강의도 했다. 3818번 그에게는 도굴할 곳을 알려주는 정보망이 있단다. 도굴을 우리나라에서만 하는 게 아니란다. 장비를 가지고 중국, 남미, 북미 이집트, 동아시아까지도 간다고 한다. 도굴한 것을 판매하는 그들은 돈 많은 국내 인사들에게 비밀리에 판다고 한다. 보물급을 도굴하여 발견하면 그것을 어느 나라에 팔 것인가도 계획을 하고 담당별로 맡은 일을 하고 수익을 배분한다고 한다. 국제적이란다. 보물급은 오래될수록 가치가 나가며 우리나라는 주로 공예품 도자기, 금불상. 금화 은화 동전. 고문서. 추사 김정희 글. 단원 김홍도 그림. 신윤복 그림. 모두가 아주 가치 있는 것이라고 한다. 그리고 우리나라에서 가장 많은 국보급 문화재를 소유하고 있는 간송 미술관에 대하여 자세하게 이야기도 해 주었다. 머리도 좋은 사람인 것 같다.

우리나라 거부인 간송 전형필은 1906년 7월 29일생으로 일본 와세다 대학 법학부에서 공부했으며 우리나라의 독립이 된다는 것을 확실히 믿고 각종 문화재 및 보물을 사 모으기 시작하여 현재 간송 미술관에 보유하고 있는 것만도 국보 12점 보물 32점과 수많은 문화재가 있다고 한다. 더군다나 중국이나 일제가 한국의 글을 말살하기 위하여 훈민정음 해례본을 다 태운 것을 알고 있었는데 해례본을 가지고 와서 30원에 사라고 하자 간송은 그 가치를 알고 해례본 소장자에게 100원을 주고 거간에게는 10원을 주었다고 한다. 그 당시 100원은 엄청 큰돈이었다. 지금의 시가로 따지면 약 30억원 정도라고 한다. 한남서림은 백두용(1872~1935년)이 1905년 간판을 걸은 우리나라 최초의 고문서 서점이며 골동품 점포였다. 나는 직지라는 책에 대한 단어도 몰랐는데 1973년 프랑스에서 공개하여 세계적으로 뉴스가 됐던 직지심체요절은 프랑스 초대와 3대 공사를 지낸 콜린 드 플랑시(collin de plancy)가 사서 가지고 갔다고 했다. 백두용이 사망한 1936년도에 조선 시대 40위 안에 드는 거부였던 간송 전형필이 1936년 서울 종로구 관훈동 18번지에 한남서림을 인수하였다. 그리고 골동품 상인 이순황에게 경영을 맡기고 문화제를 지키는 것이 곧 민족정신이라고 하며 수집하기 시작했다. 우리나라 재벌급 회장(삼성, 금성(앨지, 전신 등)들이 한남서림의 단골손님이었다고 한다. 3818번 이0호 그는 문화재와 골동품에 대하여는 아주 박사였다. 그는 또 홍선대원군의 8폭 병풍에 대한 것을 이야기해줬다. 그 8폭 병풍이 발견된 곳은 1968년도 대전 시내 아파트 단지 쓰레기장이었다고 한다. 쓰레기를 주워 팔며 사는 사람이 그것을 주웠다. 골동품상을 가 보니 거금

10만원을 준다고 하여 팔았다. 당시의 10만원은 대전 시내 변두리 논 500평에서 700평을 살 수 있는 거금이었다. 당시에 목숨 걸고 월남전에 다녀온 사병들이 사람들이 가져온 돈이 일 인당 10만원 정도였다. 그런데 문제는 수년 후에 서울 종로구 인사동에서 1,000만원에 팔렸다 한다. 그것이 뉴스를 탔다. 그런데 그 병풍이 지금은 얼마나 갈까? 상상 이외의 금액일 것이라고 한다. 문화재 도굴범 3818번과는 근 일 년을 같은 방에서 지냈다.

나는 그에게도 이0호 박사 선생님이라고 깍듯이 불렀다. 내가 그의 이름을 불러 줘서 그런지 그는 나에게 친근감을 표시하며 통닭을 사도 몇 마리를 주문하고는 다리 하나를 나에게 주었다. 나는 감옥에서 사회에서 일어나는 많은 이야기를 듣고 내 생을 뒤돌아보았다. 하루하루 먹고살기에 밖 세상을 생각하지 않은 것은 내 최대의 실수였다. 왜? 그 작은 밭떼기 하나에 매달려 풀과 씨름하며 살았던가! 나는 그 밭떼기 하나에 갇힌 소, 돼지에 불과했다는 것을 깨달았다. 그냥 내던지고 나와 아무 데나 가서 일했으면 세상을 보는 눈도 생겼을 것이고 결혼도 했을 것이다. 내 생활이 그렇게까지 쪼그라든 생활은 면했을 것 같다. 그걸 보면 감옥에서 들은 이야기는 교육을 받은 셈이니 감옥은 학교가 맞는 것 같다. 그러니 그곳에 들어온 사람들은 나에게는 선생님이 확실했다. 나는 정말 사회생활에 휩쓸려 보지 않고 살아왔으니 그저 갓 태어난 아기에 불과했다. 지난 내 삶은 우물 안 개구리이거나 지하에 집을 짓고 사는 작은 더듬이가 달린 개미에 불과했다는 것을 깨달았다. 감방장, 부 감방장을 제외하니 세 번째 항렬이 됐다. 쫄리고 겁나는 생활에서 조금은 자유스러워졌다. 그런데 두들겨 맞은 눈꺼풀이 내려앉아 애꾸눈 같이 돼버린, 빈털터리 내가 어떻게 세상을 살아갈 수가 있을까? 그런 고민에 밤잠도 뜬 눈으로 설칠

때가 많았다. 부 감방장이 "돈을 벌려면 어떤 직업으로 일을 해야 할까?" 묻자. 장물아비 4012번 오0환은 단번에 그것은 명품을 파는 것이라고 했다. 그는 명품을 훔쳐서 팔다가 붙잡혀 들어와 1년 6개월 형이 확정된 사람이다. 돈은 여자가 쓴다는데 여자가 가장 좋아하는 것은 명품 옷이나 핸드백이나 시계, 팔찌, 반지, 구두 등이 아닌가? 그러나 그것은 돈이 있는 사람이나 해야 할 장사이지, 돈이 없는 사람은 그림의 떡 같은 이야기이다. 그러나 돈이 있다면 생각해 볼 가치가 있는 말이었다. 그 장사를 못 할 바에는 보석 장사를 해야 돈을 벌 수 있다고 했다. 4012번 오0환 말을 들은 감방 사람들은 다 맞는 이야기라고 이구동성으로 말했다. 기억할 만한 이야기였다. 그러니 그도 나에게 선생님 소리를 들어도 충분한 사람이었다. 감옥에 온 것이 내 탓이 아니라고 주장하는 사람들은 보면 다 변명이다. 감옥에 온 사람들은 특수한 경우를 빼고는 전부 자기는 죄가 없다고 말한다.

그러나 그들의 내면을 들어가 보면 의식적인 행동과 무의식적인 행동이 범죄에 참여한 것이다. 그것이 범죄의 본질이다. 범죄인 것을 알면서도 타락하여 천박한 욕망을 가진 자의 변명일 뿐이다. 본인은 생각의 주인이니 생각 자체가 범죄를 만든 것이다. 본인은 생각의 창조자이며 환경과 운명을 스스로 만든 것이다. 본인 생각의 열매가 곧 감옥으로 들어오게 된 것이다. 사람이 살려면은 고된 환경이라도 노력을 해야 행복을 찾아가는 것이다. 노력은 하지 않고 범죄를 구상했으니 그것은 본인이 저지른 것이 아닌가? 생각이 드러난 것이 행동이다. 비열한 생각과 천박한 욕망의 대가가 감옥으로 온 것이다. 그런데도 그들은 남의 탓만 한다. 감옥에서 들은 이야기를 종합하여 살 궁리를 하려고 생각해보니, 나는 시각장애인 안마사가 적당할 것 같았다. 명품 장사는 돈이 문제가 될 것 같아 꿈도 못 꿀 이야기였다. 내가 감옥에서 3년 동안 읽어 본 세계 명작은 많다. 데미안, 노인과 바다, 싯달다, 대지, 결혼, 설국, 전쟁과 평화, 죄와 벌, 햄릿, 오셀로, 맥베스, 리어왕, 로빈슨 크루소, 폭풍에 언덕, 보바리 부인, 소공녀, 몽테크리스토 백작, 별, 닥터 지바고, 빨간머리 앤, 잔 다르크, 비밀의 화원, 지구에서 달까지, 20세기 파리, 누구를 위해 좋은 울리나 등등, 내가 읽어 본 소설책은 모두 인간의 내면을 그린 작품이었다. 그것은 나를 발견하게 하는 것이니 책은 보고(寶庫)가 아닌가! 부지런하기만 하면 책은 언제든지 주문하여 볼 수가 있었다. 책을 읽어 볼 때마다 내가 얼마나 어리석게 살아왔는지 느낌이 왔다. 초등학교, 중학교에서 배운 것은 그저 수치를 배운 것뿐이었다는 것을 느꼈다. 그러니 감옥은 가슴이 답답했지만, 나에게는 공부하는 교실도 되었다. 시간을 잊어버리는 데는 책이 제일이었다. 책을 펴들면 감방 사람들은 빈정댔다. 제 버릇 개 못 준다고 그들의 입은 거칠었다.

"ㅆㅂ. 나가서 교수가 되려나? 글을 쓸 수 있으면 여기서 들은 이야기나 정리하여 범죄학책이나 내 봐. 아마도 부자가 될걸." 감방장은 한 수 더 떴다. "학자 나셨군."

독서는 잠재의식 속에 갇혀 있는 뇌를 바꾸어 놓는다는 것을 배웠다. 나는 좁은 틀에 갇혀 있는 한 마리의 새에 불과했다는 것을 느꼈다. 또한, 다른 세상을 생각하게 해주었다. 지피지기면 백전백승이라 하지 않았나? 독서의 종류를 선별하고 목표를 정하고 매일 책에 파묻히자. 나는 한 권 한 권 읽을 때마다 내가 누구인가를 어렴풋이 느꼈다. 책은 선생님이 아닌가? 내 지식을 올리는 것은 분명히 책이다. 언젠가는 내가 읽은 책을 써먹을 수가 있을 것이다. 이제 출옥 100일 남았다. 99.98.97. 이렇게 하루하루를 세며 이제 95일 하던 날. 교도관이 철문을 두드리며

"2312호 (이병호) 출소 준비해라. 너는 광복절 기념 특사로 풀려난 다."

교도관을 따라 사무실로 가니 샤워실로 들여보냈다. 얼마 만에 목욕인가! 몸을 씻고 머리를 깎고 면도를 하니 개운하기도 하다. 이게 진짜인가 꿈인가? 사방을 둘러보아도 꿈은 아닌 것 같다. 내일 나가면 어머니를 만날 수 있을 것이다. 만나면 무슨 이야기부터 해야 할까? 또 나가면 땅도 한 평 없으니 당장 할 일은 어떤 일을 먼저 시작해야 할까? 감옥에서 돈을 버는 이야기는 많이 들었으나 무일푼으로 살아간다는 것은 쉽지 않을 것 같다. 이 궁리 저 궁리 하다가 새벽녘에서야 눈을 잠깐 붙였다. 아침 일찍이도 불려 나갈 때 감방원들로부터 축하한다는 박수를 받았다. 영치금이 1원도 없었기에 그저 미안하다고 말로 때웠다.

"뭔 생각 여, 이리와 서명해."

서명하라는 것을 읽어보니, 삼 년 동안 감옥에서 일한, 가내 수공업 회사의 작업량과 나에게 줄 돈을 계산한 계산서였다. 그리고 앞으로는 범죄를 저지르지 않고 살겠다는 각서였다. 그 두 곳에 이름을 쓰고 손도장까지 찍고 나니, 교도관은 보따리를 하나 준다. 끌러보니 그것은 구치감에서 교도관이 가져갔던 옷과 담배. 라이터. 지갑이 있다. 지갑에는 돈이 천팔백 원이 들어있다. 구겨진 그 양복을 보자 눈물이 왈칵 쏟아져 나왔다. 그것은 세탁소에서 빌린 양복이었다. 이 옷값을 어머니가 주셨다 했지! 정말로 죄송하다. 옷을 빌리러 갔을 때, 세탁소 사장님과 약속을 한 생각이 났다. 약간의 현기증이 왔다. 천팔백 원 그 돈을 감방에서 찾아서 쓸 수가 있다는 것을 알았다면 달래서 썼을 것이다.

교도관은 5만원이 든 돈을 봉투에 넣어서 준다. 그것은 내 나이에 직장을 다녀도 4개월 정도는 한 푼도 안 쓰고 다 모아야 할 돈이다. 무일푼인 나에게는 큰돈이었다. 돈을 받아서 안주머니에 넣고는 단추를 꼭 잠갔다. 일이 끝나자 맡겨 놓았던 어머니 편지도 주었다. 나는 감방에서 축하한다는 이들에게 영치금이 없어 그냥 나올 때 미안했다. 조현자와 춘천에서 만나면 쓰려했던 천팔백 원 그 돈을 꼴도 보기 싫은 돈이다. 그동안 얻어먹은 것도 많으니 그 돈을 감방장의 영치금 통장으로 넣고 감방장에게 편지로 공동으로 쓰라고 했다. 농사만 짓다가 감옥에 왔던 나는 사회 경험이 전혀 없는 어린애였다. 감옥에서 내가 얼마나 순진하게 살아왔는가를 똑똑히 알았다. 다른 말로 한다면 사회생활은 백치였다. 감옥에서 만난 사람들도 인연이 있어서 만난 것이다. 그러나 사람은 만났다가 헤어지고 헤어졌다가는 다시 만난다는 철칙은 살아있을 것이다. 감옥에서 그들에게서 들은 이야기는 아주 많다, 나의 사회생활에 도움이 될 것은 도움이 될 것이다. 감옥은 나를 확실히 다른 사람으로 바꾸어 놓았다. 이것이 나의 운명이라고 생각했다.

6
출옥

1) 아! 희망의 출옥이 내게 안겨준 기막힌 사연

　처절한 고통과 인간 이하의 감옥 생활을 안 해본 자들이 인생을 어찌 논할 것인가? 고통을 겪은 자만이 고통의 아픈 심정을 알 것이다. 서대문 형무소 큰 대문이 드르릉 소리를 내며 열렸다. 이게 꿈은 아니겠지! 이제 원수를 찾아 확인하고 복수를 해야지! 생각은 그리 들지만, 어머니를 보러 빨리 가야 한다는 생각이 앞섰다. 꿈에도 그리던 나를 키워주신 어머니를 볼 것이 아닌가! 죄송하기도 하고 좋기도 하다. 8·15 특사이거나 형기를 마친 많은 사람이 한꺼번에 꾸역꾸역 대문을 나왔다. 나와보니 마중 나온 많은 사람은 누에가 고치를 만들 듯 고개를 흔들어 대고 있다. 큰 대문을 나오자마자, 담배부터 찾아 물고 서 있는 사람들과 길가에 주저앉아 담배를 피우는 사람들이 많다. 담배를 입에 물었다가는 땅바닥에 버리고 발로 비벼댔다. 담배를 오랫동안 안 피워서인지 연기까지도 아주 싫어졌다. 시장통을 방불케 하는 그곳은 두부를 먹이며 울고 있는 사람, 또 끌어안고 오열하는 사람도 있고 대기하고 있던 차를 타고 나가는 사람도 있다. 마중 나온 사람 중에 내 어머니가 있을 리 만무하다는 생각은 들지만, 그래도 나는 사방을 열 번은 돌아가며 쳐다보았다. 친척 하나 없는 나를 반겨줄 사람은 없다. 푸른 하늘과 바깥 맑은 공기가 이렇게 좋은 줄은 정말 예전에는 미처 몰랐다. 그렇다! 공기도 감옥 안의 공기와는 전연 다른 것 같다. 몇 번이나 큰 호흡을 했다. 하늘에 뜬 흰 구름이 이리저리 몸짓하며 흘러가고 8월의 싱그러운 바람은 플라타너스 잎들을 살랑살랑 흔들어 대고 있다. 새삼스럽다. 자유를 박탈당했던 생활에서 내 발로 갈 곳을 갈 수 있는 자유를 찾고 보니, 자유가 얼마나 소중한 것인가를 깨달았다. 군에서 제대할 때 그 부대를 향해서는 오줌도 안 눈다고 한 생각이 떠오르는데 감옥 문을 나서니 오줌은 둘째 문제이고 감옥 문도 뒤돌아보고 싶지 않다. 감옥을 나와 걸어가면서 소나기 맞은 중처럼 중얼댔다. '삼 년 동안 지긋지긋했던 감옥생활, 이 원수는 꼭 갚을 것이다.' 이를 꽉 물었다.

형무소 앞 가로수 길을 가던 사람들이 신기한 듯 나를 쳐다보는 것만 같다. 시선을 피해 발을 빨리 움직였다. 뛰다시피 시내버스 타는 곳으로 갔다. 어머니가 이사했다는 집은 어떨까? 한 식구였던 닭·염소도 잘 있는지 궁금하지만, 시장에 다녀오면 길길이 날뛰며 반가움을 표시하고, 얼굴에 침을 발라주던 진돌이는 지금 어머니와 함께 있을까? 모두 빨리 보고 싶다. 시내버스를 타고 이사했다는 집이 가까운 곳에서 내렸다. 어머니에게 드리려고 참외와 수박 한 통을 길가 노점에서 사서 들고는 이사했다는 집을 찾아 나섰다. 살던 동리에서 5km는 더 떨어진 곳 같다. 누구든 자기 살던 곳이 제일 좋은 곳이 아니던가. 어머니는 더 먼 곳으로 가고 싶었을 것이다. 그러나 내가 찾아오기 쉽게 하려고 아주 멀리 떠나지를 않으신 것 같다! 정들었던 집을 떠나올 때 어머니의 심정은 어땠을까? 회한이 몰려왔다. 집 주소를 물어보며 온 곳이 집 주소 부근이다. 그 부근 동리 사람들에게 물어보니 전부들 반장 집을 찾아가 보라며 모른단다. 마침 길에서 우체부를 만났다. 어머니 편지 봉투를 보여주며 주소를 말했다. 우체부가 자세히도 가르쳐준 주소는 외딴집이었다. 그 앞에 와서 나는 발이 딱 멈췄다. 이 집이 아닌 것 같다! 어머니! 부르면 어머니가 나와 반갑게 맞아줄 줄 알았는데 이게 어쩐 일인가? 상상이 안 되는 일이 눈앞에 벌어졌다. 입이 딱 벌어졌다. 있으나 마나 한 싸리문은 열려있고 마당에는 풀이 사람 키만큼이나 자라있다. 곧 쓰러질 것만 같은 오두막집에 마당을 가로지르는 삼대를 꼬아 만든 빨랫줄은 오뉴월 소 불알같이 축 늘어져 있고, 바지랑대는 풀 속에서 잠을 자고 있다. 무언가 불길한 예감이 든다. 어머니에게 드리려고 사 온 참외와 수박이 내 손에서 땅으로 뚝 떨어졌다. 풀을 젖히며 후다닥 뛰어 들어가 방문을 열고 보니, 먼지가 뽀얗게 앉은 방안에는 벽지가 습기를 머금었는지 여기저기 뜯겨 축 늘어져 있었다. 벽과 천정은 거미들이 일부를 차지하고 있고, 쥐들도 새끼를 치고 갔는지 쥐가 물어다 놓은 짚도 있다. 나는 죽은 물고기처럼 입이 떡 벌어졌다. 기가 찬 광경에 넋을 잃고 멍하니 서 있었다. 어쨌든 이 집은 갈 곳 없는 내가 머무르며 잠을 자야 할 곳이다. 정신이 들어 몽당빗자루를 들고 청소를 하기 시작했다. 장롱을 옆으로 밀자, 그 밑에는 바퀴벌레들의 천국이었다. 쥐똥을 먹으며 살았는지 바퀴벌레는 방개만큼 큰놈도 있었다. 농 안에 있는 옷은 곰팡이가 슬어 있는 게 많고 군데군데 좀이 먹은 옷도 있다. 태워야 할 것 같다. 방안에 반쯤은 탄 작은 초와 제사를 지낼 때 쓰던 향이 있고 몇 자루의 초가 보인다. 어머니는 아버지 제사를 혼자서 지내신 게 분명했다. 방에서 나와 부엌에 가 보니 낯익은 가마솥과 함지박이 있다. 부엌을 보니 땔 나뭇단 하나도 없다. 언제 밥을 해 먹었는지, 가마솥에는 표시도 없고, 있으나 마나 한 찬장에는 빈 사기그릇 몇 개와 찌개를 끓이던 헌 냄비 두어 개만 보인다. 물항아리도 텅 비어있다. 그 물건들도 반갑다. 몇 개월 동안인지 모르지만, 마당에 풀을 보아도 사람이 오랫동안, 살지 않은 것이 분명했다. 방 청소하려고 물을 찾아 집 부근을 다녀보니 집 뒤에 작은 옹달샘 물은 이끼에 휘말려 있다. 누가 만든 것인지 땅을 파고 돌로 작은 샘을 만들어 놓았다. 돌에는 이끼가 끼어있고 물은 깨끗하지 않았다. 이끼를 닦아내고 그물을 계속 퍼내자 돌 틈 속에서 맑고 차가운 물이 솟아 나온다. 물길이 막혀 있었나 보다! 물맛을 보니 시원하고 좋다. 어머니는 그물을 먹고 사신 것 같다. 함지박으로 물을 떠다가 방에 놓고 몽당빗자루로 방을 쓸다가 헐어빠진 밥상을 들어내고 보니 편지지가 몇 장이 있다. 얼른 먼지를 털어내고 보니 얼룩이 져 있는 앞장에 어머니 글씨가 쓰여있다. 오래전에 쓴 편지 같다. 얼른 그 편지를 읽기 시작했다.

'병호야! 네가 선을 본다며 떠나던 날 나는 목욕재계하고 정한수 떠 놓고 조상신들께 네가 장가를 가게 해달라고 기도를 밤새 했다. 닷새가 지나도 소식도 없고 하여 중매를 하겠다는 네 친구네 집으로 쫓아갔다. 그의 어머니는 전연 모르는 일이며, 최전방에서 근무하는 것만 알지 어디인지는 모른다고 했다. 주소를 달라니 그것은 비밀이라 줄 수가 없다고 한다. 그냥 집으로 올 수밖에 없었다. 동사무소로 쫓아가 물어보아도 알 수가 없다고 한다. 가슴 조이며 그저 네가 살아만 있게 해달라고 매일 정화수를 떠 놓고 빌기 시작했다.

그런데 네가 떠난 지 석 달 후에 법원에서 온 편지를 뜯어보고는 깜짝 놀랐다. 아! 그래서 네가 집으로 못 온 것이구나! 네가 강간범으로 징역 3년이라니, 나는 그 편지를 들고 서서 멍하니 있다가 쓰러졌다. 기절한 것이다. 그게 생시라고 느꼈을 때는 방에서 쓰러져 있다가 깨어나서였다. 네 아버지가 나를 깨운 것이다.

"병호 엄마 일어나! 일어나서 있어야 병호를 만날 것 아냐?"

몇 번이고 그 소리가 들려왔다. 맞아. 그래야지! 하고 일어나 보니 달이 훤하게 비추는 한밤중이었다. 밖으로 나가 네가 선을 본다며 떠나든 길을 쳐다보며 얼마나 울었는지 모른다. 하늘에는 별들이 총총하고 밝은 달이 떠 있지만, 내 가슴은 먹장구름 속에 갇힌 것만 같았다. 이 답답한 심정을 친척도 없는 내가 어느 사람에게 하소연할 수가 있었겠느냐? 나는 네가 그런 죄를 저질렀다고는 생각하지 않는다. 자는 둥 마는 둥 하고 아침밥을 해 놓고 먹으려니 네 생각에 목이 메여 밥이 목으로 넘어가질 않았다. 너를 만나보려면, 네 아버지 말마따나 내가 살아있어야 만날 게 아니냐? 조금이라도 밥을 먹어야 너를 만날 수 있을 것 같다.'

첫째 장이 끝나고 두 번째 장에

'3년이라는 세월을 버티면, 내 사랑하는 자식 병호를 만날 것으로 생각했다. 할 수 없이 정들었던 집과 땅을 헐값으로라도 팔아야 했다. 네가 이글을 볼 수 있을지 모르겠다.'

'네가 이 글을 읽어 볼 수 있을지 모르겠다,'라는 글은 무엇을 뜻하는 것일까. 그리고 날짜가 없는 이 편지는 언제 쓴 것인가?

또 한 장에서는 시작하다 만 글이 있었다. 그것도 언제 쓴 것인지 모르겠다.

　'이 집으로 이사를 왔다. 땅을 팔고 이사를 했으니 농사지을 땅도 없다. 그래도 '살아야 너를 만나지!' 하며 시내로 나갔다. 큰 식당에 가서 그릇 닦는 일이라도 해달라고 사정을 하니, 식당 사장님은 일을 시켜줬다. 그래서 밥은 먹을 수가 있게 됐다.'

　글은 거기서 끝이었다.

　세 장을 다 합쳐도 편지지 한 장을 제대로 못 채운 글이다. 감옥에서 받아본 편지와 연계하여 보니 그 편지는 감옥으로 부치려고 맨 처음에 쓰다가 그만두고 다른 편지를 보낸 것 같다. 그 글을 보니 가슴이 두근거리며 피가 끓어오른다. 네! 이놈! 유창이 너 살아만 있어라! 그러나 어머니부터 찾아 나서야 했다. 유창이를 찾는다는 것은 두 번째 일이 돼 버렸다. 낡은 옷장을 열어보니 내가 입던 옷이 걸려 있다. 내복은 빨았는지 차곡차곡 개어 놓은 게 보인다. 곰팡이가 핀 것이지만 탈탈 털어내고 그 옷으로 갈아입고 작업복을 찾아 입고 청소를 시작했다. 뒤꼍 옹달샘에서 몇 번이나 물을 길어다가 물걸레로 방을 깨끗이 닦아내고 뜯긴 벽지를 모두 뜯어냈다. 마당에 키만큼 자란 풀을 대충 낫으로 쳐내고 부엌 물동이에 물을 채워 놓았다. 언제 사용했는지도 모르는 곰팡이가 피어 묻은 꾀죄죄한 이불과 옷장에 옷들을 내다가 마당에 드러누웠던 바지랑대를 일으켜 줄을 고이고 옷과 이불을 털어 걸어 놓았다. 그리고 방문을 활짝 열어 놓고 어머니 소식을 알고자 먼저 살던 동리로 숨도 안 쉬고 마라톤 선수같이 뛰어갔다. 내가 살던 집은 없어지고 밭은 어린 사과나무가 심겨 있었고. 조립식 새집이 지어져 있었다. 동리를 돌아다녀도 어릴 적 친구는 한 사람도 못 만났다. 동리에서 만난 몇 사람은 나를 보고 징그러운 벌레를 본 것같이 슬슬 피한다. 어머니를 물어보니 그들은 한결같이 손사래를 치고는 도망치듯 내뺀다. 사람들은 나에게 경멸하는 눈초리로 대하며 애써 시선을 돌리며 입을 닫았다. 내가 감옥에 간 것을 다들 알았나 보다! 아! 세상인심이라는 게 이런 거구나! 또한, 감옥을 갔다 온 사람은 사람도 아니구나! 어머니가 이사를 한 이유를 알 것만 같다. 내 옥바라지도 한몫했겠지만, 동리 사람들의 따가운 눈총을 버티기가 힘들었을 것 같다. 떠날 때의 그 심정을 어느 누가 이해할 수가 있었을까! 마음속으로 어머니를 외쳐 부르니 눈이 희미해지고 눈물이 뚝뚝 떨어졌다. 그 동리에서 어머니 소식은 들을 수가 없을 것 같다. 옆 동리로 가다가 한 안면이 있는 노인을 만났다. 그 노인은 나를 흘금거리며 보더니, 애꾸눈이 되었어도 나를 알아보는 모양이다.

"감옥 같다며 이제 나온 건가?"

발 없는 소문은 살던 동네 또 이웃 동내까지 쑤시고 돌아다녔나 보다. 그래도 그분은 노인이 아닌가! 허리를 굽혀 인사를 했다.

"안녕하세요?"

"너희 어머니 미쳤다 하던데 집에는 있든가?"

"네에?"

처음 듣는 말이다. 집이 엉망이 된 것 이유가 그것인가? 그래도 믿어지지 않는 소리이고 믿고 싶지도 않았다.

"누가 그러던가요?"

"누가 그러기는 내가 보았지?"

"집에 와보니 안 계셔서 지금 찾으러 다니는 겁니다."

그렇다면 전에 살던 동리 사람들은 왜? 그 이야기를 나에게 하지 않았던 것인가? 어머니는 무슨 일이 있었든지 현재 살던 집을 떠나신

게 분명하다. 어머니가 살아 게시다면 그동안 무엇을 먹고 살았을까? 내가 사랑하는 어머니인데 무엇이 겁나는가! 이웃 여러 동리에 눈초리를 무시해 버리고 어머니 소식을 듣고자. 온종일 다녔다. 한마디도 못 듣고 저녁나절이 되어 집으로 왔다. 밤에는 자야 하니 집으로 와서 마당 빨랫줄에 널어놓았던 곰팡이가 덕지덕지한 이불을 작대기로 털어내고 방바닥에 깔고 잤다. 마당에 던져져 깨진 수박과 참외가 내 아침 식사가 됐다. 이제 어머니를 찾아야 한다. 꼭 찾아야 한다! '살아만 있어 주세요.' 어디로 가서 어머니를 찾을 것인가? 막막하기만 했다. 사흘 동안 새벽에 일어나 자정까지 다녔으나 어머니 그림자도 보지 못했다. 어떤 수가 있을까. 생각다 못해 나흘째에는 새벽에 일어나자마자 뒤껏 우물에서 그릇에 물을 떠 우물 앞에 놓고 '어머니 어디에 계시나요? 이 못난 자식은 어머니를 꿈에라도 보고 싶습니다.' 천지신명께 정성 들여 간절히 절을 하고 흐르는 눈물을 닦고 어머니를 또 찾아 나섰다. 닷새째가 되는 날은 동대문 시장통을 뒤지기 시작했다. 회현동 외딴집에서 어머니가 살았으니 식당 상가가 있는 이곳저곳을 살피며 미친 듯이 다녔다. 그것은 조현병에 걸린 어머니가 살아있다면은 배가 고플 것이다. 어디든 다니며 밥을 얻어먹든지 식당 음식물 쓰레기통을 뒤지든지 하려면 식당이 있는 곳을 다니실 게 아닌가! 어머니를 찾아 나선 지 기적적으로 닷새 만에 동대문 시장 식당 부근 길가에서 만난 것이다. 어머니 손을 잡고 보니 시커먼 때가 손등에 더덕더덕 붙어있다. 6·25 때 부모를 잃은 거지 아이들의 손과 닮았다. 걸친 윗옷은 어디에 걸려 찢어졌는지, 어깨살이 다 보인다. 어머니를 그냥 끌어안았다. 아! 어찌해야 하나? 나는 눈시울을 적시고만 있을 수는 없었다. 어머니는 배가 고플 것이다. 버티는 어머니 손을 붙들고 가까운 식당으로 갔다. 점심때가 지난 식당에는 사람들이 없었다. 식당 주인은 코를 벌름거리며 인상을 찌푸리며 무엇을 먹을 것인가를 물어왔다. 속에서 화가 치밀어 올라왔지만 참고

"여기 국밥 두 그릇만 주세요."

식당 주인은 퉁명스럽게 이 미친년 얼른 먹고 가라는 듯, 국밥 그릇을 식탁에 던지듯 놓고는 돌아선다. 무어라 형용 못 할 감정이 솟구쳤다. 그냥 주인을 주먹으로 패고 싶을 정도였다. 식탁에 두 그릇의 국밥이 놓이자, 어머니는 그저 숟갈을 들고는 숨도 안 쉬시고 잡숫는다. 얼마나 배가 고팠을까! 국밥을 드시는 어머니를 쳐다보고 있으니 그제야 내 눈에서는 눈물이 턱 아래로 줄줄 흘러내렸다. 어머니가 살아 있는 것만으로도 너무나 감사했다. '네 이놈 유창이, 어머니를 이렇게 만든 것이 네놈이라고! 내가 몇 배로 갚아줄 것이다.' 어머니는 국밥 한 그릇을 홀떡 드시고는 나를 쳐다본다. 옆에 있는 국밥 한 그릇을 더 먹어도 되느냐는 표정만 같다. 국밥 그릇을 앞으로 밀어 놓아드렸다. 어머니는 그것도 훈련소 훈련병처럼 순식간에 먹어 치웠다. 흐르는 눈물을 손등으로 문지르고 안 주머니에 돈을 꺼내 100원인 국밥값을 치렀다. 감옥에서 중소기업 일을 3년간 하고 받은 임금 5만 원, 그 돈이 없었더라면 어떤 환경에 처했을까? 생각만 해도 아찔했다. 밥을 드시고도 어머니는 내가 누구인지 확실히 생각이 안 나는가 보다. 고개를 갸웃거리며 또 쳐다본다. 아마 애꾸가 된 왼쪽 내 눈을 보고 아들이 아니라고 생각했을 수도 있다. 어머니의 마음속을 내가 알 수는 없지 않은가! 그래도 나쁜 사람같이 보이지는 않았는지, 내가 손을 잡자 뿌리치지 않고, 내가 가는 대로 따라왔다. 우선 목욕을 시켜드려야 할 것 같다. 시장을 다니며 비누, 세탁비누, 머리 빗, 가위, 수건 등을 샀다. 그리고 쌀 두어 되와 반찬을 조금 사고는, 길거리에서 파는 어머니 속내의와 옷 한 벌을 샀다. 그리고 어머니와 그 쓰러

져가는 오두막집으로 향했다. 집에 오자. 나에게 지난 일에 대하여는 일언반구도 없던 어머니는 소나기 만난 중같이 중얼거렸다.

"우리 집이네."

하더니 빙그레 웃는다. 집을 기억하니. 너무나 좋다!

짐을 들고 집으로 와서는 어머니를 방에 모시고 큰절을 하고 나서

"어머니 그동안 하루하루를 어떻게 지내셨어요? 살아주셔서 고맙습니다. 이 불효자식이 돌아왔습니다. 겨울에 기나긴 밤을 얼마나 가슴 조이며 혼자 지내셨어요. 고왔던 그 얼굴이 이렇게 되시다니 믿기지 않습니다. 어머니의 자식 사랑을 감옥에서 아주 잘 알았습니다. 이제는 걱정하지 마세요, 제가 잘 모실게요. 저와 오래오래 같이 살아요."

어머니는 내 말을 들으면서도 그저 멍하니 쳐다보고만 계셨다.

"어머니 왜 지난 이야기를 제게 안 들려주시나요? 말을 하기 싫으신 것인가요? 지난날의 기억이 다 없어진 것인가요?"

말을 못 하시는 것인지, 내가 아들로 안 보여서인지, 기억을 잃어버리신 것인지, 내 말을 듣고도 아무런 말이 없다. 소가 된 듯 눈만 몇 번을 껌뻑인 것이 다이다. 나는 절을 한 다음에 어머니를 목욕을 시켜 드려야겠다고 생각하고 방을 나가니 부엌에 땔 나무가 없다. 샘에서 나오는 물은 여름이라도 차가웠다. 급한 김에 싸리문을 발로 차서 부수어 아궁이에 넣고 이제는 필요 없다고 생각했던 라이터가 제 몫을 했다. 데운 물을 함지박에 쏟아 넣고 머리를 감기려니 싫다고 버틴다. 살살 구슬렸다.

"어머니. 병호 아시지요?"

"응? 병호는 내 아들여."

"제가 병호입니다."

"그려?"

하더니 또 요리조리 쳐다본다. '아무래도 내 왼쪽 눈이 거슬리는가 보다.' 내가 병호 같기도 하고 아닌 것도 같고 그런가 보다.

"병호는 요단강 건너갔어."

'요단강은 무슨 뜻일까?'

"어머니 제가 병홉니다. 이병호라고요."

"그려? 닮은 것 같기도 해."

"진짜 병홉니다."

표정을 보니 생각이 날 듯 말 듯 하나보다. 고개를 갸웃갸웃한다. 누가 병호는 요단강을 건너갔다고 어머니에게 이야기했을까? 아들을 그리다 교회에 가서 문의했을까? 이웃 사람이나 누가 조현병 환자이니, 놀려 주려고 했던 이야기일까? 알 수 없는 일이다.

"어머니! 병호가 요단강을 건너갔던 어쨌든, 머리를 좀 감읍시다."

거의 강제다시피 머리를 감기기 시작하자, 어머니는 온순해졌다. 엉키고 설킨 반백의 머리를 감기며 눈물이 철철 난다. 아마도 내가 병호라는 것을 어렴풋이 아시는 것 같다. 머리에서 나오는 땟국물은 몇 번을 비누칠해야 했다. 엉킨 머리 때문에 머리 감겨 드리기가 쉽지 않다. 빗으로 머리숱을 빗겨 가면서 어렵게 머리를 감기고 수건으로 말렸다. 그리고 함지박에 데운 물을 퍼 놓고

"옷을 벗으시고 이 통 안에 앉아서 몸을 씻으세요."

옷을 벗으면 안 된다는 것을 아시는지 흘끔거리며 나를 쳐다본다. 그것은 당연한 것이 아닌가! 시장에서 산 속옷과 새 옷을 작은 의자에 올려놓고

"전에 입던 옷은 곰팡내가 나서 못 입어요. 몸을 씻으시고 이 옷으로 갈아입으세요."

하고는, 자리를 피해서 방으로 들어갔다. 어머니는 한참이나 그냥 우두커니 앉아서 함지박만 보고 있다. 안 되겠다 싶다. 한참을 옥신각신하다가 윗옷을 벗긴 다음 손발을 씻어 주고, 하체를 수건으로 감싸고서 몸을 닦았다. 그리고 새 옷으로 갈아입혔다. 어머니는 방으로 들어가 바닥에 눕더니 눈을 사르르 감는다. 잠도 몰려오고 몸도 개운한가 보다! 마당 줄에 걸어놓은 요를 막대기로 곰팡이를 털어내 얼른 가져다가 깔았다. 어머니는 그 자리에 눕더니 바로 잠이 들었다. 목욕시켜 드리기를 잘했다고 생각했다. 나는 부지런히 집안 밖 청소를 했다. 해는 뉘엿뉘엿 지고 있었다. 어머니는 두 시간 정도를 자고 눈을 떴다. 어머니는 촛불 아래서 보아도 완전히 다른 사람이 된 것 같다.

"아니 여기는 우리 집이잖아?"

"네에? 이제 제정신이 드셨어요?"

달려들어 "어머니"하고 끌어안았다. 어머니는 눈물을 줄줄 흘린다. 눈물은 나를 알아보았다는 표현 아닌가? 조현병, 그 병은 생각이 났다 안 났다를 반복한다는 이야기를 6·25 피난민들에게 들었다. 가끔이라도 제정신이 들어 산다면 얼마나 좋을까! 그래도 나는 어머니가 있다는 게 그리 좋을 수가 없다. 자세히 보니 10년은 더 늙으신 것 같다. 어머니와 잠을 자려고 누웠다. 어머니에게 어찌 된 것이냐고 물어보아도 어머니는 대답이 없다. 가슴속으로 지난 3년이 주마등처럼 지나간다. 어머니에게 하고 싶은 말. 듣고 싶은 말이 쌓였는데도, 한마디 말이 없던 어머니는 또 잠이 들었다. '유창이 그놈은 나와 내 어머니까지 이렇게 만들어놓고 시시덕거리며 잘살고 있겠지!' 나도 눈물을 흘리다가 잠이 들었다. 아침에 일찍이 일어나 밥을 해서 어머니와 같이 먹었다. 밥을 한 숟갈 뜰 때마다 눈물이 나서 뒤로 돌아서 눈물을 닦으며 밥을 먹었다. 그리고 뒤꼍 옹달샘에서 양동이에 물을 길어다 함지박에 가득 채웠다. 요와 이불 홑청을 뜯어내 세탁비누로 빨았다. 어머니가 입던 헌 옷은 좀이 먹어서 빨아도 소용이 없을 것 같다. 마당에 구석으로 태우려고 모아놓았다. 어머니는 내가 하는 일을 보며 서서 구경만 했다. 더운 날이니 이불은 오후가 되면 바로 마를 것이다. 어머니는 언제부터 이 꼴이 되었을까? 내가 3년 동안 감옥살이를 할 동안을 따져보며 동리 사람들의 이야기를 종합하고, 집 마당에 자란 풀을 보아도 종잡을 수가 없다. 그 추운 겨울을 어디서 어떻게 지내셨을까? 어머니가 살아있는 것만으로도 감사한 일이다. 이틀 동안 집 안 구석구석을 청소했다. 옷장에 있던 곰팡이가 나지만 농 안에 걸어 놓은 쓸만한 내 옷들은 더 찾아서 빨아 널었다. 온종일 청소하고 어둠이 깔려오는 저녁때 촛불을 켜놓고 그 옆에 누워서 어머니 얼굴을 쳐다보았다. 어머니는 나 때문에 그리되신 게 틀림없다! 감옥으로 보낸 편지의 사연이 말해 준 것이 아니든가! 어머니를 찾은 지 삼 일째 되는 날, 눈을 떴을 때는 여명의 시간이었다. 얼른 일어나 아침밥을 해 먹고 유창이 집을 한번 가 보려고 서둘렀다. 조현병 환자는 밖으로 나가 돌아다닌다는데! 어찌하나? 어머니가 밖으로 못 나가게 밖에서 문을 새끼줄로 꼭꼭 매 놓았다. 갑자기 갇힌 한 마리 새가 된 듯할 테니, 마음이 편하지 않다. 네 이놈 유창이 네놈이 나를 감옥에 보내고, 내 어머니를 이 꼴로 만든 것이다.'

　장티푸스에 걸려 가족이 전부 죽었다니 유창이가 집에 있을지는 만무하지만, 그렇지만 확인은 해보아야지! 유창이가 살던 집으로 이를 사려물고 뛰어갔다. 그 동리를 가 보니 어머니 편지는 사실이었다. 정말 동내가 장티푸스로 쑥밭이 되어 죽은 사람이 여럿이란다. 동리에 한 사람이 죽자, 동리 사람들이 조문하러 다닌 것이 문제가 됐다고 했다. 서로 조문을 다니다가 이웃 동리까지 난리가 난 것이었다. 세 가족은 가족이 다 죽었다고 한다. 그 가족 중 하나가 유창이네 가족이었다. 그 병은 금세 퍼지기도 하는 정말 무서운 수인성 전염병이었다. 오죽하면 그 병은 염병이라고 했을까!(염이라는 것은 죽은 사람을 삼베로 꽁꽁 묶는 것을 말한다) 동네 사람들에게 유창이 소식을 물어봤다. 유창이는 장례만 치르고 다시 군으로 갔다고 했다. 유창이가 있는 군부대를 아는 사람은 하나도 없었다. '네 이놈 유창이 네가 내게 한 짓에 하늘에서 벌을 더 내리기 전, 내가 먼저 네 머리통을 죄와 벌의 주인공 라스콜리니니코프처럼 도끼로 찍어 반쪽을 낼 것이다.' 그러나 지금은 어머니를 보살펴야 하기에 유창이를 찾아 복수한다는 것은 보류해야 했다.

　성공은 절박함에서 시작이 된다고 한다. 살아남으려면 5만원도 안 되는 돈은 나와 어머니의 생명줄이다. 이 세상은 마음먹기에 달린 것이다. "나는 성공할 것이다." 성공한다고 생각하면 성공할 수 있는 것이다. 그것이 감옥에서 읽은 많은 책에서 배운 것이다. 그것을 마음속에 간직하고 이를 사려물었다. 도둑질을 빼놓고는 무슨 일이든 할 것이다. 어머니를 먹이고 재워줄 사람은 이 세상에 나 하나뿐이다. 돈을 벌어야 한다. 그러면 삶과 복수라는 두 가지 일이 풀릴 것이다. 원수를 갚으려면 어떤 치욕도 감수해야 할 것이다. 나는 과감히 운명에 맞설 것이다. 목구멍이 포도청이니 시장 짐꾼도 마다할 일이 아니다. 그리고 여건을 보아가며 감옥에서 들은 이야기와 구상했던, 여자를 상대로 하는 시각장애인 안마사를 하기로 하였다. 전깃불도 없는 이 오두막집은 살 곳이 못 된다고 판단을 했다. 어머니는 이 집을 어떤 조건으로 이사를 했는지 물어봐도 "몰라" 단 한마디였다. 이 집 주인은 아들인 내가 있다는 것을 알면, 그는 나에게 얼마인지도 모를 돈을 달라고 할 것이다. 그 집에서는 어머니가 마음을 잡고 쉬는 며칠 동안만을 있기로 했다. 그리고, 어머니와 함께 현재 집에서 멀리 떨어진 남산 아래 달동네 쪽방촌으로 무작정 갈 것이다. 그것은 내가 할 일은 시장에서 짐꾼 일밖에 없을 것 같아서였다. 그곳은 쪽방촌이라 집세가 쌀 것이고 남대문 시장이 가까우므로 결정한 것이다. 어머니와 같이 며칠을 생활하니 어머니가 좀 안정을 찾은 것 같다. 다 쓰러져가는 초가집은 내 집도 아니니, 상관할 일이 아니다. 꼭 필요한 헌 작업복 등 물건 몇 가지만 챙기고 나머지는 마당에서 소각했다. 봇짐을 만들어 어깨에 메고, 어머니 손을 잡고 그 오두막집을 떠났다. 가마솥이나 무거운 사기그릇은 들고 다닐 수가 없다. 시장에 들러 밥을 해 먹을 쌀과 보리쌀. 밥, 반찬, 가벼운 양은으로 된 냄비며. 밥그릇 국그릇 반찬통 등을 샀다. 이불은 새로 나온 캐시밀론이 가볍고 좋다 해서 두 개를 샀다. 그것을 두 개 보따리에 싸서 메고 또 들고, 달동네 이곳저곳을 다니다가 보증금 없이 한 달에 1천원 하는 양철집 달방 한 칸을 얻었다. 감옥에서 나올 때 가지고 나온 돈은 벌써 2만원이나 썼다. 아직도 3만원은 있지만, 이제는 무슨 일을 하든 돈을 벌어야 한다. '유창이 그놈은 내 마음까지도 갈기갈기 찢어놓고 시시덕거리며 잘살고 있겠지!' 생각만 하면 가슴이 달아오르고 분통이 터진다. 그럴 때마다 스스로 숨을 크게 쉬며 안정을 찾아야 했다.

3부

내 인생에 전환점

7

가난은 하늘이 무너진 것이었다

1) 그러나 하늘이 무너져도 솟아날 구멍은 있다고 하지 않던가?

젊을 때야 며칠을 굶어도 살 수가 있겠지만, 돈 10원이 목숨과 바꿀 수가 있다는 것을 아는 사람이 우리나라에 과연 몇 명이나 있을까? 나에게 돈 10원은 생명줄이다. 10원어치의 마른국수를 사다가 끓이면 어머니와 나 두 식구 하루의 목숨을 부지할 수가 있는 돈이다. 무수저로 태어나서, 죽을 때까지 가난이라는 덫에 걸려 꼼짝 못 하고 사는 삶. 그것은 병든 병아리가 힘들게 눈을 뜨고 바라보는 세상과 같을 것이다. 먹고 살려면 무엇이든 해야 했다. 시장 짐꾼이라도 해야 먹고 살 것 같아서 남대문 상가가 가까운 이곳으로 이사를 온 것이다. 시장 상가로 가서 짐꾼을 하려고 집을 나서려니 어머니가 문제였다. 어머니에게 절대 밖으로 나가면 안 된다고 몇 번이나 이야기했다. 어머니는 아무런 말이 없다. 왜? 말을 안 하실까? 안 하시는 것일까? 못하시는 것일까? 알 수 없는 일이다. 눈만 깜빡이며 말을 안 하니 돌부처가 된 것만 같다. 어머니는 내가 없으면 밖으로 향할지도 모른다. 밥을 차려놓고 요강을 방에 들여놓고 옛날에 입었던 작업복을 입었다. 그리고 어머니가 답답하시겠지만, 방에 가두고 문고리를 단단히 붙들어 맸다. 그래도 아들과 같이 살 수 있으니, 밖으로 나가 길을 잃고 쓰레기통을 뒤지며 사는 것보다야 나을 것이다! 남대문 상가를 가면서도 몇 번인가를 어머니를 가두어 놓은 집을 안 보일 때까지 뒤돌아 쳐다보며 발걸음을 재촉했다. 그 누가 지금의 내 심정을 알까! 그 아픔의 세월을 견디지 못하고 돌아가신 아버지, 또 돈이 없어 약도 제대로 먹지 못하고 죽은 동생 생각도 난다. 앞으로 성공하기 전까지는 술 담배는 일절 끊을 것이다. 30분 정도를 더 걸어가서 남대문 상가를 가서 보니 정말 도떼기시장이다. 서울 사람, 지방 사람들이 얽혀 걸어 다니기도 힘들다. 감옥에서 가지고 나온 돈이 떨어지면 큰일이다! 나야 이삼일을 굶는다고 해도 죽지는 않겠지만, 어머니를 굶길 수는 없다! 이 절박한 심정을 알아줄 사람은 이 세상에 없다. 10원이라도 벌어야 살겠기에 자존심은 쓰레기통에 버렸다. 매의 눈을 뜨고 상점마다 다니며 사장님들에게 짐 나르는 일을 달라고 사정했다. 아직도 안정된 직업을 찾지 못한 6·25 피난민이 많을 때이다. 상가에는 짐이라도 날라다 주고 먹고살려고, 눈을 부릅뜨고 다니는 사람들이 많다.

"사장님 돈은 조금만 주셔도 됩니다. 할 일이 있으면 주세요."

세 시간 이상을 다녔어도 어느 점포 하나 선뜻 짐을 맡기지는 않았다. 그도 그럴 것이 낯도 모르는 사람에게 짐을 맡겼다가, 그 짐을 가지고 도망가면 그만 아닌가? 여러 상점을 다니며 보니, 각 상점에는 부르는 단골 짐꾼이 따로 있었다. 남대문 시장, 그곳은 완전히 전쟁터를 방불하게 했다. 그렇다고 포기할 수는 없는 일이다. 점심때가 지나도록 일을 한 건도 하지 못했다. 생각한 것과는 아주 다른 시장이었다. 손님이 물건을 사면 가져다드린다고 하면 혹시 줄지도 모르는 게 아닌가! 포기하지 않고 손님이 있는 상점이면 그 앞에서 기웃거렸다. 일을 못 했기에 점심도 걸렀다. 배도 고프고 힘도 빠져 주저앉고만 싶다. 그래도 포기하면 안 된다. 주변을 돌고 또 돌고 했다. 그런데 "짐꾼" 하는 소리가 들린다. 얼른 그쪽을 보니 상점 안에 사람이 상자에 든 물건을 가져가려는가 보다. 얼른 쫓아갔다. 그녀는 나를 아래위로 쳐다보더니

"젊은 사람이군, 지게 없이 이거 짊어질 수 있어요? 들어봐요."

"네. 그럼요."

얼른 들어 보니 그 속에 든 것이 뭔지는 모르지만 무겁다. 한 30~40kg은 될 것 같다. 어깨에다 척 메니

"나를 따라서 오세요."

하고는 앞서서 간다. 짐을 메고 사람들을 피해가며 그를 따라가는 것도 힘이 들었다. 아침도 시원찮게 먹었는데 어디서 힘이 나는지 그저 그 손님을 놓치지 않으려 있는 힘을 다해 쫓아갔다. 한 10여 분쯤 간 것 같다. 이마에서 땀방울이 얼굴을 타고 굴러 내려와 땅바닥으로 떨어진다. 승용차 앞에서 그녀는 멈춰 섰다. 나는 "휴우" 한숨을 쉬었다. 그녀는 차 트렁크를 열고는

"그걸 차 트렁크 안에 넣으세요."

"네."

그녀는 나에게는 얼마를 줘야 하느냐고 묻지도 않고 돈 100원을 준다. '그녀는 다른 사람에게도 100원 정도를 주고 짐을 가지고 갔나 보다.'

"고맙습니다. 고맙습니다."

그저 꾸벅대며 고맙습니다를 연발했다. 처음으로 100원을 번 것은 기쁨과 희망이었다. 어릴 적부터 지금까지 부모에 얹혀서 돈을 버는

것을 만져만 보았다. 사회에서 혼자 힘으로 100원을 번 것은 처음이다. 돈은 100원이었지만 그것은 나에게 앞으로 어떤 일이 닥쳐도 견디며 살아갈 수 있다는 희망을 품게 하여 준 것이다. 그 돈이면 자장면 3그릇 값이다. 오늘 하루 밥값을 번 셈이다. 배가 고프다. 시장에는 길거리에서 국수를 파는 곳이 여기저기 있다. '그래! 자장면은 30원이니 10원이라도 아껴야지!'

"국수 한 그릇에 얼마에요?"

"어서 오세요. 20원입니다."

"그것 한 그릇 주세요."

길가 리어카에서 솥을 걸고 국수 장사를 하는 아주머니는 멸치 냄새가 폴폴 나는 국물에, 국수를 듬뿍 말아서 파도 송송 썰어서 얹어 준다. 배가 고파서인지 정말 엄청 맛이 있었다. 한 그릇을 게걸스럽게 훌떡 먹어 치웠다. 먹었다는 표현보다는 논산 훈련병 때 밥을 먹을 때와 같이 마셨다고 해야 맞는 말이다. 그걸 먹으니 힘이 솟는다. 또다시 일을 찾아 시장을 어슬렁거리며 돌아다녔다. 상점에 손님만 있으면 혹시나? 하고 밖에서 기다렸다. 어떤 점포에 손님이 짐을 꾸리니, 빈 지게를 진 사람이 쫓아왔다. 주인과 몇 마디 이야기하더니, 그는 그 짐을 지게에 지고는 밖으로 나간다. '아! 지게가 있어야 하겠구나!' 목물 점을 찾아갔다. 지게 하나에 얼마냐고 물으니 1,000원이란다. 주인은 그 지게는 가벼워 짐을 지는 데 힘이 덜 든다며, 입에 침이 마르도록 설명을 한다. 지게를 보니 내가 전에 농사를 짓던 지게와는 한참 다른 지게였다. 각목 두 개에 나무 막세를 끼우고, 짚으로 등판을 만든 게 다이다. 500원도 비싼 금액이다. 1,000원이 주머니에 있을 리가 없다. 사고는 싶지만, 수중에 돈이 없다. 그 앞에서 그냥 서 있으니

"살 거요? 말 거요?"

하며 주인이 다그친다.

"아. 제가 지금 돈을 가진 게 없어서요."

"1,000원이 없다는 거요? 그럼 950원에 사가요. 그러면 나는 남는 게 없어요."

"내일이면 돈이 있지만, 지금은 그 돈이 없어요."

"내일 정말로 오면 900원에 해드릴게요."

참 수완도 좋은 장사꾼이구나!

"내일 올게요."

그날은 100원 번 것으로 아주 만족했다. 중국집에 가서 자장면을 시키니 가져갈 그릇을 가져오란다. 할 수 없이 그릇 파는 곳으로 가서 양재기를 하나 샀다. 자장면이 든 양재기를 들고 어머니가 기다리는 집으로 숨을 헐떡이며 뛰어갔다. 문고리에 줄을 맨 문은 그대로였다. 얼른 풀고는 문을 활짝 열었다. 어머니는 누구냐는 듯 나를 쳐다보았다.

"어머니 나 시장에서 100원 벌었어요."

그냥 쳐다만 보고 아무 말이 없다. 그래도 어머니만 보면 기분이 좋다. 자장면을 풀어놓자. 어머니는 내 얼굴을 한번 쳐다보고는 맛있게 잡수신다. 물끄러미 쳐다보고 있으니 눈물이 난다. 어머니를 모시고 병원을 가고 싶으나 돈 때문에 그리할 수가 없어 우선 약국을 찾아갔다. 약국에 가서 어머니의 병세를 이야기하니 그 병은 병원에 가나 마나 라며 약을 지어준다. 일반 약보다 특수한 약이니 한 달 약값도 적은 돈이 아니다. 그 이튿날 또 집 방문 고리를 줄로 또 붙들어 매려니 감옥 생각이 나서 눈물이 솟구쳐 오른다. '어머니 조금만 참아 주세요. 빨리 갔다가 올게요.'

일찍이 시장을 가서 우선 900원을 주고 지게부터 샀다. 그리고 작대기는 공짜로 달라고 하니 주었다. 그 지게를 사서 어깨에 메니 이제는 진짜 짐꾼이 된 것 같았다. 이제부터는 먹고 살 수 있는 돈을 벌 수가 있다고 생각하니 마음이 한결 가벼웠다. 빈 지게를 지고 시장을 돌아다닌다는 것도 많은 사람 틈을 비집고 다녀야 하기에 어렵다. 그리다니는데 누가 작대기로 내 지게를 툭 친다. 쳐다보니 머리를 빡빡 깎은 젊은 놈이다.

"이봐, 애꾸! 여기 허락받고 들어왔어?"

감옥이 생각나서 그냥 존댓말을 썼다.

"네에? 허락요? 짐을 나르는데 무슨 허락을 받나요?"

"당신 지게 보니까 신삐(새내기) 같은데 여기서 일을 하려면 세금을 내야 해."

그의 얼굴을 보니 싸움질만 했는지 얼굴은 흉터투성이였다. 내 손등을 올라탄 송충이만 같이 징그러운 놈이었다.

"아니 세금이라뇨?"

"이 짜식 내 말을 못 알아듣네. 매일 돈을 안 내려면 그냥 여기서 나가라는 거야."

나이도 어린 젊은 놈이 반말을 한다. 그냥 주먹으로 한 대 갈기고 싶다. 그러나 감옥에서 나온 지 며칠이나 됐다고! 싸움하면 안 되지! 잘못 걸리면 또 감옥에 가야 하니 더러워도 좋게 말을 해야지! 하며 참고 있으려니,

"야, 여기는 내 구역이여. 어디서 남의 구역을 침범해."

지게꾼을 하는데 무슨 구역을 찾나! 정말 화가 나지만 어쩔 수가 없다. 그 녀석을 쳐다보며

"아니 당신 나이가 몇 살인데 반말이야."

"뭐 나이? 야! 이 전쟁터 같은 살얼음판에 무슨 나이를 따지냐?"

이거 참 환장하겠다! 나이도 어린놈이 반말은 물론 멱살이라도 잡

을 자세다. 한편 생각해 보면 저놈과 싸우다가 경찰에 연행된다면 어머니를 보살필 사람이 없다. 진짜 싸움이 붙는다면 상대도 되지 않을 놈 같다. 주먹만은 날리지 않기로 하고 그와 입씨름을 했다. 정말로 폭행을 한다면 몇 대 맞아주고 파출소로 가리라, 생각하며 말로만 대항했다. 큰소리가 오고 가자, 구경꾼들이 모여든다. 구경 중에 제일은 불구경이고 싸움 구경이 아니던가! 쌍욕을 해대는 그놈을 보아하니 시장 건달패 같다. 구경꾼 중 한 사람이

"나이도 적은 사람이 나이 더 먹은 사람에게 그리 욕을 하면 안 되지."

하니 그놈은 그 말을 한 사람을 눈이 째지라 쳐다보고는 욕을 멈추고 씩씩거리며 노려본다. 그때 누가

"야! 그 사람 별이 하나여, 내버려 둬."

"예. 형님."

쳐다보니 아! 그놈! 폭행죄로 들어와 일 년을 감옥 한방에서 살고 나간, 내가 김○○ 선생님이라고 부르던 독방을 다녀온 새끼 조폭이었다. 제 버릇 개 못 준다더니 그 새끼 조폭은 또 그 짓을 하나 보다.

"안녕 하슈. 먹고 살기가 힘든 모양이쥬? 여기는 내가 관장합니다. 그냥 봐줄 테니까. 그런 줄 알고 잘 해보슈."

아! 감옥 밖에도 이런 세상이 또 있구나! 감옥에서 선생님이라고 예우를 해준 것이 덕을 본 것이다. 나는 그를 보고는 그냥 고개만 까딱했다. 이것들이 조직인가? 조직이라면 좀 더 큰 이익이 있는 곳을 차지해야 하는 게 아닌가? 지게꾼을 하려 해도 구역을 따지며 돈을 받는 놈들, 그들도 먹고살기 위한 투쟁이 아니던가! 감옥 갔다 온 게 덕을 보다니 참 기가 막힌 세상이다. 그래도 그들에게 시달리지 않고 짐꾼을 하게 됐다.

지게를 지고 다니니 손님들은 내가 확실히 짐꾼인 것을 알고는 부른다. 역시 지게는 짐꾼에게 필요한 것이었다. 그날은 온종일 다녀 300원을 벌었다. 찐빵을 50원어치 샀다. 기분이 좋아 뛰듯이 집으로 달려가 문을 열려고 하니 어머니가 문을 안에서 잠갔다. 문을 한참을 두드리고서야 어머니는 문을 따줬다. 어머니는 방에 차려준 밥만 먹고 문을 안에서 잠그고 방에서 누워있었나 보다. 어머니는 그 이튿날도 똑같이 방안에서 문을 잠그고 혼자 있었다. 가만히 생각해 보니 대인 기피증이거나 공포증에서 한 행동 같다. 그렇다면 방문은 안 잠가도 될 것 같다. 이제 마음 졸이며 시장으로 가던 것이 좀 안심이 되어 그 이튿날은 문을 안 잠가도 될 것 같다. 온종일 일을 하고 와보니 어머니가 처음으로 반가운 듯 반긴다. 너무나 좋다. 그렇게 며칠을 보냈다. 저녁때가 되어 집으로 오려는데 비가 오고 있다. 가격이 싼 기름종이 우산을 사야만 했다. 비가 세차게 오니 양철 지붕은 따발총 쏘는 소리가 난다. 그 빗소리 들으며 잠들었는데 깨어보니 아침이었다. 어머니는 이불을 뒤집어쓰고 덜덜 떨고 계신다. 아침을 얼른 해서 가져다드리니 그것을 먹고는 마음이 좀 안정이 된 것 같다. 비 오는 날 지게꾼을 할 수 있을까? 마음이 심란하다. 망설이다가 종이우산을 쓰고 시장으로 갔다. 평일보다도 오히려 돈을 더 많이 벌었다. 그것은 비가 오니 짐꾼들이 많지 않기 때문이었다. 근 한 달 동안 지게꾼을 하니 먹는 것은 벌을 수 있었다. 점포주나 사람들은 한쪽 눈꺼풀이 처진 나를 보고 "어이 애꾸"라고 불렀다. '애꾸 던 뭐든 돈만 벌면 된다!' 단골 상점이 없었어도 부지런히 다니니 어떤 날은 500원이나 벌었다. 저녁때가 되면 나는 어머니가 있는 집으로 불 끄러 가는 불자동차처럼 빨리 와야 했다. 잠잘 곳이 있으니 참으로 다행한 일이다. 아침에 일찍 일어나 밥을 해야 하고 반찬도 만들어야 했다. 빨래는 매일 밤에 해야 했다. 내가 밥을 하고 빨래를 하며 살다 보니 새벽부터 밤늦게까지 농사일에 또 시장에 가서 팔고 집에 식구들 밥도 지어먹어야 하셨던 어머니의 지난날의 힘드셨을 일들이 영화 필름처럼 돌아간다. 이제는 시장에서도 짐꾼이 필요한 상점도 알게 되니 그쪽으로 시계 부랄 같이 쉴 틈 없이 다녔다. 저녁에는 간단히 먹으려 자장면, 또는 만두나 찐빵을 사서 집으로 왔다. 먹을 것을 보면 어머니는 반색을 한다. 기분이 참 좋다. 어머니는 환각이 왔는지 옆집을 가르치며

"저 집에다 돼지 새끼 한 마리를 가져다 놓는데 그걸 키우면 부자가 되니 그걸 달라고 하자."

어머니가 말을 하시다니 좋은 일이다. 나를 알아보시나 보다. 그러나 왜? 그러실까? 의문이다. 뻔한 거짓말이니

"알았어요. 내일 아침 일찍 일어나서 집으로 가져올게요."

그걸로 끝이다. 조금 전일도 모르실 텐데 내일이면 까맣게 잊어버리고 돼지 이야기는 안 할 것이다!

어머니가 조현병 증상이 점점 심해진 것 같다. 어머니는 내가 누구인지 전연 못 알아본다. 금방 저녁을 같이 먹고도 내가 옆에 있으면 "저리 가", "저리 가"하며 나를 방 밖으로 밀어낸다. 나가서 잘 곳이 있으면 좋으련만. 그래도 어머니 말에 순종해야 했다. 온종일 일을 하여 피곤하다. 그래도 밖으로 나가 꾸벅꾸벅 졸며 빈 지게 위에 누워 어머니가 잠들 때만을 기다려야 했다. 어머니에게 쫓겨난 당혹스러운 밤. 지게 위에 누워서 하늘을 보니 어두운 하늘에 북두칠성이 보인다. 어렸을 때 모깃불을 마당에 피우고 들마루에서 누워 별 하나 나 하나를 세며 보던 북두칠성은 여전히 그 자리에 있다. 하늘에 별들을 보니 어린 시절의 향수가 일어 아릿하게 떠오른다. 어릴 적 어머니의 별이라고 붙인 북두칠성 중의 제일 큰 별을 쳐다보며 별 그 너머의 아름다

운 세상을 생각해 보았다. 그것도 잠시 피곤하여 졸다가 지게 위에서
깜빡 잠이 들었다. 몸이 오싹하고 추워서 깨어보니 하늘엔 초승달이
떠 있다. 온몸이 으슬으슬하며 춥다. 방문을 살며시 열고 보니 어머니
는 잠을 자고 있다. 얼른 들어가 이불을 뒤집어썼다. 아침밥을 먹고는
시장으로 가면서 방문을 다시 잠갔다. 계속 나를 쫓아내면 내가 너무
피곤할 것 같다. 안 되겠다 싶다. 군용 모포를 파는 점포에 가서 모포
를 한 장 사고 등산용 깔개를 한 장 사서 준비를 했다.

  삼 일이나 내쫓더니 나흘째에는 반응이 없다. 방에서 편히 자니 좋
지만, 어머니가 밖으로 나갈까 봐 걱정된다. 다시 문을 잠그고 시장
으로 향해야 했다. 그렇게 어려운 가운데도 시장에서 점포 사장만 보
면 굽실대며 그가 인사를 받든 안 받든 인사를 했다. 그러자 시장에
서는 착실한 사람이라고 소문이 났다. 무거운 짐을 제일 많이 날라야
하는 곳은 포목을 도매하는 규모가 큰 상점이었다. 옷감을 둥글게 말
은 원단의 무게는 엄청 무겁고 길이가 길다. 포목점. 그곳은 지방 사
람들이 가장 많이 온다. 그들이 원단을 사면 지게에 지고 가서 화물에
부치든지, 그들이 타고 온 버스에 실어 줘야 하는 어려운 일이다. 나
이 먹은 사람들도 겁을 낸다. 내 나이는 한창때니 그저 무슨 일이든
달라고만 했다. 지게꾼은 시장에 넘쳐나니 그 일도 황송했다. 적지만
돈을 조금씩 모을 수가 있었다. 늦가을까지 그 시장에서 열심히 일하
자, 포목점 사장님은 장사가 잘되는지 아예 월급제로 하자고 했다. 다
른 사람보다야 한참 적은 6,000원이 첫 월급이었다. 그래도 나는 "감
사합니다."를 연발하며 끄덕 절을 했다. 월급제면 이곳저곳을 기웃거
리지 않아도 되기에 정말로 좋은 일이다. 돈을 버니 안심이 되어 집에
그릇도 더 장만하고 필요한 물건을 사다 보니 감옥에서 가지고 나온
돈까지 다 없어졌다. 그래도 희망은 날짜가 가면 월급이 나오고 점심

도 주니 큰 걱정 하나는 없어졌다. 아버지 제삿날이다. 군에서 제대하고 감옥을 다녀와서 아버지 제사를 내가 첫 번째 지내는 날이었다. 과실과 떡을 준비하고 밥상을 차려놓는 것을 본 어머니는 제사라는 것을 아시는 것 같다. 나는 어머니가 빨리 좋아지시게 해달라고 아버지께 몇 번이고 절을 했다. 절이 끝나자, 어머니는 그저 사과를 잡수시며 아이처럼 좋아하신다. 반갑지 않은 겨울이 왔다. 연탄값 등 들어갈 돈이 자꾸 늘어난다. 걱정되는데 사장님은 나를 잘 보셨는지 월급을 월 1,000원 올려 7,000원을 주시겠단다. 눈물이 날 정도로 아주 고마웠다. "감사합니다.", "감사합니다." 그가 나보고 죽으라면 죽는시늉까지도 해야 할 것 같았다. 그 덕에 어머니가 추울까 봐, 연탄불이 꺼지지 않게 살 수가 있었다. 연탄 한 장에 20원이라도 하루 석 장이면 60원이다. 한 달이면 1,800원이니 그것도 적은 돈이 아니다. 월세라도 보증금을 내는 조금 더 큰방을 얻어야 어머니가 편할 것 같다. 그 희망은 겨울을 넘긴 후 5개월 만에 이루어졌다. 봄이 된 것이다. 인근에 있는 보증금 20,000원에 월 2,000원이다. 방도 크고 창문도 있어 공기 순환도 좋다. 수도꼭지가 있는 부엌도 있다. 옷도 자주 빨아서 입을 수가 있었다. 그런 방을 얻었으니 참으로 좋다. 이사를 해서 좋다는 어머니였으면 하지만 어머니는 말이 없다. 그저 "밥 줘, 나 배고파."라는 말만 하신다. 그 말씀도 너무나 반갑고 고맙다.

봄이 지나가고 초여름이 되니 입을 옷이 마땅치 않다. 포목점에서 오래돼 그냥 처박혀 있는, 색 바랜 원단 포목을 공짜로 얻었다. 재봉틀 집에 가서 어머니 옷과 내 옷을 만들었다. 만든 옷을 입고 다니니 사람들은 "어이! 애꾸 이제 신수가 훤해졌네." 했다. 젊은이든 나이를 먹은 이든 어떤 사람이 반말해도 그저 예. 예. 했다. 착실하다고 소문이 나자, 점포 이곳저곳에서 월급을 더 줄 테니 오라고 한다. 그것을 눈치

챘는지 포목점 사장님은 월급을 더 올려 준다며 다른 곳으로 가지 못하도록 못을 꽉꽉 박았다. 어떤 날은 어머니의 식사량이 너무 많은 게 아닌가 하면서도 매일 밥을 많이 해서 방에 놓았다. 며칠 후 집 문을 열어보고는 아연실색했다. 어머니는 대변을 방바닥에 보고 이곳저곳에 또 방 벽에 칠해 놓았다. 냄새는 둘째치고 큰일이다. 쪽방촌 집주인이 알면 집에서 당장 나가라고 할 것 같다. 어머니는 나를 보더니

"내가 그런 게 아니야. 어떤 사람이 와서 그랬어. 그를 잡아다 혼내 줘."

말을 잊어버린 것만 같았던 어머니의 이야기를 듣는 것이 너무 반갑다.

"알았습니다. 어머니 걱정하지 마세요. 그렇게 할게요."

집 밖으로 나가 공동 쓰레기장을 뒤져, 버린 쓰레기 중에서 걸레로 쓸 만한 것들을 주워 가지고 들어와서 닦고 또 닦고 했다. 그랬어도 냄새는 빠져나가지 않는다. 먼저 살던 수도도 없는 집에서 이런 일이 있었다면 정말 큰일이 날뻔했다. 어머니는 서서 내가 하는 것을 보고만 있다. 오물이 묻은 어머니를 대충 씻어 드리고 옷을 다른 것으로 갈아 입혀드렸다. 그날은 냄새가 진동하는 방에서 그냥 잤다. 아침에 일찍 일어나 부엌 수돗물에 어머니 옷을 빨아 담가놓고 나갔다. 수돗물이 있으니 그만해도 다행이었다. 그날 집으로 올 때 포목점에서 파치로 쓰레기통에 버리는 옷감 중에 면으로 된 것을 주워서 집으로 왔다. 또 청소했다. 그리고 부엌에서 어머니 몸을 닦아드렸다. 그러니 냄새가 좀 덜 나는 것 같다.

"감옥을 나와서 깨달은 것은. 사람이 먹을 것이 있고, 입을 옷이 있고, 어머니와 함께 잠을 잘 방이 있다는 것은 아주 행복한 일이다." 그것을 아주 뼈저리게 절실히 느꼈다.

8
하늘도 눈물 흘린 어머니 장례식장

1) 통한의 내 어머니 임종

어느 날 집에 와보니 방에 차려놓은 아침밥이 밥상에 그대로 있다. 어머니가 멍하니 그냥 앉아 있다. 뭔가 이상한 것 같다.

"어머니 무슨 일이 있었어요?"

그 짧은 한마디 "병호?" 하며 쳐다보고서 "댁이 누구신데요?" 할 텐데 아무런 말이 없다. 내가 어머니를 쳐다보며

"병호예요. 병호."

하자. 어머니는

"병호는 요단강 건너갔어."

또 환각이 왔나 보다.

"또 누가 그랬어요? 병호는 지금 어머니 앞에 있잖아요."

"나 아들 만나러 요단강에 갈 거야. 거기 가면 만난데. 나 좀 거기까지 데려다줘."

참으로 안타깝다. 내 눈가에 눈물이 맺혔다. 이 안타까움을 누구와

말을 할 사람 하나도 없다. 어머니는 또 환청과 환각으로 내가 병호로 보였다가 다른 사람으로 보였다가 하는가 보다! 대답은 해보았자 이다! 어머니는 나를 한참을 쳐다보더니 방으로 들어가 누워 버렸다. 밖으로 안 나가려는 것만 해도 좋다. 내 가족 단 한 사람 내 어머니이다. 아무래도 이대로는 안 되겠다 싶다. 병원비가 걱정되지만, 그 이튿날 포목점 사장님 허락을 받아 하루 일을 안 나가고 어머니와 정신과 의원을 갔다. 의사 선생님은 심한 조현병이라고 이야기하며, 진작에 손을 썼어야 했다고 했다.

"선생님 조현병은 어떻게 해서 생긴 것일까요?"

"어머니 선대에 조현병을 앓으신 분이 있나요?"

"그건 잘 모릅니다."

"지금까지 어머니와 살면서는 어떤 일이 있었나요?"

대답하기 곤란한 질문이나. 어머니의 병의 원인을 찾는다는데 숨겨서는 안 될 것 같다. 현재 어머니의 상태와 감옥 이야기도 솔직히 이야기했다.

"제가 단 한 점의 남은 외아들인데 억울한 누명을 쓰고 감옥에서 3년이나 있었습니다."

그러자 의사 선생님은

"어머니가 조현병이 생긴 이유를 한마디로 단정할 수는 없으나, 내 생각은 세상에 둘도 없는 아들이 감옥에 가자, 충격을 받은 것이 오랜 시간 동안 스트레스를 받아 그리된 것 같습니다. 지금은 약을 쓰기에는 너무 늦은 감이 있으나 그래도 약은 쓰셔야 합니다."

"약은 어떤 종류의 약을 쓰시려는지요?"

"도파민 d2와 그 외에도 아드레날린, 콜린, 히스타민 수용체 등과 필요에 따라서는 신경 안정제와 수면제도 필요합니다."

"그 약은 어떤 효과가 있습니까?"

"조현병은 망상과 환각이 심한 병입니다. 또한, 남을 의심하고 어떨 때는 어린아이 같은 행동을 합니다. 혼자 중얼거리기도 하고요. 그것을 설명해도 보통 사람은 이해하기 힘듭니다. 우선 처방해 드리는 약을 드시게 해보고 그게 잘 안 들으면 다른 약을 처방해 봅시다. 우선 마음을 안정시켜야 합니다. 어디인지도 모르면서 밖으로 나가 돌아다닙니다. 그것을 방지하기 위해서는 그 약이 필요합니다."

"네 알겠습니다. 선생님이 시키는 대로 하겠습니다. 선생님이 말씀하신 대로 어머니는 대인 기피증이 있고 혼자서 중얼거리는데 그게 무슨 말인지 알아들을 수가 없습니다. 그리고 어떤 날은 천연덕스럽게 다 아는 거짓말을 합니다."

"그런 증상이 바로 조현병입니다. 밖으로 나가 돌아다니지 않는다는 것은 참 좋은 현상입니다. 밖으로 나가면 길을 잃어버리니까요. 그 약을 드신다고 그 병이 꼭 낫는다는 보장은 없습니다. 그것을 참작해 주시기 바랍니다. 약은 우선 한 달 치를 드리겠습니다."

어머니의 조현병은 내가 감옥에 갔기 때문에 생긴 병이다. 원인을 제공한 자는 바로 나였다. 그저 눈시울만 적시며 약을 타가지고 어머니 손을 꼭 잡고 집으로 왔다. 다시 입술을 깨물었다. '네 이놈 유창이 내가 그냥 두지 않을 것이다.'

약에 효과가 있는지 어머니는 며칠 동안 밤잠을 잘 주무셨다. 또한, 밖으로 나가려고 하시지 않으니 그것만 해도 참 다행이다. 바깥 공기 좀 마시라고 방 창문을 열어 놓았다. 어머니는 내가 아들인 것을 오늘은 확실히 아시나 보다. 말도 다정하게 붙이고 부엌에도 나와보신다. 부지런히 아침밥을 해서 같이 먹고 집을 나서려는데

"나 밥 좀 줘."

"방금 드셨잖아요?"

"날 언제 밥을 줬어, 나 안 먹었어."

"알았습니다. 드릴게요."

나는 지금 시장으로 가야 하기에 어머니와 긴 이야기를 할 시간이 없다. 점심으로 드시라고, 요 밑에 둔 밥도 꺼내서 드리고는 시장으로 갔다. 얼마가 지난 후에 어머니는 또 그러신다. 그런데 시장 일을 끝내고 집에 와보니 밥은 그대로 있었다. 이상했다. 밥을 먹어 배가 안 고픈데도 정신이 없어 밥을 달라신 게 분명하다. 그 뒤로부터는 이상한 행동을 하시기 시작했다. 집으로 와서 방문을 열고 보니 어머니는 매일 잠그던 방문을 안 잠그고 옷을 홀딱 벗고 서 있다. 더워서인가? 얼른 달려들어 옷을 입혀 드리고 사 온 사탕을 주니 그때야 웃는다. 어머니는 어린애가 된 것 같다. 며칠 후에는 소꿉놀이를 혼자 한 것인지 반찬이고 밥이고를 방바닥에 여기저기 퍼 놓고는 그것을 쳐다보고 있다. 참으로 안타깝다. 말썽은 계속 부리지만 좀 더 고분고분해졌다. 어머니는 시간과 관계없이 밥을 먹을 때는 엄청 많이도 먹는다. 도저히 이해할 수가 없다. 세 명이 먹어도 다 못 먹을 그 많은 음식이 어디로 간단 말인가! 미스터리였다. 그러면서도 굶을 때는 물도 마시지 않고 이삼일을 지내신다. 그러던 어느 날, 어머니를 자세히 보니 어머니의 얼굴이 살이 찐 것만 같다. 잘 먹어서 그런가? 자세히 보니 살결도 고와지신 것 같다. 아! 이제는 병에서 조금이라도 벗어나려는가 보다. 너무나 좋다.

"어머니 이제 얼굴이 좋아지셨어요."

말은 알아들었는지? 쳐다보고는 말이 없다. 내가 하는 말은 알아듣는 것 같다. 그러나 어머니는 말이 없다.

"어머니 조금만 기다리세요. 돈을 벌어서 병원에 입원을 시켜드릴게요."

　말은 그렇게 하지만 그게 언제일는지 나도 모른다. 지금은 가난하기에 어머니를 병원에 입원은 하루에 3,000원이라니 월 8,000원을 받는 나로서는 엄두도 못 낸다. 가난하다는 것보다 인간의 사기를 꺾는 데 더 큰 것은 없어 보인다. 내가 감옥에 간 것도 가난하기에 생긴 일이 아닌가! 어떻게 해서든 돈을 모아야 한다. 내 앞으로의 삶은 어머니를 먹여 살려야 하고 원수를 갚는 일이다. 어머니가 살아계실 때 내가 죄가 없었음을 알려 드리고 싶다. 어머니는 내가 뻔히 아는 거짓말을 눈도 깜박이지 않고 자주 한다. "저 아래 동네에 돼지를 잡아 고기를 나누어 준데 가서 가지고 와." 그런 종류의 거짓말을 몇 번인가 하신다. 나는 네, 네.라고만 했다. 혹시나 고기가 잡숫고 싶으셔서일까? 돼지고기를 사다가 김치와 두루치기를 해드리니 잘도 잡수신다. 잡숫는 것만 보아도 감사하다.

　사랑하는 어머니와 손을 잡고 서울 시내를 마음껏 활보하며 다녀보고 싶다. 조만간 비바람 한 번 더 몰아치면 나와 어머니의 고단한 여름도 꺾이겠지! 눈을 뜨면 고단한 삶의 시작과 끝을 생각하며 허무와 불안에 시달리면서 오늘도 내일의 어머니 걱정을 했다. 그 이튿날 저녁에도 방에 앉아 있다가 어머니에게 쫓겨났다. 무조건 떠다밀며 나가란다. 할 수 없지 않은가! 방에서 쫓겨났어도 깔개와 모포가 있으니 참 다행이다. 나는 어머니가 달을 쳐다보며 울었듯 나는 달과 별들을 쳐다보며 속으로 울었다.

　초가을이 왔다. 포목점은 손님이 많이 와서 장사가 아주 잘 되었다. 사장님은 보너스라며 1,000원을 주셨다. 그 돈을 다 어머니가 좋아하는 사과를 사서 가니 아주 좋아하셨다. 얼마 후에 어머니를 쳐다보니 얼굴이 퉁퉁하게 보인다. 자세히 보니 고와진 게 아니라 부은 것만 같다. 왜? 그럴까? 말도 안 하고 밥을 먹을 생각도 안 한다. 수저로 밥을 퍼서 먹이려 해도 입을 안 벌리니 억지로 퍼서 먹일 수는 없었다. 약은 있으니 병원 가보았자 일 것 같다. 조현병이라도 밥만 잘 먹으면 사는 데 지장이 없는 줄 알았다. 어머니는 3일 동안 밥을 전연 안 드셨다. 입맛이 없어서 그런가 했다. 꽁치 고등어를 사다가 구워서 드려도 쳐다보지도 않는다. 어찌해야 할지 대책이 안 선다. 어머니를 등에 업고 동내를 내려와 택시를 타고 정신과 의원으로 가 보니 신장병이 겹친 것 같으니 큰 병원으로 가 보라며 약만 처방해 주었다. 돈이 있어야 큰 병원으로 갈 것이 아닌가! 3일 동안이나 방에 퍼 놓은 밥이 그냥 있다. 다시 의원을 가니 영양제 링거만 놓아 주고는 다른 방법이 없단다. 그냥 집으로 가란다. 그렇게 시간이 가도 어머니가 나와 있다는 것이 그리 좋을 수가 없다. 어머니를 쳐다보니 며칠 있으면 아버지 제삿날이라는 게 생각이 났다. 이번에는 제물을 좀 더 사야지! 생각이 앞섰다. 며칠 동안 어머니는 식사를 거의 못 하셨다. 열 시가 넘은 한밤중이었다. 어머니가 이상했다. 내가 손을 붙들자 어머니는 나를 쳐다보고는 눈을 사르르 감는다. 이상했다. 얼른 끌어안고 보니 숨이 멈춘 것 같다. 깜짝 놀랐다. 손목 맥을 짚어보니 맥이 아주 가늘게 뛰고 있다. 병원엘 가려 택시를 부르려 쫓아가려니 달동네라 이곳까지 택시가 올 수가 없을 것이다. 어찌해야 할지 정신이 하나도 없다. 몸이 축 늘어지니 그 무게는 살아계실 때와는 완전히 다른 무게였다. 지게에 지고서라도 가려고 준비를 했다. 그리고 방으로 들어가 업으려니 손이 힘없이 축 늘어진다. 그리고는 눈을 안 뜬다. 가슴에 손을 대보니 심장이 멈췄다. 심장 마비가 온 것 같다. 어떻게 해야 할지 대책이 안 선다. 다시 어머니의 손을 만져보니 손에 맥이 전혀 안 뛴다. 어머니는 숨도 안 쉰다. 어머니가 돌아가신 것이다. 한밤중인데 참으로 난감하다. 나는 눈물 반 콧물 반을 흘리며 우선 급한 대로 동내 반장 집을 쫓아가 집 문을 두들겼다. 불을 끄고 잠자리에 들었던 반장이 밖을 나와 왜 한밤중에 소란을 피우느냐는 듯 쳐다본다. 사정했다.

"제 어머니가 돌아가셨습니다. 좀 도와주세요."

이웃사촌이라더니 반장은 급히 옷을 갈아입고 나왔다. 반장은 여러 명의 반원을 찾아다니며 이야기를 하고 우리 집으로 왔다. 반원들이 한두 사람씩 집으로 오기 시작했다. 다들 나이가 드신 분들이었다. 반원 한 사람이 그 밤중에 어디서 구했는지 볏짚을 가지고 왔다. 방에 있는 어머니 시신을 볏짚 위에 올려놓고 이불을 덮어놓고는 날이 새기를 기다렸다. 나는 정신 없이 달동네 구멍가게 주인을 깨웠다. 막걸리라도 있어야 그분들이 마당에서라도 밤을 지새울 게 아닌가! 그 이튿날 저녁때가 되니 볏짚 밑으로 시신에서 나온 물이 방바닥으로 흘러 내려있었다. 정신이 반쯤 나간 나를 그분들이 도와줘서 이틀 후 화장장까지 갈 수가 있었다. 그 귀중하고 소중했던 어머니 시신을 담은 관이 불 속으로 들어가자, 나는 가슴이 터질 듯 오열했다. 법당에 짙은 향냄새 같은 매캐한 냄새가 콧속을 파고드는 화장장. 눈물 콧물이 범벅이 된 내 심장이 울자 명치끝이 아려왔다. 아스라이 멀어져가는 여운의 어머니 말씀 "밥 좀 더 줘", "예, 어머니. 더 드릴게요." 이제는 어머니 말에 그런 답을 할 수도 없게 됐다. 그 말씀도 한 번 더 듣고 싶다. 세 시간 동안 화장장에서 쏟은 눈물이 복수라는 분노의 응어리가 되어 가슴 속 깊이 박혔다.

"이병호 씨 유골 넣을 항아리를 가지고 안으로 들어오세요."

아버지가 돌아가셨을 때는 어머니가 주선하여 상여꾼들도 있었기에 미아리 공동묘지에 모실 수가 있었다. 아버지가 살아계셨다면 상여가 준비되고 대매 꾼들이 빈 상여를 메고 상엿소리, "어헝 어하, 이제 가면, 언제 오나, 어헝 어하." 소리가 하늘로 퍼지고, 나는 상제가 되어 "아이고. 아이고"를 되뇌며 조문을 온 마을 사람들에게 허리가 아프도록 두 손 모아 절을 했을 것이다. 그리고 울긋불긋 장식한 꽃상여 뒤를 쫓아가며 다시는 불러볼 수 없는 어머니를 한없이 불렀을 것이다. 그러나 지금은 단신 외톨이로 유골 항아리도 마련 못 해 나무상자를 들고 들어가 어머니 유골을 받아 왔다. 누가 이 처절한 심정을 알까? 어머니의 유골을 나무상자에 받아들고 밖으로 나오니 하늘도 내 마음을 아는지 슬픈 듯 초가을 하늘이 부슬비를 뿌리고 있었다. 유골 상자를 끌어안으니 어머니의 따뜻한 온기가 내 몸으로 들어왔다. 어린 시절부터의 추억이 가슴속으로 몰려왔다. 이게 꿈이지! 진짜 같지 않았다. 유골 상자를 내 가슴속으로 밀어 넣듯 강하게 끌어안았다. 눈물을 철철 흘리며 "어머니 죄송합니다. 아버지 죄송합니다. 제 죄를 용서해 주세요. 내 생전 용서를 빈다 해도 씻지 못할 죄를 지었습니다."

화장장에서 난 내 눈물은, 눈물이 아니라 내 전신에서 나오는 피눈물이었다. 유골을 품 안에 안고 버스를 타고 인천으로 갔다. 넓은 바다에서 마음껏 다니시라고 작은 어선을 빌려 타고서 바다로 나갔다. 비를 맞으며 어머니 유골을 한 줌 한 줌 뿌리며 그냥 바다로 뛰어들고픈 마음도 있었다. 그러나 이 원수는 갚아야 할 것이 아닌가! '어머니 이 원수는 제가 꼭 갚을게요. 깊고 넓은 이 바다를 어머니 병이 나을 때까지 마음껏 다니세요. 죄송합니다. 이 불효자식을 용서해달라고 하지 않을게요. 저승에서 만나면 저를 아주 많이 때려 주세요.' 비가 와도 상관하지 않겠지만 비는 멈췄다. 인천 바다 백사장으로 휘청거리며 걸어갔다. 꼬꾸라지듯 모래사장에 엎드렸다. 불교를 믿는 사람들은 108배를 한다는데 신자는 아니라도 어머니 유골을 뿌린 바다가 보이는 백사장에서 108배를 하고서 집으로 가리라 생각했다. 108배를 하려니 어떻게 하는지를 몰라 그냥 절을 한번 할 때마다,

"어머니 좋은 곳으로 가세요. 아버지 죄송합니다. 아버지, 어머니를 만나시면 잘 도와주세요. 저승에서 또 만나요."

그 말 이외는 어떤 말도 할 줄 몰랐다. 그저 연신 절을 하다가 보니 무릎이 아파 더 절을 할 수가 없다. 일어나서 보니 바지는 모래사장에 얼마나 비벼 댔는지 펑크가 나 있고 무릎에서 검붉은 피가 발등까지 흘러내린 것이 보인다. 어둑어둑, 해 질 때까지 절을 했으니 108배가 아니라 천 번도 넘은 절을 한 것 같다. 일어서서 어둑어둑해지는 바다를 쳐다보며 눈물을 지었다.

"어머니 어떻게 제 죄를 용서를 받을 수가 있을까요?"

'살아서 만났어도 제 죄를 용서해 준다는 말도 없이 떠나신 어머니. 어머니와 함께했던 멀어져 가버린 날들의 추억이, 내 가슴속에 살아 움직이고 있습니다. 초등학교에 오셨던 어머니, 눈감으면 떠오르는 아련한 그 모습, 분 향기 나는 손수건으로 콧물을 닦아주던 일도 생각이 납니다. 어머니의 팔베개도 그립습니다. 어떻게 제가 어머니 사랑의 품을 잊을 수가 있을까요? 아버지가 돌아가시고 몇 개월이 지난날 네가 부모가 되어 보아야 내 마음을 알 것이란 말도 가슴을 쥐어짭니다. 한도 많은 세상을 살다가 가신 어머니 제가 어떻게 해야 제 죄를 용서를 받을 수가 있을까요? 울어봐도 불러봐도 다시 못 볼 어머니, 이 못난 자식이 지은 죄를 용서해 주세요. 이 자식이 같이 살 여자면은 언청이라도 좋으니 데려오라고 하신 말씀이 가슴을 쥐어짭니다. 정다웠던 어머님인데 저도 어머니와 함께 가고 싶습니다. 그러나 원수를 갚기 위해 살겠습니다. 언젠가는 이 원수를 꼭 갚겠습니다. 어머니 제가 흘리는 이 눈물은 눈물이 아니라 가슴속에서 나오는 피입니

다. 엎드려 절을 하며 이렇게 빕니다. 원수를 갚은 다음에 다시 저승에서 만나요.'

조현병이셨던 어머니라도 있으면 좋으련만 이제는 집으로 가 보아야 아무도 없다. 낮에 밝음이 사라지고 전깃불들이 켜지니 인천 앞바다도, 뒤로 보이는 시내도 다른 세상만 같다. 인천 앞바다 백사장을 떠나려니 마음이 너무 무겁다. 서울행 막차 버스를 타고 무거운 발걸음을 한발 한발을 떼며 집으로 왔다. 화장장에서 내 등을 두들겨 주던 반장님과 동리 사람들에게 큰 빚을 졌다는 것도 생각이 났다. 그 고마움을 내 기억 속에 저장했다. 나의 버팀목이었던 어머니가 돌아가시자, 그저 죽고만 싶은데 누구하고 말을 할 사람은 한 사람도 없었다.

'내 마음을 아는 자만이 내 마음을 알 수 있으리라. 온몸에서 나온 통한의 이 눈물 절대 잊지 않을 것이다.' 기진맥진하여 집으로 오니 무릎 상처에서는 진물이 흘러 옷이 젖었다. 약국으로 기어가다시피 가서 진통제와 바르는 약. 붕대와 알코올 거즈를 사서 응급 처치를 했다. 움직일 수가 없어 사흘 동안 꼼짝도 못 하고 누워만 있었다.

비몽사몽간에 어머니는 꿈결 속에서 화장장으로 갈 때 시의(屍衣)에 쌓여 꽁꽁 동여맨 모습으로, 된장찌개 냄새와 함께 나에게로 다가왔다. 나는 소스라치게 놀라 눈을 떴다. 여명의 시간이었다.

미칠 것만 같은 심장이 펄펄 뛰는 소리가 귀에 들려왔다. 내가 이렇게 누워있으면 복수를 못 하지! 내 원수를 누가 갚아줄 것인가! 정신을 차리고 보니 아니! 이럴 수가! 어머니가 돌아가신 그날이 아버지 제삿날이었다. 며칠 동안 정신이 없었으니 아버지 제삿날을 깜빡한 것이었다. 아마도 어머니는 제삿날을 기억하셨다가 그날 심장 마비로 돌아가신 것 같다. 온몸이 몽둥이로 두들겨 맞은 것만 같다. 이를 악물고 일어났다. 텅 빈 속에 찬밥을 퍼 넣으려니 입 안이 헐어 밥을 깨

물어 먹을 수가 없다. 무릎에 통증을 느끼며 이를 악물고 동리 구멍가게로 가서 막걸리를 한 병을 사서 왔다. 이제 죽기 아니면 살기다! 막걸리 한 병을 홀쩍 입안으로 밀어 넣고 방에 드러누웠다. 안 먹던 술에 만취했는지 깨어보니 아침이었다. 막걸리 한 병에 녹초가 됐었나 보다. 무릎에 통증이 너무 심해 약국으로 가서 진통제를 사 먹고 시장 포목점으로 갔다. 사장님에게 어머니가 돌아가셨기에 연락도 못 하고 출근을 못 했다고 말씀드리니

"참 그동안 아픈 어머니 뒷바라지에 고생을 많이 했다. 사람 사는 것은 다 그렇게 어렵게 사는 거야 힘내."

퉁퉁 부은 내 얼굴을 보고는 등을 두들겨 주며 봉투를 하나 주고는 며칠 동안 더 쉬었다 오라고 한다. 봉투를 받아 들고는 고개가 땅에 닿도록 절을 하고 집으로 왔다.

집으로 오면서 시장에서 도장 새기는 곳으로 갔다. 어머니에게 꼭 하고 싶었던 말 "어머니 이 원수는 꼭 갚을게요,"를 플라스틱판에 써 달라고 했다. 그것을 가지고 집으로 오니 세상이 텅 빈 것만 같다. 플라스틱판을 집 벽면 중앙에 딱 붙여놓았다. 아침 출근 때나 저녁 퇴근 때는 내 눈앞에 있는 그 글은 내 신앙이었다.

9
또 다른 인연

1) 의형제가 된 안마사 원효 형님, 그는 해박하고 행복이 무엇인지
   를 깨달은 사람이었다.

   어머니는 극심한 조현병 환자였지만 나의 버팀목이었다. 어머니가
돌아가시자. 비록 조현병 환자이셨지만 나에게 어머니가 얼마나 중
요한 존재였든가를 일깨워줬다. 나는 하늘이 무너진 것만 같았다. 시
장에서 집으로 오면 정말로 쓸쓸하고 허전한 것이 가슴 속으로 파고
들어 왔다. 허전함을 쓴 어머니의 편지가 생각이 나고 어머니가 혼
자 있을 때 당시 심정이 이해됐다. 조금이라도 더 신경을 썼어야 했
는데……. 후회가 가슴속을 파고들어 와 심장에 칼을 꽂았다. 이제 곧
겨울이 올 것이다. 정신을 차리고 가난에서 벗어나야 한다. 감옥에서
주의 깊게 들은 이야기는 여자를 노려서 돈을 벌면 된다고 하지 않았
던가! 밑천이 없으니 할 일은 한정돼 있다. 감옥에서 들은 이야기 중
내가 돈을 벌 수 있는 것은 안마사를 하는 일이라고 결정했었다. 그것
은 내가 한쪽 눈꺼풀이 쳐져 애꾸눈같이 보이니 한쪽 눈만 어떤 방법

으로든 해결하면 될 일이라고 생각했다. 안마는 주로 여자들이 받는 것이고 그 일한 대가는 딱 결정된 게 없다. 잘만 하면 돈을 벌 수가 있을 거라고 생각을 굳혔다. 안마사를 하려면 자격증도 있어야 하겠지만 꼭 눈이 먼 것 같은 행동을 해야 여자 손님들이 믿고 옷을 벗고 안마사에게 몸을 맡길 게 아닌가! 그것을 알기에 시각장애인과 똑같이 하기 위해 그들의 행동을 눈여겨보며 연습을 해도 그게 쉽지는 않다. 안마 학원은 하루 두 번인데 1차는 오전 11시에서 12시까지이고, 2차는 오후 7시에 시작하여 8시에 끝난다. 초겨울이라 7시만 넘으면 손님은 거의 없다. 안마 학원에 다니기 위해 포목점에서는 오후 여섯 시까지만 일하기로 허락받았다. 퇴근한 후 1차 계획한 그 일을 시작했다. 학원이라고 가 보니 학생은 여섯 명뿐이다. 안마학원 원장은 한쪽 눈은 멀쩡하고 한쪽 눈은 눈꺼풀이 내려앉은 나를 쳐다보며 여러 가지를 물어보았다.

"왜 안마사가 되려고 하는가? 안마사 자격시험에 붙으려면 평균 1년 반에서 2년 정도는 열심히 배워야 합니다. 시각장애인이 아니면 손님들이 받아들이지를 않을 것입니다. 아마도 자격증을 따도 쓸 곳이 없을 것인데 그래도 배울 것입니까?"

그건 원장 생각이고, 어쨌든 내가 생각하고 있는 것은 안마사 자격증을 따는 일이 1차 목표였다. 그리고 2차 목표는 시각장애인 안마사들이 행동하는 것을 배우는 것이다. 광대가 외줄을 타기 위해서는 수년 동안을 연습했을 것이다. 나도 시각장애인 행세를 하려면 그들보다도 더한 연습을 하면 될 것이 아닌가!

"어쨌든 안마를 배울 것입니다."

그것도 포목점 일이 늦게 끝나면 갈 수가 없는 날도 있을 것이나 등록을 했다. 학원에서는 침을 놓는 자리가 중요한 안마할 자리라며 도면을 주고 외우라고 하였다. 인체의 어느 부분이 제일 민감하며 어느 곳을 만지면 시원함을 느끼며 어느 곳을 만지면 아파하는가. 그런 것을 배우는 곳이었다. 그런 온몸의 요소요소를 정확히 집어내는 일이 쉬울 리가 없을 것 같다. 내가 학원을 삼 개월쯤 다니던 중 한 사람이 학원에 등록했다. 이원효 그는 안마사 자격증도 없는데 안마사를 하며 먹고 사는 사람이었다. 학원 원장은 그에게

"아니 안마를 하며 돈을 벌러 다닌다면서, 왜 학원엘 온 겁니까? 학원비도 비쌀 텐데?"

하자, 그는

"저는 정식으로 안마를 배운 사람이 아닙니다. 저를 먹여 살려준 스님으로부터 조금 배운 것뿐입니다. 그러니 이제 정식으로 안마사 자격증을 취득할까 합니다."

그를 자세히 보니 시각장애인이라고 볼 수도 없을 만큼 모든 물체를 너무나 잘 알고 행동을 한다. 미스터리였다. 그는 학원 원장이 교본을 놓고 읽어가며 인체를 설명하면 단번에 외우는 특출한 재주가 있을 뿐만 아니라, 원장을 능가하는 안마 기술과 지식도 있었다. 놀라웠다, 그는 나보다 나이가 다섯 살이나 많았다. 나는 말을 아끼며 조용조용 말을 하는 그분의 얼굴을 보면서 무언가 깊이가 있고 보통 사람은 아닐 것 같다는 느낌이 왔다. 나는 내 목표가 있기에, 학원이 끝나면 그분을 자주 만나며 식당으로 자주 초대하여 그가 좋아하는 생선 종류 음식을 사주었다. 그가 식사하는 것을 보고는 나는 모든 면에서 그가 시각장애인이 아니다.라고 결론을 내릴 정도로 혼자서도 밥도 잘 먹는다. 나는 그의 생활을 배우려고 그와 자주 만나며 그의 환심을 샀다. 그리고 그를 형님이라고 부르기 시작했다. 그래도 궁금하여

"형님 진짜 아무것도 안 보이시나요?"

"전연 안 보이지는 않지! 작은 글씨도 확대경으로 보면 알 수 있어. 그러니 다니지."

"그전에도 그러셨나요?"

"절에서 지낼 때는 그래도 글씨도 읽을 수 있고 농사일도 잘할 수 있었지. 시내로 나오면서부터 나이 때문인지 시력이 떨어졌어. 아마 폭력에 의한 후유증인지도 몰라. 그래도 다니는 데는 크게 지장이 없어."

'아! 그는 절에서 스님과 생활하면서 많은 것을 배운 분이구나!'

"그래서 안내인은 안 쓰시는군요."

"혼자도 다 다닐 수 있으나 몹시 추운 겨울에 필요하면 안내인과 동행하기도 하지."

그는 학원에 다닌 지 6개월도 안 돼 문답과 실사로 정부에서 실시하는 안마사 1급 자격증을 땄다. 너무나 부러웠다. 초등학교도 안 나온 그보다 나는 중학교를 나왔는데 그보다도 못한 사람이라는 것을 나는 절실히 느꼈다. 그 형님은 자격증을 따고도 학원엘 계속 나왔다. 나는 그게 궁금하여 물어보았다.

"형님 목표를 한 자격증을 땄으면 됐는데 학원은 왜? 계속 나오시나요?"

그의 지론은 놀랄만했다.

"자격증을 취득했다 해도 건방을 떨어서는 안 돼. 동의보감을 지은 허준쯤은 되어야 진짜 안마사가 되는 거지."

그에게 누가 허준에 관한 이야기를 해주었을까? 그는 정식 학교는 안 다녔지만, 자주 만나 이야기를 하다 보니 그는 안마뿐만 아니라 독학을 하여 해박한 지식을 가진 사람이 확실했다. 스님 복장만 안 했지 깨달음을 가진 스님만 같다. 안마할 자리와 인체의 혈 자리는 학원에서 배우지만 그 형님은 학원장보다 더 다양한 지식을 가지고 있었다. 프랑스의 이침혈위도(耳鍼穴位圖) 110혈도를 잘 알고 있었으며 중국의 황제내경은 황제와 신하인 기백(岐伯), 뇌공(雷公), 귀유구 등과 문답하는 식으로 이루어져 있다며 그 책의 내용을 설명도 해주었다. 또한, 인체 육장(六臟, 肝, 心, 肺, 腎, 心包) 육부(六腑, 胆, 小腸, 胃, 大腸, 膀胱, 三焦)를 내가 이해할 수 있도록 구술하여 주었다. 원효 형님과 근 일 년 동안을 매일 만나다 보니, 그분의 해박한 지식에 놀라움을 금치 못했다. 나는 소설책만 읽어보고도 많은 것을 느꼈는데…….학교도 안 다녔다는데 무슨 책을 그리도 많이 보았을까? 자주 만나다 보니 내가 누명을 쓰고 감옥에 갔다 왔다고 이야기할 정도로 그와 가까워졌다. 원효 형님은 내가 억울한 옥살이를 했다는 이야기를 믿어줬다. 그 형님은 내 말에 공분을 느끼지만, 원수는 원수로 갚아서는 안 된다고 했다. 그러나 안마사를 하며 돈을 벌어 먹고사는 데는 협조를 해주겠다는 약속을 했다. 며칠 후 그는 자기 집에서 같이 살자고 제의를 해왔다. 나는 깜짝 놀랐다. 내가 그동안 그분에게 심혈을 기울여 친분을 쌓은 것이 효과가 발생한 것인가? 어쨌든 그 형님은 약속대로 나를 도와주려고 하는 것이다. 그러나 그것은 형님에게는 어려운 일일 수도 있는 일이다. 형제자매가 없는 외톨이인 그는 나를 친동생처럼 여기며 내 처지를 생각하여 그런 제안을 한 것 같다. 집도 없는 나에게는 가뭄에 단비만 같은 고마운 말이다. 그 형님의 제안은 나에게 큰 힘이 되리라는 것을 안다. 그러나 금방 대답할 수는 없는 게 아닌가?

"아니 형님 집에 식구하고는 상의도 없이 그리하실 수가 있어요?"

"그것은 걱정 안 해도 돼. 내 집에서 나와 같이 지내는 사람은 결혼을 한 사람도 아니고, 그도 장애가 있는 사람이라 내가 조금의 도움을 주며 같이 사는 사람이야. 그녀는 어릴 적 심한 소아마비를 앓은 장애인인데 아주 착한 사람이야. 내가 일도(一道) 스님을 만나지 않았으면 죽었듯이, 그녀도 나를 만나지 않았으면 아마 죽었을지도 몰라, 그러니 걱정 안 해도 돼. 거기에 관한 이야기는 차차로 할 테니 걱정하지 말고, 우리 집으로 와서 같이 살자. 동생이 그 험한 꼴을 당하고 혼자 그렇게 어렵게 사니 안 됐었어! 하는 말이야."

얼마나 고마운 말인가! 눈물이 날 정도로 고맙다. 가난하여 단칸방에 월세를 내가며 사는 나는 천사를 만난 것이다. 또한, 그와 생활한다는 것은 시각장애인의 생활을 배우는 것이며 그의 해박한 지식을 들어 볼 수도 있을 것이다. 나는 그 형님이 밥 먹는 행동, 걷는 행동, 사람에게 다가가 하는 행동 등을 유심히 볼 기회가 온 것이다. 그것이 나에게는 좋은 기회가 될 것 같다. 나는 그 집도 알아야 하지만 과연 내가 잘 방도 있느냐가 궁금했다. 며칠 후에 학원에서 만나 같이 그 집으로 가 보았다. 그 형님은 밤에도 낮과 같이 길을 잘도 찾아간다. 진짜 시각장애인은 아닌 것 같다는 생각이 든다. 그 형님의 집으로 같이 가서는 놀랐다. 용산 한남동 주택가 단독 주택이었다. 집은 낡았지만 내가 사는 월세방에 비하면 대궐이다. 마당에는 변소가 따로 있고 방은 세 칸이었다. 달동네 공동변소에서 차례를 기다리며 설사가 급할 때는 지리기도 하고 정신이 없었는데 정말로 좋다. 넓은 거실로 들어가니 애완견이 작은 꼬리를 흔들며 형님에게 달려든다.

"워리야 잘 있었어?"

형님은 그 애완견을 사람 다루듯이 워리의 머리를 쓰다듬어주었다. 그리고는 워리에게 거실에 있든 간식 한 개를 준다. 워리는 진돗개보다 작은 한국 토종 멍멍이라고도 부르는 꼬리가 아주 짧고 코는 분홍색인 동경이었다. 반가우면 작은 꼬리와 함께 엉덩이를 흔드니 꼭 트위스트 춤을 추는 사람과도 흡사하게 보였다. 집을 나와 집을 찾지 못하고 다니는 강아지를 형님이 데려다가 기른 것이라고 했다. 워리는 대문가 한구석에 제집이 있지만 한 식구인지 거실이나 방에도 제 마음대로 다녀도 형님은 내버려 두었다. 바닥으로 발랑 자빠져서 꿈적도 하지 않고 죽는시늉을 하기도 하고, 뒷발로 곤추서서 애교도 부리고 말도 잘 알아듣는 아주 영리한 개였다. 거실은 부엌을 겸한 식탁도 보인다. 거실에 앉아 있는 여자는 소아마비에 걸려 다리를 저는 절름발이가 아니라, 앉은뱅이라는 장애인이었다. 그녀는 나에게 친절히 말을 했다.

"뵙게 돼서 반갑습니다. 오신다는 이야기는 들었어요. 이 선생님이 아니면 저는 죽을 목숨이었습니다. 먹여주고 재워주고 병원비까지 대주시는 천사 같은 분입니다."

나는 그에게 어떤 말을 해야 할지 생각이 안 나 목례만 했다. 그녀는 손이 발이었다. 그런데도 거실은 깨끗이 정돈되어 있고 곳곳에 먼지 하나 없는 것 같이 청소가 잘돼 있었다. 그 몸을 가지고 어떻게 일을 했을까? 그걸 물어볼 수도 없었다. 아! 형님은 정말로 불교에서 이야기하는 자비를 베풀며 사는 사람이구나! 나를 오라고 한 것이 단번에 느낌이 왔다. 형님은 빈방 하나를 나에게 쓰라고 했다. 거실에, 마당에, 빨래를 널 곳도 있는 그곳은 내가 사는 방에 비하면 대궐이다. 이틀 동안 살던 집을 정리했다. 그리고 보따리 몇 개를 지게에 지려니 무거웠다. 그동안 살림이 많이 늘었나 보다. 이사를 했다. 나는 천사 같은 분과 한집에서 살게 된 것이다. 하루가 지나자, 그 집에 대한 의문이 풀렸다. 그 집에는 청소는 물론 식사와 빨래까지 해주며 앉은뱅이의 목욕도 거들어주는 파출부를 고용하고 있었다. 그 형님은 그 이야기를 나에게 안 해준 것이다. 그만큼 입이 무거운 사람이었다. '그랬구나.' 그렇게 살려면 생활비가 많이 들 텐데……. 그 돈은 어디에서 생기며 만드는 것일까? 아마도 안마를 하면서 일반 안마사보다는 더 많은 돈을 받은 것 같다! 그러니 파출부를 두고 그런 생활을 하는 게 아닌가! 며칠 후 원효 형님의 제안으로 두 사람은 의형제를 맺었다. 형님은 이곳을 내 집같이 생각하며 독립할 때까지 같이 살자고 하며 안방으로 들어오라고 했다. 형님의 방안을 보고는 깜짝 놀랐다. 많은 책이 잘 정돈되어 있기 때문이다. 이름도 알 수 없는 불교 경전이며 노자의 도덕경. 공자의 논어. 맹자. 기타 이름도 모르는 책들이 많다. 그것은 글을 다 읽어 볼 줄 안다는 뜻인가? 그 책의 일부는 보현사(普賢寺) 주지 스님 일도(一道) 스님이 입적하시기 전에 물려받은 책이라고 하였다. 그 많은 불경은 점자책도 아닌데 어떻게 읽고 있는 것일까? 형님은 완전 시각장애인이 아닌 것 같다. 그 많은 책은 인간의 생활지침서가 아닌가! 형님과 만난 것은 큰 인연인데 형님이 의형제를 맺자고 하여 따른 것이 참 잘한 일이라고 생각됐다. 시간을 빨리도 가 한여름이 됐다. 답답했던 쪽방보다 참으로 좋다. 원효 형님은 내가 월급 받는 날 주는 매월 생활비도 받지 않았다.

"내가 어렵게 살아봐서 잘 알아. 내가 조금이라도 도와주려는 것이야. 한 푼이라도 모아서 전셋집이라도 얻어."

그 형님도 어려울 텐데 나까지 힘들게 해주는 것만 같았다. 정말로 고마운 형님이었다. 형님 집으로 이사를 하고서도 그 플라스틱판에 쓴 "어머니 이 원수는 꼭 갚겠습니다."라는 글은 방문을 열거나 누워서도 그 글이 보이게끔 내가 자는 방 중앙에 걸어놓았다. 그것은 내가 어머니에게 매일 쓰는 편지이며 그리고 아침저녁으로 어머니에게 인사를 하는 것으로 대신했다. 그 글은 내가 원수를 갚을 때까지 항상 내 방 중앙을 차지할 것이다.

안마사 규약에 보면 한 시간에 300원이라고 형식적인 조항이 있을 뿐이다. 300원이 적은 돈은 아니다. 소고기국밥 여섯 그릇 값이다. 형님은 인체는 너무도 신기하여 본인도 스스로 놀랐다고 했다. 또한, 사물의 이치는 주역 안에 있다고 이야기했다.

그 형님을 자세히 살펴보니 다섯 살이나 더 적은 나보다 아주 건강하다. 형님은 철저히 小食을 하고, 운동하고 손가락 단련을 하고 있었다. 그리고 단골집으로 또는 부르는 집으로 안마를 하러 홀로 다닌다. 완전 시각장애인은 아닌 것 같았다. 그러나 사람들은 착각으로 그를 시각장애인으로 보기 충분했다. 나만이 그를 알아보는 것인지도 모른다. 형님 집으로 들어간 나는 보름 후에 그 형님의 어릴 적 과거를 들었다. 그것은 정말로 나의 어린 시절보다도 더 처참한 생활을 한 사람이었다. 별로 말이 없던 형님인데 나를 진짜 동생으로 생각했나 보다. 그 형님은 먼 산을 바라보는 듯 반듯하게 얼굴을 들고 기억을 더듬으며 차근차근 이야기를 시작했다.

"나의 아버지는 세 명이나 되는 자식들은 잘 쳐다보지도 않는 노름꾼이었다. 며칠 동안 노름을 하고 집에 오면 잠만 주무셨다. 잠이 깨면 어디서든 돈을 구해오라고 어머니에게 행패를 부렸다. 그 모진 시련을 견디지 못한 어머니는 여덟 살인 장남인 형을 데리고 집을 떠나버렸지. 집에 남은 건 나와 여동생 하나. 어머니가 나가자, 아버지는 자식들을 보살피기는커녕 새어머니라며 어떤 여자를 데리고 집으로 왔어. 그때 내 나이가 다섯 살 여동생은 세 살이었다. 새어머니라고 들어온 그는 한 달 동안 어떤 날은 하루 한 끼를 반 그릇도 안 되게 주고 어떤 날은 아예 밥을 한 번도 안 주었다. 그 새어머니의 말은 네 아버지가 돈을 안 벌어 오니 쌀이 없단다. 친어머니가 집에 있을 때도 아버지가 쌀을 사 오는 것을 보지 못했으니……. 이틀을 굶은 나는 너무나 배가 고파서 동내로 내려가서 여동생과 함께 밥을 얻어먹고 오고부터는 배가 고프면 동생과 함께 동네로 밥을 얻어먹으러 다녔다. 아버지가 그 사실을 알고는

"네가 거지냐? 얻어먹으러 다니게. 네 어미는 집을 나간 나쁜 년이야."

그걸 빌미로 아버지의 폭행이 시작됐다. 새어머니까지 나와 동생을 주먹으로 또는 부지깽이로 때리기 시작했다. 무슨 잘못이 있어서 얻어맞는 것이 아니다. 그저 옆에만 있어도 엉뚱한 트집을 잡고 때렸다. 새어머니는 밥을 먹으면서도 밥이 모자라서 너희들 줄 밥은 없다고 했다. 밥솥에 붙어있는 누룽지를 긁어먹으려다 밥주걱으로 머리통을 된통 맞은 적도 있다. 그 이유는 점심때 내가 먹을 것인데, 너희들이 먹었다는 것이다. 밥 구걸도 못 하게 하니 밥을 얻어먹으려면 집을 나가는 수밖에 없다. 나와 내 여동생이 유일하게 먹을 수 있었던 것은, 간장이나 소금을 물에 타서 마시는 것이었다. 그래도 새어머니가 없는 틈을 보이면 동네로 얻어먹으러 몰래 갔다. 그것도 매일 갈 수가 없으니 항상 배가 고팠다. 그렇게 몇 달이 지나자 굶어서 뼈가 앙상하게 보이는 여동생은 잘 걷지도 못하는 아이가 되고 말았다. 그런 동생이 내일이 4살이 되는 생일날이다. 동생은 생일을 용케도 기억하고 있었다.

"오빠 내 생일이 내일이여. 내일은 밥을 먹을 수 있겠지?"

"글쎄 아버지가 네 생일을 아실까?"

원희의 생일날을 아버지가 기억하실지는 모른다. 어머니가 있을 때는 생일날이라고 미역국을 끓여주셨다. 삼 일이나 굶은 동생은 그것을 생각하고 있었던 것 같다. 아버지는 그날 집에 오지도 않았다. 아버지는 언제 올지 모른다. 새어머니가 마침 집에 없었다. 얻어맞더라

도 동생 생일날이니 밥이라도 얻어다 먹여야겠다고 생각을 했다. 밥을 얻으러 가는 데 같이 가면 좋겠지만, 동생은 나를 걸어서 따라올 수가 없을 것 같다. 할 수 없이

"원희야 너는 집에서 기다려, 내가 어디 가서든 몰래 밥을 얻어 올게."

그리고는 아버지와 새어머니가 없는 틈을 타서 집을 나섰지. 집에서 좀 떨어진 다른 동네로 가서 밥을 얻어다 동생과 함께 먹어야지! 그 생각뿐이었다. 집을 나서자 아버지와 새어머니에게 연일 머리를 맞아서인지 배가 고파서인지 다리에 힘도 없고 머리가 아프기 시작했다. 걷기도 힘이 드는데 눈이 트릿해지며 앞이 보였다 흐려졌다 밝아졌다 한다. 밥을 제대로 못 먹고 굶어서 그런가 보다 했다. 죽을힘을 다해 걷다 보니 동네가 보였다. 이제는 밥을 얻어 가지고 가면 동생과 먹을 수가 있겠구나! 하니 다릿심이 나는 것 같았다. 그러나 그것도 잠시 길에서 쓰러지고 말았다. 나는 꿈에서 물을 마시는 꿈을 꾸고 있었다. 내가 정신이 들었을 때는 처음 보는 어느 집에 작은 방이었다. 나이가 많아 보이는 스님 한 분이

"이제 살았구나."

입에다 미음을 떠넣어 주고 있었던 건 그 스님이었다. 길에서 쓰러진 나를 발견한 스님이 나를 업고 그 근방 작은 절로 데리고 온 것이다. 바싹 마른 나를 본 그 스님은

"너는 도대체 얼마나 굶었던 것이야?"

"언제인지 기억이 잘 안 납니다. 사흘 동안 굶다가 밥을 얻으러 나온 것 밖에 모릅니다."

"네가 집을 나온 날은 언제이냐?"

"동생 생일날 밥을 얻어다 먹이려고 한 것이니 8월 15일입니다."

"뭐야? 8월 15일? 그것은 일주일 전이다. 열흘 이상을 굶고도 살았으니 너는 천운을 타고난 거야."

"스님 저를 살려 주셔서 고맙습니다. 제 동생은 제가 밥을 얻어 올 줄 알고 기다릴 텐데 어쩌나요?"

"네가 살던 동리 이름이 무어냐?"

"신천리입니다."

스님이 외출한 것은 알았는데, 돌아오셨는지 인기척이 났다. 아버지보다도 반가운 분이다. 방문을 열고 나가 구십 도로 인사를 드렸다.

"다녀오셨어요."

나를 물끄러미 쳐다보던 스님은

"신천리 사람들에게 물어보니 네 동생은 죽었단다. 어디에다 묻었는지는 모른다. 네 아버지와 어머니는 어디론가 떠났단다."

동생이 죽다니, 나는 깜짝 놀랐다. 내 이야기를 듣고는 그 스님은 바로 내가 살던 신천리 집을 물어물어 찾아갔다가 온 것이었다. 여동생이 너무나 불쌍하다. 그러니까 내가 밥을 얻으러 나가고도 굶었을 터이니 아마 열흘 정도를 굶고 죽었나 보다. 그러자 아버지는 그 초가집을 버리고 새어머니와 어디론가 떠난 것 같다. 흐릿한 눈에 고였던 눈물이 왈칵 쏟아졌다. 때리던 아버지라도 아버지는 아버지인데…….

내가 이틀 후 잘 걸을 수 있자. 스님은 나를 데리고 스님이 거주하는 큰 절로 갔다. 경기도 용인에 있는 보현사(普賢寺)였다. 그 스님은 그 절에 부총무인 일도(一道) 스님이었다. 내가 잘 걸을 수 있을 만큼 건강이 아주 좋아지자 나는 그 스님에게 제일 궁금한 걸 물어보았다.

"저 진짜 계속 여기서 살아도 되나요?"

"너는 갈 곳이 없는 아이가 아니냐? 그러니 여기서 나하고 살자."

"고맙습니다. 고맙습니다."

갈 곳도 없는 나는 정말 고마워서 눈물이 났지! 그렇게 일 년이 지나자 스님은 초등학교 국어책을 가지고 와서 한 장을 펼치고는

"원효야! 내년부터는 네가 학교에 들어갈 나이가 됐는데 이 글씨가 보이니?"

"네. 보이기는 하는데 작은 글씨는 잘 안 보여요."

"그렇구나. 안경을 쓰면 보일 거야. 여기서 학교에 가기에는 어린 너에게는 너무 멀어, 공부는 학교에서만 하는 게 아니야. 내가 초등학교 책부터 사다가 공부를 시켜주마."

스님은 여섯 살인 나를 공부를 가르치기 시작하였다. 나는 절에서 잘 먹어서인지 작은 글도 보이게 눈이 좋아졌다. 여덟 살이 되자 글은 물론 구구단까지 다 외웠다. 스님은 나보고 머리가 좋다고 하였다. 10살이 되기 전 초등학교 책을 전부 배웠다. 글을 읽을 줄 알게 되자, 스님은 천자문, 명심보감을 가르쳐 주기 시작했다. 논어 맹자. 대학 중용은 더 어렵다면서 한문도 가르치며 열심히 배우며 공부를 하라고 했다. 스님은 불경 책을 읽어 보라며, 관음경, 법화경, 대 반야심경, 무량수경, 금강경, 등 여러 권을 주었다. 그리고 그 책들에 있는 모르는 한문에는 한글로 토를 달아주셔서 그 뜻을 배우고 쓰고 외우기 시작했다. 그 바람에 한문도 좀 더 많은 글자를 알게 됐다. 일도(一道) 스님은

"원효야! 너는 글을 쓰기가 힘들면 외우는 습관을 지녀라. 그리고 열심히 정성을 들여 눈이 잘 보이게 해 달라고 부처님께 108배를 하며 기도해. 그러면 눈이 더 잘 보일 것이다."

"네 정말이세요? 열심히 기도하면 눈이 잘 보인다고요?"

"믿으면 되는 것이야. 그리고 불경을 매일 읽어보아라."

"네 불경 책은 열심히 읽어보겠습니다."

법당 안팎은 내가 쉬지 않고 청소를 하는 바람에 정말 깨끗해진 것인지. 다른 스님들도 나를 칭찬하였다. 학교에는 안 갔어도 스님은 중학교 책도 사다가 계속 읽어 주며 말로 시험도 보며 공부를 시켰다. 내 나이가 열다섯 살이 넘자, 일도(一道) 스님은

"사람이 먹고살려면 어떤 기술이든 기술을 배워야 해. 사주팔자를 보는 공부가 좋겠다. 한문이라 좀 어려울 거야. 주역 책을 줄 테니 모르는 한자는 나에게 물어봐. 한자는 상형 문자이니 그 기본 이치만 알면 뜻을 알 수가 있단다."

그리 말하는 일도(一道) 스님이 부처님 같다는 생각이 들었다.

"너는 정식 학교에 다니지 못했으나 네가 70세까지라도 산다면 주역을 배워야 한다. 잘만 배우면 사주팔자를 풀이하는 자가 되어 먹고사는 데 지장이 없을 것이다. 주역이란 동양 철학의 근본이다. 사주를 보는 데는 꼭 필요한 책이다. 주역의 핵심은 중화이다. 중화를 이해하면 중용도 자연히 알게 된다. 또한, 음양오행의 원리를 깨달으면 세상이 보이는 것이다."

주역의 64괘야 열심히 외우면 되겠지만 해석이 글자마다 다르니 주역 책은 너무나 어려웠다. 일도 스님은 내가 주역을 공부하는 나를 한동안 눈여겨보더니 주역은 내게 너무 어려워 보였는지,

"너는 안마사를 해야 먹고살 것 같구나."

안마하는 법을 가르치기 시작했다. 그것은 절에서 스님들에게 전해 내려오는 전통 안마였다. 큰스님이 입적하자, 일도(一道) 스님이 보현사(普賢寺)의 부주지 스님이 되었다가 10여 년이 지나가자 주지 스님이 되었다. 일도 스님은 법회를 할 때는 불교의 핵심이라며 꼭 윤회를 말씀하시었다. 사람은 죽었다가 다시 태어난다는 것이다. 다시 태어나는 것이 사람이 죽었다고 해서 사람으로 꼭 태어나지는 않는다고

하며 다른 동물로도 태어난다고도 하였다. 그러니 사는 동안 좋은 일을 하며 살라고 하였다. 내 나이 서른한 살이 되었을 때 며칠 동안 식사를 못 하시던 일도(一道) 큰 스님이 나를 불렀다. 일도(一道) 스님이 입적하기 며칠 전이었다.

"원효야 너를 이 절에 데리고 온 지도 이십오 년이 넘었구나. 나도 이제는 나이가 팔십이 넘었으니 얼마 못 살 것 같다. 나는 너를 내 자식이라고 생각하고 길렀다. 내가 죽으면 너는 갈 곳 없는 사람이 될 것이다. 학력도 없으니 직업도 잡을 수가 없을 것이다. 그렇다고, 절에서 심부름이나 하며 있을 수는 없을 것이다. 절 옆에 붙어있는 땅 2천여 평은 절 소유가 아니라 전에 신도분으로부터 받은 내 소유였느니라. 절에는 시주로 들어오는 것도 있고, 나라에서 준 토지도 있어, 내 소유 땅에 스님들이 농사를 지어 절에 보태고 있지만, 그 땅이 절에 꼭 필요한 것은 아니다. 그 토지에다 네가 농사를 지으면 먹고는 살 것이다. 너도 어려운 사람이 있으면 돕고 살아라."

길거리에서 죽을 수밖에 없었던 나였다. 나를 살려서 먹여주고, 글도 가르쳐 주셨으니 스님의 은혜는 하늘보다도 더 높다. 그 큰스님은 내가 의지하고 아버지처럼 생각했다. 방바닥에 엎드려 많은 눈물을 흘렸지. 그리고 고개도 못 들고,

"큰 스님 저를 길러 주시고 가르쳐주셨는데 땅을 주신다니요. 그것은 당치도 않습니다."

거절하였다.

"그 땅은 벌써 일 년 전에 네 앞으로 돌려놨느니라."

일도 스님은 그 말을 마지막으로 남기고 며칠 후에 입적하였다. 그리고는 원효 형님은 옛 생각을 하는지 잠깐 가만히 있었다. 내가 들어보니 기가 막힌 이야기였다.

"내 아버지도 아닌 스님이 내게 평생 먹고살 땅을 주셨다. 무엇으로 스님의 은혜를 갚아야 할지가 생각이 안 났다! 그 절에서 오래 머물 수는 없었다. 부처님과 같은 일도(一道) 스님처럼 남에게 좋은 일을 할 수 없을 것 같다. 내 앞으로 돼 있는 땅은 일도 스님 부탁처럼, 필요할 때 요긴히 쓰기로 하고, 스스로 벌어서 남도 도와주면서 살자. 내가 절을 떠나서 돈을 벌어 일도 스님에게 은혜를 갚는다 생각하고 남에게 갚자. 그것이 일도(一道) 큰스님 은혜에 보답하는 것이다. 절을 떠나기로 하였다. 누가 붙드는 사람도 없었다. 그렇게 하여 일도(一道) 스님에게 배운 안마를 시작하게 됐던 것이야. 처음에는 절에 오든 보살님들을 찾아다니며 안마를 하며 먹고 살았다. 잠자리도 없으니 여름에는 노숙도 했다. 보살님들은 나를 다른 사람에게 소개해 주니 손님이 늘기 시작했다. 그래서 달방을 얻어서 살게 된 거야. 안마는 그렇게 시작된 거야, 그래도 아는 사람들만 가지고는 먹고살 수가 없었다. 피리를 불고 다닐 때 처음에는 정말로 피곤하고 어려웠다. 그러나 일도(一道) 큰 스님 생각만 하면 기운이 났어, 일도 스님에게 철저히 배운 안마는 나에게 안마를 받은 사람들이 소문을 내는 바람에 일이 늘기 시작했다. 그래도 열심히 하니 적지 않은 돈을 주는 분도 계셨고, 차츰 먹고 사는데 자신이 붙었지. 나를 살려주신 일도(一道) 스님 생각에 나도 눈을 돌려 어려운 사람을 도와줘야겠다고 생각을 했다. 집에 있는 장애인 여자를 시장 길거리에서 본 거야, 그는 시장에서 손으로 기어 다니며 얻어먹고 사는 사람이었다. 일도(一道) 큰스님 생각이 났다. 내가 절 옆에 붙은 땅 반을 팔았어. 그리고 몇 년 동안 안마를 하며 번 돈과 합쳐서 이 집을 전세로 얻은 거야, 그리고는 그에게 우리 집에 와서 같이 살자고 했다. 그는 내 말이 거짓말인 줄 알고 믿지를 않았어. 길에서 만나 몇 번을 이야기하자, 그는 동의

하고 우리 집에서 함께 살게 된 거야. 그가 집에 와서는 그 몸으로 청소를 하고 밥을 하는 거야. 나는 그에게 내가 오히려 고맙다고 했지. 그러다가 돈이 점점 더 벌리기 시작하고 자리를 잡자, 이 집을 아예 매수했고 파출부를 쓰게 된 거야."

원효 형님은 그 말을 하고는 추억을 되새기는지 눈을 감고 잠시 앉아 있었다.

'아! 그랬었구나! 그래서 집에 장애인과 같이 살며 또 나를 불쌍히 여겨 도와주려는 것이구나! 보통 사람과는 다른 생각을 하고 사는 분이구나. '

"형님 정말로 훌륭하십니다. 내가 이제부터 돈을 벌어 복수하려 하는데 어떻게 하면 될까요?"

"우선 남 부럽지 않게 열심히 돈을 모아라. 가난함은 나를 자유롭지 못하게 하는 것이다. 복수라는 것의 속을 들여다보면 결국은 본인을 위한 것이다. 어머니를 생각하며 너무 슬퍼하지 말고 복수를 한다는 생각을 버리면 새로운 삶이 눈에 보일 거야. 우리는 살면서 하루하루를 오만가지 상념에 빠져 살아가고 있으며 그러한 행위를 완전히 멈춘다는 것은 불가능하다. 그게 멈춰지면 그게 마음을 비웠다는 거야. 그건 '내 생각 속의 나'를 없애는 일이다. 분노의 근원을 없애야 한다. '나'라는 존재를 아끼고 스스로 소중하게 여기는 것은 성스럽고 숭고한 일이야! 최고의 복수는 내가 그보다 더 잘사는 것이다, 라고 생각한다면 동생은 마음에 평화가 올 것이다."

"마음속에 새기기는 하겠지만 잘 될지는 모르겠습니다. 저는 형님이 아시다시피 어머니의 복수를 하는 것이 제 삶의 목표이니까요."

사람은 자라는 환경에 지배를 받는다더니 형님은 일도 스님과 함께 하면서 일도 스님의 인품을 전수 한 것이 확실한 것 같다, 형님이 스님에게 배운 것은 남을 돕는 일이었던 것 같다.

또 가을이, 어머니 아버지 제삿날과 같이 왔다. 형님께 허락을 받아야 할 것 같다. 제사 이야기를 하니 제사를 방에서 지내도 좋다고 허락하셨다. 혼자 절을 하다가 형님의 도움을 받고 제사를 지내니 참 좋다. 눈물이 날 정도로 고마운 형님이다. 또 다른 인연은 그리 맺어졌다.

10
안마사 실전은 성공작이었으나……

  학원에서 자격증을 따고도 형님에게 안마를 배운지도 일 년이 되었다. 이제는 안마하는데 자신이 생겼다. 시장 포목점에서 받는 월급은 거의 저축했다. 생활비도 들어가는 게 없으니 여유가 생겼다. 왼쪽 눈은 눈꺼풀이 가라앉아 누가 보면 왼쪽 눈은 완전히 먼 것으로 착각할 정도였다. 잘 보이는 오른쪽 눈을 타인이 볼 때 시각장애인이라고 느끼게만 만들면 될 것 같았다. 깊은 생각 끝에 해결책을 찾았다. 안경점에 가서 특수 콘택트 렌즈를 만들어 달라고 했다. 눈 초점 안에 흰색을 입혀 달라고 했다. 그러면 동공이 흰색이니 시각장애인으로 볼 것 같아서였다. 안경점에서는 내가 주문한 대로 콘택트렌즈 초점에 밝은 흰색을 입혀 몇 개나 만들어 줬다. 그것은 나의 눈에는 밖이 보이나 다른 사람이 볼 때는 시각장애인으로 보이게 한 특수 콘택트렌즈다. 누가 보아도 시각장애인이라고 판단하게 만든 것이다. 내가 하려고 했던 일을 시작할 수 있게 준비가 다 된 것이다. 일하던 포목점을 그만두고 실전을 해보기로 했다. 형님은 안마할 때의 모든 할 일을 나에게 상세히 가르쳐 주었다. 사람들은 대개 야간에 안마사를 부른단다. 부르는 이유는 여자들이 몸에 병이 들었다거나, 잠이 안 올 때 안마사를 부른다고 한다. 지팡이 하나와 피리를 들고 밤 8시가 넘어서 형님이 소개해 준 안내인과 나섰다. 감옥에서 생각한 것을 형님의 도움으로 드디어 실천에 옮긴 것이다. 나는 부자들이 사는 동네에 주택을 찾아다녔다. 멀쩡한 사람이 시각장애인 행세를 한다는 건 참으로 어려운 일이었다. 첫날이라 큰 기대하지는 않았다. 밤 11시까지 거의 3시간 동안이나 지팡이로 길을 두드리며 안내인을 붙들고 다녔다. 피리를 잠깐잠깐 불며 걷는다는 것도 쉬운 일은 아니었다. '오늘은 그냥 가야 하겠다.' 하고 안내인에게 이제 집으로 가자고 하려는데, 큰집 대문이 덜컥 소리가 나며 열린다. 여자의 낭랑한 목소리가 들렸다.

"안마 좀 해주고 가요."

참으로 가뭄에 단비가 내리는 것만 같았다. 경험이 있는 안내인은 얼른 내 손에 들린 피리를 잡아 그녀가 서 있는 대문 앞으로 가서 그에게 잡게 해주었다. 그녀는 내가 쥔 피리를 붙들고 거실로 들어갔다. 다 보이지만 더듬거리는 시늉을 하며 거실 안으로 들어갔다. 안내인 그는

"안마가 끝날 때까지 밖에서 기다릴게요."

그 집 거실로 들어서자 산데리아 등이 휘황찬란하고, 넓고 좋다. 거실에 깔린 마루는 윤이 반짝반짝 나고, 붉은 가죽 소파가 떡 버티고 앉아 있다. 또한, 새로 나온 금성 TV와 피아노, 대형 전축(오디오)이 자리를 잡고 있다. 벽에는 이삭 줍는 여인이 그려져 있는 그림이 액자에 넣어있다. 부자라는 표시가 역력했다. 나는 그 여인이 피리를 잡아 이끄는 대로 가서 가죽 소파에 앉았다. 나이가 오십은 됐을까 하는 여인이다. 혹시 그 집에 누가 없나 하고 보니 아무도 없었다. 묻는 말 이외는 절대 먼저 말하지 말라는 원효 형님 생각이 나서, 입을 다물고

앉아 있었다. 나를 유심히 살펴보던 그녀는 손을 들어 휘휘 저어 본다. 내가 시각장애인인가를 확인해 보는 것이다. 그저 앞만 쳐다보고 있었다. 연습을 많이 했기에 그것은 식은 죽 먹기였다.

"못 보던 분인데? 안마해 보신 지 얼마나 됐습니까?"

"한, 삼 년 됐습니다. 이 동리는 처음 왔습니다."

"나는 허리가 아픕니다. 그래서 병원엘 자주 가서 침을 맞아도 효과가 없어요. 그래서 가끔 안마를 받아요. 오늘은 잠도 안 오고 하여 안마를 받아볼까 피리 소리를 기다리던 중이었습니다. 가끔 다른 시각장애인에게 돌려가며 안마를 받아도 봤습니다. 안마하는 게 다 다르니 댁한테도 받아봐야 알겠네요. 한 시간 정도 안마를 하시면 얼마를 드리면 되나요?"

한 시간에 보통 300원이라는 것을 부잣집이니 한껏 올려 불렀다.

"천 원만 주세요. 부담이 가시는 금액이라면 주시고 싶은 대로 주세요."

그녀는 내 얼굴을 자세히 쳐다보더니

"시각장애인이 확실하나요?"

그러고는 내 동태를 살피는 것 같았다. '아이코! 이거 들통이 난 게 아닌가? 그러나 산데리아 전등불 밑이니 들통이 날 일은 없을 것 같다.' 그래도 걱정이 몰려왔다. 그 여인은 나를 주시하고 있다. 먼저 설명해야 할 것 같아,

"어릴 적 산에 가서 놀다가, 언덕 아래로 떨어지는 바람에 머리를 다쳤습니다. 한쪽 눈은 그 자리에서 멀었습니다. 한쪽 눈도 점점 시력을 잃었습니다. 그래서 안마라도 하여 먹고 살려고 다닙니다."

그 말을 하자, 그녀는 안방으로 나를 이끌었다. 그렇다면 그 여인이 나를 시각장애인으로 인정했다는 게 아닌가! 한숨이 나오려는 걸 참

으려고 뒤로 돌아서서 큰 숨을 쉬었다. 참으로 내가 봐도 배우 노릇을 한다는 게 얼마나 힘든 것인지를 확실히 알았다. 그 여인은 겉옷을 벗고 내복 차림으로 침대에 누웠다. 나이가 들어 보여도 여자의 육체는 살진 양귀비 그림만 같이 풍만했다. 그러니 허리가 아플 수도 있겠다 싶다. 살이 찌면 자연히 통증과 저림은 다리로 가는 것이라고 학원에서 배웠다. 안마야 정말 눈 감고도 혈을 집어낼 정도로 많은 연습을 했으니 자신이 있었다.

"허리도 아프지만, 다리가 저리고 아파서 걷기가 힘듭니다."

"허리 쪽이 불편하시고 다리가 저리다고요? 엎어서 누우세요."

허리가 아프면 요추에 문제가 있는 것이다. 당연히 다리가 저리고 아플 것이다. 허리를 만져보니 요추(추간판) 5번에 문제가 있는 사람이었다. 그렇다고 문제가 있는 5번 요추부터 안마를 해서는, 안 된다고 학원에서 배웠다. 원효 형님으로부터 인체 공부를 하며 안마를 배울 때도, 제일 먼저 안마를 해야 할 곳은, 목 요추 양옆에 혈이 지나가는 자리를 만져서 몸을 먼저 풀어주라고 했다. 그 자리가 중요한 것은, 인체의 혈이 가장 많이 지나가는 곳이고, 대개 머리가 아픈 사람이거나, 어지럼증이 있는 사람은, 그곳이 뭉쳐 있기 때문이라고 했다. 어떤 요추에 문제가 있으면, 안 아픈 쪽 요추 혈 자리를 살살 누르며 아픈 요추 혈 자리로 가야 한다는 것도 배웠다. 좌측 다리가 아프면 우측 다리에 안마하는 것을 원장님은 음과 양이라고 하였다. 공부한 대로 딱 보니 이 여인이 저리고 아프다는 곳은 다리 부분이나, 요추에서 발병한 것이니 허리도 아플 것이다. 원장님과 형님에게 배운 대로 목 양쪽 부위부터 안마를 시작했다. 그곳을 살살 주무르며 안마를 시작했다. 혈이 뭉쳐 있는 곳을 살살 만져 놓았으니 다음 단계로 가야지! 그리고 허리뼈를 내려가면서 힘을 주다 살살 주무르기를 반복했다.

"아이고! 아파! 아이고! 아이고!" 하다가는 "아! 아!" 소리가 줄어들었다. 다시 목 요추에서 허리로 내려가며 만져보니 5번 요추에 확실히 문제가 있었다. 1번 요추부터 안마를 시작했다. 약간 틀어져 있는 5번 요추에 가서 정상으로 요추가 돌아오게 손가락으로 사정없이 눌렀다. 뗐다를 반복했다. 손님은 아프다며 죽는소리를 해댔다. 지금까지 배운 안마에 대한 지식을 총동원하여 안마를 시작했다. 안마를 멈췄다. 조금 있으면, 몸이 화끈거리며 엄청난 통증을 느꼈던 것이 가라앉을 것이 확실하다. 다시 목 부위부터 종아리까지 온몸을 나른하도록 전신 안마를 했다. 한 시간이 훨씬 넘은 것 같다. 손가락을 땅에 집고 팔 굽혀 펴기를 하여 단련된 손가락이다. 그렇지만 한 시간 이상을 힘을 쓰니, 손가락이 저리며 아파져 왔다. 실제 인체와는 처음이라 그런가 보다! 손가락 단련을 더 해야 할 것 같다.

"이제 끝났습니다."

그녀는 앞으로 돌아 상반신을 일으켜 앉아서는

"아, 몇 번의 안마를 받아보았지만 이런 시원한 안마를 하시는 분은 처음입니다. 제 허리가 금방 부드러워졌기에 이렇게 바로 일어날 수가 있군요. 허리가 뻐근하던 게 금방 좋아진 것 같아요."

"허리가 좋아지신 것 같다니 다행입니다. 그렇다고 한 번에 좋아진 것이 오래 갈 수는 없는 것입니다. 몇 번은 안마를 받으셔야 할 것입니다."

"그렇다면 삼 일에 한 번씩 오셔서 안마해주실 수는 있는지요?"

"글쎄요. 약속은 드릴 수 없지만, 노력은 해보겠습니다. 저도 단골손님이 계시니까요."

첫 손님을 받아놓고 어떻게 거짓말이 술술 나왔을까! 참 나도 모를 일이다. 그녀는 확실히 요추 환자였다. 아주 심하지는 않지만, 살이 쪘으니 걸으려면 다리가 분명히 저리고 통증을 느꼈을 것이다. 우선 살을 빼야 할 사람만 같다. 사람마다 다르겠지만 안마요법을 사용하면 학원에서 이야기 들은 대로 수술을 안 하고도 나을 수도 있다고 보았다.

"아이고. 그러지 마시고 삼 일에 한 번을 꼭 이곳으로 오셔서 안마 해주세요. 그러면 내가 서운치 않게 대접을 해드릴게요."

그것은 돈을 더 주겠다는 이야기가 아닌가! 그렇다 첫 손님이 이리 만족해하고 단골로 하자고 하니, 내 첫 안마는 성공한 것이다. 속으로는 쾌재를 불렀다.

"알겠습니다. 노력하겠습니다."

"자요. 이거 얼마 안 되지만 오늘 수고비입니다."

돈은 이천 원이다. 시장 포목점에서 한 달을 일해 받은 첫 월급이 6,000원이었으니 참 큰돈이다. 첫 출근에 이천 원을 벌다니! 돈을 두 손으로 받아서는 손으로 만지작거리고는 돈이 얼마인지 알았다는 듯 고개를 주억거리며

"감사합니다. 이천 원이나 주시다니요. 천 원만 주셔도 되는데요."

말을 하면서도 목소리가 덜덜 떨렸다. 한번 안마에 이런 큰돈을 주다니 엄청 부자인 것 같다. 자정이 넘었는데 술 취한 남자 목소리가 들리더니 문이 덜컥 열렸다. 그녀는 그를 눈이 째지라 쳐다보더니

"일찍이도 왔네, 아주 작은 집에서 자고 오지 여기는 왜 와?"

눈이 희멀겋게 술에 취한 그는 오자마자 거실에 쓰러졌다.

집으로 와서는 원효 형님에게 첫 안마 이야기를 했다.

"형님 오늘 처음 나가서 한 번에 2,000원을 벌었어요."

"잘 됐구나! 그러나 자만은 금물이다. 손님에게 돈을 얼마를 달라고

하면 안 돼. 명심해. 그저 주는 대로 받아."

"네 잘 알겠습니다. 형님이 시키는 대로 할게요."

나는 형님과 상의하여 돌아가신 어머니에게 앞으로 어떻게 하면 좋으냐고 물어보았다. 그러자 형님은 제사도 지내야 하지만 절에 위패를 모시고 그곳에 가서 한 달에 한 번씩 108배를 하라고 했다. 108배를 어떻게 하는지를 몰라 물어보니. 한번 절을 할 때마다 108번의 글을 마음속으로 하며 절을 하는 것이라고 했다. 아버지 어머니 위패를 절에 모시고 108배를 다 외우기도 쉽지 않아 글을 앞에다 놓고 읽으며 절을 했다.

1. 나는 어디서 와서 어디로 가는가? 늘 생각하며 절을 올립니다.
2. 이 세상에 태어나게 해주신 부모님께 감사하며 두 번째 절을 올립니다.
3. 나는 누구인가를 생각하며 절을 올립니다.
    4. 5. 6. 7. 8. 9. 10.……
90. 모든 생명을 키워주는 하늘에 감사하며 아흔 번째 절을 올립니다.

91.92.93.94.95.96.97.98.99. 100. 101. 102. 103. 104. 105.106.107. 108. 이 모든 것을 품고 하나의 우주인 귀하고 귀한 생명인 나를 위해 백여덟 번째 절을 올립니다. 앞으로는 한 달에 한 번은 꼭 108배를 꼭 할 것이라고 결심했다.

나에게 몇 번의 안마를 받은 첫 손님 그녀는 내가 최고의 안마사라며 계속 소문을 퍼트렸다. 안마를 하면 보통 천 원을 받았다. 역시 돈은 있는 곳으로 다녀야 했다. 손님은 손님을 몰고 오고 쉴 틈도 없이 낮에도 부르는 사람이 많아졌다. 알고 보니 그 여인은 명동 상가에 돈놀이와 계주를 하는 사람이었다. 그 여자는 허리가 다 낳았는데도, 자주 나를 불러 안마를 받았다. 6개월 동안 돈을 벌어 백색전화기(당시에 일반전화 청약 당첨은 복권 당첨만큼이나 경쟁률이 높았다. 백색전화기는 고가(高價)에 사고팔고 할 수 있는 전화기이다)를 집에 설치하였다. 몇 달 동안 번 돈도 꽤 벌었는데 더 많은 돈이 벌릴 것 같다. 원효 형님에게 생활비를 좀 드리니 돈을 더 많이 모아 전셋집이라도 얻으라며 그것도 거절했다. 나는 만약을 위해 감옥에서 이야기를 들은 대로 돈은 벌리는 대로 집 부근 금방에서 금반지로 바꾸어서 비밀 장소에 보관하기 시작했다.

1) 거짓은 안 통했다. 가짜 시각장애인 안마사 경찰서 행

내가 안마사를 하기 시작한 지가 일 년 반이 될 즈음이다. 전화가 왔다. 목소리를 들어 보니 처음 듣는 목소리인데 아주 젊은 여자 목소리 같다.

"안마하는 분이시지요?"

"네, 네."

"소문은 많이 들었어요. 한 번 오시겠어요?"

"어디이신지……?"

"내가 주소를 불러 주면 찾아올 수 있어요?"

"네. 글로 받아쓸 수는 없지만, 이제껏 손님이 하시는 말씀을 기억해서 안내인과 같이 찾아갔습니다."

"그러시면 기억하세요. 00동 000 아파트 0동 0000호. 기억하셨습니까?"

알아듣고 확실히 메모도 하고 기억했지만, 처음 전화가 온 곳이기에 그가 어떤 사람인지를 모르니 다시 물어보았다.

"너무 빨리 말씀하시니 금방 잊어버렸습니다. 한번 만 더 말씀해 주세요."

그 여인이 지정하는 장소를 가기 위해 주소가 적힌 메모지를 안내인에 주었다. 그런데 집을 나서자, 어떤 남자가 미행하는 것 같다. 이상하여 택시를 불러 타고 갔다. 안내인과 메모한 아파트를 올라가기 위해 엘리베이터 앞에 서니 뒤를 미행하던 그 남자가 언제 왔는지 내 앞에 서 있다. 자가용을 타고 나를 따라왔나? 내가 엘리베이터에 타자, 그도 같이 탄다. 모르는 척할 수밖에 없다. 12층 그 아파트는 복도식 아파트였다. 방 홋수를 찾아가 안내인이 벨을 눌렀다. 그러자 문이 열렸다. 따라오던 그 남자가 갑자기 나의 몸을 아파트 안으로 밀어 넣었다. 쓰러질 뻔하였으나 신발장을 붙들고 간신히 섰다. 그는 문을 닫았다. 그는 어디에 앉으라고 말도 하지 않았다. 깜짝 놀랐다. 웬일인가 싶어 가슴이 두근두근했다. 나를 아파트 거실로 밀어 넣은 그는 신발장을 붙들고 서 있는 나를 말없이 한참을 쳐다보고 있다. 나이가 사십 세는 돼 보인다. 그의 눈은 고양이가 쥐를 잡아놓고 보는 눈 바로 그런 눈이었다. 나를 요리조리 한참을 살피더니 천천히 말했다. 그의 낮은 목소리는 나를 압도하고도 남을 강인함이 있었다.

"당신 가짜 시각장애인 안마사가 맞지?"

"네에? 아닌데요?"

"그래? 뽕 한 적 있나?"

단번에 알아들었다. 뽕이라는 건 히로뽕 중독자들끼리의 말하는 언어였다, 감옥에서 많이 듣던 이야기이다. 그러나 뭔가가 이상하다? 왜? 마약 이야기를 하는 것일까? 내가 손님에게 마약이라도 먹이고 안마를 했다는 뜻일까? 분명히 나를 부른 것은 여자 목소리였는데, 이 사람은 누구일까? 왜? 뽕이라는 말을 하는 것인가? 아! 그렇구나!

감옥에서 말을 들었기에 감이 딱 왔다. 떨리는 가슴을 누르며 능청을 떨었다.

"뽕요? 방귀 말인가요?"

"이거 형편없는 놈이군."

"짜샤. 다른 사람은 속일 수 있었는지 모르지만 나는 아닐걸. 너 진짜 시각장애인이야?"

"예. 진짜 눈이 멀어 안 보이는 사람입니다."

그는

"네 뒤에 거울 보이지? 그 거울에 네가 가짜 안마사라고 쓰여있어."

획 돌아다 보았다.

"거울에 무슨 글자가? 없잖아요?"

내가 한 그 한마디에 시각장애인이 아니라는 게 들통이 났다. 아무리 연습했어도 그런 일이 있으리라고는 꿈에도 생각해 보지 않았던 게 아닌가! 그는 나를 시험하기 위하여 연구를 많이 한 것 같다.

"보통 사람들은 시각장애인이라면 그의 앞을 보지만 나는 그의 행동과 뒤를 본다."

"네에?"

"시각장애인 안마사들이 당신이 사기꾼이라며 조사를 부탁해 왔어. 자기들의 일자리를 다 뺏어 간다며 조사를 요청한 것이야. 그래서 나는 열흘 전부터 당신 사는 집과 당신이 다니며 안마를 하는 집도 알고 있어, 당신은 확실히 시각장애인이 아니야. 이래도 실토를 하지 않을 것인가?"

"누가 조사를 부탁했나요?"

"그거 알아서 뭐 해. 복수하려고?"

"아닙니다, 그냥 궁금하니까요."

"헛소리하지 말고 콘택트렌즈를 빼봐."

그는 내가 낀 콘택트렌즈를 어떻게 알았을까? 그것으로 결론은 끝이 났다. 거실에 서 있는 여자는 말없이 쳐다만 보고 있다.

"당신 머리가 비상하군. 또 안마하러 다닐 것인가?"

"다시는 안마를 하지 않겠습니다."

"그동안 사기를 쳐서 돈을 많이 벌었을 텐데?"

아차! 돈을 버는 대로 현금을 모아놓았다가 금반지를 사서 두었던 것이 얼마나 잘한 일인가! 그것 또한 감옥에서 배운 수법이다. 확실히 대답할 수가 있었다.

"벌어서 은행에 돈을 넣은 통장은 없습니다. 겨우 밥만 먹고 삽니다. 그것은 은행에 가서 확인해도 좋습니다. 집도 제집이 아닙니다."

"좋아. 하지만, 당신은 집에 전화까지 놓고 영업을 했잖아. 당신 집이 아니라는 것도 안다. 또 당신의 행적을 보니 은행을 다닌 적은 없다. 다만 나는 당신을 고발할 것이다."

그는 진짜 시각장애인 안마사들이 시켜서 한 짓인지, 가짜 안마사라는 빌미로 내 돈을 빼앗기 위해 한 짓인지도 모른다. 만약에 원효 형님 집에 얹혀살지 않았다면, 그는 다른 조건도 걸었을 수도 있었을 것이다. 그는 다른 이야기는 하지 않고, 경찰에 고발만 한다고 했다. 그는 정말로 나를 가짜 안마사 사기꾼이라고 즉석에서 경찰에 신고했다. 경찰이 바로 아파트로 찾아왔다. 나는 경찰서로 연행되어 갔다. 또 큰일은 아닐까? 겁이 났다.

"왜? 가짜 안마사 노릇을 했지?"

"한쪽 눈이 멀었으니 어디 들어가 일할 자리도 없고 하여 먹고살기 위해서 그리했습니다."

경찰이 묻는 말에 대답을 요령 있게 하니 내 초라한 행색에 동정심을 가졌을 것 같다. 내가 감옥에 가지 않았더라면, 경찰의 유도 신문에 넘어가 다시 감옥에 갔을지도 모른다. 답을 잘했는지 경찰은 각서를 받고 그냥 사건을 종결하고 말았다. 이제는 더 가짜 안마사를 한다는 것은 무슨 일이 닥칠지도 모르는 일이다. 당장 그만둬야 했다. 금반지를 팔아보니 그동안 번 돈은 300만원이다. 그동안 못 드렸던 생활비라며 100만원을 드리니

"버는 돈이 있으면 한 푼도 아껴 저축해."

형님은 또 거절하였다.

"형님, 장애인 병원비도 많이 드는데, 그냥 생활비로 쓰시면 안 될까요?"

"원수를 갚는다는 것은 내가 그보다 더 잘사는 것이야. 그러려면 한 푼이라도 모아야 해. 내 걱정은 안 해도 돼."

"네 형님이 시키는 대로 하겠습니다."

이원효 씨와 의형제를 맺고 같이 사니 이 세상에서 가장 가까운 사람이 됐다. 생활사 모든 것을 상의하고 또한 그에게 풍부한 지식을 배울 기회도 되었다. 원효 형님은 공식적인 학교는 다닌 적이 없지만 스스로 독학을 하여 그의 지식은 정말로 놀라울 만했다. 형님은 가끔, 나는 생각하지도 못한 인간에 대해 깊은 이야기를 해주었다. 내가 이해가 안 된다고 하면 이해가 될 때까지 쉽게 풀어 말을 해주었다. 나에게는 높은 스승님이시었다.

"사람이 만나는 것은 인연이라고 했어. 그것은 악연이 될 수도 있고 좋은 인연이 될 수도 있는 거야. 내 말을 명심해, 원수를 갚으려는 것은 욕심이고 성냄이고 어리석음이야. 그런 탐진치(貪嗔痴)를 벗어나야 진정 원수를 갚는 것이 옳은 것인가를 알게 될 것이야. 유창이라는 친구 그는 동생에게 처음부터 동생을 감옥에 넣으려고 했던 것은

아냐. 그렇지 않은가? 동생을 도와주려다 생긴 일이니, 그 원인은 동생과도 관계가 전연 없는 것이 아니잖나? 다 용서하게. 그러면 오히려 마음이 편해질 것이야. 동생은 어머니에게 내 죄가 없었다고 말하고 싶겠지. 그러나 어머니는 죽고 없지 않은가? 누구에게 복수한 것을 알리고 싶은가? 동생 자신? 만약에 그 사람을 죽였다고 해, 그러면 동생은 법에 판단을 받지 않고 살 수가 있을까? 다 부질없는 일이야. '참을 인(忍)' 자 세 개면 살인을 면한다고 했어, 그 뜻을 잘 새겨봐."

그런 말을 들었어도 내 신앙인 원수를 갚아야 한다는 고정관념은 나를 떠나지 않았다.

4부

인내는 쓰다. 그러나 그 열매는 달다

11

운명運命이 어디 있어, 내가 바꾸면 되지

1) 이를 악물고 고물 리어카를 끌며 일을 시작

안마 학원까지 다니며 자격증을 취득하고 안마사를 하며 살려던 것은, 일 순간에 물거품이 되고 말았다. 이것이 내 운명인가? 아니야 운명이 어디 있어 내가 바꾸면 되지. 그러나 며칠을 고민하며 생각해봐도 뚜렷하게 할만한 일이 없다. 어떤 일이든 다시 시작해야 했다. 방벽 중앙에 붙은 "어머니 이 원수는 꼭 갚겠습니다."라는 글을 보며 생각에 잠겼다. 어쨌든 하루라도 놀고 있으면 안 되지! 고민 끝에 고물 줍는 일을 하다가 흥선 대원군의 팔 폭 병풍을 주워서 부자가 됐다는 감옥에서 들은 이야기가 생각이 났다. 그 이야기는 꿈속 이야기 같고, 어쨌든 먹고 살려면은 어떤 일이든 다시 해야 할 것이다. 운전하려 해도 감옥에서 맞아 다친 왼쪽 눈 때문에 면허 시험 보는 것도 불가능하다. 또한, 호적에 감옥을 다녀온 빨간줄 때문에 공장에서도 퇴짜를 맞았다. 내가 할 수 있는 일은 고물을 주우러 다니는 일뿐이 없을 것 같다. 하루라도 놀고먹는다는 것은 안 될 일이다. 일단 어떤 일이든 부닥쳐 보기로 했다. 처절한 감옥 3년도 버텨냈는데 무엇을 못 할까!
아침 일찍 일어나 밥을 먹고는 고물상으로 갔다. 사장은 리어카는 무
료로 빌려준다고 한다. 고물을 주우러 다니려면은 어느 곳을 다녀야
할 것도 물어보고 어떤 종류를 주어 와야 돈이 되느냐고 궁금한 점
을 고물상 사장에게 자세히 물어보았다. 고물상 사장은 내가 궁금했
던 것을 친절히 가르쳐주었다. 많은 정보를 들은 것이다. 대단위 아파
트 단지에서, 많은 고물이 나온다고 한다. 그곳에 가면 부지런한 경비
원은 돈이 될만한 물건을 모아놓고 헐값에 팔기도 한다고 한다. 또한,
건축 공사장을 가면 고물로 버려지는 쇠가 많다고 한다. 그 일은 힘
들어도 잘만 하면 16,000원 정도인 초급 공무원 월급보다도 더 벌 수
가 있다고 했다. 내일을 기다릴 필요가 없다. 당장 리어카를 끌고 밖
으로 나와 고물상 사장에게 들은 대단위 아파트 단지를 향해 갔다. 첫
술에 배부를 일 없다더니 그랬다. 그 일은 종일 리어카를 끌고 다녀야
하는 일이니 쉬운 게 아니었다. 그 일이 쉽다면 누구든지 그 일을 하
려고 할 게 아닌가! 첫날은 손수레에 고물을 꽉 채우지는 못했지만,
건축하는 곳에서 버린 철근을 20kg도 넘게 주웠다. 재수가 좋은 날이
다. 첫날 500원이나 벌었다. 내가 처음 남대문 시장에서 벌었던 100
원보다도 더 귀한 돈이라고 생각했다. 안마사를 하며 하루에 만 원 이
상을 번 날도 있었던 것에 비하면 아주 적은 것이지만, 열심히만 하면
공무원 월급은 될 것 같았다. 안 하던 일이니, 힘이 들고 저녁때가 되
면 피곤하고 아침에 일어나려면은 몸이 무거웠다. 일체유심조(一切
唯心造)라고 하지 않았던가! 이것을 운동이라고 생각하며 하자. 아무
리 피곤해도 밤낮을 가리지 않고 일을 하러 다녔다. 그것은 가난한 자
가 겪어야 할 모진 시련이었다. 원효 형님은 걱정이 되는지
  "동생 돈을 버는 것도 좋지만 몸이 더 귀중한 거야. 쉬어가면서 해."

"네 알았습니다."

하고서도, 불쌍하게 죽은 어머니가 생각이 나니 쉴 수가 없었다. 6개월 동안 번 것을 합산해보니 9만원이었다. 9급 공무원 월급보다는 적은 돈이지만 돈을 한 푼도 쓰지 않고 모으면 큰돈이 될 것 같다. 고물상 사장에게 들은 이야기가 사실이었다. 얼마나 열심히 하느냐에 따라 그날의 돈벌이가 결정됐다. 돈이 없는 사람이 돈을 번다는 것이 얼마나 힘든 일인지는 남대문 상가에서 몸으로 체험했다. 그것보다 더 힘든 것이 고물을 주우러 다니는 일이었다. 그러나 펄벅의 대지 주인공 왕릉의 고생에 비하면 내 고생은 고생도 아니라는 생각도 들었다. 안마사를 계속했으면 이렇게 어렵게 돈을 모으지 않고 정말로 큰돈을 모을 수 있었을 텐데……. 그것은 꿈이었고 비행기 지나간 하늘이다. 힘든 일을 하고 늦게 집으로 가면 나를 가장 반기는 것은 형님 애완견 워리이다. 집에서 기르던 진돌이가 생각이 나니 더 귀여워 보인다. 워리는 꼬리를 흔들며 반기는 것이 아니라 온몸을 흔들며 달려들어 내 얼굴에 침을 듬뿍 발라준다. 그런 워리를 쓰다듬으며 간식을 주면 너무나 좋아한다. 워리를 보면 하루의 피로가 풀리는 듯하다. 돈은 적게 벌리기도 하고 더 벌리기도 했다. 고물을 팔고 돌아올 때는 형님 간식과 장애인 또 워리 간식은 잊지 않고 사서 돌아왔다. 고물을 주우러 다니면서도 그 부처님 같은 형님을 위로해 드릴 방법이 없을까 내내 고심하였다. 그래서 생각한 것이 그 형님의 생일날 형님이 좋아하는 생선을 사다가 직접 만들어서 생일상을 차려 드리기로 했다. 그리고 5월 부처님 오신 날 형님을 모시고 절에 가면 형님은 시주하고, 내가 108배를 하고 오면 그리 좋아하셨다. 그것은 연례행사가 됐다. 몇 년을 그 부처님 같은 원효 형님과 같이 사니 진짜 피붙이 형제만 같다. 고물을 줍는 일도 노하우가 생겨 어디로 가면 어떤 고물이 나온다는 것을 알았다. 폐지 줍는 곳과 철근 등 쇠를 줍는 곳을 훤히 알게 되었다. 대단위 아파트 단지는 정말로 별 물건이 다 나온다. 거의 새것도 그냥 버리는 고물이 많았다. 그런 것은 고물상으로 넘기지 않고 시장 노점상에게 팔면 돈이 되었다. 매일 벌리는 돈이 고정적인 것은 아니지만 5년 동안 악착같이 일하여 저축한 돈은 200만원이나 되었다. 많은 돈을 모은 것이다. 고물상 사장 말마따나 열심히 일한 대가였다. 안마사 일을 하면서 번 돈과 합치니 500만원이나 되었다. 그것도 큰돈이지만 여자들을 상대로 하는 장사를 시작하려면 그 돈은 진짜 조족지혈(鳥足之血)이다. 더 열심히 일했다. 점심은 참았다가 오후 서너 시가 되면 점심 겸 저녁을 간단히 사 먹고 집으로 왔다. 피곤하지만 워리가 나를 반겨준다. 어느 누가 나를 그리 반갑게 맞이해줄까! 워리를 안고 머리를 쓰다듬어주고 간식을 주고는 눕자마자 잠이 드는 게 일과였다.

그런데 어머니가 구름 속에 서 있다. 얼마나 반가운지 그냥 달려들었다. 어머니는 살랑거리며 날아가는 나비만 같다. 죽어라. 쫓아가도 어머니와 나의 거리는 줄어들지를 않았다. 어머니는 눈 쌓인 높은 산을 향해 올라가는데 계속 쫓아가도 어머니는 내 손에 닿을 듯하나 손을 잡을 수는 없었다. 앞을 보니 산꼭대기에 엄청나게 큰 웅장한 왕궁 같은 것이 보였다. 어머니가 그곳으로 가는 줄로 알고 죽어라 쫓아갔는데 온 천지가 눈 속인데 환하게 밝은 빛이 나는 곳에서 어머니가 멈췄다. 어머니가 멈춘 곳에서 앞을 보니 땅에서 샘물이 펑펑 솟아나고 있었다. 그 물이 먹고 싶었다. 목말라 물을 그리다가 물을 만난 사슴인 양 그 물을 양손을 모아 몇 번이나 마셨다. 그리고 뒤를 돌아다보니 어머니가 없다. 어머니! 하고 소리를 지르고 보니 꿈이었다. 정신 없이 바쁠 때는 꿈도 꾸지 않았지만, 가끔 꾸는 꿈은 유창이에게 복수를 하는 악몽이었다. 그런데 꿈속에서 본 어머니 꿈은 처음이다. 왜? 어머니가 꿈에 나타났을까? 이상하지만 꿈속에서라도 어머니를 보다니 참으로 좋았다. 어머니가 지금까지만 살아만 있었다면 병원에 입원시킬 수도 있는데…… 참으로 아쉽다. 아침에 일어나 꿈 이야기를 원효 형님에게 했다. 그러니까, 형님은

"아마도 펑펑 솟아오르는 맑은 물을 마셨다니 동생에게 좋은 일이 있을 것 같다."

"그래요? 꿈에 맑은 물을 마시면 좋은 건가요?"

"좋은 거겠지! 꿈은 바로 이루어지는 게 아니야 기다려봐야 하는 거야."

"산꼭대기에 큰 왕궁 같은 것도 보였는데 그것은 무슨 뜻일까요?"

그런 꿈을 꾸었다고 해서 요행을 바라면 안 돼 평소같이 그냥 일해."

"네 형님."

꿈은 무엇이길래 잠이 들었을 때 꾸어지는 것일까? 꿈속에서 다니는 나, 또는 꿈속에서 보는 상대편은 영혼인가? 꿈에서는 육체의 지배를 받지 않고 제 맘인데도 다니며 내가 원하지도 않은 다른 일과 세상을 보여주고 다른 환경을 보여주는 것은 왜?일까? 그게 영혼의 움직임이라면 어째서 그것은 어떤 제재도 받지 않고 내 생각과는 다른 것을 보여주는 것일까? 인간의 뇌 속에 영혼이라는 것이 존재한다면 그곳은 진짜 어떤 것일까? 꿈 그것을 보면 인간에게는 육체와 꿈이라는 것을 동시에 가지고 있는 동물인 것 같다. 인간과 가장 가까운 침팬지도 꿈을 꾸며 살아갈까? 인간만이 꿈을 꾸며 살아갈까? 젖을 먹여 아기를 키우는 고래는 꿈이 없을까? 꿈을 꾸는 인간, 정말로 알 수 없는 것이 우주와 같은 인간의 뇌 속이고 마음인 것 같다. 그 속

을 들여다볼 수 없으니 답답하다. 깨지지 않는 돌덩어리 같은 원수를 갚아야 한다는 에고(Ego)는 무엇일까? 헛것을 보고 헛것을 생각하며 헛것을 찾아다니는 무지렁이란 말인가? 살펴보면 인간은 눈을 뜨고 있는 육체와 두뇌가 가지는 알지 못한 그 어떤 신비가 지배하고 있는 것 같다. 그런 삶 속에서 희로애락이 공존하며 인간은 산다. 금수저가 아닌 한 가난한 흙수저도 되지 못한 사람들은 꿈을 꿔도 좋은 꿈은 꾸지 못하고 사는 것 같다. 그러니 그것은 죽지 못해 사는 삶일 수도 있다. 그런데 나는 생각하지도 못했던 어머니 꿈을 꾼 것이다. 꿈에라도 다시 한번 어머니를 보고 싶다.

12

세상에 이런 일이……

1) 인내는 고통스러운 아픔이었다. 그러나 최고의 열매가 달렸다.

어머니 꿈을 꾸고 형님의 해몽을 듣고는 복권을 사볼까 했다. 그러나 나 같은 사람에게 복권은 전혀 아닐 것 같다. 형님 말대로 그냥 꿈은 잊어버리기로 했다. 그러나 무언가 내가 변해야 할 것 같다는 생각이 들었다. 그래! 여명의 시간에 일어나자. 그러면 더 많은 돈을 벌 수가 있을 것이다. 평소보다 더 일찍 일어나 리어카를 끌고 자주 가던 대단위 아파트 단지 내 쓰레기장을 갔다. 추우나 더우나 5년여 동안 매일 돈을 벌게 해준 곳은 바로 그 아파트 단지 쓰레기장이다. 항시가 보아도 멀쩡한 것을 다 내버리니 그곳이 나에게는 보물 창고였다. 남보다 일찍 가는 게 비법이었다. 아파트 사람들이 쓰레기 버리는 시간은 거의 오후 퇴근 시간이 지난 늦은 시간이기 때문이다. 비록 남루한 옷을 입고 고물을 주우러 다니나 돈이 벌리는 재미는 쏠쏠했다. 원효 형님은 생활비도 일절 받지 않으니 돈은 계속 저축이 되었다. 매일 가던 그 대단위 아파트인데 쓰레기 버리는 곳에 작은 낡은 가구가 한 개 덩그러니 놓여있다. 내가 제일 먼저 본 것인지는 모르나 낡고 볼품 없는 고물 가구니까 고물을 주우러 다니는 사람도 색깔부터 보기 좋 지 않으니 누구든 그것에 관심이 없었을 것도 같다. 칠은 분명히 황옷 을 칠한 것 같고 그 가구에는 모서리마다 누렇게 된 백 동 장식이 붙 어있고 몸체와 5개의 서랍마다 나비 모양 장식도 붙어있다. 어쨌든 그것은 오래된 가구가 틀림없어 보였다. 그래도 도둑으로 몰릴까 봐 경비원에게로 갔다. 그는 내 어려움을 아는지 돈이 되는 고물도 주워 놓았다가 그냥 나에게 주기도 하는 사람이다. 그에게는 가끔 담배도 한 갑 사주었기에 잘 알고 있다.

"저기 쓰레기 놓는 곳에 버린 가구가 버리는 건가요?"

"아! 헌 가구 그거요? 그거 아파트 3층 할머니가 돌아가시자 그 집 손주가 그 집을 팔았습니다. 누가 올지는 모르지만, 집 수리공들이 가 져다 버린 것입니다. 지금 시대에 그런 것 누가 쓰겠어요? 가져가야 또 쓰레기로 버려야 할 것입니다."

다른 것을 대충 주워서 손수레에 싣고 다른 곳으로 갈까? 하다가 아쉬워 뒤돌아보니 그래도 어찌 그게 맘에 걸린다. 그리 크지는 않으 니 혼자서 들을 수는 있겠다 싶어서 들어보니 아주 묵직하다. 손수레 에 실으려니 주워 모아 실은 고물 때문에 그냥은 안될 것 같다. 주위 에 버린 헌 가구를 부수어 손수레 고물 위에 깔고 경비원에게 조금만 도와 달라고 부탁을 했다. 그 위에 그 고물 가구를 올려놓고 고무 바 로 꼭꼭 붙들어 맸다. 그리고 출발하기 전에 그 가구가 있던 자리를 보니 개 밥그릇 하기에 좋아 보이는 그릇이 세 개나 있었다. 마침 잘 됐다 싶다. 그 귀여운 워리의 밥그릇을 하면 좋을 것 같다. 그 그릇 세 개를 손수레 밑에 넣어서 집으로 오는데 그 무게 때문에 땀이 물 흐 르듯 온몸을 적셨다. 주워온 그 가구를 낑낑거리며 들어다가 마당에 들여놓았다. 그리고 주워온 그릇 중 깨끗한 하얀색 그릇은 워리 밥그릇을 하려고 거실에 두고 나머지 푸르딩딩한 두 개는 마당 화단에 올려놓았다. 그리고는 주운 고물을 팔러 고물상으로 갔다. 그 이튿날 왁스를 사다가 정성을 들여 헌 가구를 깨끗이 닦았다. 백동(白銅) 장식을 깨끗이 닦고 보니 제 색깔이 났다. 먼지가 많이 묻었을 때보다는 훨씬 좋아 보인다. 집에 놓고 그냥 써도 쓸만해 보인다. 그 속을 자세히 보니 서랍을 열 때 필요한 잠금장치가 있다. 응? 무슨 가구에 잠금장치를 했나? 언뜻 꿈 생각이 났다. 가만히 생각해 보니 어머니 꿈을 꾸고서 열흘이 지난날이었다. 그래도 그 고물 가구 때문에 어머니 꿈을 꾼 것은 아닌 듯했다. 기대를 접었다. 아무리 보아도 그 가구가 정말 오래된 것만은 틀림없어 보였다. 며칠을 두고 그 가구를 보니 감옥에서 그 3818번 이0호 문화재 도굴범에게 들은 이야기가 언뜻 생각이 났다. 그래서 일은 계속하면서도 혹시나 하고 인사동 골동품 파는 곳 여러 곳을 6개월 이상을 다녀보았다. 주운 것과 같은 고물 가구와 같은 게 있나를 보러 다닌 것이다. 또한, 그 주운 것이 어떤 물건인가를 알아보려 한 것이다. 인사동에서 거래되는 고가의 오래된 골동품이라도 그와 비슷한 것은 없었다. 고물 리어카를 끌고 인사동을 다니려니 힘이 든다. 그래서 하루는 리어카를 안 가지고 맨몸으로 인사동 골동품상을 다 뒤져보려고 다니기 시작했다. 그런데 1985년 10월 우연이라고 하기에는 믿기지 않을 사람을 만났다. 바로 감옥살이를 1년간 한방에서 같이 한 도굴범 3818번 이0호, 그를 인사동 거리에서 만난 것이다. '그가 나올 때는 아직 안 됐는데……?' 그는 언제 감옥에서 나왔는지는 모르지만 아마도 돈이 많이 있으니 대형 로펌에다 큰돈을 주고 나왔을 것 같다. 그의 형기를 따져보면 그는 12년 형을 받고 확정됐으니 1986년이나 87년도에 감옥에서 나와야 맞는 것 같다.

형기 3분의 2를 채우고 모범수 특사를 받았나? 그러나 감옥 감방장 말마따나 어느 누가 그 지겨운 감옥에서 만난 사람을 반갑게 맞아줄 것인가! 그래도 나는 그가 무척 반가웠다. 그것은 주워온 가구가 어떤 가구인지를 알려면 그가 꼭 필요할 것 같기에 이다. 그러나 말을 잘못 걸었다가는 그냥 모르는 사람이라고 하며 그냥 갈 것도 같다. 나라도 그럴 것 같다. 그는 남루한 옷을 입고 모자를 쓰고 있는 나를 알아보지 못했다. 그냥 말을 해서는 안 될 것 같다. 어쨌든 그는 문화재 도둑놈이라도 그 분야에는 박사가 아닌가! 3818번 이0호 그를 박사님이라고 부를 사람은 없을 것 같다. 그러나 나는 감옥에서 그에게 박사님이라고 불렀었다. 나는 그를 최고로 올려 주며 나는 수인번호를 대기로 했다.

"이0호 박사님 오래간만입니다. 나 2312번입니다."

그는 깜짝 놀란 표정으로 나를 쳐다보았다. 내가 박사님이라고 하지 않았거나 수인번호를 대지 않았으면 그는 모른 체하고 갔을지도 모른다. 그러자 그는 애꾸눈인 나를 알아보았다. 그것도 인연인가 보다.

"아! 2312번? 이병호 씨?"

하더니, 그는 나와 만나는 것을 다른 사람이 보는 것을 꺼리는지 단번에

"요 앞에 중국 음식점으로 들어갑시다."

하고는 앞장을 선다. 예상대로 그는 감옥에서 만난 사람을 꺼린 것이다. 나도 그럴 것 같다! 감옥에서 만나 그에게 친절하게 하지 않았다면 그는 모른 체하고 그냥 갔을지도 모른다.

"조용한 방 있지요?"

"네 몇 분이신가요."

"두 사람. 작은 방도 괜찮아."

"네 옥탑방 5인실이 있습니다. 괜찮으시겠습니까?"

"좋아요."

옥탑방으로 들어가자 그는 그때서야 손을 내밀어 악수를 청했다.

"아! 그동안 어찌 지내셨습니까?"

"요 꼴입니다. 이0호 박사님은 언제 나오셨나요?"

"한 5년 됐습니다."

그렇다! 그는 어떤 일로든 석방이 된 게 확실하다. 될 수 있는 한 그에게 말조심해야 할 것 같다. 그는 수인사를 한 후에

"이 씨가 감옥에서 나갈 때 그냥 나갔으면 나는 이 씨가 조금 전에 아는 척을 해도 그냥 모른 체하고 지나쳤을 것입니다. 그러나 이 씨는 감옥 밖으로 나가면서 같이 있던 사람들에게 먹으라고 감방장에게 천팔백 원을 주고 갔다는 이야기를 듣고는 나는 감동했습니다. 어떤 사람이 그만한 돈을 감옥을 나가면서 주고 갈 사람이 있을까요? 나도 그 금액으로 산 통닭을 몇 번이나 얻어먹었습니다. 그 돈은 적은 금액이 아닙니다. 거의 쌀 반 가마니값이니 큰 금액입니다."

나는 속으로 생각했다. '그 돈은 조현자에게 쓰려고 한 돈이지만 그동안 신세 진 감방 사람들에게 주고 온 것이었다. 그게 엉뚱한 데서 빛을 보다니……'

"아! 그랬어요, 그 소식을 알려 주셔서 감사합니다. 오늘 제가 길거리서 붙들고 뵙자고 한 것은 제가 주운 물건 중에 고가구가 있어서 그것을 알아보려 한 것입니다. 지금도 골동품을 취급하시나요?"

"배운 게 그것뿐이라……."

"박사님은 사장님이 되셨군요."

"사장은 뭐 그냥 전문가이지요."

종업원이 방으로 들어오자,

"병호 씨 무엇을 드시겠습니까?"

그는 내 이름을 잊지 않고 불러줬다. 감옥에서 내가 그를 박사님이라고 한 것에 대한 보답인가보다.

"중국집은 짜장면 아닙니까?"

"아니 그거 말고 다른 것은 어떤지요?"

"저는 비싼 것은 안 먹어 봐서 잘 모릅니다."

"그러면 제가 시키겠습니다. 여기 팔보채 하나와 고량주 한 병 그리고 자장면 한 개와 후식으로 기스면 두 개."

팔보채라는 게 들어 왔는데 처음 보는 요리이다. 대형 접시에 가득 담긴 요리 그것의 재료가 무엇인지도 모른다. 자장면이 들어오자 그는 자장면을 내 앞으로 밀어주고 먹으라고 한다. 그리고 술을 따라 놓고는

"자 술 한잔 하시지요?"

"저는 그냥 짐배만 할게요. 원수를 갚기 전에는 술을 마시지 않기로 하고 술을 끊었습니다. 미안합니다."

"그렇겠지요. 억울하게 인생을 망쳤으니 그럴 만도 합니다. 감옥을 한번 갔다 오면 호적에 빨간 줄이 쳐져 어디 취직도 못 합니다. 자, 지나간 일은 잊고 짐배만 하시지요, 나는 한잔하렵니다."

난생처음으로 팔보채라는 것을 먹어 보니 참으로 맛이 있다. '원효 형님에게 사다 드려야겠다!' 3818번 그는 감옥에서 2312번 내가 강간죄로 징역 3년을 받은 것을 모르는 게 아니다. 그래도 그는 술을 마시면서 그 말을 꺼냈다.

"그래 그 원수 놈은 찾았나요?"

"지금은 먹고사는 게 먼저이니 그를 찾는 것은 보류 중입니다."

"그랬군요! 다 아시잖아요. 원수를 갚으려면 끝까지 기회를 만들어

야 합니다."

"내 맘을 알아주셔서 감사합니다. 5년 전에 나왔으면 일찍 나오셨네요."

하고는 "아차!" 그가 12년이 확정된 것을 나는 알고 있으니 그 이야기를 더 해서는 안 된다는 것은 느끼고는 입을 다물었다. 그리고 따지고 보니 그의 형기가 아직도 일 년이나 2년 남은 게 맞는 것 같다. 그런데 오 년 전에 나왔다니 알 만도 하다. 후식으로 나온 기스면이라는 것은 가느다란 국수였다. 그러나 맛은 참 좋았다. 식사를 다 끝내고 나서 본론을 꺼냈다.

"제가 인사동에 온 것은 고물을 수집하러 다니다가 버린 고가구를 하나 주웠습니다. 그 가치를 알아보려고 몇 달 동안 인사동 골동품점을 다녔습니다. 내가 주운 것과는 똑같은 게 없어요. 그런 걸 찾아보려고 나왔다가 박사님을 만난 것입니다. 좀 도와주시겠습니까?"

그는 쾌히 응했다.

"아! 그래요? 내 직업이 그것이니 한번 봐 드리지요."

"아이고! 감사합니다."

또 그렇게 만났으니 세상만사란 인연이라는 게 있나 보다! 그와 함께 밥을 먹고는 내가 사는 원효 형님 집으로 갔다. 워리가 튀어 올라 엉덩이를 흔들며 먼저 반긴다. 그는 거실에 앉지도 않고 방으로 들어가 가구를 보더니 단박에

"이 가구는 고려 때 왕실에서 쓰던 가구입니다. 그러니까 고종이 집권한 것이 1866년이니까 이 가구는 고종 이전에 쓰던 왕실 가구이니 약 200년이 넘은 가구입니다. 보관 상태가 아주 좋지는 않지만 그래도 귀한 물건입니다. 500만원은 족히 가겠네요."

"네에?"

나는 깜짝 놀랐다! 세상에 이런 일이! 입이 벌어지며 아! 소리가 절로 나왔다. 주운 고물 가구가 500만원이나 간다고 하니 놀랄 일이 아닌가! 그 돈을 벌려면 6년 가까이 열심히 고물을 주워 한 푼도 쓰지 않고 모아도 될지 말지인 아주 많은 돈이다. 그래서? 이 가구를 줍기 전 열흘 전에 어머니가 현몽해준 것인가! 꿈 생각도 나고 어머니 생각도 난다. "어머니 고맙습니다. 어머니 고맙습니다"를 속으로 연발하니 눈물이 나온다. 그는 골동품 박사이니 헛소리는 아닐 것 같다. '그렇다면 그 가격에 팔아 달라야지!' 그를 붙들기로 했다.

"아 그래요? 감사합니다. 박사님. 거실에서 차 한잔하시지요. 마침 형님도 안방에 계시니 인사도 하시고."

"그러시지요."

"이 형님은 저와 의형제를 맺고 같이 사는 형님입니다. 책을 많이 읽어 박식하신 분이며 부처님 같으신 분입니다. 안마사를 하며 먹고 살지만, 장애인도 데려다가 치료도 하여 주시며 같이 사시는 아주 훌륭한 분입니다."

"아! 만나 뵈서 반갑습니다."

"누추한 곳에 오셔서 동생 일을 보아주시니 고맙습니다. 앉으시지요."

"네 감사합니다."

같이 차를 마시고 거실에 앉아 있던 형님은

"제가 대접할 게 없으니 사주팔자나 한번 봐 드리겠습니다."

그러더니 나도 처음 보는 산통을 거실 서랍에서 꺼내는 게 아닌가! 나는 깜짝 놀랐다. 평생 안 하던 일이 아닌가? 형님이 일도(一道) 스님에게 주역을 배우다가 어려워 그만두었다는 말은 했지만, 사주를 본다는 이야기는 처음이다. 언제 주역을 다시 배웠을까? 주역을 배웠다면 아마도 형님의 좋은 머리에 그 내용이 다 들어있을 것 같았다.
그렇다면 형님은 점을 쳐 주기도 하고 안마도 했다는 것인가? 모를
일이다.

"사주를 말씀해 주시겠습니까?"

"네? 사주요?"

"사주는 네 가지 기둥이라는 뜻으로 낳은 년(年). 월(月). 일(日). 시
(時)를 말합니다. 그것을 말씀해 주시지요."

그러자 이O호 씨는 낳은 년(年). 월(月). 일(日). 시(時)를 말했다. 형
님은 주역에 대하여 설명을 하기 시작했다.

"주역은 8괘(掛)와 64괘와 괘사(卦辭)와 효사(爻辭), 십익(十翼)으로
이루어져 있습니다. 이러한 주역은 유교 경전이나 성경과 같이 한 사
람이 쓴 글이 아닙니다. 주역은 중국의 복의(伏羲)라는 임금이 천문
과 지리를 살피고 8괘를 만든 것입니다. 8괘 그것은 우주 만물의 형
상을 상징한 것이고 64괘는 8개를 발전시킨 것입니다. 8개를 가지고
는 우주 만물을 설명하기가 어렵습니다. 그래서 8 괘의 한 개 한 개를
한 번씩 서로 합쳐서 64괘를 만든 것이다. 주역은 너무나 방대하기에
지금 이 자리에서 설명해드릴 수는 없습니다. 다만 핵심만 말씀드리
겠습니다. 주역(周易)은 소성괘로 된 8괘를 서로 두 개씩 합쳐서 만든
것입니다. 8괘 소성괘는 건(乾) 하늘, 태(兌) 못, 이(離) 불, 진(震) 우
뢰, 손(巽) 바람, 감(坎) 구덩이, 간(艮) 산, 곤(坤) 땅. 이것을 소성괘로
된 8괘를 서로 두 개씩 합쳐서 대성괘를 만든 것입니다. 이러한 괘는
(一) 양을 표시하고 효(--)는 음을 표시하는 것입니다. 이와 같은 주
역의 원리는 우주와 인간관계를 설명하기 위한 것입니다. 성리학이라
고 합니다. 괘는 양과 음으로 구분하여 효를 부호로 만들었습니다. 주
역은 점치는 책이지만 고대 중국에서 연구된 동양 철학이라고 보서

도 됩니다. 소성괘 8×8= 64 궤를 만든 것입니다. 8개의 괘는 3개의 막대기로 (3효) 구성돼 있고 8괘를 상하로 배치해 괘상을 만들면 64 괘가 됩니다. 6개의 괘는 각각 6개(6효)의 막대기로 되어있고 64괘가 가진 효는 모두 384효가 됩니다. 64×6=384. 64괘는 하나의 단어이고 384효는 문장으로 보면 됩니다. 이 산가지는 원래 50개였으나 49개만 사용합니다. 이 산가지를 가지고 선생님에 대한 점을 쳐 보겠습니다."

원효 형님은 몇 번인가를 반복하며 쥐고 있던 산가지를 뽑아내고 한참 만에 나머지 3개 중 산가지 한 개를 뽑았다.

"이것이 선생님의 점입니다."

그리고 한 개를 보여주며

"이것은 건위천 ☰☰ 괘입니다. 좋은 괘가 나왔네요. 건위천 괘는 일명 용(龍) 괘라고도 합니다. 이 괘는 물속에 잠복한 용(龍)이 함부로 날뛰지 않고 오직 힘을 기르며 때를 기다리는 괘입니다. 이 괘가 잘 뽑히지는 않는 것인데 아마도 일 년이면 화가 다 지나가고 바로 경사가 겹치겠습니다. 축하합니다. 괘는 너무 좋아도 안 되고 나빠도 안 되는 것입니다. 중상위 괘가 좋은 것입니다."

원효 형님 이야기를 듣고 있던 이0호 그는 벌떡 일어나 원효 형님에게 큰절을 했다. 나는 영문도 모르고 이게 웬일인가 했다. 3818번 그는 나에게

"형님 이야기가 꼭 맞을 것 같네요. 점괘가 일 년 후 화가 풀린다는 것은 가석방이 끝난다는 이야기가 아닌가! 생각합니다. 또한, 경사가 두 번 겹친다는 것은 아들 결혼식과 남몰래 숨긴 보물이 빛을 본다는 이야기 같습니다. 그래서 큰절을 한 것입니다."

그 바람에 나와 문화재 박사 이0호와 거실에서 차를 마시며 더 많

은 환담을 하게 됐다. 그런데 워리가 내 앞에 와서 자꾸 작은 꼬리를 흔들며 대드는 게 아닌가. 밥그릇을 보니 비어있다. 아! 밥을 달라는 거구나! 일어나 개 밥그릇을 들고 사료를 담으려 하니 이0호 씨가 개 밥그릇을 보더니

"그것 좀 봅시다."

그 개 밥그릇을 몇 번을 만지며 자세히 보더니 놀라는 표정으로

"이것은 고려 백자입니다."

고려 백자가 뭔지는 모르지만 하여간 주워온 게 두 개가 더 있다.

"이것 하고 같이 있던 것 두 개가 더 있는데요."

"얼른 가져와 보세요."

그래서 그것을 가지러 마당으로 가니 마당가 화단에 올려놓았던 대로 그대로 있다. 그것을 가지고 와서 이0호 그에게 보여주니 그것을 들고는 돌려가며 보더니, 그는 깜짝 놀라는 표정을 짓는다.

"이것은 보물급입니다. 처음 본 개 밥그릇 이것은 고려 백자이고, 푸른빛이 나는 이 두 개는 고려청자입니다."

고려 백자, 청자가 뭔지는 모른다. 개밥을 줄 때 하얀색이 좋아 보여 그것을 워리 밥그릇으로 사용했다. 두 개는 푸르딩딩해서 화단 위에 그냥 던져 올려놓았다. 조금 후에 그는

"푸른색이 나는 이 두 개는 고려제 15대 왕인 숙종(1095년~1105년) 때 경기도 용인 서리에서 만들어진 고려청자입니다. 용인 서리는 고려 때 백자와 청자를 굽던 곳입니다. 지금은 어느 정도 발굴을 하다가 중단했지만, 현재까지 발굴하여 보존한 곳은 가마터만 열일곱 군데입니다. 아마도 발굴은 계속할 겁니다. 백자와 청자는 왕실에서 쓰던 것과 고위 관직에 있던 분들이 쓰던 것도 있고 시중에 파는 것이 따로 있습니다. 이 그릇 세 개 중, 이 두 개 고려청자는 왕실용이 틀림

없습니다. 왕실 문양이 바로 이 그림입니다. 청자 밑바닥에도 왕실을 상징하는 도장이 찍혀 있네요. 이런 것은 아주 드문 것입니다. 지금도 용인 서리에 가면 고려 시대 요지 터에 백자나 청자를 전시한 건물이 있습니다. 그러나 그곳에는 다 파손된 백자나 청자 조각이 진열돼 있을 뿐이고 이런 완벽한 것은 없습니다. 고려가 현 경기도 용인 서리에서 백자와 청자를 만들기 시작한 것은 1035년도입니다. 백자와 청자를 생산하기에 좋은 백토가 많은 지역이고 그 외에도 도자기를 굽는 데, 유리한 조건을 가지고 있는 곳입니다. 그곳에서 만들어서 고려의 서울인 개경으로 보냈을 것입니다. 세계가 탐내는 국가 보물인 고려청자가 현 경기도 용인 서리 그곳에서 만들어진 것입니다."

그의 말대로라면 이 백자와 청자 그릇은 (숙종 1095년부터 1105년) 사이에 만들어졌다니 900년이 넘었다는 이야기이다. 놀랄 일이다. 더 놀랄 일이 벌어졌다.

"이 청자의 보존 상태는 한 개는 아주 완벽하게 금 간 곳도 없고 한 개는 약간 흠이 있습니다. 완벽한 것은 약 3,000만원 정도를 호가할 것이고 약간의 흠이 있는 것도 2,000만원 정도는 갈 것입니다. 고려청자는 국가 보물급입니다. 또한, 백자는 구운 양이 많았겠지만, 그것도 보관된 것이 거의 없습니다. 백자는 고관대작들이 쓰던 귀한 것입니다. 그런 백자도 500만원 정도는 갈 것 같습니다."

나는 머리통을 망치로 얻어맞은 것만 같았다. 입이 벌어져 다물지를 못하고 입을 손으로 막았다. 아! 이게 어쩐 일인가? 워리 밥그릇 하려고 주워온 것이 고려청자와 백자이고, 그것이 5,500만원이라니, 이게 꿈이지? 생시가 아닐 거야! 숨이 멈출 것만 같다. 이0호 그는 골동품에 전문가가 아닌가! 무표정이던 원효 형님은 그냥 말없이 고개를 주억거렸다. 나는 가슴이 터질 것만 같이 두근거린다. 숨을 멈추고

"박사님 진짜입니까?"

"아마 내가 본 게 틀림없을 겁니다. 이 청자 백자를 구매할 사람을 곧 소개해 드리겠습니다. 가격은 좀 더 올라갈 수도 있고 내려갈 수도 있습니다. 참고하시고 그 고가구는 500만원에 준다면 제가 인수하겠습니다."

나의 눈에서 눈물이 흘러내렸다. 기쁨에 감격의 눈물인가 보다. 이0호 그의 손을 붙들고 그저

"감사합니다. 감사합니다. 박사님을 만났으니 내가 운이 텄나 봅니다."

이0호 그는 골동품 그 부분에 확실한 박사였고 그가 거래하는 사람들은 많았는지 며칠 후로 약속을 하고 구매자를 데리고 왔다. 그는 그 자리에서 바로 그 청자와 백자를 5,500만원에 팔아 주었다. 주워 온 가구를 그가 500만원에 가져갔다. 수고비로 이0호 그에게 200만원을 드렸다. 가구까지 파니 돈이 5,800만원이 됐다. 그랬다! 내가 버리다시피 했던 돈 천팔백 원 그 돈은 내가 감옥에서 나오면서 조현자 생각이 나서 쳐다보기도 싫은 돈이었다. 그래서 감옥에 있는 사람들 간식비로 쓰라고 주고 나온 돈이다. 그런데 그게 29.500배가 되어 나에게 다시 온 모양이 되었다. "세상에 이런 일이" 신문에도 대서 특필될 이야기이다. 이것을 조현자가 도와줬다고 해야 하나? 울어야 할지 웃어야 할지, 가슴이 쿵쾅대며 정신이 없다. 추우나 더우나 리어커를 끌고 비지땀을 흘리며 5년 이상을 헤맨 보답치고는 엄청난 대가였다. 5,800만원 그것은 어머니가 나에게 보낸 선물만 같았다. 5,800만원과 그동안 모은 돈을 통장에 넣고는 꿈만 같아 며칠 동안 잠이 안 왔다. 방 벽 중앙에 붙인 글 '이 원수는 꼭 갚겠습니다.'를 몇 번이고 쳐다보며 나는 맘속으로 "어머니"를 부르며 눈물을 흘렸다. 현몽을 꾸게 해

준 어머니가 생각이 났다. 인천 앞바다로 가서 모래사장에서 108배를 15일 동안하고 와서 이제 앞으로 어찌할 것인가를 생각했다. 제 밥그릇을 빼앗긴 워리가 불쌍해 보인다. 다시 예쁜 밥그릇을 사다 주었다. 그동안 안마사를 하며 번 돈과 고물 수집을 하여 번 돈 500만원을 합치니 6,300만원이다. 좀 더 형님과 편하게 살고 싶어서 서초동 주공 아파트 32평을 2,000만원에 매수했다. 그리고 형님에게

"형님 이제 제가 매수한 아파트로 갑시다. 엘리베이터도 있고, 방도 세 칸이니 이곳보다는 아주 편할 것입니다."

형님은 단번에 거절하였다.

"그동안 좁은 곳에서 사느라고 애썼다. 이제 돈도 생겼으니 나가서 혼자 편히 살아봐. 혼자 산다는 것은 고독을 사랑해야 할 수 있는 것이다. 그것은 가장 평화로운 진정한 자유로운 삶이나 쉬운 일은 아니다."

"네 잘 알겠습니다. 형님."

형님의 은혜는 무엇으로도 갚을 수가 없을 것 같은데 그것은 말도 안 되는 말이다. 집 생활비도 한 푼도 안 받으며 나를 살게 해준 형님이 아닌가! 또한, 장애인까지도 살뜰히 살피니 형님에게 나보다 더 큰 큰 복을 하늘이 내려야 마땅할 것 같다.

"이제 동생은 아마도 원수를 갚은 셈이 된 걸 거야. 그 원수라는 사람이 그만한 돈을 가지고 있지는 않을 것 같으니까."

"그것은 그를 만나보아야 알 것 같습니다. 김유창이는 출세욕과 재물 욕심도 많은 대단한 사람입니다."

내가 엘리베이터가 있는 아파트에 살게 될 줄이야! 꿈만 같은 일이 벌어진 것이다. 이사를 하며 귀한 백색전화기는 형님 집에 두고 형님과 자주 연락하기 위해 다시 전화를 한 대를 사 놓았다. 혼자 아파트

에 가서 살려니 마음 한구석이 텅 빈 것 같다. 매일 만나던 형님이 보고 싶고 한 식구 같던 장애인도 또 워리도 보고 싶다. 이사를 하고 한 달 정도가 지났는데 형님 집 장애인 여자한테서 전화가 왔다. 워리가 밥을 안 먹고 이상하다는 것이다. 나도 워리와는 정이 듬뿍 들어서 떠나올 때 참으로 아쉬웠었다. 워리를 끌어안고 머리를 한동안이나 쓰다듬어주고 또 올 테니 잘 있으라고 했다. 택시를 타고 부랴부랴 형님 집으로 쫓아갔다. 워리는 누워서 나를 쳐다보며 아는 듯 그 작은 꼬리를 들다가 만다. 작은 꼬리를 흔들어 반가움도 전하지 못할 정도로 아주 힘이 쪽 빠진 것 같다. 얼른 끌어안고 동물 병원으로 갔다. 워리는 노환이란다. 워리는 수놈이라 새끼가 없다. 형님 이야기를 듣고 따져보니 스무 살 정도를 산 것 같다. 형님도 은인이지만 워리도 나에게 큰돈을 안겨준 애완견이기도 하다. 워리가 없었다면 이0호가 고려청자를 발견하지 못했을 것이다. 다른 방법이 없었다. 입원을 시켰다. 그리고 낮에는 병원으로 가서 워리 옆에서 워리와 함께 해줬다. 동물은 스스로 숨거둘 자리를 찾아간다는데……. 입원 닷새 만에 워리는 나를 알아보는지 눈물을 흘리고는 내 품에 안겨 숨을 거두었다. 워리는 나를 확실히 알아보고 죽은 것만 같다. 나는 형님한테 전화하면서 눈물이 났다. 워리 묘지를 만들어 주려니 그럴만한 장소가 없다. 할 수 없이 화장하여 수목장을 치렀다. 한 식구만 같아 정이 들었던 워리가 죽으니 어머니 생각이 나서 눈물이 더 난다. 원효 형님이 너무 쓸쓸해 할까 봐, 시각장애인 안내견 새끼를 한 마리 사서 가져다드렸다. 형님도 나이 때문에 그 안내견이 필요할 것 같다. 어떻게든 형님의 은혜는 크게 갚을 것이라 다짐했다.

6,300만원 중에서 2,000만원을 들여 서초 주공아파트를 샀으니 남은 돈이 4,300만원이다. 많은 돈이지만 그것 가지고는 복수를 할 자

금은 안 될 것 같다. 형님 말마따나 내가 유창 이놈보다 잘사는 게 복수라고 하지 않았나. 유창이는 그보다도 더 큰돈을 가지고 있을 수도 있을 것이다! 장물아비로 감옥에 들어온 4012번 오0환에게서 들은 이야기는 명품인 가방이나 옷 목걸이 등 장사를 해야 큰돈을 번다는데……. 맞는 말이다. 그러나 알아보니 돈 4,300만원을 가지고는 외국 명품 회사에 줄 보증금도 안 된다. 다시 생각했다. 여자들을 상대로 하는 직업도 금, 은, 루비, 옥, 호박, 다이아몬드가 아닌가! 예지상가를 직접 가서 알아보니 4,300만원 그 돈은 보석상 점포를 겨우 낼 수 있는 금액이다. 종로에 있는 예지상가는 전국을 상대로 보석을 파는 곳이다. 여자들이 좋아하는 것은 금붙이며 보석이 아닌가! 예지상가로 가서 금붙이나 보석 장사를 하기로 맘을 굳혔다. 1985년도 당시에도 1970년도부터 생긴 금반지 계, 쾌종시계 계(일명 부랄시계), 금성 라디오 계, 혼수품으로 미싱계, 금성 TV계, 천일 TV계가 계속되고 있던 때이다. 장사하려니 아무래도 왼쪽 눈이 외모에 문제가 될 것 같다. 그래서 안과에서 상의하니 눈꺼풀을 성형수술을 하면 90%는 복구가 되니 성형외과를 가 보라고 한다. 성형외과를 가 보니 안과 말대로였다. 즉시 100만원을 들여 성형수술을 하였다. 그리고 안경을 쓰니 나는 보통 사람과 똑같아 보였다. 그리고는 1986년도에 금반지 등 보석을 파는 장사를 하기로 했다. 당시에 예지상가는 3평 정도에 보증금 1,000만원 권리금 200만원 월세 200만원 예지상가 그곳은 보석상들이 집합해 있는 곳이니 권리금도 많지만, 보증금 월세도 꿍장히 높았다. 그런 점포도 빈 곳이 없었다. 내가 장사를 할 운명이었는지 상가 가장자리에 점포가 하나 나왔다. 3평짜리 작은 점포를 하나 얻었다. 그리고 남은 돈을 가지고 장사할 물건을 사들였다. 대형 특수 금고도 필요해 사들였다. 남은 2,800만원 정도를 금과 루비 호박. 다이아몬드

보석을 사려니 제대로 물건을 갖추어 놓을 돈이 안 됐다. 그래서 보증금을 담보로 필요한 물건을 더 사들이고 장사를 시작했다. 그리고 내 책상 서랍에 "어머니 원수를 꼭 갚겠어요", "10원이면 어머니와 내가 먹고살 하루 생활비였다", "개구리 올챙이적을 잊으면 안 된다", "장사는 신용이 생명이다." 네 가지의 글을 써놓고 출근을 하면 서랍을 열어 그 글을 읽어 보고 일을 시작했다.

노하우와 단골손님이 없기에 처음부터 장사가 잘되지 않았다. 보석에 대한 노하우를 쌓았다. 그리고 어떻게 하면 손님의 마음을 움직일 것인가? 서점으로 가서 유대인의 상술 비법. 심리학 등, 그런 종류 책을 여러 권을 사다가 읽기 시작했다. 사 온 책 중에서 데일 카네기의 인간 관계론은 내 생각을 완전히 바꾸어 놓았다. 바로 내 욕심을 줄이고, 나의 일을 하는 사람들에게 이익을 다른 상점보다 더 주는 것이다. 1855년에 사망한 데일 카네기는 상상도 못 하는 큰돈을 벌게된 것은, 자기 이익을 일하는 사람에게 더 주었기 때문에 사람들이 몰려들어 그를 돈방석에 앉게 한 것이다. 그 책을 읽고서는 나에게 와서 일하는 나까마들에게 나는 이익의 2%만 주면 되는 것을 그들에게 2.5~3%를 주니 소문이 났다. 서울 시내 나까마 그들은 내 점포에서 일하려고 몰려오기 시작했고 노력한 결과가 나타나기 시작했다. 전국을 다니는 서울의 나까마들이 내 점포를 키우기 시작했다. 완전히 자리가 잡힌 것이다. 1988년 우리나라 올림픽이 열리던 해부터는 그 누구도 상상할 수 없이 장사가 잘되었다. 장사하려면 손님을 변화시키려 하지 말고 손님이 공감이 가도록 설득을 하는 일이 우선이라고 책은 말했다. 보석 가게는 신용이 생명이며 친절 또한 중요하고 손님의 관점에서 손님의 말을 경청하는 것이었다. 금은 날개 돋친 듯 팔렸다. 그러나 이익금은 많지 않은 게 금이었다. 금보다는 다이아몬드가 이익금이 더 많았다. 혼수로 금반지를 주고받다가 아이디알 재봉틀과 새로 나온 금성 TV와 천일 TV를 주는 사람도 늘어나고, 약혼이나 결혼 예물로 여자에게 다이아몬드 반지를 주는 게 또 유행을 타니 내가 하는 장사는 상상 외로 돈이 벌리기 시작했다. 루비, 호박, 금, 장사는 치웠다. 당시에 보통 3부~5부 다이아몬드 하나에 20에서 30만원 정도이고 1캐럿 다이아몬드는 감정에서 흠집이 있느냐 없느냐에 따라 감정가격이 다르기에 100만원에서 150만원 선이었다. 그래서 똑같은 다이아몬드가 3부든 5부든 소매점마다 가격이 틀린 것이다. 전국에서 들어오는 주문이 하루에 천만 원이 넘었다. 이익은 약 4%~6%이다. 이익의 반 정도는 나까마 몫이었다. 주문이 들어오면 다이아몬드 수입업자에게 연락만 하면 물건은 금시 왔다. 그러면 그것을 우리나라에 유명한 신용 있는 감정회사에다 감정을 의뢰하고 감정서를 붙여 판매하기 시작했다. 그렇게 하여 나는 내 점포로 오는 손님과 국내 금은방 거래처로부터 신용을 얻었다. 전국으로 다니는 나까마가, 필요한 것을 달라면 주문한 곳에 확인 전화를 하고 그 물건을 준다. 돈은 송금하면 받을 수는 있지만, 은행에 가서 확인해야 한다. 어느 누가 물건도 안 받고 돈을 미리 줄 것인가? 또한, 그 일은 혼자 하기에는 벅차고 안 될 일이다. 직원을 한 명 두었으나 그도 전화 받기도 바쁘다. 보석상에 나까마는 꼭 필요한 것이다. 나까마는 그 물건을 가지고 가서 돈을 수표로 받아 오는 것이다. 그리고 물건에 따라 이익에 2.5~3% 정도를 그가 받는다. 내가 버는 것에 반을 그들에게 준 것이다. 그 나까마들도 전국에 단골이 있는 것이다. 감정료도 싼 것이 아니었다. 그렇게 장사를 하다 보니 전국을 다니는 나까마도 30여 명이 내 점포로 몰려들었다. 그들은 내 점포가 작아 다 들어올 수가 없다. 부근 다방이 그들과 연락을 하는 장소가 되었다. 그들 중 일부는 물건을 가져갈 때만 내 상점으로 왔다. 그러니 상점은 더욱 바빠져 출근하자마자 눈코 뜰 새가 없었다. 직원 두 사람을 더 고용했다. 보석 장사 5년 후에는 하루 매상이 일일 2,000만원이 되기 시작했다. 다이아몬드 3부, 5부, 7부가 유행을 탔지만, 1캐럿 다이아몬드는 없어서 못 팔 정도가 되었다. 나 자신도 놀랄 일이 생긴 것이다. 어떤 수입업자가 어느 나라에서 다이아몬드를 수입하느냐가 이익을 좌우했다. 다이아몬드 수입업자 그들에게 나는 큰 고객이었다. 고가인 다이아몬드는 반지용 목걸이용이 여자들에게는 최고 인기였고 이익도 어떤 물건은 최고 10%를 남길 수가 있었다. 당시에 종로구 예지상가 보석 점포는 전국에서 모여드는 금은방을 하는 사람들이 몰려드니 점포들은 거의 다 대호황이었다. 값비싼 루비나 사파이어, 호박 등을 파는 사람들도 대호황을 맞았다. 좋은 루비는 다이아몬드 3부보다도 더 비싼 보석이었다. 그러나 인기는 다이아몬드가 앞섰다. 다이아몬드는 1캐럿 이상은 가격이 높았다. 그런 것 한 개든 두 개든 주문받았다며 나까마가 외상으로 달라면 그 다이아몬드를 주문한 곳에 전화해 보고 맞는다고 이야기하면 아주 많은 돈이지만 믿고서 그 나까마에게 주고 그가 돈을 수표로 가져오면 받았다. 장사는 상상을 초월하게 잘되었다. 큰돈이 모였다. 내가 그동안 얼마나 벌었는지도 계산도 안 해보았다. 그만큼 거래 장부 검색과 있는 물건이 다 얼마인지 정확한 계산을 할 수가 없었다. 그런데 그 나까마들 중에 수년 동안 아주 착실하여 항상 믿고 거래하던 사람이 장 거래하던 점포주와 짜고서 다이아몬드 3캐럿을 포함해 10여 개를 주문하고 물건을 가지고 도망을 갔다. 당시에 예지상가 점포에서 나까마 그들의 신상을 파악해가며 그들에게 물건을 주는 보석 점포는 없었다. 예지상가 그 안에 상인들도 거의 그렇게 장사를 했다. 그 한 사람이 가지고 도망간 금액이 무려 2,000만원이 넘었다. 내가 주공아파트를 매수한 금액이니 아주 많은 돈이었다. 도망간 사람은 전화해도 안 받는다. 믿은 도끼에 발등 찍힌 꼴이 됐다. 고소하겠다고 메시지를 남겼다. 그랬더니 "고소하세요." 하고 답이 왔다. 기가 막혀서 경찰서에 고소했다. 그랬더니 즉시 전화가 왔다.

"고소를 취하하세요."

"돈을 가져와, 그러면 취하해주지."

"아마도 고소해서 나에게서 돈 받는 그것보다 세금 또 다른 것 때문에 내가 가져간 것보다 몇 배는 더 내야 하고 아마 잘하면 감옥도 갈 거요."

감옥이라는 말에 나는 몸이 전기에 감전된 것 같은 전율을 느꼈다. 그래도 한마디는 해야 했다.

"뭐라고 당신 나쁜 사람이구먼. 지금까지 내가 당신을 먹여 살렸는데 그건 배신이 아닌가?"

"고마운 것은 고마운 거고 탈세는 탈세 아닌가요? 내가 가져간 것 세금계산서 경찰서에 내세요. 그러면 돈을 드릴게요."

나는 그의 말을 듣고 깜짝 놀랐다. 그는 그 수입상을 알아내고 세금계산서를 안 떼는 조건으로 물건이 싸다며 나에게 거래를 알선하고는 그 물건을 사서 주자, 보석상 주인과 짜고서 주문을 하고 가지고 도망을 간 것이다. 보석상은 물건을 받지 않았다며 돈을 주기를 거부했다. 그 보석상에는 돈을 달라고 할 수가 없게 된 것이다. 그가 가져간 물건은 세금계산서를 뗄 수가 없는 것이었다. 나를 이용한 것이었다. 2,000만원어치 보석을 가지고 도망간 사람을 자세히 알아보니 그는 조직이었다. 조직은 그렇게 수년 동안 나를 속이며 신용을 쌓고 장사를 하다가 한 방에 내 돈을 탈취한 것이다. 큰돈을 사기를 당하자, 지난날 채소 리어커를 끌고 다니며 장사를 할 때 어머니 생각이 났다.

그날 채소 판 것을 소매치기에게 몽땅 다 털린 날 어머니가 말하였다.

"그도 어지간히 가난했던가 보다. 우리는 내일 다시 벌면 된다."

어머니는 포기하는 것을 알려주신 것이다. 그때 채소 판 돈은 적지만 그것은 우리 식구가 겨울에 보름 동안은 먹고살 생활비였다! 맞아! 2,000만원 그 돈은 그 당시 나에게 그리 큰돈은 아니었다. 하루 판매량에 불과한 돈이었다. 조직 이야기도 감옥에서 들은 게 있다. 얼른 고소를 취하했다. 나는 복수를 한다면서 돈만 벌었던 게 아닌가! 이제 돈은 그만 벌자. 그리고 나는 2001년까지 장사를 하고는 장사를 그만두기로 하고 점포를 정리하기 시작했다. 100만원 이하의 물건을 가지고 가서 돈을 안 가져오는 사람을 고소한다 해도 돈을 받는다는 보장도 없었다. 한두 건이 아닌 법에 얽히면 머리가 터질 것이다. 수금되는 대로 받고 전부 고소를 안 하기로 했다. 나는 생각대로 2001년까지 장사를 하고는 장사를 그만두었다. 죄도 없이 감옥에 간 악몽 같은 일에, 복수해야 한다는 것을, 마음속 깊이 심고 노력한 것이 대성공한 것이다. 크나큰 시련은 큰 성공을 나에게 안겨 주었다. 그게 일체유심조(一切唯心造)였다. 명품 장사를 한 것보다도 훨씬 더 많은 돈을 벌었다. 징역 3년을 살고는 복수를 하기 위해 거의 생애를 돈을 버는 데 치중했으니 내 삶은 삶이 아니었다. 그래도 부동산을 빼놓고도 상상외로 현금 이백억 원 이상의 돈을 가지게 된 것이었다.

그러나 마음속에서부터 우러나오는 허전함은 매일 쳐다보는 방 벽에 글인 어머니의 복수를 하지 못했다는 지워지지 않는 고뇌였다. 감옥 그곳에서 들은 이야기가 내 삶을 바꾸어 놓았으니, 감옥 그곳이 나에게는 하버드 대학교가 아니었든가? 그것을 전화위복이라고 말을 해도 될까? 내가 죽도록 노력한 결과라고 보아야 할까? 남자는 돈을 버는 기계이며, 돈은 여자들이 쓰는 것이라는 것을 알았기에 성공을 한 것이다. 어쨌든 "워런 버핏"의 말이 아니더라도 독서를 안 하는 자에게 부자는 없다고 생각한다. 책만이 나를 성공의 길로 인도했다. 책에서 본대로, 또 감방에서 이야기를 들은 대로, 돈이 없는 곳에서 돈을 번다는 것은 착각이라는 것을 잘 배웠다. 많은 돈이 생기자, 부모님과 죽은 여동생 생각이 나며 눈물이 난다. 내가 이렇게 될 줄 어머니는 꿈에도 생각하지 않았을 것이다. 어머니가 생존해 있다면 얼마나 좋을까! 셋방 천정을 보다 눈을 감은 어머니가 정말로 보고 싶다. 자식을 생각하다가 조현병으로 돌아가신 어머니, 나는 그때 왜 유골을 인천 앞바다에 뿌렸을까! 회한이 든다. 어떤 어려움이 있어도 유골을 어느 곳에 든 두었다면 그 유골이라도 껴안고 통곡이라도 한 번 더 할 수 있었을 것 아닌가! 후회가 가슴을 두들겼다.

시련이 많을수록 도전하여 아주 큰 부(富)를 이루었지만 그게 큰 행복은 아니었다. 갈구하던 희망을 하나 성취했을 뿐이다. 한 많은 사연 시련도 불행도 행운도 허공 속에 안 보이는 줄 하나 긋고 그 또한 사라질 것이다. 이제는 한 가지 남은 것은 복수하는 것이다.

{우리나라가 농업 국가에서 구미 공단을 시작으로 공업 국가로 바뀌기 시작되면서 도시는 활기를 띠게 되고 돈을 모은 사람들이 결혼 예물로 금반지를 주다가 더 잘살게 된 사람들이 다이아몬드 보석을 결혼 선물로 주고받기 시작했다. 청년들의 양질의 일자리가 늘어나고 월급을 많이 받게 되니 선호하는 것은 다이아몬드가 아니라 몇 단계를 올라간 자동차였다. 수십 년이 지난 지금은 더 위로 올라가 아파트로 청년들의 마음이 바뀐 것이다. 그러니 결혼식 예물은 아주 간단히 18금 반 돈 자리로 하는 젊은 층이 많아졌다. 돈을 번다는 것은 많은 책을 읽고 시대를 읽을 줄 알아야 했다.}

13
부자들이 사는 아파트로 이사를 하고 공부 시작

정말 꿈 같은 많은 돈을 모아놓고 지난날을 생각해 보니 억울하게 감옥으로 가서 뼈가 시리도록 고생을 한 빠삐옹과 몽테크리스토 백작 영화가 생각이 났다. 그들도 처절한 삶을 살면서 나이를 먹어 늙었을 때야 진정한 자유의 삶을 찾았던 게 아닌가! 이제 돈의 힘은 복수의 자금이 될 것이며 나를 도와준 사람들에게는 은혜를 갚아야 한다. 집에는 낮에만 일하는 시간제 도우미를 두었다. 돈이 있고 노는 게 편하니 운동하기가 싫다. 그저 입에 맞는 맛있는 음식을 찾아다니면서 먹으니 몸만 불어난다. 책에서 보니 그것은 내가 부지런하지 못하게 뇌가 편하여지려고 그리한다는 것이다. 안 되겠다 싶다. 복수하려면 내가 건강해야 할 것이 아닌가! 운동하려고 보니 어디 가까운 곳에 운동할 곳이 없다. 헬스클럽에 가서 운동해보니 운동을 하고 난 다음 날, 가려 하니 몸이 무겁고 가기가 싫다. 안 되겠다 싶다. 2천만원을 주고 산 주공아파트를 매매하려니 재개발을 할 것이라며 1억원을 준다고 한다. 참으로 많이도 올랐다는 생각이 든다. 그 아파트를 팔고는 방배동 현대아파트 67평짜리를 매수하려니 18억원을 달란다. 그 동

리에는 OO그룹 김OO 회장이 사는 동리였다. 17억원을 주고 샀다. 그
것은 부동산 투자를 위한 것이 아니다. 운동 기구를 아파트에 사다 놓
고 운동을 하려는 것이다. 그래야 원수를 갚을 것이 아닌가! 아파트
를 사고는 각종 운동 기구를 준비해 집에서 눈만 뜨면 운동을 할 수
있게 만들어놓았다. 집을 고급 헬스장을 만든 것이다. 형님은 고독과
외로움을 없애고 사는 사람 같지만, 나는 세상에 혼자 있다는 외로움
을 느낄수록 불안한 마음이 올라오는데 그것은 숨길 수 없는 사실이
었다. 돈이 있다고 행복한 것만은 아니었다. 이제는 스스로 행복을 찾
아 나서야 했다. 그것 중 하나는 돈이 없어 하지 못했던 공부를 다시
시작해보는 것이다. 형님은 학력은 없으나 많은 책을 읽어 풍부한 지
식의 소유자가 된 것이다. 이제 늦은 것 같지만 책은 말했다. 늦었다
고 할 때가 시작할 때라고. 하지 않던가! 서점으로 갔다. 앞으로 올 세
상을 공부하려면 양자 역학 공부를 해야 할 것 같다. 양자역학책을 여
러 권을 사서 공부를 시작했다. 책에 몰입하자, 노벨 물리학상을 받은
석학들의 물리 이론은 깜짝 놀랄 정도였다.

모든 물질은 분자→ 원자→ 전자→ 중성자 양성자→ 쿼크 소립자 3
개로 되어있다.

모든 물질은 소립자로 구성되어있고 소립자는 알갱이가 아니라 "초
끈이론" 작은 끈 모양을 하고 있으며 크기를 갖지 않은 점이 아니라
이 초끈의 진동 차이에 따라 다양한 소립자나 물질이 생성되는 것이
다. 소립자의 조합에 따라 사람이나 식물, 동물이 되는 것이다. 세상
의 모든 물질, 햇빛도 냄새도 다원자로 되어있다. 원자는 고유 주파수
로 진동한다. 우리 몸을 이루고 있는 소립자는 같은 파장끼리 끌어당
겨 폐가 되고 간이 되는 것이다. 신체의 주파수는 책상이나 벽의 주파
수와 같은 파장이 맞지 않기에 벽과 합체할 수가 없는 것이다. 만물의

근원은 에너지이다. 생각이나 상상도 에너지이다. "프렉텔" 그것은 미시세계와 거시세계는 닮았다는 이야기이다.

눈에 보이지 않는 영적 세계 그것은 미시세계이다. 이 세계 중 미시세계의 95%는 보이지 않는 세계이며 우리는 5%의 거시세계 만 보고 산다는 것이다. 또한, 그것은 에너지라는 것도 알았다. 음양학에서의 기(氣)는 전자기장의 생명체를 발생하는 에너지이다. 음양학에서 양은 거시세계이고 음은 미시세계이다. 언젠가는 양자 역학에서 그것을 해명할 날이 있을 것이다. 책을 읽어보지 않았으면 죽을 때까지도 알지 못했을 양자 역학의 기본이다. 우주의 나선 구조가 어떤 것이라는 것을 설명하는 책은 재미도 있지만, 나의 외로움도 없애주며 정말 모르던 것을 알게 되니 삶이 달리 보였다. 공부를 시작하자 운동도 더 열심히 하게 됐다.

나이를 먹고 새로운 인연을 만난다는 것은 부담스럽고 신경이 쓰여 어느 사람과 인연을 맺는다는 것은 선뜻 마음먹어지지 않았다. 그런데 이사를 하고 보니 통로계 회장이 찾아와 통로계 모임에 들어오라고 한다. 그러잖아도 친한 사람도 친한 친구도 없는데 아주 잘된 일이었다. 모이는 날이라고 하여 1차 참석을 하였다. 통로계의 명칭은 "쟈이언트"였다. 초인간적인 거인이라는 뜻이다. 특이했다. 회칙에서 중요한 대목은 세 가지였다.

1. 평화를 존중하고 남을 비방하지 않는다.
2. 자신을 존중하듯 회원을 존중해 준다.
3. 쟈이언트 회원은 회원끼리는 절대 서로 돈거래를 하지 않는다.

15층 아파트이니 한 통로는 30가구이다. 그러나 가입한 회원은 15

명이었다. 나는 회원 명부에 자필 사인을 하고 정식 회원이 되었다. 빠지지 않고 매월 꼭 나갔다. 회장님은 나보다 세 살을 더 드신 분이 며 광산을 하다가 실패 후, 신기술을 개발하여 지하철 공사를 쉽게 할 수 있는 토목회사를 설립하여 성공했다. 지금은 자식들과 임원들에 게 그 토목회사를 물려주고, 고문으로 계신 분이었다. 통로계원들의 직업은 다양했다. 14명 그들의 이야기를 듣고 보니 노력 끝에 성공한 사람들이다. 벤처 기업, 중소기업 전자제품 공장을 운영하는 사람도 있고, 골프장을 운영하는 사람. 중소기업의 오너들, 다들 성공한 사람 들이었다. 그중에 한 사람은 나를 금방 알아보았다. 그는 나를 보고 회장님은 보석상을 크게 하다가 그만두었다고 설명했다. 나는 아내 가 암에 걸려 죽었다고 거짓말을 했다. 방배동 현대 아파트에 혼자 산 다니까 아파트 사람들이 중매한다며 서둔다. 참으로 세상인심이 그렇 구나! 그런 아파트만 하나만 가지고 있으면 나이도 상관없다는 게 아 닌가? 결혼을 재삼 생각해 보게 된 것은 선을 보러 갔을 때의 조현자 를 보고 재판에서의 그녀의 진술을 보고 여자란 정말로 무서운 사람 이라는 것을 느꼈다. 그래서일까? 미녀들이 다 그렇지는 않겠지만 인 물이 반반하면 반반한 값을 하는 게 여자들이라는 말이 가슴에 와닿 았다. 행여 여자를 떠올리면 여지없이 선본 날의 추억이 앞서 나간다. 그것은 지울 수 없는 아픔이었다. 그것이 언제 내 몸에서 떠나갈지는 정말 모르겠다. 그 또한 괴로움이다. 그 통로계에서는 회비를 내고 한 달에 한 번씩 만나며 국내 관광도 다니고 가끔 동남아 여러 곳을 여 행도 다니며 친분을 쌓았다. 그것은 나에게는 새로운 삶의 시작이었 다. 많은 돈은 나를 확실히 다른 사람으로 만든 것이었다. 많은 돈을 벌고 느낀 점이 있다. 그것은 가난한 사람은 가난한 사람끼리 어울리 며 돈이 많은 사람은 돈이 많은 사람끼리 어울린다는 사실이다. 마찬

가지로 행복한 사람은 행복한 사람들과 어울리고 불행한 사람은 불행한 사람들과 어울린다는 사실도 깨달았다. 나는 내 생활을 도와주는 도우미를 구하고 편한 생활에는 만족하나 원수 생각만 하면 머리가 아팠다.

그런데 통로계 회장님이 나에게 부탁을 했다. 어차피 집안 도우미는 필요하니 내 부탁을 들어 달라고 하신다. 부탁인즉 아는 사람이 이혼하고 혼자 사는 사람이 있는데 그는 아주 착실한 사람이라며 내 집에 도우미로 좀 써 달라는 것이다. 그거야 어려운 게 아니니 회장님의 부탁을 들어 드렸다.

14

원수를 찾다가 간첩으로 몰려

1) 지옥의 아비규환(阿鼻叫喚) 소리는 어떤 소리일까?

2005년 이제는 모든 여건은 어느 정도 다 갖춰져 있고 통로계원들과 동남아 여행도 몇 번을 했다. 집에서 운동도 하고 독서도 하며 3년 이상을 쉬었으니 쉴 만큼 쉬었다. 이제 내가 할 일은 유창이를 꼭 찾아 그의 입으로 내 사건을 확실히 알아보고 복수를 해야 한다! 유창이가 사는 곳을 알아보려 또다시 구청을 갔다. 관공서는 개인정보 보호라며 절대 알려줄 수가 없다고 한다. 다른 방법은 없을까? 유창이가 1972년 대위로 9사단에서 중대장을 했으니 그 기록은 20여 년이 넘었으나 폐기만 안 했다면 확실히 1군 사령부에 있을 것 같다. 1군 사령부가 있는 원주로 가겠다고 형님에게 말을 하고는 원주로 떠났다. 원주 시내에서 1군 사령부 정문에서 기다리다가 퇴근하는 현역 장교 여러 사람을 만나 유창이를 찾을 방법을 물어보았다. 소령 계급장을 단 사람에게 말을 붙였더니 힐긋 쳐다보고는 그냥 간다. 내가 만날 수 있는 사람들은 위관급이었다. 그들은 한결같이 그것은 비밀이기에 그의 행적을 알기가 쉽지는 않을 것이라고 했다. 또한, 문서 보관 연한이 있으므로 잘 모르겠다는 대답이었다. 아마도 자기가 불리한 일에 뛰어들고 싶지 않은 것 같다. 퇴근 시간이 되면 1군 사령부 정문으로 갔다. 현역들이 거절해도 나는 포기하지 않았다. 돈을 뿌리면 되지 않을까? 그 방법을 써 보기로 하였다. 퇴근하는 대위 계급장에 박00 이름표를 단 사람을 길에서 붙들고 말을 걸었다. 그가 멈칫하며 서자 따발총을 쏘듯 빨리 말을 걸었다.

"저기 대위님 제가 뭐 좀 물어볼 게 있는데 잠시 시간 좀 내주실 수 있나요?"

"무슨 일인가요?"

휴우 한숨이 다 나왔다. 이제 말을 할 상대를 만난 것 같다.

"여기 길거리에서 이야기하느니 다방이나 간단한 주점에서 만나면 안 될까요?"

"아니 무슨 일이기에 그러십니까?"

"사람을 찾는 일입니다."

"사람을 찾는데 제가 왜 필요합니까?"

"아! 그것은 다방이나 주점으로 가시면 자세히 말씀드릴게요."

이제껏 만나본 사람들에게 하듯 돈 봉투를 내밀자. 돈 봉투의 두께를 보고 받아 넣고서는 말이 달라졌다.

"시간이 오래 걸리지 않는다면…."

"예. 잠깐이면 됩니다. 이 부근 다방으로 가시지요."

다방으로 들어갔다.

"1972년 당시 9사단에 근무했던 00부대 0중대 중대장 육군 대위 김유창이에 대한 것을 알아보려 합니다. 여러 사람을 만나 보았어도 대꾸도 잘 안 해주네요. 부탁 좀 드릴게요."

"그것은 너무 오래돼서 아마 정보부 사람만 알 수가 있을지 모르겠습니다. 제가 근무하는 곳은 인사과입니다."

"그렇군요. 그러시면 정보부에 아는 사람도 있으시겠네요."

"아는 사람은 있지만, 그저 업무상 군용 전화로 이야기하니 친하거나 그렇지는 않습니다."

"그러면 정보부에 아는 분을 한 분 소개해 주세요."

그는 멈칫거리며 나를 자세히도 쳐다보았다. 다시 봉투를 하나 더 건네자. 말이 달라졌다. 역시 돈이었다.

"1972년도라면 정보부 사람들도 그 기록을 볼 수 있는 사람만 알 수가 있을 겁니다."

"그러면 그 담당 직원을 소개해 주십시오."

"제가 정보부 근무하는 사람과 통화해 보지요. 핸드폰 전화번호를 알려주세요, 알아보고 전화를 드리지요"

그는 약속대로 그 이튿날 10시가 되니.

"어제 만난 곳에서 기다리시면 정보부 담당자가 갈 것입니다."

봉투를 두어 개 준비하고 그 이튿날 다방에 앉아 있으니 군복에 계급장도 없고 이름표도 안 단 사람이 두 명이 들어와 두리번거린다. 딱 봐도 정보부 사람들만 같다. 손을 들으니 그들이 내 앞으로 왔다. 한 사람은 통통한 돼지 새끼같이 살이 찐 사람이었고 한 사람은 깡마른 사람이었다. 깡마른 사람이 말을 했다.

"인사과 박 대위에게 이야기는 들었습니다. 9사단에 근무했던 사람을 찾는다고요?"

"네 그렇습니다. 그는 제 절친이었습니다. 그런데 그 친구의 가족이 전염병에 걸려서 다 죽는 바람에 저와 연락이 끊긴 친구입니다. 좀 도와주십시오."

"밖으로 나가 차를 타고 같이 가시지요."

그들은 다른 말은 물어보지도 않고 차를 몰고 앞으로만 간다. '돈이면 되겠지?' 그에게도 준비한 봉투 두 개를 차 안에서 건넸다. 한 사람이 아무 말 없이 받아서 봉투 두 개를 주머니에 넣었다. 찦차는 헌병부대 정문으로 들어간다. 아니? 여기에 정보부 사무실도 있나? 그는 헌병대 사람과 몇 마디를 주고받더니 나를 헌병대 사무실에 인계하고는

"그러잖아도 신고가 들어왔었습니다. 헌병대에 먼저 접수된 것이니 일단은 여기서 조사를 좀 받아야 할 것입니다."

나는 깜짝 놀랐다.

"네에? 조사라니요?"

그는 내 이야기는 들은 척도 안 하고 그냥 사무실에서 나갔다. 헌병대에서는 누가 나를 간첩 신고를 했다며 조사를 한다고 한다. 깜짝 놀랐다. 내가 간첩이라니! 유창이를 만나기 위해 장교 이 사람 저 사람 붙들고 물어본 사람은 많다. 그 사람 중 누가 신고했던지 인사과 사람이 신고했든지 하여간 조사를 받게 됐다. 그들은 나의 허리띠를 풀고 스마트폰까지 빼앗은 다음 헌병대 유치장에 감금했다. 오전 11시에 조사관이라는 젊은 사람이 대뜸 반말로 조사를 시작했다.

"이름은?", "몇 년 생인가?", "주소는?", "군대는 몇 년에도 갔다 왔나?"

헌병대에서 젊은 놈들에게 귀싸대기를 맞으면서 수많은 질문에 답을 하느라 정말 기가 막힌 모욕을 당했다.

"거짓은 없지?"

"그것은 확인해 보면 알 것입니다."

나는 간첩이 아니라고 끝까지 부인했다. 그러자 다시 유치장으로

밀어 넣었다.

"진술한 것이 사실인지를 알아볼 곳으로 가야 할 것입니다."

'제 길할. 사람을 찾다가 간첩 조사를 받다니⋯⋯.'

이틀 후 점심때가 지나자, 나를 헌병대에 데려다준 사람이 왔다. 헌병들이 포승줄로 몸을 단단히 붙들어 맸다. 나는 깜짝 놀랐다. 누군가 내 머리에 검은색 고무밴드를 씌우니 금방 앞이 안 보이고 캄캄해졌다. 그들은 나를 차에 태우고는 어디로인가 데리고 갔다. 헌병대에서 간첩이라고 했나 보다! 큰일이 벌어진 것 같다. 그러지 않고서야 눈을 가리고 차에 태워서 갈 일은 없는 게 아닌가! 얼마를 갔다. 차에서 내려서 이십여 발짝을 걸어가자, 철문 열리는 소리가 드르릉 하고 난다. 그 안으로 데리고 간 사람이 포승줄을 풀고 머리에 밴드를 벗겼다. 눈을 떠보니 꽉 막힌 창고 안이다. 그 안을 언뜻 쳐다보고는 기가 질렸다. 창문도 없고 큰 책상 한 개에 나무 의자 두 개가 보인다. 사람이 죽으면 들어가는 관이 떡 버티고 서 있다. 또 군에서 본 공병 곡괭이 자루. 천정에 늘어져 있는 줄, 딱 봐도 고문실이다. 공포가 가슴속을 뚫고 쳐들어왔다. 입술을 꼭 물었는데도 턱까지 덜덜 떨렸다. 시간을 잊어버린 곳만 같은 그곳은 철문 두께가 1m는 돼 보이니 돼지를 잡아, 목을 따도 그 소리는 문밖에서도 들리지 않을 것이다. 또한, 망나니가 와서 칼을 휘두르며 춤을 덩실덩실 추다가 내 목을 댕강 잘라 서 있는 관에 집어넣으면 그만 일 것 같다. 그러니 수탉이 꼬끼오 하는 새벽이 와도 그 소리는 안 들릴 것이니 시간을 모를 것 같다. 고문하기에는 기가 막히게 좋은 곳이었다. 군인 복장에 계급장도 안 달린 옷을 입은 그는, 내가 입은 옷을 전부 벗으라고 하고는 헐렁한 고무줄 바지와 유도 체육복 같은 옷을 맨몸 위에 걸쳐준다. 그리고 벗은 옷과 핸드폰도 빼앗아 작은 보따리에 싸서 나갔다. 이 노릇을 어찌

한다? 어차피 큰일은 벌어진 것 같다. 돈 가지고도 안 될 일 같다. 숙명인지 운명인지 하여간 끌려간 곳은 어느 지하 고문실이었다. 조금 있으니 누가 식판을 누가 들고 들어온다. 저녁밥인가보다. 반찬이 다섯 가지나 되고 돼지고기도 있다. 헌병대에서는 주는 밥도 거의 안 먹었다. 밥을 보니 배가 고프다. 입안이 깔깔하지만, 밥을 입에다 퍼 넣었다. 얼마간의 시간이 가자, 군복에 계급장도 없는 사람이 들어왔다. 마른 몸에 얼굴이 표독스럽게 생긴 조사관은 책상 앞에 나를 앉혀놓았다. 그리고 그가 들고 왔던 가방에서 A4 용지 두 권 정도인 500매 정도와 볼펜 세 자루를 책상에 올려놓았다. 그리고 차분하고 달착스런 목소리로 조용히 말했다.

"너 간첩 맞지? 조사하면 다 나와. 왜? 김유창 대위를 찾아다니고 군 정보부 사람들을 찾아다녔나? 그거 북에 넘길 자료를 찾기 위해서이지? 나에게 준 돈은 증거로 이곳에 보관돼 있다. 고문을 받기 전에 사흘 동안 너의 고향이며 아버지 어머니 그 동리에 살던 사람 또 초등학교 때부터 군 제대 후의 생활까지 너에게 행적을 전부 적어서 내라."

"헌병대에서 조사를 다 받았는데요."

하자. 그는 책상을 주먹으로 내리치고는 화통을 삶아 먹었나 귀가 먹먹할 정도로 버럭 소리를 질렀다.

"헛소리하지 마. 여기는 헌병대와는 차원이 달라. 만약에 조금이라도 거짓이 있다는 생각이 들면 너는 즉시 고문을 받게 될 것이다. 저기 고문 기구 다 보이지? 고문하는 방법은 한두 개가 아니야."

나는 살이 벌벌 떨려왔다. 징역 3년 선고를 받을 때와는 상대도 되지 않을 만큼 몸이 굳었다. 이 일을 어찌해야 하나? 큰일이 나도 보통 큰일이 아니다.

간첩을 잡기만 하면 그들은 진급이라도 될 터이니 수단과 방법을 가리지 않고 나를 간첩으로 몰면 어찌하지? 죄도 없이 징역 3년을 살았는데 잘못하면 원수를 갚으려다 내가 간첩죄로 몰려 평생을 감옥에서 살지도 모를 일이 생긴 것이다. '아! 되돌릴 수도 없게 된 이 일을 어찌한단 말인가?' 조사관 그의 말투로 보면 광기에 휩쓸려 이성을 잃은 진급이라는 환상의 선입견을 품은 자만 같았다. 나에게는 재앙이었다.

"글 쓰는 시간은 3일을 준다. 3일 후에 점검하러 올 것이야."

그는 할 말을 다 한 것인지 밖으로 나갔다. 문을 여닫으니 "드르릉 텅" 하는 소리가 들린다. 이곳에서 죽인다 한들 쥐도 새도 모를 것 같다는 생각이 들었다. 그야말로 수렁에 빠져 꼼짝달싹도 하지 못할 신세가 됐다. 빌어먹을……. 돈 주고 지하 감옥으로 온 꼴이 된 것이다. 참 기가 막힌다. 전화를 나흘이나 안 했으니 원효 형님은 궁금해할 텐데……. 핸드폰을 압수당했으니…….

그가 나가고 얼마나 있다가 "덜그럭"하더니 바로 신음이 들려온다. '응? 이게 무슨 소리지?' 그 소리는 점점 커지더니 "으악. 으악. 아아. 아악," 소리로 바뀌었다. 방 스피커에서 들려오는 소리였다. ??? '아! 사람을 고문하는 소리인가?……!' 지옥의 소리인가? 아비지옥(阿鼻地獄)에는 팔대지옥(八大地獄)이 있다는데……. 저 기괴한 괴성은 어느 지옥일까? 등활지옥(等活地獄)? 흑승지옥(黑繩地獄)? 규환지옥(叫喚地獄)? 무간지옥(無間地獄)? 어쨌든 그 소리는 상상 속의 아비규환(阿鼻叫喚) 소리였다. 지옥의 소리가 들려가며 들려오니 정말 미칠 것만 같다. 귀를 손가락으로 틀어막았다. 그러나 그것은 목화솜 이불을 귀에 덮은 것에 불과하다는 것을 깨닫고는 그 지긋지긋한 소리를 대책 없이 멍하니 듣고 있었다. 젠장 숨도 못 쉬게 구린내를 넣지 않은 것만 해도 감사해야 할 판이다. 그 소리가 계속 크게도 들리다 작게도 들리다 하니 몇 시간이 갔는지도 모른다. 귀가 다 멍하고 정신도 없다. 그 소리만 안 들려도 살 것만 같다. 영화에서 본 빠삐옹의 지하 감옥 그 보다도 더한 감옥이 바로 이 지하실 같다. 정말 미칠 것만 같다. 어쨌든 글을 쓰라고 하고 갔으니 글을 몇 장이라도 써야 할 것 같다. 글을 안 쓰면 바로 고문을 할 것이다! 그 지옥의 아비규환(阿鼻叫喚) 아우성이 나는 속에서 책상 위에 있는 종이 한 장을 앞으로 당기고 글을 쓰려고 볼펜을 들자, 그 지옥의 소리는 딱 소리와 함께 꺼졌다. 어? 글을 쓰면 스피커 소리가 안 나는 것일까? 그래도 가슴이 두근거리고 진정이 안 된다. 스피커 소리에 환각이 온 것인지 머리가 빙글빙글 도는 것만 같다. 그들이 시키는 대로 글을 써야 하는데 가슴이 두근거리니 글을 쓸 수가 없다. 스피커에서 들리는 지옥의 소리를 피하고자 볼펜을 들고 의자에 앉아 지난날 이야기를 이것저것 쓰기 시작했다. 가슴이 두근거리니 더 쓸 수가 없다. 글을 쓰는 척 의자에서 책상에 구부리고 있었다. 얼마가 지났는지 문이 스르르 열리니 바깥 공기가 들어왔다. 누가 식판을 들고 들어온다. 정신이 멍하니 생각도 안 나지만 저녁은 먹었으니 아마 아침인 것 같다. 그러니까 밤새도록 아비규환(阿鼻叫喚) 소리에 아주 만신창이가 된 것이었다. 그는 다섯 가지나 되는 반찬과 밥그릇을 놓고는 아무 말 없이 나간다. 몸이 굳었는지 얼른 수저에 손이 가지 않는다. 정신을 차리고 살아야 복수를 할 것이 아닌가! 밥을 입에 퍼 넣었다. 밥을 먹고 나니 소변이 보고 싶다, 두리번거리니 소변 통 같은 게 있다. 그곳에 소변을 보았다. 이틀간이나 헌병대에서 조사를 받느라 잠도 제대로 못 잤으니 밥을 먹고 나니 졸음이 쏟아져 온다. 종이와 볼펜을 한번 쳐다보고는 책상에 엎드렸다. 잠이 들었나 보다. 또 귀청이 떨어지라 들려오는 아비규환(阿鼻叫喚)

의 소리에 벌떡 고개를 들었다. 아! 여기서 며칠만 있으면 정말 살아
나갈 수가 없을 것 같다. 글을 쓰라고 앞에 지켜 있는 사람은 없지만,
글을 써야 살아나갈 것만 같다. 초등학교 시절부터 글을 쓰려니 앞뒤
도 안 맞고 내가 봐도 뒤죽박죽이다. 그래도 그냥 고문 소리를 피하
려 아무거나 다 썼다. 글을 스무 장도 쓰지 못했다. 어떤 글자는 크고
또 작고 삐뚤 빼뚤 유치원생 글만 같다. 어질어질하고 정신이 없으니
글이 그렇게 쓰이나 보다. 멍하니 앉아 볼펜을 들고 글을 쓰는 척하
고 있으니 또 밥이 온다. 아! 시간이 그리 갔구나! 사흘 동안 글을 쓰
라고 했는데……. 정신이 없으니 이틀이 지난 것 같기도 하고 삼 일이
지난 것 같기도 하다. 내가 밥을 먹는 동안과 책상에 엎드려 글 쓰는
자세를 취하면 그 지옥의 소리가 안 들렸다. 그들은 나를 밖에서 감시
카메라로 다 쳐다보고만 있는 것 같다. 그 지옥 속에서 어릴 적 집 이
야기와 군대 이야기 리어카를 끌고 채소를 팔았다는 이야기 등등을
써 내려갔다. 아버지와 어머니 동생의 죽음을 쓰려니 눈물이 난다. 글
을 쓰면서도 어머니 생각이 난다. '어머니는 병호야 살아야 한다.' 그
러시는 것 같다. 몇 시간이 지났는지 또 스르르 문이 열렸다. 또 밥을
가져온 것이다. 사느냐 죽느냐 판인데도 배가 고프니 그 밥을 입에다
퍼 넣었다. 감옥보다는 식사가 좋지만, 아비규환(阿鼻叫喚)의 소리만
안 들렸으면 좋겠다. 밥을 먹으니 배가 더부룩해지며 대변이 보고 싶
다. 이게 변기인가 하고 소변을 본 곳에 엉거주춤 앉아서 대변을 보니
휴지가 없다. A4 용지로 닦았다. 내가 봐도 냄새가 난다. 할 수 없지
않은가! A4 용지로 꼭꼭 덮었다. 3일째 낮인지 밤인지는 모르지만, 이
번에는 다른 조사관이 들어왔다. 그는 코를 벌름거리더니

"이게 뭔 냄새야?"

한쪽 방구석을 보더니

"야! 이 새끼야 이것은 물을 채워 놓고 내 머리통을 처박는 물고문 기구야. 여기다가 똥을 싸? 변기는 여기 있잖아. 이게 휴지이고."

그러고는 그는 그 옆에 있든 뚜껑이 밀봉된 통을 여니 그게 확실히 변기이고 휴지도 붙어있다. 긴장해서였든지 정신이 없어서였든지 하여간 그게 눈에 안 보였었다. 그렇구나! 그는 내 앞에 의자에 앉아서 글 쓴 것을 조금 보더니, 표정이 카멜레온같이 순식간에 변하며 작은 소리로 달착지근하게 말을 했다.

"72년도 9사단은 최전방이야. 그곳에서 근무한 김유창 그는 간첩이지? 그래서 그와 접선하려고 했던 거지? 어때. 고문 한번 받아 볼 텐가?"

조용하고 정이 든 것 같은 달착지근한 말투였지만 그것은 고기를 낚으려는 낚싯바늘에 뀐 미끼만 같았다. 그의 말이 넌지시 암시해주는 것은 너는 간첩이야 그렇지? 그것이었다. 가만히 있다가는 고문을 받을 게 뻔한 것 같지만 그래도 한마디 했다.

"유창이는 간첩이 아닙니다. 유창이가 간첩이라는 증거는 있나요?"

"야! 증거는 네가 도장 찍은 걸 가지고 만들면 되는 거야. 안 그래?"

살이 벌벌 떨린다. 그게.", "그게." 하다가 입을 닫고 말았다. 그가 어떤 마음을 가지고 있느냐에 따라 나는 어떤 조치를 받을 것이다. 기가 차고 살이 벌벌 떨려 무슨 말도 할 수가 없었다. 내가 미적미적하자, 날카로운 시선으로 잡아먹을 듯 나를 쏘아보더니 미친 저승사자처럼 귀청이 떨어질 듯 소리를 질러댔다. 완전 카멜레온 같은 놈이었다.

"야! 이 새끼야 이걸 글이라고 썼어? 다시 써. 김유창이가 간첩인데 네가 접선하려고 했다고 써야 너는 풀려날 것이야."

"그건 말도 안 되는 소리입니다."

"말도 안 되는지 되는지는 시간이 가면 알게 되겠지."

그리고 쓴 글을 찢어 버리고는 나갔다. 나에게 간첩이라는 죄가 씌워진다면 내 인생은 정말 끝장이다. 가슴이 벌벌 떨려왔다. 나는 어떤 고문을 받더라도 거짓으로 그가 간첩이라고는 안 할 것이다. 생각은 그렇게 해보지만, 그것은 고문에 의해 어떤 일이 있을지는 나도 모른다. 내가 살기 위해서 유창이가 간첩이라고 쓴다 해도 내가 살아나갈 방법은 아닐 것 같다. 또한, 그것은 거짓이 아닌가! 그가 나간 후다시 지옥의 소리가 들려오기 시작했다. 그 아비규환(阿鼻叫喚)의 소리를 안 들으려면 글을 쓰는 척이라도 해야 했다. 며칠이 지난 것 같은데 눈꺼풀을 쇳덩이가 땅에서 끌어당기는지 눈을 뜬다는 것이 너무나 힘이 들었다. 눈을 뜨려고 애를 쓰다가 여지없이 책상과 머리를 부대고 실눈을 겨우 뜨면 밀려오는 잠에 자동으로 눈이 감겼다. 개구리가 개굴개굴하는지 벌이 붕붕 대는지 모르지만, 머릿속에서는 개구리 같은 게 개굴개굴하는 것 같다. 몸뚱이는 일엽편주 배를 타고 둥둥떠서 어디론가로 가는 것 같다. 그것은 책상에 엎드려 졸며 잠을 자는 시간 속이었다. 그래도 스피커에서 "으악", "으악", "으악" 하는 아비규환(阿鼻叫喚) 소리가 또다시 크게 들려오면 처박히려는 머리를 들으려고 이를 사려물고 눈을 떠야 했다. 글을 쓰려고 희미하게 보이는 연필을 들고 글을 쓰려니 글이 안 써진다. '젠장 칼이 있어야 깎아서 쓸수가 있을 것 아냐?' 하고 자세히 보니 그것은 연필이 아니라 볼펜을 거꾸로 들고 글을 쓰려고 했던 것이다. 그러니까 정신이 반쯤은 나간 것 같다. 그 미치게 하는 소리만 안 들렸으면 정말 좋겠다. 그저 생각나는 대로 쓰는 글씨가 아니라 그림을 그렸다. 며칠째인지는 모르지만, 조사관이 들어왔다. 그는 책상에 놓인 용지를 들고 읽어보더니

"야! 이 새끼야! 이걸 글이라고 썼어? 이게 글이냐고? 인마 유치원생도 너보다는 낫겠다. 그리고 글이라는 것은 육하원칙에 따라서 앞

뒤가 맞게 순서가 맞아야 하는데 이걸 글이라고 썼어? 다시 써. 이제 삼 일만 더 시간을 준다. 김유창에 대한 것은 그것뿐이야? 그는 간첩이 아니라 이거지?"

독사 뱀 같은 눈을 가진 그는 갑작스럽게 말소리가 달착지근하게 변했다. 조사관들은 얼굴이 표정이 순식간에 변하는 진짜 카멜레온만 같다.

"이밖에 다른 쓸 글은 없냐고."

그것은 저승사자가 말하는 것만 같았다. 내가 아무 말 안 하고 있자. 그는 벌떡 일어나더니 호랑이같이 큰 소리로

"일어나."

그는 내 어깨를 주먹으로 그냥 사정없이 몇 번인가 갈겼다. 그리고 돌려세우고는 군홧발로 정강이를 몇 대인가 찼다. 나는 순간 눈이 아찔해져 뒤로 벌러덩 자빠졌다. 안 일어나면 더 군홧발로 더 채일 것 같다. 정신없이 벌떡 일어나 다시 의자에 앉자, 그는 몸을 부르르 떨며 주먹으로 책상을 내리친 그는 확실히 카멜레온같이 금방 또 얼굴이 바뀌었고 말소리도 달콤하게 작아졌다.

"내 인내력을 시험할 생각은 하지 마."

나는 그런 아비규환(阿鼻叫喚)에서도 언뜻 생각이 났다. 3년 감옥살이. 말 한마디 잘못한 것이 법에서는 무슨 일이 일어나는지를……. 그들이 나에게 간첩죄를 씌우고 고문을 한다면 어떤 일이 벌어질는지는 뻔하다. 정말로 간첩죄를 뒤집어씌운다면 혀를 깨물고 답을 하지 않을 것이다. 진급해야겠다는 야심을 가졌을 것 같은 그는 나를 노획물로 생각을 하며 환상에 몸을 떨며 앵무새같이 말을 반복하고는 칠면조같이 얼굴도 변하며 토끼같이 귀를 기울이는 자였다. 다른 조사관이 들어왔다. 그에게 매달렸다.

"선생님 저 정말 간첩 아닙니다. 유창이도 간첩이 아닙니다. 저 지옥의 아비규환(阿鼻叫喚) 소리만 들으면 글도 쓸 수가 없습니다. 제발 저 소리가 들리지 않게 해주세요. 그래야 제가 글을 쓸 수가 있을 것 같습니다. 제 고향 가서 유창이와 나를 확인해 보시면 압니다. 저를 구해주세요. 그러면 후사할게요."

"야! 그 소리는 누구나 하는 소리여! 이게 돈을 뿌리면 되는 일인 줄 알고, 자빠졌네, 헛소리 말고 글을 다시 써. 네 글을 보니까 중학교를 나왔다며 작문 시간에 뭐 했어? 다시 써. 네 어린 시절과 6·25 때 너는 어렸겠지만, 어릴 적에 본 것은 안 없어지는 거야. 네가 본 것과 너의 아버지가 무엇을 했는지도 자세히 쓰란 말이야. 그게 중요해, 그리고 군에서 제대하고 무엇을 했는지도 자세히 쓰고, 제대 후에 만난 사람들도 육하원칙에 따라서 언제, 어디서, 무엇을, 어떻게, 여기에 맞추어서 사돈에 팔촌까지도 다 써. 그리고 간첩이 아니라는 것을 구체적으로 처음부터 조리 있게 써서 네가 간첩이 아니라고 내 인정을 받는 거야. 이제는 이틀만 더 준다."

며칠이 지났는지도 모르겠는데 또 이틀만 준단다. 그가 나간 후 아비규환(阿鼻叫喚)의 비명이 또 들려왔다. 글을 쓰라는 경고이다. 허공도 천정도 빙빙 도는 것 같았다. 가슴속으로 파고들어 오는 그 비명은 귓속으로 사정없이 쳐들어왔다. 숨통을 조이는 듯한 그 비명은 귓속에서 몸속을 뚫고 들어와 나와 마음을 흩트려 놓아 정신을 차릴 수가 없게 만들었다. 살려주세요! 살려주세요! 나의 간절한 소리도 스피커 비명에 묻혀 버렸다. 그래도 살아서 나가야 복수를 하지! 하는 마음은 사라지지 않았다. 이를 악물어도 이제는 소용이 없는지 잠이 온다. 조사한다며 또 들어온 조사관은 악착같이 달려들어 쏘는 땡기벌만 같다. 내가 정신을 잃고 잠시 쓰러진 것 같다. 누가 내 몸에 찬물을 끼얹어서 정신이 들었다.

"네 대갈통을 쪼개보면 아마도 거기에 네가 숨기는 게 있을지도 몰라."

그 소리에 온몸은 전율을 일으키며 소름이 돋아났다. 책상을 주먹으로 내리치며 닦달을 하는 그의 얼굴은 보통 사람 같은데 목소리는 대포를 쏘는 듯하다. 전신이 떨리다 못해 이가 부치는 소리가 내 귓속을 파고들었다. 나는 정말로 숨이 막힐 지경이었다. 그는 내 명줄을 쥐락펴락하는 자이니, 그의 마음속에는 저승사자가 들어앉아 있는 것 같다.

"살려주세요. 살려주세요. 나를 여기서 나가게만 해준다면 일천만 원을 드리겠습니다."

그는 나를 쳐다보고는 뭘 생각을 했는지, 조금 있다가는 혼잣말처럼 중얼거렸다.

"짜식 나가고 싶겠지. 더 쓸 게 없냐고?"

"저 지옥의 아비규환(阿鼻叫喚)의 소리에 내 머리가 어떻게 됐는지, 진술서를 어떻게 썼는지도 모릅니다. 무얼 적어야 할지도 생각이 안 납니다. 아마도 생각이 도망을 갔나 봅니다."

"이 새끼 미쳤군."

"그럴지도 모르지요. 사람이 미치면은 아주 편하다면서요?"

그는 내 말이 자기 구미에 안 맞는다는 듯 몇 번이고 쩝쩝거리고 눈알을 굴리며 나를 똑바로 바라보았다. 그는 주머니를 뒤져 담뱃갑을 꺼냈다. 하나 남은 마지막 담배를 꺼내 피우다가 꽁초를 손가락으로 바닥에 퉁겨버렸다. 그리고 담뱃갑을 구겨 팽개쳤다. 그리고 엷은 미소를 띠고는 오만하고 멸시에 찬 어조로 마지막이라는 듯 말했다.

"이밖에 다른 쓸 글은 진짜 없냐고."

그는 벌떡 일어나더니 내 뺨을 주먹으로 그냥 사정없이 갈겼다. 나는 눈이 아찔해졌다. 그는 주먹을 내 코앞에 들이밀고

"내 인내력은 한계가 있다고 했지? 다시 써."

그는 인간이 아닌 저승사자만 같다. '내 영혼을 부숴 봐!' 소리치고 싶었다. 죽기 아니면 살기가 됐으니 오늘이 며칠이냐고 물어볼 필요도 없었다. 어쨌든 그의 명령에 따라 글을 쓰는 척이라도 해야 그 지겨운 "으악", "으악", "아악" 하는 아비규환(阿鼻叫喚)의 소리가 안 들릴 게 아닌가! 그러나 몰려오는 잠을 피할 수는 없었다. 볼펜을 들고도 연신 관이 눈앞에서 아롱거린다. 관은 누워있는 게 아니라 서서 있다. 내가 여기서 죽으면 시체를 넣어 가지고 갈 나무로 짠 시신 넣는 관이 있으니 정말 무섭다. 몸이 바싹 졸아붙는 것만 같다. 쓰다가 찢은 종이가 더 많다. 그래도 며칠 동안인지도 모르지만, 이것저것 그냥 쓴 것이 100여 장 정도가 된 것 같다. 아무리 해도 쓸 게 없다. 500장은커녕 200장도 쓸 게 없다. 군에서 신고식 때 이야기를 썼는지도 모르겠다. 유창이와 니나노 집에 간 것도 썼는지 생각도 안 난다. 채소 리어카꾼 군 생활, 선보러 갔다가 징역을 산 이야기, 남대문 시장 지게꾼, 고물을 주우러 다녔던 일, 안마사 이야기, 예지상가 점포 이야기, 그런 것은 아마 다 쓴 것 같기도 하고 안 쓴 것 같기도 했다. 다시 들어온 그는 쓴 글을 읽어보더니 나를 아래위로 훑어보고는 쓴 글을 가지고 나갔다. 그가 나간 후 그 지긋지긋한 고문 소리가 들리지 않았다. 그것만 해도 살 것만 같아 책상에 엎드리니 그냥 잠이 몰려왔다. 밥을 가지고 온 사람이 흔들어 깨우는 바람에 눈을 떴다. 그 진술한 종이를 가지고 나간 지 며칠이 지나갔는지 생각도 안 난다. 그동안 고문 한 번 안 받아 병신이 되지 않았으니 다행이라는 생각만 들었다. 그러나 앞으로 전개될 일이 마음을 졸여 불안하다. 문제는 저들이 언

제 고문을 할지 모른다는 공포감이다. 서대문 형무소에서는 그래도 밤에는 잠을 잘 수가 있었다. 방에 드러누워 잠을 잔다는 게 얼마나 행복한 것인지를 이제야 알았다. 정말로 이곳이 정말로 아비지옥(阿鼻地獄)이구나! 이제는 내가 여기 들어온 날짜도 아롱거린다. 오늘이 며칠인지는 전연 생각이 안 난다. 나는 속으로 미쳤으면 좋겠다고 생각했다. 그러면 누가 뭐래도 휘둘리지 않고 웃으면 되니까. 영민하고 똑똑해 보이는 저승사자만 같은 조사관인 그가 다시 들어와 의자에 쭈그리고 앉아 비몽사몽간에 있는 나를 보고 책상을 주먹으로 한번 치고는 다시 조사를 시작했다. 그들은 내 고향은 물론 내 집 행적까지도 다 조사를 한 것 같다. 그러지 않고서야 그리 자세히 알 수는 없는 게 아닌가!

"어릴 때 기억은 안 없어지는 거야. 글을 엉터리로 쓰면 여기서는 하는 방법이 있어. 네 머리에다가 쇠막대를 30개쯤 박고 거기에다 전기를 집어넣으면 어릴 때 기억이 아주 잘 난다는데, 그것을 보고 시간여행이라는 거야. 한 번 시도해 볼까?"

뭐라고? 그것은 내가 거짓으로 글을 쓰면 나를 전기 고문으로 죽인다는 이야기가 아닌가. 살이 벌벌 떨리고 아랫니와 윗니가 부닥치는 소리가 들리면서 정신을 잃은 것 같다. 그들의 말소리도 들리지 않았다. 물동이 세례를 받고 나무 침대에 올려진 것 같다. 이제는 관속으로 넣으려는가 보다. 눈동자가 희미해졌는지, 기억도 안 난 조사관이 들어왔다. 그는 내가 쓴 글을 들고 와서는 읽어 준다. 내가 봐도 내가 쓴 것인지 아닌지도 생각이 안 난다. 그는 나를 침대에서 일으켜 세웠다. 관속에 집어넣으려는가 보다.

"네가 쓴 진술서에 빠진 것은 없나?"

어? 관속으로는 안 집어넣네! 무얼 더 쓰라는 것인지 알 수가 없다.

어찌해야 할지 대책이 안 선다.

"이거 왜 대답을 안 해."

"네."

"이 새끼! 네.라니 네가 쓴 진술서에 빠진 게 없느냐고."

그에게 귀싸대기를 몇 번 맞고는 정신이 들어 그를 쳐다보니 그의 눈은 활활 타오르는 강렬한 눈빛을 나에게 던졌다. 어떻게든 나를 간첩으로 몰아 진급을 해야겠다는 강렬한 눈빛? 여기서 죽던지 다시 감옥으로 간다면 어차피 원수 갚기도 틀린 것 아닌가?

"없습니다."

"너 누구에게 구명 운동을 했어?"

"예? 부탁할 만한 사람도 없지만 그런 적 없습니다."

"이 새끼 거짓말하고 있네."

"진짜입니다."

그는 타이핑한 용지에 쓴 글을 내놓고 내 손을 달래서 손도장을 여기저기에 찍고서는

"네가 진술한 것은 어느 정도 조사가 진행되고 있으며 확인된 내용도 있을 것이다. 기다려."

그래도 나는 감옥 가기 전 경찰과 검찰에서의 조사가 생각나서 반항했다.

"제가 쓴 글을 읽어보게 하고 도장을 찍어야 하는 게 아닌가요?"

"야! 그동안 네가 쓴 것 다 정리하여 타이핑 한 거야. 뭘 보여줘."

그 조사관이 다녀간 후 스피커에서 아비규환(阿鼻叫喚)의 소리는 나지 않았다. 그러나 하루하루는 숨쉬기조차도 어려울 만큼 심장이 덜덜 떨려왔다. 숨쉬기가 어렵다. 이제는 끝이구나. 원통하다. 시계가 없는 고문실이니 시간 가는 줄도 모른다. 몸은 지쳐서 밥을 가져다주

어도 그게 아침인지 점심인지 저녁인지도 모른다. 밥도 입으로 목으로 안 넘어간다. 며칠이 더 지난 것 같다. 문이 스르르 열리기에 또 밥인가? 하며 쳐다보니 조사관이 보따리를 들고 들어온다. 그는 들어와서 보따리를 끌렀다. 그것은 내 옷 보따리였다 아! 나를 내보내려는 것이구나! 그렇겠지! 내가 간첩이 아닌 것으로 판단을 한 것이겠지! 옷을 입으라고 해도 안심이 안 된다. 또 다른 곳으로 데려갈지도 모르기에 심장에 압박이 오고 덜덜 떨렸다. 기차 화통을 삶아 먹은 듯했던 조사관 그의 목소리는 석탄이 떨어진 기차인 듯 목소리가 실같이 가늘어졌다.

"이병호 너에 대한 조사는 오늘로 마무리하고 내보내기로 상부에서 결정이 났다. 그동안 고생이 많았다."

그의 말이 끝나는 순간, 나는 감사하다는 말은커녕 내 몸은 바람 빠진 풍선처럼 의자에서 굴러 바닥으로 떨어졌다. '아! 살았구나. "살아야 한다."라는 죽은 어머니의 텔레파시 덕만 같다.' 원수를 갚기 전에 내가 먼저 죽으면 안 되지! 옷을 입자, 그들은 나를 다시 안대를 씌우고 손을 잡고 데리고 나갔다, 차를 타고 얼마를 갔는지 차가 멈춰 섰다. 머리에 씌운 고무밴드를 벗겨주고는 차에서 내리라고 한다. 내려보니 아주 낯선 곳이었다. 내린 곳은 시내 건물이 밀집된 길가였다. 차는 큰 윙 소리를 크게 한번 내더니 방귀를 빵빵 뀌고는 사라졌다. 어질어질하고 한숨이 쉬어졌다. 고문을 안 받은 것만 해도 다행이라고 생각했다. 밖으로 나와서 가만히 생각해보니 지하실에서 들렸던 아비지옥(阿鼻地獄)의 아비규환(阿鼻叫喚) 소리는 정신을 마비시키기에 충분했고 뇌를 진흙 덩어리로 만들려는 일종의 고문이었다는 것을 생각해 내고는 '나는 참 멍청한 놈이야.' 속으로 뇌까리며 쓰디쓴 미소를 지었다. 그리고 조사관은 내가 준 봉투를 꼴깍 삼켰다는 것도 생각해 냈다. 그가 돈을 준다 해도 그 돈을 받으러 그 지긋지긋한 정보부 부근으로도 안 갈 것이다. 그런데 몇 발짝도 걸어가지 않았는데 형님과 내 집에서 일하는 도우미가 보이는 게 아닌가? 엥? 내가 죽은 것인가? 꿈인가? 꿈이든 뭐든 어쩐 일인지는 물어볼 필요도 없이 그저 쫓아가 형님을 끌어안았다. 눈물이 줄줄 흘러내렸다.

"동생 고생 많았지?"

"아니 형님이 어쩐 일입니까?"

"여기서 기다리면 동생을 올 것이라고 하여 기다리고 있었네. 동생이 이곳으로 떠난 지가 21일 째야. 그동안 얼마나 고생이 많았어?"

내가 지하실에서 계산한 날짜가 완전히 틀린 것이다. 내 집에 도우미도 위로의 말을 해주었다. 형님 손을 잡고는 푸른 하늘을 보며 큰 숨을 몇 번이나 쉬니 살아있다는 것이 실감이 난다. 그곳에서 나온 것만 해도 다행이지만 이가 박박 갈린다. 형님은 식당으로 데리고 갔다. 입 안이 헐고 깔깔하여 밥을 먹을 수도 없었다. 물을 벌컥벌컥 마셨으면 좋겠다. 그러나 물이 급히 목으로 넘어가질 않아 그저 천천히 물을 몇 모금 마셨다. 그러니 좀 정신이 나는 것 같다.

"전화해도 안 받고 닷새가 지나도 연락이 없어 내 집 도우미와 같이 원주로 왔다. 유창이 소식을 알려면은 군부대와 연락을 할 것 같아서 주위를 돌며 이틀이나 다녀도 동생 소식을 알 수가 없었어. 그래서 군인들에게 전에 군 생활을 한 사람을 찾으려면 어떻게 해야 하느냐 물어보니 거의 모른다고 해. 그런데 한 사람이 그것은 보안사에서 알고 있을 거라고 해. 보안사 정문에서 볼일이 있다며 사무실에 들여보내 달라니까. 정문 안내대에서 용건이 뭐냐고 물어, 그래서 사람을 찾는 데 좀 협조해달라고 했지. 어떻게 생긴 사람이냐고 물어. 그래서 동생에 대해 자초지종을 이야기하고 사정을 했더니 그 사람과 어찌

되느냐고 물어. 그래서 의형제라고 하며 사정을 하니 동생이 조사를 받고 있다는 거야, 깜짝 놀랐지. 면회 신청을 하니 그것은 무슨 조사가 끝나기 전에는 안 된다고 해, 그래서 무슨 일로 그를 조사하느냐고 물어보니 그런 것은 알려줄 수가 없다는 거야. 할 수 없이 서울로 다시 갔지. 단골 중 고위직 부인에게 그 일을 상의했지. 그랬더니 그분이 내게 전화했어. 동생이 간첩 조사를 받고 있다는 거야. 나도 깜짝 놀랐지. 내가 그 부인에게 그는 간첩이 아니라고 자세한 동생 이야기를 설명해줬어, 그러자 그 부인이 남편을 시켜 군 사령부에 연락한 거야. 그리고 그분이 발 벗고 나서서 동생이 나오게 된 것이야. 오늘 나온다고 해서 동생 집에서 일하는 분과 같이 온 거야."

나는 정보부를 찾으려 했는데 군인도 안 간 형님은 원주 군 사령부를 가지 않고 어떻게 알고 보안사를 갔을까? 정말로 깜짝 놀랄 일이다. 내가 조사를 받는 곳은 정보부라고만 생각하고 있었으며 보안사 대공 분실이라는 것은 전연 몰랐다. 조사를 받으면서 어느 누구의 도움을 받을 거라는 것은 꿈에도 생각하지 않았다. 내가 생각지도 못한 일을 그 형님이 하였기에 나올 수가 있었다. 생각해봐도 내 행동이 간첩으로 오해받기에 충분했던 것 같다. 대공 수사본부인 보안사 조사관들은 나를 간첩으로 몰 수 있을지도 모르는 사건은 내가 자초한 일이었다. 나를 그 지옥에서 꺼내준 형님에게 어떤 말로 감사를 표현할 수가 있을까? 배는 고팠어도 밥이 목으로 넘기지를 못한 만큼 가슴에 진한 감동이 울려왔다. 특별한 일이 아니면은 언행을 조심하고 입이 무거운 형님의 그 이야기를 듣고는 단번에 그 형님의 단골손님 중 고위 공직자 부인도 있었다는 것을 알았다.

"동생, 일은 순리로 풀어야 해. 그저 빨리 복수를 하고 싶어 하니 이런 일이 벌어진 거지. 아직 때가 오지 않았어. 뜻을 이루기 위해서는 자기 자신을 이겨야 해. 복수라는 것은 통쾌한 즐거움을 맛보기 위한 것이야. 그러나 그런 즐거움은 누가 알아줄 것인가. 바로 역사 속으로 사라질 것일세. 현명한 사람은 그 여건이 준비될 때까지 기다리는 거야. 원수를 못 갚는다고 해도 결코, 무모한 일을 해서는 안 돼. 강을 건너려면 배가 올 때까지 기다려야 할 게 아닌가?"

"형님 형님의 은혜는 태산 같은데 어찌 갚아야 할지 모르겠습니다. 좋은 말씀 깊이 새기겠습니다."

형님과 헤어지고 내 집에 와서 일하는 도우미와 집으로 와 보고는 깜짝 놀랐다. 지옥 같은 대공분실 지하에서 있다가 집에 와보니 내 집은 새로운 느낌이 드는 집으로 변해있었다. 내가 집에 없는 동안에도 통근하며 집을 가꾸었나 보다. 집은 아주 깔끔하게 정돈되어 있었으며 푸들 강아지 한 마리가 있고 새장에는 잉꼬 한 쌍이 있었다. 나를 반기는 것은 그 강아지였다. 나도 모르게 그 강아지를 덥석 앉았다. 그리고 그녀를 쳐다보니

"죄송합니다. 허락도 없이 강아지와 새를 사다 놓아서……."

"아닙니다. 강아지가 참 예쁘네요."

그녀가 도우미로 온 지 6개월이 넘었다. 그는 말없이 청소와 세탁 등 자기 할 일만 했으며 그저 내 입에 맞는 식단을 차리는 데만 신경을 쓴 사람이다. 강아지를 끌어안고 새장에 잉꼬를 보니 잉꼬는 연실 주둥이를 비벼대며 부산하게 다니며 지주 굴 대는 게 아닌가! 그런 것을 보니 죽지 않고 살아서 온 내 집이 새로워 보였다.

지하실에서 지옥을 경험하고 나와 푸근한 침대에서 하룻밤을 자고 나니 내 집이 천국임을 알았다. 아무도 없는 거실로 나와 예쁜 푸들 강아지를 끌어안고 보니 잉꼬가 그저 연신 입을 맞추며 사랑을 나누고 있다. 무언가 마음속에서 내가 잘못 사는 게 아닌가 하는 생각이

든다. 형님을 찾아갔다.

"형님 어쩌면 평생 감옥에서 살지도 모른 나를 구해주셔서 정말 감사합니다. 집에 와보니 내 집이 천국임을 알았습니다. 그런데 무언가 모를 허전함이 몰려오는데 그 이유가 무엇일까요?"

"동생은 지난 삶에서 크나큰 경험을 한 것이야. 무일푼에 부자가 된다는 것은 하늘이 낸 것이야. 마음에 허전함이 몰려오는 것은 외로움이 엄습한 것이야. 그것은 성자만이 견딜 수 있는 고독과 외로움을 이기지 못했다는 뜻이야. 그 외로움을 메꿀 수 있는 것은 다른 환경을 만들어야 해. 남자가 외로움을 메꾸려면 여자가 필요할 수도 있어, 내가 동생 도우미는 잠시 만나 보았지만 착실한 사람 같다. 이혼한 사람이라고 하니 그 사람과 한번 살아보는 것은 어떤가?"

"형님 그게 말이나 될까요? 그녀는 저보다도 열다섯 살이나 적은 아직도 젊은 사람입니다."

"사람 사는데 나이는 꼭 따져봐야 할 것이 아니야. 얼마 전 뉴스에 나온 베트남 여자와 결혼한 한국 남자, 그는 그녀에게 한국어를 가르치다가 결혼을 한 것인데 나이가 22살 차이이고 장모와 동갑이야. 그래도 그들은 아주 행복하게 살고 있지 않은가? 한번 그에게 솔직히 말을 해봐."

"지금 저를 도와주는 도우미는 착실합니다. 그 점은 인정합니다. 그러나 아직 복수하지 못하여 어머니에게 죄송하다는 생각 때문에 그런 생각은 전혀 해보지 않았습니다."

"동생 이야기를 들어보니 그것의 원인은 외로움이고 어디에다가 그것을 풀고 싶은 거야. 어머니는 이제 돌아가신 지도 오래됐으니 지금의 환경에다 어머니를 결부시키지 말아. 이제는 내 삶을 살아야 해, 동생은 지난날 처절한 삶을 살아온 것이야. 결혼은 안 한다 해도 동거

219

라도 하며 같이 살아봐. 그러면 다른 세상이 보일 거야."

"네. 알겠습니다. 그녀에게 직접 상의를 해보겠습니다."

며칠을 고심하다가 나는 그녀에게 지난날의 삶의 이야기를 사실대로 하게 되었다. 그녀는 내 어머니 이야기를 듣고 진심으로 위로를 해주었다. 그녀도 자신의 사정을 이야기했다. 남편은 장애인 딸을 낳자 바람을 피우다가는 아예 집에도 안 오더니, 이혼을 요구하더란다. 요구하는 대로 해주었다고 했다. 사는 집도 전셋집이며 장애인 딸 학교 공납금과 생활비를 벌기 위해 도우미를 하는 것이라고 했다. 그녀의 입으로는 처음 듣는 말이었다. 그녀도 삶에 어려움이 있구나! 원효 형님의 삶을 생각해 보니 내가 좀 도와줘야겠다는 생각이 들었다. 장애인 딸을 한번 데려와 보라고 하여 만났다. 평범한 용모에 청각 장애인이었다. 헬렌켈러에 비하면 그 장애는 아무것도 아니었다. 그냥 장애인 학교에 다니며 수화와 컴퓨터를 배우고 있었다. 그녀는 도우미로 버는 돈은 생활하기도 힘들다고 솔직히 이야기했다. 나는 그녀의 딸을 내 집으로 데리고 오라고 하여 컴퓨터와 수화 공부를 전문적으로 가르쳐줄 선생님을 모셔왔다. 선생님은 장애인 딸을 시험해 보더니 조금만 배우면 학교 선생님 시험을 볼 수가 있을 것 같다고 말하였다. 나는 그녀의 딸이 시험을 보아 맹아학교 선생님이 될 때까지 공부를 시켜 달라고 단단히 부탁했다. 그렇게 하고 보니 남을 도와주면 내가 행복해진다는 것을 스스로 체험했다. 도우미 그녀는 눈물을 흘리며 고맙다고 몇 번이고 했다. 얼마 후 생각 끝에 형님과 상의한 것을 그녀에게 솔직히 이야기하였다. 그녀는 내 제안에 깜짝 놀라며 과분한 말씀이라며 내 말에 무조건 따르겠다고 하였다. 그리고 내가 하는 일에는 전혀 관여하지 않는다는 조건을 받아 드렸다. 그렇게 되어 그녀와 동거를 시작했다. 무겁게 내려앉았던 집은 활력이 넘치는 집으로 변했다. 내 삶에 큰 변화가 온 것이었다. 통로계 회장님으로부터 축하한다는 인사도 들었다. 복수를 하기 전에는 절대 혼인은 안 하겠다고 맹세한 나인데 보안사 지하실에 들어갔다가 오고 형님 이야기를 듣고는 북극에 겨울 얼음장처럼 굳어있던 여자와는 같이 살지 않겠다는 내 생각이었던 에고(Ego)가 풀어진 것이었다. 이제는 원수를 갚기 전에 고마운 분들에게 은혜를 갚아야 하는 것이 먼저라는 생각이 들었다.

5부

내가 더 일찍 해야 했던 일

15
기억 속에 저장된 고마운 분들에게 보답

1) 수십 년이 지나고 치른 어머니의 장례식

어머니의 장례를 도와준 달동네로 찾아갔다. 내가 살았던 집에 가보니 양철지붕은 녹이 슬어 검붉은색으로 변해있었다. 살던 집 앞에서니 옛 생활이 주마등처럼 지나가며 가슴이 두근거리며 눈시울이붉어졌다. 수십 년의 시간이 지났는데도 몇몇 집을 빼놓고 동리는 크게 변한 게 없었다. 그렇다! 가난은 스스로 물리치지 않으면 꽁무니를 붙들고 늘어진다는 것. 이 쪽방촌이 증명해 주고 있었다. 어머니를방에 가두고 지게를 지고 뛰다시피 돈을 벌러 가던 길도 여전하다. 어머니가 이곳에서 돌아가시지 않았다면 얼마나 좋았을까! 오직 돈을벌어 어머니를 입원시켜야 한다며 지게를 지고 시장으로 나서던 곳이다. 정말로 감회가 깊은 동리였다. 나를 도와준 반장님 댁을 찾아가보니 몇 해 전에 암으로 죽었다고 했다. 그리고 그 집 사람들은 다 어디론가 갔다고 한다. 아! 내가 너무 늦었구나! 죄송하다는 생각만 들지 어떤 방법이 없다. 현재 반장을 찾아갔다. 그의 얼굴을 보아도 나는 그가 전연 생각이 안 났다. 그는 나를 알아보았는지, 안경을 쓴 내 아래위를 자세히 쳐다보며 이야기를 했다. 내가 애꾸였었던 때를 생각하는 것 같다.

"아! 옛날에 어머니가 한밤중에 돌아가시자. 도움을 요청했던 분이지요? 얼굴이 좋아지셨네요."

"네. 그렇습니다. 그때는 경황도 없어 인사도 하지 못하고 도망치듯 이사를 했습니다."

"그러셨겠지요. 그런데 옛날에 젊은이가 아니네요. 그때 댁은 시장 지게꾼이었지요?"

"네. 제가 어려웠을 때 도와주셨던 분들을 찾아뵙고 인사를 하러 왔습니다."

"아! 그래요? 그때가 벌써 언제입니까? 가난하게들 살았으니 65세를 전후해서 다들 일찍 죽었습니다. 그 당시에 댁에 어머니가 돌아가셨을 때 갔던 사람 중, 제가 제일 막내였습니다."

"금방 몰라봬서 죄송합니다. 일찍 찾아뵈어야 했는데 죄송합니다. 제가 찾아온 이유는 어머님 장례식을 치르지도 못했으니 이제 치러볼까 해서 찾아왔습니다."

"어떤 식으로 하고 싶으신가요?"

"우선, 이 동리에 사는 가난한 분들을 위해 조금 도와 드리고 싶고. 정식으로 장례식을 치른다고 생각하고 동리 분들을 대접하고 싶습니다."

"어떤 식을 원하시나요?"

"현재 반원들이 몇 가구인지요?."

"60가구입니다."

"제가 그분들에게 작은 도움을 준다면 어떤 것이 있을까요? 돈은 신경 안 쓰셔도 됩니다."

"여기 반원들은 거의 가난하여 날품팔이 또는 시장 길거리 상인들입니다. 한집에 라면 한 상자씩만 준다고 해도 고맙게 생각할 것입니다."

반원 그들에게 라면 한 상자가 도움이 될 거라니 마음이 편치가 않다.

"제가 한 집에 연탄 300장씩 하고 쌀 40kg씩 드리겠습니다."

"네에? 그렇게나 많이요?"

하면서 반장은 놀라운 듯 나를 다시 처다보았다. 반장은 내가 하는 말이 거짓말 같았는지

"진짜입니까? 그러시려면 큰돈이 들어갈 듯한데요?"

트럭으로 쌀을 싣고가서 반장에게 나누어 주라고 하고 연탄은 집집으로 반장이 배달시켰다. 그 반원 중 몇 명이 쫓아와 그저 쫓아와 손을 붙들고 간밤에 꿈을 잘 꾸어 횡재했다며 고마움을 표했다. 그곳 사람들은 그저 즐거워하지만, 나는 그것으로 그들에게 충분한 보답을 했다고는 생각을 안 했다, 나는 반장에게

"그것 가지고 어머님 장례식을 치렀다고는 생각하고 싶지 않습니다. 날짜를 잡아 점심때부터 반원들을 전부 경로당 앞마당에 모이게 해주세요. 그러면 제가 돼지를 잡고 막걸리를 반원 전부가 충분히 드시도록 해드리겠습니다."

반장은 반원들과 상의 후 날짜 5일 뒤로 잡혔다고 전화로 연락이 왔다. 바로 이동식 부패 식을 하는 사람에게 준비를 시켰다. 경로당에 반원들이 모이기 시작하고 술에 얼근해진 사람들이 떠들 때쯤, 반장이 나를 소개했다.

"이분 어머니가 현재 우리 반 연식이네 집에 살 때 돌아가셨습니다. 그때 이분은 남대문 시장에서 일을 하셨던 분입니다."

지게꾼이라고 해도 상관없을 텐데 반장은 내가 지게꾼이었다는 것은 쏙 뺐다. 나는 흘러내리는 눈물을 손수건으로 얼른 닦으며

"저는 어머니가 돌아가실 당시에 장례식도 제대로 못 치렀습니다. 늦게나마 오늘 정식으로 장례식을 치르는 날이라고 생각하며 감사하는 마음으로 이 자리를 마련했습니다. 마음껏 드시고 모자라면 더 청해 주십시오. 고맙습니다. 감사합니다. 감사합니다."

잔치를 끝내고는 아버지 어머니 위패를 모신 절로 가서 108배를 드리고 왔다.

2) 원효 형님

큰 스승님 같은 원효 형님은 나의 고향 같은 사람이다. 그 형님의 표정은 언제나 큰 변함이 없다. 장애인에게 들어가는 병원비 또 약값. 또 나의 생활비까지도 한동안 감당하였으니 아마도 돈은 모으지는 못했을 것 같다. 그래도 돈에 관한 이야기는 나에게 한 번도 한 적이 없다. 그런데도 형님은 또 장애인 한 사람을 더 데려왔다. 부처님만 같다. 전화는 자주 하지만, 나는 같이 내 아파트에서 살기를 거절한 형님에게 해줄 수 있는 일이 무엇일까 생각해봐도 특별한 것이 없어 보인다. 어떤 일이든 형님에게 해줄 것은 생각해 보기로 하고, 돈 오천만 원을 넣은 통장을 가지고 형님 집으로 갔다. 그동안 형님에게 받은 은혜를 이 돈으로 갚기에는 아주 작은 것이다.

형님은 예나 지금이나 변함없이 항상 반가운 얼굴로 나를 맞이했다. 누가 나를 그리 반갑게 맞이해줄 것인가? 이 세상에는 오직 한 사람 의형제 그 형님뿐이다.

"형님이 생각하는 행복은 어떤 것이기에 혼자 살면서 그 많은 어려

움을 견디고 계시나요? 저는 정말로 존경스럽습니다. 그러나 너무 힘에 부친 일을 하시면 큰 어려움에 봉착하실 수도 있는데요. 그 일이 형님의 행복이시라면 행복과 삶에 관한 이야기를 말씀해 주실 수 있나요?"

"행복이란 가난한 자를 도울 때 진정 행복을 가질 수 있는 것이다. 동생은 나를 몰라, 내가 행복하게 사는 것이 무엇인지를……

행복이 재산에 의하여 좌우된다면 재산이 많을수록 행복해져야 하고, 재산이 하나도 없다면 그의 행복은 제로가 되어야 한다. 그렇지 아니한가? 사람은 깊이 잠들어 있을 때 아무런 재산도 육체조차도 소유하고 있지 않다. 꿈속을 마음대로 할 수 있겠는가? 꿈에서의 문제는 육체가 나라는 생각이다. 그것이 바로 에고(Ego)이다. 행복이라는 것에는 결혼이라는 굴레가 있겠지! 사람은 태어나면 자웅을 이루는 결혼을 거의 한다. 결혼이 꼭 행복임은 아니라고 생각한다. 아무리 예쁜 미인과 결혼을 한다 해도 그것은 3개월만 지나면 아내가 미인이라는 개념은 없어진다. 그것이 인간이다. 인간의 욕심 중의 하나인 색정을 없애며 사는 것이 수도하는 스님들의 삶이다. 나는 그렇게 살기로 했고 또 그리 살아왔다. 얼마 남지 않은 삶도 그리 살 것이다. 행복의 종류는 한둘이 아니겠지! 우선 번뇌를 없애야 해. 동생에게는 유창이 이야기가 되겠지. 그를 만났을 때 진심으로 빌면 용서해, 그는 동생이 살아있다는 것만으로도 나머지 인생을 번뇌 속에 갇혀 살 것이야."

"형님의 말씀은 부처님 말씀만 같습니다. 제 삶에 도움이 될만한 말씀을 해주신다면 어떤 말씀을 해주시겠습니까?"

"모든 것을 다 이루었다고 생각하는 사람과 늘 부족하다고 생각하는 사람의 삶은 그 자체가 틀리다. 우리는 항상 꿈을 꾸며 살고 있다. 현재를 꿈이라고 생각한다면 사람은 어떤 반응을 보이며 살까? 꿈속에서는 내 원하는 것을 얻을 수가 있었을까? 설령 꿈속에서 내가 갖고 싶은 것을 가졌다 해도, 꿈이 깬다면 그것은 허공이고 아무것도 없지 않은가? 욕심을 버리면 꼭 갖고 싶은 것도 없어진다. 늘 부족하다고 생각하는 사람은 꿈속에서 헤매고 있다고 보면 될 것이다. 그러면 한순간이라도 행복을 못 느낄 것이다."

형님의 한마디 한마디는 틀린 말이 없다. 다른 사람과는 확실히 틀린 삶을 사는 사람이다.

"형님 고독과 외로움을 어떻게 생각하시나요?"

"고독과 외로움은 전연 다른 것이다. 고독은, 혼자 있는 것을 즐기는 성자의 것이고, 외로움은 누구에게 기대고 싶은 것을 말함이다. 본인 일을 누구에게라도 기대지 마라. 기대는 항상 더 깊은 상처가 된다. 내가 지금 남에게 봉사한다며 최선을 다하며 살지마는 그것은 아주 작은 일이다. 그렇지만 그것이 바로 외로움을 없애는 것이다. 사람은 혼자 있을 때 가장 행복한 것이라고 스승님인 일도(一道) 스님께서 말씀하셨다. 또한, 말씀은 혼자 외롭다고 아무나 사귀지 말아라. 하셨다. 그리고 남에게 봉사하는 마음이 행복의 첫걸음이라고 하셨다. 동생은 말귀를 잘 알아들으니 내 이야기를 잘 들었으면 한다. 수행하는 스님들도 혼자 잘살고 있다는 것을 생각해봐."

"저는 아직도 모르는 게 너무나 많습니다. 공부를 더 해야겠지요."

"그래 공부를 한다는 것도 수행이야."

"형님, 형님에게 받은 은혜를 돈으로 갚을 수는 없을 것 같습니다. 저는 오직 원수 갚을 것만을 생각하며 많은 돈을 모았으니 제 작은 성의라고 생각하시고 이 돈을 받으세요. 형님이 돈이 더 필요하다면은 더 드리겠습니다."

그리고 통장과 새로 새긴 형님 도장을 드렸다.

"그게 얼마인가."

"오천만 원입니다."

"그건 너무 큰 돈일세. 그 돈은 동생이 힘들게 번 돈이야. 나는 벌어서 쓰면 되고 또 일도(一道) 큰 스님이 준 땅도 남은 게 있잖나. 걱정하지 말게."

하며 거절하였다.

"형님 생각해 보세요. 지금 사시는 집은 헌 집이라 수리할 곳도 자주 생기고, 사시는 데 불편하시잖아요. 걱정하지 마시고 이 돈을 그냥 쓰세요."

그리 말해도 형님은 그 통장을 안 받는다. 나는

"형님, 형님이 지금 사시는 곳은 같이 사는 분들도 불편합니다. 이 집을 팔고 집을 좀 더 좋은 집으로 바꾸세요. 그리고 그분들이 불편하지 않게 식탁도 만들고 싱크대도 만들면 형님 마음이 더 편하시지 않을까요? 그러신다면 제가 도와 드리겠습니다."

"그러면 좀 더 생각해 보자."

며칠 후 다시 찾아갔다.

"형님 어떻게 결정은 하셨나요."

"나보다 불편한 것은 같이 사는 사람들일 것이다. 염치없는 부탁이지만, 그 돈과 이 집 팔 것을 생각해서 장애인들이 편하게 살 수 있도록 여기보다 더 좋은 집을 사서 수리까지 해주게."

"그래요. 형님 잘 생각하셨어요."

부자 동네인 동작구 방배동 동아 아파트 앞에 대지가 80평에 건평이 60평인 이층집을 매입했다. 그곳은 교통도 좋지만 부촌이었다. 그 집은 지은 지 3년 미만의 집이라 화장실은 안방에도 있고 거실에도 있다. 형님이 식사할 곳도 따로 만들고 각종 전자제품과 침대도 좋은 것으로 바꾸었다. 또한, 앉은뱅이 두 사람이 앉아서 편하게 밥을 먹을 수 있는 식탁도 맞추었다. 그 장애인들이 혼자서 휠체어를 타고 마당으로 다닐 수 있도록 집수리도 하고 거실 등이 다 정리가 되자, 쫓아다니며 이사를 시켰다. 부모님 은혜가 하늘 같다지만 나를 자립하게 도와준 원효 형님 은혜도 하늘만 하다. 형님은 나이도 있으니 무언가 더 편하게 해드려야 될 터인데……. 어떤 방법이 있을까…….

3) 궁금했던 선유도(仙遊島)의 이호용 선배, 선유도는 역시나 선유도였다.

세 번째는 군대에서 근 삼 년 동안 같이 있는 동안 제일 친하게 지냈으며 내게 사랑을 가르쳐준, 선배를 찾아 나섰다. 살아있는지, 죽었는지도 모르는 잊을 수 없는 이호용 선배, 그 은인을 만나러 갈 참이다. 그 선배는 군대에 있을 적에 선유도(仙遊島)가 고향이라고 했다. 실제로 그를 만나보고 그에게 가장 필요한 것은 무엇일까를 알아보고 그에게 맞는 선물을 할 것이라고 마음먹었다. 사람 찾는 일이 먼저인데 개인정보라며 관공서에서는 다른 사람의 주거지며 연락처를 절대 알려주지 않는다. 군산으로 내려가 선유도 가는 배를 알아보니 군산에서 오전에 한 번, 오후 한 번, 두 번이 있었다. 일단 한번 찾아가 보자. 만나면 어떤 방법으로든 그 선배에게 선물을 줄 것을 생각했다. 돈은 내가 거래하는 00은행 군산 지점에서 찾으면 된다는 것을 알았다. 허름한 점퍼를 입고 구식 구두를 신고, 군산에서 오후 3시 배를 타고 선유도까지 가니 오후 4시경이다. 선배 그가 지금까지 그 섬에서 사는지도 궁금했다. 그가 살아만 있다면 어떻게 해서든 찾아서 그에게 수십 년 전에 받았던 환대와 얻어먹었던, 라면 한 개의 은혜를 갚을 생각이다. 선착장에서 내려서 섬 부근을 쳐다보니 아! 감탄사가 절로 나왔다. 절경이었다. 바글거리는 서울에서 살다가 와보니 딱 봐도 그곳은 선유도 지명 그대로 신선이 사는 곳 같았기 때문이다. 자기가 사는 곳에서 그곳의 환경이 그의 인생에 큰 영향을 준다는 맹모삼천지교가 생각이 났다. 아! 그래서. 그 선배는 남에게 최선을 베풀 수 있는 자질이 여기서 생긴 것이구나! 지명은 그 뜻에 맞게 지어졌다더니 선유도는 역시나 선유도였다. 선배와의 군시절의 옛 추억 아롱아롱한다. 그가 살아있다면 빨리 만나보고 싶다. 지금 것 내 생활만 하느라고 생각하지 못한 것이 마음 한편으로 미안하기도 했다. 선착장 부근에서 바삐 그물 기우는 작업을 하는 나이가 지긋한 사람에게 나이를 대며 1944년생 이호용 씨를 물어보았다. 그는 단번에 손가락으로 가르치며

"저 앞에 보이는 집이 그의 집입니다."

그 선배가 사는 집은 선착장에서 불과 200m밖에 안 되니 바로 코앞이다. 섬이 작으니 거의들 다 아는 사람들인가 보다. 아! 그 선배는 살아있었구나! 보고 싶었던 얼굴인데 어떻게 변했을까? 만나면 무척 반가울 것 같다. 집이 코 앞인데도 빨리 보고 싶기도 하다. 뛰듯이 걸어가니 바로 그 집에 도착했다. 선배가 사는 집은 문패도 없는 오래된 슬라브 헌 집이었다. 그 선배 집 앞에 도착하여 바다를 보니 좌측과 우측으로 보이는 작은 섬들이 한 폭의 그림만 같다. 확 트인 바다는 마음속까지 아주 시원하다. 정말 별천지만 같다. 그곳에서 살고도 싶다. 넓은 마당에 들어서니 큰 캐노피가 있다. 눈비가 와도 상관이 없는 큰 식탁이며 낡은 의자가 여러 개가 있다. 넓은 마당 안쪽에는 그물이 줄에 많이 걸려 있었다. 그곳에서 그물 손질을 하나 보다! 현관문을 두드렸다. 고기잡이하고 금방 들어온 것인지 작업복을 입은 채

현관문을 열고 나왔다. 그의 옷에서 비린내가 내 콧속을 뚫고 들어왔다. 그는 나를 쳐다보고서는

"누구를 찾아오셨나요?"

목소리가 딱 이호용 선배 목소리다. 수십 년이 되었는데 음성은 안 변했다. 나는 그를 단번에 알아보았다. 그는 군대 한 소대에서 3년이나 같이 생활한 나를 잘 알아보지 못했다. 수십 년이 지나기도 했지만 남루한 옷차림을 했으니 당연했을 것이다. 그의 얼굴은 햇볕에 그을려서인지 갈색이었고 나이가 들어 보이고 좀 말랐다는 것과 군대에서보다는 많이 변했으나 본 모습은 달라지지 않아 단박에 알아보았다.

"이호용 선배."

"응? 그런데요?"

"나야 나! 이병호."

"이병호? 아니 군대 있을 적 같이 있던 이 병장?"

세월이 흘렀어도 목소리로 또 얼굴 형태로 나를 알아본 그는 와락 달려들어 두 손으로 내 손을 잡았다.

"참 오래간만이네. 어떻게 알고 여기까지 찾아왔어?"

그는 나를 무척 반가운 얼굴로 맞이했다. 거실로 내 손을 잡고 들어간 그는 냉장고에서 음료수를 꺼내 식탁에 놓고는 앉으라고 한다.

"이거 미안해서 어쩌지? 살았는지 죽었는지도 몰라서 빈손으로 왔어."

"별소리를 다 한다. 아니 어디서 오는 길이야? 군대에 있을 적보다는 살이 많이 쪘구나!"

그는 말을 하면서 비린내 나는 옷도 갈아입지도 않고, 내가 먹을 음식을 준비하느라 분주했다. 그럴 때 그 선배 안식구가 들어왔다.

"당신 지금 온 거야? 옆집 그물코를 꿰던 참인데 진양호에서 일하는 손 씨가 손님이 왔다고 해서 일하다가 그냥 온 거야."

"응 이 친구 방금 왔어. 군대에서 3년을 같이 있었던 서울 친구야. 여보 인사해."

"안녕하세요? 멀리서 찾아오셨네요. 앉으세요. 여보 저녁 준비는 제가 할게요. 말씀들 나누세요."

"아냐 오늘 방어 큰놈이 잡혔어. 내가 회를 뜰게. 병호야 잠시만 기다려."

그는 옷을 갈아입고 나가더니 방어 큰 놈 한 마리를 가지고 왔다. 선배는 부랴부랴 방어회 뜬 것을 차려놓고는

"이리와 배가 엄청 고프지?"

"여보 소주 가져와 회에는 소주가 제맛이지."

그 부인이 가져온 소주병은 시중에 파는 소주병이 아니라 됫병이었다. 식탁에는 맥주잔 두 개를 가져다 놓는다. 나는 물을 따를 컵인 줄 알았더니 그게 소주잔이란다.

"섬 생활이 즐거운 것은 이렇게 회를 떠서 소주 한잔하는 거지."

그는 소주를 맥주잔에 가득 부어 놓고는

"자! 한잔해."

"고마워."

"네가 먹을 복이 있나 보다. 요즈음 잘 안 잡히던 방어를 잡았으니. 이제 방어 철이 시작된 것 같다."

그들의 환대는 눈물이 날 정도였다. 맥주컵에다 부어준 소주 반 잔을 마시자 속이 얼떨떨하다. 빈속에 소주는 너무나 독했다. 싱싱한 방어회는 고소하고 씹는 맛이 일품이었다. 참 맛있다. 방어회를 먹는 동안 차려진 저녁 음식상에는 넙치를 튀기고 문어, 숙회에 방어 매운탕

까지 들어왔다. 그들이 만든 음식은 나를 최고의 손님으로 대접하는 것 같다. 큰 고기는 살려뒀다가 팔아야 돈이 될 텐데……. 그는 아낌없이 자기의 것을 내놓은 것이다. 진심으로 멀리서 찾아온 나를 최선을 다해 대접하는 것 같다. 그의 자질을 키운 것은 역시 신선이 노닐며 바둑을 두었다는 전설을 지닌 선유도(仙遊島)인 것 같다. 그는 회와 함께 소주를 맥주컵으로 훌쩍 마시고는 내 얼굴을 자세히 쳐다본다.

"얼굴은 좋은데 좋은 직장을 못 잡았어?"

"중학교만 나왔으니 좋은 직장이 있겠어? 노가다 판으로 돌아다녔지. 이제 나이도 먹었으니 노가다 일은 너무 힘들어 TV를 보니 섬에서 고기를 잡는 사람들이 부족하다고 해, 그래서 혹시 섬에서 일을 해서 먹고살 수 있을까? 하고 물어물어 선배를 찾아온 거야"

"섬에는 학력과는 상관없이 할 일이 많아. 나는 초등학교밖에 안 나왔어."

"나도 할 일 있을까?"

"그럼. 하려고만 하면 일은 쌓여있어. 결혼은 했어?"

동거인 이야기를 하려다가

"어느 여자가 돈도 없는 나에게 시집을 오겠어?"

"그랬구나! 나는 아이가 셋인데 다 군산으로 보내 고등학교를 졸업시켰고 이제 그 애들도 제 밥벌이를 하니 내가 할 일은 한 것이지."

참 그 부부가 부럽다.

"어디 여기 섬에서 진짜 일을 할 자리는 있을까?"

"그럼 있고 말고 노임은 많지 않지만 먹고 사는 데는 지장이 없어."

선배 그는 낡은 옷을 입고 찾아온 친구를 환대하고 먹고살게 해준다고 한다. 참으로 착한 사람이다. 술을 마시다가는 무슨 생각이 났는지 군인 제대 당시에 내가 사준 앨범을 가지고 나와 보여주었다. 그 앨범에 찍혀 있는 흑백 사진은 오래돼 거의 하얀색으로 변해있었다. 그 앨범에서 그와 함께 찍은 사진을 보았다. 나도 없는 귀한 사진이었다. 늦게까지 군인 시절의 이야기를 나누다가 술에 취해 그 집 아이들이 쓰던 방에서 잤다. 새벽인데 깨운다. 물때가 됐으니 바다로 나가야 한단다. 술은 근래 처음으로 많이 마셨으나 좋은 안주와 먹어서 그런지 속이 쓰리지는 않았다. 일어나서 내가 입고 온 옷을 입으니 그 옷은 벗어두고 어부들이 일하는 바지와 윗도리가 함께 붙은 우비 같은 옷으로 갈아입으라고 한다. 시키는 대로 했다. 과연 내가 선배라고 하는 이호용 씨는 나를 며칠이나 환대해 줄 것인지가 궁금했다. 여명의 시간이라 아직은 어둑어둑하다. 그를 따라서 조금 걸어가니 방파제가 있다. 방파제에는 큰 전봇대가 있고 그 전봇대에 큰 전등이 눈을 부라리며 서 있다. 인근이 다 환하다. 그 방파제 밑으로 목선이 둥둥 떠서 흔들리고 있다. 물이 꽉 차는 밀물 때에는 배가 둥둥 떠 있다가 썰물 때 물이 빠지면 배는 모래사장에 그냥 있단다. 흔들거리며 떠 있는 배로 같이 탔다. 파도가 치지는 않는 것 같은데 작은 목선은 많이 흔들렸다. 배로 올라서자, 그 선배는 배에 시동을 걸려고 엔진 줄을 연신 잡아당겨도 시동이 걸리지 않자. 헉헉거리다가 배에 주저앉았다. 한참을 또 당기니 시동이 걸렸다.

"이놈의 엔진이 그래도 미쓰비시라고, 오래됐지만, 시동만 걸면 고기 잡고 올 때까지 엔진이 서는 일은 없어."

그는 그 나무 목선의 엔진은 일본제 미쓰비시라고 자랑을 하는 것이었다.

"매일 그러면 많이 힘들겠네."

"아냐, 시동 거는 것은 가끔 그래, 그러려니 해. 이제는 엔진을 바꾸어야 할까 봐."

배는 여명의 바다를 향해 어디론가 떠났다. 한 이십 분? 정도를 간
것 같다.

"여기에다 그물을 쳐야 해. 이곳이 물때에 맞춰 고기가 다니는 길이
야. 잘하면 많이 잡고 못 잡으면 내일 잡으면 되지."

그렇다! 인생은 그렇게 자연에 순리대로 살아가야 한다! 한 시간
반 정도의 작업인데 그날의 수확은 많지 않았다.

"일당은 됐는데 친구 일당은 조금 줄게."

나에게 일당을 준단다. 일당? 그게 얼마나 될까? 군대 있을 적이나
지금이나 참으로 착한 선배였다. 그는 내가 부자가 됐다는 걸 전혀 알
수가 없을 것이다.

"선배 내가 여기를 찾아오길 잘했다. 이런 일이라면 나는 언제든지
할 수가 있지. 노가다보다는 엄청 편한 일이야."

"어부일 그리 쉽지는 않아, 여기는 고기 잡는 곳이 바로 코 앞이니
그렇지, 바람이 불거나, 좀 더 큰 배를 타고 먼바다로 나가면 힘들어."

그는 잡은 고기를 방파제 밑에 있는 본인 그물망에 넣다가는 큰놈
을 또 한 마리를 가지고 집으로 왔다. 회를 떠서 캐노피 아래 상에 놓
고는 먹자고 한다.

"그물을 한번 치고 걷어 와서는 집에서 또 손볼 곳이 있으면 손질을
해야 해. 그리고 물때가 되면 또 나가야 해. 그게 내 일상이지."

"아니 하루에 두 번이나 나가?"

"물때에 따라서 일을 해야 하니 새벽에 한 번 오후에 한 번. 매일 하
루에 꼭 두 번은 그물질해야 해. 요즈음 따라 해류가 바뀌었는지 방어
도 잡혀 큰놈 잡으면 대박이지."

4) 수십 년 전, 라면 한 개가 배 한 척이 된 사연

그는 군대에 있을 때나 내가 거지 같은 행색으로 찾아왔을 때나 변함이 없었다. 참 친구 잘 만났다는 생각도 든다. 그렇게 나흘 동안 그친구의 집에서 일하다가 이제는 그에게 은혜를 갚아야 할 것을 생각하고

"선배! 내가 작은 배를 하나 사서 여기 와서 일하면 안 될까?"

"배가 얼마나 비싼데 그래. 돈은 있어?"

"돈이 없으면 은행에서 꾸면 안 되나?"

"글쎄 여기는 섬이라 은행은 없어."

"그건 내가 알아서 하면 될 거야."

"어때? 며칠 일해보니 일이 할 만해? 배만 중고라도 시동만 잘 걸리면 여기서는 연근해 어업이기 때문에 좋아."

"어제오늘 일해보니 약간 어질어질해서 그렇지 그거 노가다보다는 쉽다."

"어지러운 것은 한두 달 정도만 지나면 없어져. 중고라도 배만 사. 고기 잡는 것 파는 것은 염려하지 마! 내가 군산에 아는 식당 단골들이 많으니까. 배로 보내면 돼."

그는 한결같이 나를 도와주겠다는 이야기이다.

"목선이 아닌 엔진 시동이 잘 걸리는 조금 더 좋은 배를 사려면 얼마나 할까?"

"글쎄 그것은 배를 만든 지 얼마나 됐으며, 어떤 회사 엔진이냐와 톤 수에 따라 다르지."

"그냥 쓸 만한 거로 산다면 말이야."

"너 농담하는 거지? 배를 사려면 엄청 비싸. 중고 배는 거의 엔진

값이야. 요즈음 엔진은 그냥 키를 넣고 돌리면 시동이 걸려. 새로 만든 FRP 배는 삼천만 원이 넘어. 꿈도 못 꾸지."

"나 노가다해서 번 돈 조금 있어. 죽자 살자 평생을 모은 돈이지. 그래도 아마 배를 살 돈은 있을 거야. 모자라면 은행에서 융자를 받으면 되겠지."

"그래? 얼마인지는 모르지만, FRP 배는 중고라도 비싸. 그래서 오래된 목선을 교환하지 못하고 있어. 목선이라도 신형 엔진만 달면 힘이 안 드니 좋지. 나는 이제야 돈을 조금씩 모으지, 아이들 학비 대느라고 모은 돈이 없었거든. 좀 있으면 엔진 교환할 값은 될 것 같아."

그의 낡은 목선은 그 집식구의 생계 수단이었다. 선유도에 온 지 닷새째가 되는 저녁.

"선배! 나하고 내일 군산에 좀 같이 갈 시간이 있을까?"

"왜 그래?"

"아니. 내가 중고 배를 사서 고기를 잡으면 팔아 준다며."

"하루 쉬면 되지! 못 갈 일은 없지, 아이들이 어릴 때는 정말 하루라도 쉴 수가 없었지만, 지금은 아냐. 벌면 버는 대로 못 벌면 못 버는 대로 사는 거지. 아. 참! 며칠 일한 일당을 줘야지."

"걱정하지 마! 안 줘도 돼."

그래도 그는 억지로 돈 10만원을 주머니에 강제로 넣어준다. 그와 나는 아침에 서둘러 오전 배를 타고 군산으로 나갔다. 중고 배를 보러 다녔다. 그는 어부이니 배에 대하여 잘 알고 있었다. 매매를 내놓은 중고 배를 보려 다니며 그는 보는 배마다 자기가 선주인 양 설명을 했다.

"저 FRP 배는 목선보다 가벼워 기름도 덜 들어가고 거기에 달린 엔진은 일본산 미쓰비시야. 엔진은 그게 최고라고들 해. 도요타보다도 너 비싸."

중고 배는 여러 척이 있었다. 그중에 색칠을 다시 해서인지 깨끗한 배가 보인다. 배에 붙어있는 표는 배 만든 시기와 점검자들의 이름이 쓰여 있었다. FRP 중고선 건조한 지가 한 3년이다. 배를 보니 엔진도 새것 같고 목선보다야 정말 좋아 보인다.

"저 배는 어때?"

"응? 아이고! 그건 비싼 배야. 꿈도 꾸지 마."

"사든 안 사든 한번 물어나 봅시다."

그 배에 쓰여있는 중개상 전화번호로 전화를 하니 중개상이 빨리도 쫓아왔다.

"이 배 얼마지요?"

중개상 사장은 입이 침이 마르도록 그 배에 대하여 숨도 안 쉬고 설명을 한다. 건조한 지는 3년이지만 돈 많은 사람이 가지고 있었기에 가끔 낚시나 다녔으며 고기를 잡으러 많이 다니지도 않았고 엔진도 많이 사용하지 않았기에 새것과 마찬가지란다.

"이 배가 얼마냐고 물어봤는데요?"

"아! 그렇지! 그 배 주인이 이천오백만 원 달래요."

엄살을 떨었다.

"아이고 엄청 비싸네요."

부동산에 가서 아파트를 살 적과 같은 똑같은 그런 흥정을 해보면 될 것 같다. 선배에게 귓속말로 물어보았다.

"선배 이 배 어때?"

"아이고 이 정도 배면 최고지."

"이게 그리 좋은 거야?"

선배는 내 귀에 대고 작은 소리로

"그럼 엔진도 보니 아주 새것과 똑같아. 그 배는 내비게이션도 있고 어군 탐지기도 있고 엔진은 키로 간단히 시동이 걸리는 신형 배야. 중개상 말마따나 많이 사용한 게 아니야. 잘은 몰라도 이 배 새것이면 아마 3,200만원은 호가하는 배야."

"선배 같으면 이 배 사겠어?"

"돈이 있어서 사기만 한다면 최고로 좋지."

배는 잘 모르지만, 선배는 배를 보고 아주 좋다고 한다. 결심했다.

"이천오백만 원이라고 하셨나요?"

"새것은 사천만 원이나 가는 배입니다. 네 아주 거저 지요."

"이 배 새것은 삼천만 원이면 산다고 하던데요, 제가 잘못 들었나요?"

"아이고 턱도 없습니다. 요즈음 인건비 또 엔진값이 올라 뱃값이 많이 올랐어요. 새것은 확실히 4,000만원은 줘야 만듭니다."

입에 침을 튀기며 설명하는 그의 사업 수단이 놀라울 만하다.

"아, 그러세요? 사장님 옛말 들어 보셨나요?"

"무슨……?"

"아주머니 떡도 싸야 사 먹는다.라는 속담요."

"아하! 그거요. 깜짝 놀랐네. 이천오백만 원은 꼭 받아 달라고 하는데 내가 전화 한번 해볼게요. 오십만 원 빼고 계약하자고 하면 사실래요?"

"그러면 이천사백오십만 원 말씀입니까?"

소뿔도 단김에 빼야 한다 하잖은가!

"그러지 말고요. 아주 이천사백만 원으로 하고 내가 계약금 중도금 없이 수표로 다 지급할 터이니 계약과 동시에 배를 인도하고, 그게 싫으면 다른 배를 보겠습니다. 중고 배는 많던데요."

거짓말도 슬쩍 붙였다. 머리를 긁적거리는 중개상.

"하아, 이거 안 되는데. 선주에게 전화를 드리는 동안 기다려 주세요. 제가 열심히 노력해 볼게요."

한참이나 전화질하던 중개상.

"아 손님. 50만원만 더 쓰세요. 그거면 이거 정말 횡재한 겁니다. 안 된다는 걸 억지로 만든 겁니다. 중개료나 후하게 주세요."

"알았습니다. 지금 사무실로 가서 계약서를 작성할 준비를 해 놓으세요. 저는 은행에 갔다 올게요."

00 은행 군산 지점에서 돈을 수표로 찾았다. 그리고 중개상 사무실에서 선주와 만났다.

"어느 분 앞으로 하실 건가요?"

"이호용 씨 앞으로 해주세요."

그 선배가 나를 보고 빙그레 웃는 표정이 내가 농담을 하는 줄 아나보다. 중개상은 계약서에 쓸 주소와 주민증 번호, 이름을 대라고 한다.

"이호용이라 쓰세요."라고 하니

선배는 깜짝 놀란다. 그 큰돈을 주고 배를 사서 어부가 되겠다더니 그 배를 나에게? 믿기지 않은 표정이다. 계약서를 작성 후에 중개상이 보는 앞에서 은행에서 찾은 천만 원짜리 수표 두 장과 백만 원짜리 네 장과 십만 원짜리 다섯 장을 선주에게 주고 영수증을 받았다. 그리고 보험료 이전과 등기 절차는 중개상이 알아서 해주기로 계약서에 특약 사항으로 넣었다. 진행되는 것을 보고만 있던 선배는 그저 감격하여 나의 손을 다시 한번 움켜쥐었다. 이제 그 배는 이호용 선배의 배가 됐다.

"선배 내가 여기를 왜 찾아왔는지 아십니까?"

"나 보러 온 것 아냐? 나도 제대한 후에 네가 엄청 궁금했지만. 너를 찾아갈 시간도 여유도 없이 지금껏 살았어, 뱃놈이라 섬을 떠나면 죽는 줄 아니 서울 구경도 한번 못 갔어."

"내가 선유도를 찾은 것은 라면값을 갚으러 온 겁니다."

"무슨 라면값?"

그는 나에게 베푼 것을 까마득히 잊었나 보다! 남에게 베풀고 다 잊어버렸다는 것이 아닌가! 사람은 세 살 버릇이 여든까지 가는 게 아니라 태어날 때 본성이 생기고 죽을 때까지 가는 것이다. 얼마나 착한 성품을 타고난 사람인가! 인간에게는 누구에게나 욕심이 있고 감정이 있어 화를 내기도 한다. 또한, 배우지 않으면 어리석어 남에게 속기 쉽고 혼자만의 세계에서 우물 안 개구리가 되어 살다가 죽는다. 욕심이 없고 화를 내지 않고 어리석지 않은 사람이 있을까? 그런 사람은 아마도 도를 닦는 스님일 것만 같다.

한겨울의 라면을 군대에서 사려면 PX로 가야 하나, 돈이 마냥 있는 것은 아니다. 삼양라면 그것은 그 당시 새로 나온 정말로 귀하고 맛있는 간식 겸 끼니 음식이다. 월급이라고 타보아야 한 달에 일등병 월급은 90원이었다. PX에 가서 라면을 사려면 한 개에 10원이고 군인 극장을 외상으로 두 번만 다녀오면 월급은 받을 것이 없이 항상 제로였다. 라면을 산다면 한 달에 그저 세 개이지 네 개도 못산다. 그런 때에 감춰 두었던 라면을 신병 신고식에 몽둥이찜질을 당하고 눈물 콧물을 흘리며 기진맥진한 나를 위로하며 끓여준 것이다. 그 당시에 라면 한 개는 정말로 남에게는 그냥 줄 수가 없는 귀한 것이었다. 그 라면은 맛도 정말 꿀맛이었지만, 이호용 일등병 그의 마음에 감동했었다. 그는 수십 년이나 지났으니 그것을 잊어버렸나 보다. 당시 상황과 라면 이야기가 나오자, 그제야 그는 생각이 났는지 내 손을 다시 한번 잡았다.

"선배 이 배는 이제 선배 것이야, 엔진 열쇠를 받았으니 시동 거는 것도 편하겠지! 몰고 선유도 집으로 가. 부자 돼."

그는 감격했는지 떨리는 목소리로

"라면 한 개가 배 한 척이 되다니 이건 분명 꿈일 거야! 자주 와, 내가 회 실컷 먹게 해줄게. 필요한 게 있으면 언제든지 부탁도 하고 혼자 산다니 우리 집을 별장이라 생각하고 심심하면 놀러 와. 네 방 하나 집에다 따로 만들어놓을게."

신형 배에는 내비게이션과 어군 탐지기까지 탑재돼 있으니 고기를 주먹구구식으로 잡을 때와는 확실하게 틀릴 것이다. 배를 사주고 삼개월이 지난 후 고기가 잘 잡히나 궁금하다. 동거인과 같이 가려다가 혼자 선유도로 갔다. 그는 선착장에서 기다리고 있다가는 나를 보자 끌어안고 반가움을 표시했다.

"선배 잘 있었어? 고기는 잘 잡히고?"

"어서 와, 네가 사준 배 덕택에 내가 아주 부자가 될 것 같다. 고기를 잡으러 가는 것도 신선놀음이야! 엔진은 키로 간단히 걸리고 거기에 어군 탐지기가 있으니 그물을 놓아도 실패가 거의 없는 거야. 내비게이션이 있으니 좀 멀리 나가도 길 잃을 염려 없고, 그러니 옛날에 비하면 정말 신선놀음이야. 돈은 몇 배나 더 벌리고. 더 멀리 나가니 방어도 더 잡혀 이제는 마당에 어항을 만들어야 할까 봐."

입에서 따발총을 쏘는 것 같다. 하여간 고기가 잘 잡히고 부자가 됐다니 내 기분도 참 좋다. 몇 개월 후 또 가 보니

"고기를 잡아서 바다에 그물망에 넣어 놓으면 자꾸 죽어, 그래서 집 마당을 파고 어항을 만들었어. 가 보자 그 안에 큰 놈도 있어, 가서 회를 떠서 소주 한잔하자고."

집에 가 보니 정말로 집 마당을 깊이 파고 어항을 만들고 산소 공급 시설까지 해 놓았다. 그날도 가서 칙사 대접을 받고 서울로 왔다. 선배에게 배를 사주고 선유도에는 일 년에 3번 정도 동거인과 같이 가서 회도 먹고 힐링을 하러 가는 곳이 되었다. 선배는 말한 대로 내가 선유도에 가면 혼자 사용할 수 있는 방을 마당 안쪽에 하나 만들어놓았다.

선유도에 오면 그 방을 네 것 같이 쓰란다. 서울 아파트같이 좋을 리야 없지만, 경치 좋고 공기 좋은 곳에 잘 곳이 있다는 것은 좋은 것이다. 방은 깨끗하게 도배도 해 놓고 살만하나 화장실이 불편하고 침대가 없는 게 아쉬움이었다. 그는 정말로 착실한 사람이었다. 고기를 잡아서는 가끔 아이스박스에 넣어 택배로 부쳐 준다. 많은 양이니 통로계 모임 사람들에게도 나누어 줬다. 선배에게 배를 사주고 5년이 지난 해부터는 새만금 방조제가 신시도와 붙은 바람에 선유도와 신시도를 잇는 다리가 있으니 육지와 같이 됐다. 선배는 돈을 벌어 자동차를 사서 직접 잡은 고기를 군산으로 팔러 다닌다고 했다. 그 뒤로 내가 간다면 선배는 차를 가지고 군산으로 나를 데리러 왔다. 외국 여행 온 것만 같은 선유도 부근의 비경을 보며 지난날을 생각해 보니, 세월은 내 모습을 수시로 변하게 하고 나에게 부를 안겨 주었지만, 그것은 죽을 때 가져갈 수 없으니 어느 것 하나 붙들어 둘 수 없을 것이다. 복수해야 한다는 것 이외는 즐거워할 그 무엇도 아무런 의미도 남지 않았다. 지금껏 번 돈으로는 어쨌든 원수를 갚고 나서 많은 돈을 어느 곳에 쓸 것인가를 생각해야 할 것이 아닌가!

6부

원수를 갚아야 한다는 것은
내 영혼의 목표이다

16

스위스 4,300m 고지高地 융프라우
얼음 동굴에서 만난 동갑네

나는 복수를 해야 한다는 목적 달성을 위하여 노력한 결과는 상상 외의 큰돈을 벌었다. 그러나 유창이 놈을 찾으려 아무리 생각하고 노력해도 그것은 꼭꼭 숨은 미스터리이다. 어떻게 원수 놈을 어디서 찾을 수 있을 것인가? 시간은 빨리도 가는데 아파트 거실에서 복수하려고 체력만을 기르고 있다. 원수 놈은 어디에 있는지 죽었는지 살았는지도 모른다. 보안사 지하실 생각만 하면 간이 떨려와 성큼 무슨 일이든 시작하기가 두렵기도 하다.

복수해야 한다는 생각은 비누 거품 속에서처럼 그 황홀한 무지갯빛 표면에 반사하고 또 터지고 다시 부풀어 오르고…….

그래! 이 세상은 한낱 비누 거품이야! 나는 비누 거품 속에 있는 것이라고! 이 고뇌에 찬 아픔을 어디에다 풀어야 할까! 닫혀있던 집 거실 커튼을 열고 서쪽 하늘을 보니, 이 세상에서 처음 본 듯한 저녁노을의 장관이 펼쳐져 있었다. 너무 아름다워도 눈시울에 망울이 맺히나 보다. 황혼에 그 아름다운 노을을 보니 시인은 아니나 엉터리 시(詩)라도 한 줄 쓰고 싶다. 젊을 때는 저녁노을 펼쳐지면 먹고사는 게 우선이었으니, 그저 아! 아름답구나! 그게 끝이었다. 내 나이에 그 아름다운 노을을 보니 나는 무엇인가? 내 마음을 시원하게 해줄 일에는 어떤 일이 있을까? 수십 년이 지났어도 원수 유창이 놈은 어디에 있는지 알 수도 없고 답답하기만 하다.

아주 높은 산을 올라가 보고 싶다. 에베레스트산이라면 더 좋겠지만, 그것은 나이 차 때문에 꿈이다. 인터넷을 뒤지다 보니 스위스 융프라우 4,300m 정상도 괜찮아 보인다. 깎아지른 듯한 절벽을 오르는 빨간 산악 기차를 타고 4,300m라는 스위스 융프라우 정상을 올라가 볼까? 만년설이 뒤덮인 융프라우 설산 정상을 등정할 수만 있다면……. 마음속에 뭉쳐 있던 응어리를 뱉어 그 응어리를 만년설에 묻고 오고도 싶다. 그렇게 하면 원수를 갚아야 한다는 에고(Ego)에 갇힌 내 마음이 바뀌어 지금까지의 삶과는 다른 삶을 살 수도 있을지도 모른다! 그래! 죽기 전에 그 먼 땅 유럽을 한번 가 보자.

스위스 융프라우 정상은 4,300m라니 그리 만만히 볼 산이 아니다. 코로나에 걸려 고생도 많이 했다. 죽지 않고 살아나니 다시 코로나에는 면역 때문에 걸리지 않을 것 같다. 코로나 팬데믹이라도 곧 해제될 것이라 믿고 마스크로 무장한 채 설악산을 오르내리며 3개월 동안 열심히 운동하며 체력을 더 높였다. 코로나 팬데믹이 풀리고 여행도 할 수가 있게 되었다. 높은 산을 오를 준비도 되었다.

스위스 관광을 간다면 영화에서나 보던 그 아름다운 풍경도 볼 수가 있을 것이다! 떡 본 김에 제사 지낸다고 유럽 여러 나라를 다니며 아름다운 좋은 경치를 보면 혹시 "내가 복수를 하려는 것"에 어떤 영감을 받아 해결할 수도 있지 않을까? 여행사 이곳저곳에 전화해 보아도 유럽 여행은 북유럽이나, 거의 바티칸 성당이나 로마, 이태리, 독일, 프랑스, 런던 등을 가는 곳은 있어도, 스위스 융프라우를 가는 직항로 패키지여행이 없다. 인터넷을 계속 뒤지다 보니 한 여행사에 융프라우로 가는 패키지여행이 딱 한 곳이 한 달, 후에 있다. 그것도 20명이 정원인데 전국에서 예약하고 딱 한 자리만 남아 있다. 동거인과 함께하고 싶지만, 자리가 하나뿐이었다. 생각해 보니 혼자서 여행하며 깊은 생각에 잠겨 보고도 싶다. 동거인에게 미안하다고 이야기를 하고 혼자 가기로 했다. 동거인은 쾌히 받아들였다. 코로나 범유행도 끝난 2023년 6월 11일에 한 달 후 7월 11일에 유럽을 포함 융프라우에 관광을 가는 여행사와 계약을 했다. 우리나라는 장마철도 지나가고 정말로 좋은 날씨가 이어졌다. 유럽 날씨가 궁금했지만, 위도상으로 보니 우리나라와 거의 같을 것 같다. 스위스 융프라우산 높이 4,300m라는 것도 고산병 때문에 그리 만만히 볼 것은 아닐 것이다. 좁은 비행기 안 의자에서 열두 시간의 비행기 탑승도 쉽지 않을 테고……. "나이는 숫자야" 용감하게 팔십이라는 나이의 강박 관념을 하늘로 집어 던졌다. 높은 산은 건강한 사람도 고산병이 생긴다고 한다. 책을 보니 고산병, 그 시발점은 해발 2,500m에서부터라고 한다. 여행사에서는 휴대용 산소캔을 준비하라고는 하지 않았다. 그러나 융프라우 그곳은 해발 4,300m라니, 나이가 80인 나에게 분명히 고산병이 습격할 것 같다. 중간에 힘들어도 절대 포기하지 않으려고, 등산용 휴대용 산소캔을 다섯 개를 준비했다. 떠날 날짜를 기다리는 나는 초등학교 때 소풍을 하러 가던 아이처럼 마음이 설렜다. 비행기는 인천공항에서 2023년 7월 11일 유럽을 포함 융프라우를 향해 가는 비행기였다. 여행사에서는 2번 창구에 가서 가방을 먼저 보내고 23번 스위스로 가는 비행기 탑승구로 가라고 한다. 시키는 대로 했다. 자주 여행을 다녀 보았기에 그것은 어려운 일이 아니었다. 여행 스캐줄에 의해 선진국이라는 유럽 여러 나라도 난생처음 구경하게 될 것이다. 비행기 안에 내 좌석에 앉아 있으니 가이드가 쫓아왔다. 비행기에서 내리면 가방을 찾고는 그곳에서 기다리라고 한다. 같이 가는 일행은 한 사람도 못 보았다. 비행기는 12시간 동안을 가면서 안전벨트를 매라며 안내방송이 나오면 비행기는 좌우로 흔들리며 고도에서 롤링(roaring)하는지 약간의 어지러움이 동반하고 긴장이 됐다. 비행기는 뜰 때와 착륙할 때가 위험하지, 고도에서는 자동 안내 시스템에 의해 조종되는 비행기는 안전하다기에 큰 걱정은 안 했다. 두 번이나 그런 경험을 하고 무사히 스위스 공항에 내렸다. 공항에 내려 절차를 밟고 나오니 우리나라 시간보다 8시간이나 차이가 나는 스위스는 해가 넘어가 어둑어둑했다. 일행은 가이드의 안내로 대기해 있던 버스를 탔다. 얼마인가를 달려 첫 숙박지인 인터라켄 호텔로 갔다. 일행들이 처음 인사차 전부 호텔 로비에 모여 보니 전부 50대 또는 그 이하의 사람들이다. 80세인 내가 제일 나이가 많은 사람이었다. 나이는 숫자야! 라며 집어던졌는데 과연 그럴까? 라는 생각이 든다. 가이드가 정해 주는 대로 50대 남자 일행 한 사람과 한 객실을 쓰게 됐다. 침대는 두 개이니 불편한 것은 없다. 그와 첫인사를 하고 긴장됐던 마음을 풀고자 샤워를 하고 푹신한 침대에 몸을 맡겼다. 인터라켄 호텔에 누워서 천장을 보며 침대에 붙은 전등을 껐다. 그리고 지난날의 파란만장한 내 생애를 생각하다가 눈을 감았다.

머릿속이 커지고 온몸이 둥둥 떠다니는 것만 같다. 귓속에는 꿀벌이 들어간 것인지 붕붕 소리도 난다. 그런데 내 몸이 어디론가로 가는 것 같다.

"강간범 이병호에게 징역 삼 년을 선고한다." 깜짝 놀라서 눈을 뜨니 아침이었고 그것은 꿈이었다. 아니? 그것은 1972년도에 있었던 일인데 하필이면 오십여 년이 지난 오늘 왜? 그런 꿈이 꾸어졌을까? 아무리 생각해도 무슨 꿈인지 참으로 이상한 꿈이었다. 아무래도 무슨 일이 나에게 벌어질 것만 같다. 조심해야겠다고 생각했다. 어쨌든 오늘 융프라우 등정에 실패하면 안 된다. 어떻게 해야 복수를 갚을 것인가를 깊이 생각하기 위함도 있고, 답답한 마음을 융프라우 정상에다 묻고 오자고 떠난 여행이 아니던가! 나이 때문에 다시는 유럽 여행을 도전 못 할 것이다. 그러면 스위스의 좋은 경치를 볼 기회도 정말 끝이라는 생각이 든다! 그러니 융프라우 네가 이기나, 내가 이기나, 한번 붙어보자! 그리 생각하자 자신감이 생겼다. 나는 벌떡 일어나 호텔 방 커튼을 열고 창밖을 보니 비가 내리고 있다. 아하! 일정상 오늘 융프라우 정상을 가기로 한 것인데 마음이 매우 심란하다. 아침 식사 전 가이드는

"예정된 대로 융프라우 정상을 향해 갑니다. 가방은 호텔에 두고 식당으로 가서 식사하시고 인터라켄역으로 갈 것입니다. 비가 오니 우산과 두툼한 겨울 점퍼를 준비해서 나오세요."

'아이고! 인터라켄 여기는 7월인데도 엄청 더운데…….

겨울 점퍼를 가방에 쑤셔 넣고, 작은 가방에는 산소캔 다섯 개와 여권과 얼마간의 유로화 그리고 신용 카드만 챙겼다. 호텔에서 빵으로 간단히 아침 식사를 한 후 일행들과 버스를 타고 가이드와 함께 인터라켄역으로 향했다. 비는 계속 오고 있다. 역에 도착하자 대기실로 들어갔다. 시계를 보니 융프라우 행 기차가 역에 들어오려면 30여 분이 더 남았다. 나는 인터라켄역 좁은 대기실 안이 답답하여 밖으로 나와 우산을 쓰고 선로 옆 벤치에 앉았다.

인터라켄역 부근의 산에는 비구름이 날아다니며 부슬비를 뿌리고 있다. 선로 옆 도로에는 기차를 기다리는 많은 사람이, 빨강, 노랑, 검

정 등 색색의 우산을 쓰고 서 있다. 그 광경은 스위스의 아름다운 산과 어울려 명화를 보는 것만 같다. 여행 오기를 잘했다는 생각이 드니 마음이 편안하다. 다른 곳으로 가는 기차를 물끄러미 보노라니 종착역이라는 노랫말이 떠오른다. 내가 갈 인생 종착역은 어디일까? 내가 있는 이곳이 이별의 종착역이라면……. 내 탓으로 어머니가 조현병으로 돌아가셨다는 것을 생각하니 슬픔이 눈시울을 적셨다. 소매로 눈을 비비니 지난날 그 엄청난 고생을 한 생각과 억울함이 뒤섞여 있는 생애가 영화 필름 돌아가듯 지나간다. 갑자기 센 바람이 불어와 우산을 뒤집자, 비는 내 몸을 사정없이 때렸다. 정신이 번쩍 났다. 많은 비가 쏟아진다. 비 오는 날씨에 어떻게 융프라우 정상까지 갈 수가 있을까? 걱정도 되지만, 명화 속만 같은 그 자리에 멈춰 있어도 좋겠다! 싶다. 그것은 지금이 행복하니 시간을 멈춰달라는 요구인지도 모른다. 동행들의 얼굴을 보아도 비가 오니 얼굴색이 별로 좋지 않다. 고산지대라 날씨가 수시로 바뀌겠지만 제발 좀 비만 오지 않았으면 좋겠다. 시간이 되었는지 가이드가 차표를 나누어 주면서 기차 번호와 좌석을 알려주었다. 몇 분 후 융프라우 행 기차가 눈에 불을 켜고 뿌우웅 뿌우웅 방귀를 뀌며 역으로 서서히 들어와 정차했다. 홀떡 뒤집힌 우산을 쓰레기통에 버리고 냉큼 기차에 올라 좌석번호 자리를 찾아가 앉았다. 조금 후에 덜커덩 소리가 난다. 인터라켄역에서 융프라우를 향하는 기차가 출발을 한 것이다.

산을 다니며 체력을 기른 탓인지 비행기에 어지럼증이 하룻밤 사이에 싹 가시니 몸이 무겁지 않다. 그것은 융프라우 등정 성공 예감이었다. 조금을 가다가 보니 열차 창문에 커튼이 쳐져 있어서 조금 답답한 것 같다. 기차 창문 커튼을 확 열어젖혔다. 비는 다시 부슬비로 변했다. 비가 바람에 쫓겨 날아가자, 스위스의 아름다운 풍경이 눈으로 쏘옥 들어왔다. 아하! 스위스가 이런 나라였구나! 감탄사가 절로 나왔다. 마음속이 차가운 사이다를 마신 것같이 시원하다. 그림 같은 풍경은 뒤로 지나가고 있고 먼 곳의 풍경은 입을 쩍 벌릴 정도로 아름다운 풍경이다. 진작 창문을 열어둘 걸……. 스위스는 산의 나라이기도 하지만 호수의 나라 같기도 하다. 눈에 보이며 지나치는 창밖에 짙은 옥색의 호숫물은 살아있는 그림이었다. 아름다운 산과 가끔 나타나는 진옥 색의 호수에 정신을 빼앗기고 밖만 쳐다보다가 보니 기차가 섰다. 몇 분 동안인지는 모르지만, 스위스의 멋진 풍경을 감상했다. 그냥 그 기차를 타고 계속 갔으면 하는 아쉬움도 있다. 조금 전까지만 해도 더운 여름 날씨였는데, 가이드는 여기서부터는 날씨가 추우니 기차 안에서 방한복으로 옷을 갈아입고 내리라고 했다. 나는 유치원 아이들처럼 들뜬 마음이 되어 가이드가 시키는 대로 했다.

　일행들이 기차에서 내리니 밖은 추운 바람이 분다. 한 시간 전까지도 여름옷을 입었었는데, 진짜 스위스의 만년 설산에 가까이 온 것 같다. 두툼한 겨울 점퍼로 갈아입고 가이드가 타라는 버스를 타니 어디론가로 또 향한다. 버스가 정차하자, 가이드는 큰 가방은 차에 두고 방한복 차림으로 간단한 작은 가방만 가지고 내리라고 한다. 나는 산소캔과 여권 지갑 등이 든 가방을 메고 내렸다. 앞을 보니 케이블카 승차장이 보이고 많은 사람이 줄을 서서 케이블카 승차장으로 가고 있다. 약 500여m? 의 비탈길을 걸어 융프라우 정상을 향하는 케이블카 승차장에 도착해보니 1인당 25유로라고 쓰인 글자가 보인다. 환산해보니 우리 돈 35,875원이다. 그 케이블카는 2020년 새롭게 개통한 세계 최고 기술인 3S 최첨단 삼중 케이블 곤돌라 '아이거 익스프레스'였다. 케이블카를 타고 산을 향해 오르기 시작하자, 몸이 약간 뒤로 처지는 느낌이 들었다. 아래를 내려다보고는 몸이 바짝 졸아드는 느낌이 왔다. 고소공포증이다. 1분 정도를 올라가니 저 아래로 보이는 동리가 점점 작아진다. 케이블카는 이륙하는 비행기만 같다. 산 아래 동리는 비구름에 가렸다 안 가렸다. 하며 긴장감을 준다. 한 케이블카 안에서 동행한 어떤 여자가

"나는 고소공포증이 있어 아래를 볼 수 없어요."

하더니 남편 품속으로 기어들어 가 안긴다. 그들을 쳐다보다가 '무서울 때는 남편 품으로 달려들고 부부 싸움을 할 때는 어떻게 했을까?' 번갯불이 번쩍하듯 속으로 빙그레 웃었다. 케이블카를 타고 주위를 보니 이런 험한 산에 어떻게 케이블카를 설치했을까? 스위스의 기술 정말로 놀랍다! 긴장감으로 양쪽 다리가 오므로 드는 것 같으며 소변이 마렵고 약간 현기증이 왔다. 고소공포증이었다. 구름이 흩어지니 바로 산 아랫동네가 손바닥 안에 들어오는데 모형으로 만든 군대 지도만 같다. 얼마를 갔는지 케이블카가 속도를 줄였다. 산 아래를 내려다보니 케이블카를 탄 곳이 어디인지 보이지도 않고 산 아래 동리는 구름에 가려 작은 손바닥 안의 그림 같으나, 비바람 때문에 보였다. 안 보이기를 반복하고 있더니 아예 산 아래는 보이지 않았다. 정상이 가까운지 케이블카 옆으로는 손에 닿을 듯한 만년설이 군데군데 보인다. 아이거 북벽이었다. 그곳을 통과해야 융프라우 정상을 갈 수 있는 것이다. 만 년 동안이나 녹지 않았다는 만년설 그곳에 묻히면 얼음 미라가 될 것이다! 조금을 더 가다가 드디어 케이블카가 천천히 섰다. 드디어 케이블카 하차장에 온 것이다. 뒤에 케이블카가 바짝 따라오니 빨리 내려야 했다. 직원들이 흔들리는 케이블카 문을 잡아줘 케이블카에서 내리니 긴장감이 풀린다. 후유! 안전하게 온 것이 참 다행스럽다는 생각이 든다. 그 케이블카는 아이거 북벽을 지나며 융프라우 정상 아래 기차역까지 연결돼 있었다. 케이블카에서 내리자마

자, 가이드는 인원을 점검한 후 바로 산악 열차를 타는 곳으로 15분
간 이동을 했다. 도착한 그곳에는 산악 열차가 대기하고 있다. 그 열
차는 예매표에 의해 가이드가 미리 표를 구매했기에 기차역 직원은
입구에서 인원수만 체크를 했다. 기차를 타는 가격이 얼마인지는 모
른다. 그 빨간 기차는 여덟 개의 객차가 달려있었다. 급경사를 올라가
는 산악 열차는 한국 TV에서 본 그 빨간색의 열차가 맞다. 빨간색의
산악 열차를 타기 전에 레일을 보니 그냥 기차 레일인데 레일 가운데
쇠로 만든 굵은 톱니바퀴가 보인다. 아! 급경사를 올라갈 수 있는 것
은 그 톱니바퀴와 기차 본체의 톱니바퀴를 연결해서 가는 것이구나!
TV에서는 보여주지 않던 톱니바퀴 레일이었다. 가이드도 그런 이야
기는 해주지 않았었다. 그것을 타고 올라가는데 의자에 앉은 몸이 뒤
로 젖혀지는 느낌이 온다. 급경사를 오르는가 보다. 긴장 탓에 얼마
를 갔는지는 시간을 재보지 않아서 모른다. 융프라우 산장 부근 인지
기차가 섰다. 다시 산장까지 걸어서 올라가야 한단다. 기차에서 내려
앞을 보니 산에는 구름만 이리저리 흩날리며 정상이 보였다 안 보였
다 한다. 비가 안 오니 그래도 얼마나 다행인지 모르겠다. 언뜻 생각
해 보니 날씨가 추우니 정상에 비가 올 리는 없고, 온다면 눈이 올 것
이 아닌가! 산 아래에서 걱정하던 것이 다 풀렸다. 낮은 산은 비가 오
고 높은 산은 눈이 올 거라는 생각은 왜? 못했을까? 나는 자신이 바
보 같다는 생각을 하고는 누가 내 속마음을 알았을까? 하며 옆 사람
들은 쳐다보았다. 그들은 다 젊은 사람들이니 나같이 멍청하지는 않
았을 것 같다. 드디어 걸어서 전망대 카페에 도착했다. 그곳은 융프라
우산의 정상을 가기 전의 유일한 전망대이고 카페이다. 알프스산맥과
알레치 빙하 또 만년설까지도 감상할 수 있는 전망대 안에는 많은 사
람이 카페 입구에서부터 줄을 서 있다. 옆으로 가서 보니 그 줄은 먹

을 음식이나 음료수를 사기 위해 카운터로 가는 줄이었다. 한국 사람들이 생각보다 많았다. 나는 얼른 그 줄에 가 섰다. 그곳까지 오느라고 긴장했던 사람들은 긴장을 풀려고 음료수와 먹을 것을 사려고 서 있지만 카운터 직원은 바쁠 게 없는지 일하는 게 그저 느려 터지기만 하다. 한국에서 같으면 빨리빨리 했겠지만, 스위스에서는 그게 통하지 않는 것 같다. 4개 국어가 통용되는 스위스이니 카운터 직원과 언어도 통하지 않는다.

그저 손가락으로 햄버거든 빵이든 라면이든 물건을 가르치면 그는 말도 하지 않고 그 물건을 준다. 그리고 그 물건에 표시된 금액을 주면 되는데 그 카페에서 통용되는 카드가 없든지 잔돈을 준비 못 한 사람들은 큰돈을 주고 산다. 거스름돈이 맞는 것인지 생각을 하는지 모르지만, 직원이 주는 대로 돈을 받는다. 그리고 산 햄버거나 빵, 커피나 라면을 들고 먹을 장소로 간다. 거기에서 최고 인기 있는 것은 한국의 컵라면이다. 라면을 보니 그 짭조름한 것이 먹고 싶다. 한국에서 여행을 온 사람들은 모두 나와 같은 생각을 했을 것 같다. 내가 컵라면 하나를 손가락으로 가르치며 "하우 마치?" 하니 직원은 그저 "세븐 유로" 한다. 7유로면 한국 돈 10,000원이다. 한국에서는 800원 하는 컵라면이 한국 돈 3,000원에 물이 5,000원 젓가락이 2,000원 모두 만원이란다. 참으로 비싸다. 사서 먹든지 말든지는 본인 마음이다. 하긴 에베레스트산 꼭대기라면 아마도 컵라면 하나에 10만원이라도 사먹을 것 같다. 10유로를 줬는데 카운터 남자는 돈을 안 거슬러 준다. 10유로면 한국 돈 14,400원이니 당연히 4,400원은 거슬러 줘야 하는 게 아닌가! 별거는 아니지만, 돈을 거슬러 받으려 서 있으니, 뒤에서 빨리 가라며 떠다민다. 떠밀려 나와서 가이드에게 이럴 수가 있느냐니까.

"여기는 원래 그래요. 그 자리에서 거스름을 못 받으면 끝, 끝입니다."

한다. 빌어먹을……. 그러니까 즉석에서 돈 계산을 해야 한다는 것이다. 계산해보니 만 원만 주면 될 것인데 바보같이 14,400원을 주고 컵라면 한 개를 산 꼴이 됐다. 생각해 보니 이 높은 산에서 라면을 먹는다는 것은 꿈이었을 듯도 하다. 어쨌든 컵라면 짭조름한 국물맛은 긴장을 없애는 것은 물론 맛도 좋았다. 우리나라 컵라면은 정말 최고이다. 컵라면을 먹고 유럽 최대의 알레치 빙하를 감상했다. 조금 서 있으니 가이드는 일행을 전부 집합시키고 20명 인원을 확인한 다음,

"여기서부터 출발하여 얼음 동굴을 지나면서 정상으로 갑니다. 숨이 가빠 걸어가기 힘든(고산병) 사람은 이곳 카페에서 쉬며 빙하를 구경하시고 있다가 산 아래로 가는 기차역으로 두 시간 후에 모이세요."

하고는 앞장서서 얼음 동굴을 향해 출발했다. 동행했던 사람들은 헉헉하면서도 그 삼십 대 가이드를 쫓아갔는지 금방 다 사라지고 나는 뒤로 쳐지기 시작했다. 그것은 나이 때문이기도 하지만, 좁은 동굴 안은 산소가 희박했다. 힘이 들고 숨이 가빠 빨리 갈 수가 없었다. 젊은 사람들은 잘도 가는데, 나이 차 때문에 그들은 따라잡을 수는 없었다. 숨이 가빠져 오자 나는 일행에게서 바로 처지고 말았다. 할 수 없이 준비했던 산소캔을 코에다 대고 한 발 한 발 코알라같이 천천히 걸어갔다. 융프라우 정상을 들어가는 얼음 동굴은 입구이기에 반대쪽에서 오는 사람은 하나도 없었다. 얼음 동굴을 들어가 융프라우 전망대 정상까지는 어림짐작으로 거의 반쯤은 온 것 같다, 같이 온 사람들은 한 사람도 보이지 않았다. 그들과 떨어지면 안 되는데……. 가다 보니 좀 넓어 보이는 얼음 동굴이 보인다. 좌측에 어떤 노인이 숨

이 가쁜지, 얼음 바닥에 주저앉아 있다. 딱 봐도 한국인이다. 저런! 저런! 같이 온 동료들을 놓쳤거나 가이드를 놓쳐 혼자 된 사람만 같다. 그 노인은 얼음 바닥에 주저앉아 쉬는 게 아니라 고산병으로 숨이 가빠 말없이 구원을 요청한다는 것을 직감할 수 있었다. 너무나 안 됐다. 관광객들이 이곳에 여행을 오면서 기념으로 남길 것은, 융프라우 정상에 올라 설산을 구경하고 그곳에 꽂혀 있는 스위스 국기 밑에서 사진을 찍는 것이다. 그 노인도 그럴 것 같다. '저 노인도 여기서 숨을 헐떡이다가는 눈앞에 둔 성공을 망치는 거야! 완전 망치는 거라고! 그것은 인생을 망친 것과 똑같은 것이고, 융프라우 정상을 오른다는 것은 진짜 꿈이 될 수가 있는 거야!'

숨을 헉헉대며 앉아 있는 그 사람은 등산용 지팡이를 들고 등에는 작은 가방을 메고 있었다. 남의 일 같지 않다. 자세히 얼굴을 보니 70세쯤은 돼 보인다. '나보다 젊은데'……. 누가 저 사람을 붙들고 간다면 그는 정상까지 갈 수가 있을 것이다! 가던 발걸음을 멈췄다. 잠시 서서 누가 그 사람을 일으켜 붙들고 갈까? 혹시나 하고 잠시 서서 지켜보고 있었다. 그런데 놀랍게도 그 수많은 사람은 그 사람을 본체만체 그냥 지나치고 있다. 그 사람의 얼굴은 피곤해 보였다. 고산병에 한 발짝이라도 가야 한다는 마음을 가진 자들과 패키지여행 시간에 쫓겨 그냥 앞으로 빨리 가고만 싶었을 것이다. 그러니 사람이 주저앉아 있던 말든 그냥 앞으로만 간다. 지나가는 사람들을 보아도 나이가 들어 보이는 사람은 한 사람도 보이지 않았다. 다들 젊은 사람들이다. 고산지대 산소 부족으로 가쁜 숨을 쉬려면, 호주에 코알라처럼 아주 천천히 발을 떼어 놓든지. 산소 호흡기를 끼던지, 둘 중의 하나라는 한국에서의 여행사 안내원의 말이 아니라도 그 사람이 정말 너무도 안돼 보였다. 세상인심이라는 게 그렇지! 안 되겠다, 싶어 나 자신노 숨쉬기가 힘들지만, 그 사람을 도와주기로 했다.

"제가 조금 도와 드릴까요?"

하자, 그는 나를 쳐다보더니 고개를 끄떡였다. 그 사람은 고산병으로 숨이 가빠 걷지를 못하고 주저앉아 있었다. 얼른 산소캔 하나를 가방에서 꺼내 그의 코에다 대 주었다. 그는 산소캔 스위치를 눌러 숨을 크게 쉰다. 조금 후에 나는 장갑 낀 그의 손을 잡아당겨 일으켜 세웠다. 그리고 지팡이를 안 든 손을 잡고 같이 걸어보니 큰 문제가 없어 보인다. 한 발, 한 발 천천히 가니 그는 숨이 가빠 헉헉하면서도 얼음 바닥을 미끄러지지 않고 잘 따라온다. 그도 아마 얼음 동굴만 지나면 융프라우 정상이 코 앞이니 용기가 났나 보다. 나도 숨이 가쁘고 힘든데 내 걱정은 둘째이고 그 사람을 걱정하다니…! 나는 헉헉대는 그의 손을 잡고 천천히 얼음 동굴을 걸어 얼마쯤인가 나오니 동그랗게 보이는 밖이 보이기 시작했다. 굴을 완전히 빠져나갈 때쯤 성공을 알리는 '자자자잔' 하는 음악이나 팡파르가 울려야 좋은데 그런 생각이 들어 미친놈같이 혼자 픽 웃고 말았다.

얼음 동굴 밖으로 나가니 융프라우 만년 설산에 눈바람이 휘몰아친다. 그 눈바람이 융프라우 정상을 못 보게 하려는 심술꾼인 것만 같다. 높은 산은 다 이런 것인가! 그것도 순간 몰아친 바람에 쫓겨 달아나니 마술사가 마술을 부리는 것만 같다. 앞을 보니 나무 한 그루 서 있지 않은 융프라우 정상이 바로 눈앞에 서서 눈을 똑바로 뜨고 나를 쳐다보고 있다. 숨을 헐떡이면서도 악착같이 걸은 덕에 정상까지 온 것이다. 아! 그것은 나나 그 사람에게나 환희였다. 두 사람은 아! 소리가 절로 나왔다. 햇빛이 있다면 눈이 반짝일 텐데 좀 아쉽지만, 두 사람은 세계를 정복이나 한 냥 두 손을 높이 들어 올렸다가는 누가 먼저라 할 것도 없이 서로 부둥켜안았다.

융프라우 정상에 부는 눈바람이 스위스 국기를 제 맘껏 흔들어 댄다. 국기는 죽이려면 죽이라는 듯 제 몸을 그 바람에 맡기고 있었다. 얼음 동굴 속은 나이 탓인지 확실히 숨쉬기가 답답했었다. 이제 생각대로 융프라우 정상에서 산 아래 구경을 하고 맘속에 응어리를 뱉을 수 있을 것 같다. 융프라우 등정은 정말 큰 성공이었다. 아마도 에베레스트산을 세계에서 다섯 번째로 정복한 박영석 대장과 에베레스트 8,000m 여덟 봉 등정에 성공한 엄홍길 대장도 이런 느낌이 있었을 것만 같다. 그 사람도 나와 같은 느낌이 들었을 것이다. 두 사람은 등정 성공의 감격으로 만년설 위에서 포옹을 한 번 더 하고는 잡은 손을 한참이나 풀지 않았다. 손을 풀고는 누가 먼저인지도 모르게 만년설 바닥에 주저앉았다. 나는 장갑을 벗고 만년설을 손으로 만져보았다. 만년설 그것은 일반 눈과 똑같은데 다만 습기를 머금지 않아서 그런지 푸석푸석한 느낌이었다. 젊은 사람들은 추억을 남기려는지 이리저리 다니며 폼을 잡고 정상 스위스 국기 아래에서 사진을 찍느라고 기쁜 웃음을 웃고 있다. "나이는 숫자야. 그건 착각이었다." 역시 젊음이 다르다는 것을 느꼈다. 그곳에 서서 보아도 나와 그 사람 같이 나이를 먹은 사람은 한 사람도 못 보았다. '그려! 관광이란 젊을 때 다녀야 하는 거야!' 내가 그 사람의 손을 잡아 주지 않았더라면 그는 어찌되었을지도 모른다. 정상은 얼음 동굴속보다 산소농도가 희박하지 않은지? 숨쉬기가 동굴속보다는 나은 것 같았다! 등정 승리를 해서 그런가? '아니야! 산소가 희박한 곳이라도 서서 있으면 괜찮은 거야.' 나와 그 사람은 산 구경에 시간 가는 줄도 모르고 전망대에서 감탄사만 연발하며 먼 산에 또 발 바로 아래 만년설과 빙하를 구경하며 전망대 여기저기를 천천히 코알라처럼 돌아다녔다. 그리고 서로 융프라우 정상 스위스 국기 아래에서 사진을 서로 찍어 줬다. 그는 옆 사람을 부르더니 핸드폰을 주며 나와 사진을 찍어 달라고 부탁하여 나는 그와 몸을 밀착한 채 사진을 찍었다. 기념될 것이다.

융프라우 정상은 풀 한 포기 없는 만년 바윗덩어리 설산인데 사람들은 왜? 손뼉을 치며 환호할까! 어쨌든 내 눈에 펼쳐진 융프라우 설산과 빙하는 자연이 신비롭다는 감동을 주기에는 충분했다. 인간도 자연이 아닌가! 보이지도 않는 바람이란 놈이 매서운 추위와 눈으로 잔인하게 콧대 높은 융프라우산 바위를 때린다. 바위는 눈(雪)바람에 몸을 감추다 다 못 감춘 바윗돌은 천하에 못난 곰보가 됐을 것 같다. 차디찬 눈바람이 얼굴을 때리기 시작했다. 융프라우 정상에 올랐다고 마냥 기뻐할 일만은 아니다. 코가 시린 느낌이 들 때야 약속 시간을 지켜야 한다는 생각이 들었다. 이리저리 보아도 일행이 한 사람도 안 보인다. 나는 그때서야 문제가 생겼다는 것을 알았다. 전국에서 모인 나 포함 20명인데 19명 그들 중 한 사람도 보이지 않는다. 신선이 된 듯 착각을 한 내가 산 정상을 이리저리 다니다가 시간 가는 줄을 몰랐나 보다. 큰일이 난 것 같다. 아마도 가이드는 두 시간 후면 기차역에서 나를 찾을 것이다. 가이드가 열차 역으로 두 시간 후에 오라고 했으나 길을 잘 모르니 큰일이다. 하산하는 사람들의 뒤를 쫓아가기로 했다. 손을 잡고 같이 온 그 사람만 아니었으면 정상에서 혹시 가이드를 만날 수도 있었을 터인데……. 그는 나의 사정을 아는지 모르는지. 한참 동안 나의 얼굴을 쳐다보고 있다. 아마도 자기의 손을 잡고 얼음 동굴을 벗어나게 한 나를 생각하는지도 모른다. 그는 나의 손을 덥석 잡더니

"나에게 당신은 귀인이요. 정말 감사합니다. 하산해서는 제가 한턱 아주 단단히 내겠습니다."

그러고도 그저 연신 고맙다고 한다.

"연세는 70은 돼 보이는데 같이 온 동료들은 다 어디로 갔나요? 가족도 없이 혼자 어떻게 오셨어요?"

"친구와 둘이 오려고 했는데 그 친구는 갑자기 사정이 생겨서 이 여행을 혼자 온 것입니다. 하산하는 기차표 케이블카 표는 있으니까 인터라켄까지 가서 자고 로마까지 혼자 가면 되지요. 아마도 내가 팔십 살이나 먹었으니 마지막 여행이 될 것 같습니다."

"네에? 팔십 살이요? 그럼 저와 동갑이네요. 잣나비띠이신가요?"

"그렇습니다."

"그러시군요. 보아하니 나이는 70살 정도밖에 안 되신 것같이 젊군요. 저는 가이드를 놓쳤습니다. 역에서 못 찾으면 그 자리에서 기다리면 누구든지 찾으러 오겠지요."

하고서도 내 마음은 내내 불안했다. 그는

"나는 여기까지 혼자 왔어요."

"그러시면 케이블카와 산악 열차도 혼자 타고 오셨나요? "

"네. 그랬지요. 그거 뭐 별거 아니잖아요."

"그 나이에 정말로 대단하십니다."

그는 내 말에 우쭐했나 보다.

"뭐 대단하기는요."

"그러면 여행 모든 경비는?"

"그거 뭐 걱정 안 합니다. 호텔 비용, 식당 비용, 모두 내가 알아서 내면 되지요. 내가 다 카드로 내면 되니까요. 유럽 구경 다 하고 예약한 비행기만 타면 되겠지요. 그게 잘못되면 비행기는 런던에서 매일 떠나는 것은 아닐 테니 다시 예약하면 되고요."

"아니 비행기 예약도 맘대로 하고 혼자 다니신다는 말씀이세요?"

"비행기는 오 일 전에만 예약하면 됩니다. 좌석이 있으면 바로 갈 수도 있어요. 모르면 항공사에 물어보면 되지요."

"그래도 그 나이에 어떻게 혼자 다니실 수가 있습니까?"

"아! 그거요 다 준비되어 있습니다. 그리고 또 제가 비서를 데리고 다니거든요."

그것은 처음 듣는 이야기이다. 그런데 사람이 혼자 외국 여행을 왔다니 참으로 의아했다. 외국에서 가장 필요한 것은 첫 번째가 방문지의 언어이고, 두 번째가 여행 목적지를 찾아가는 길이다. 세 번째는 어떤 식당을 찾아가 입맛에 맞는 음식을 먹을 수가 있을까이고, 네 번째는 잠을 잘 수 있는 호텔을 찾는 일이다. 그런데 혼자 떨어져서 여행한다고? 그는 과연 언어도 맘대로 구사하며 목적지도 혼자 찾아갈 수가 있다는 것이 아닌가? 아무래도 거짓말만 같지만, 비서가 있다니 믿어보기로 했다.

그와 만난 지 불과 한 시간도 안 된 것 같은데 그래도 어찌 친근한 느낌이 온다. 나는 그를 처음 만나 얼음 동굴에서 그의 손을 잡았을 때 따뜻한 사람이라는 느낌도 들었다. 그래서

"나와 나이가 같으니 동갑네라고 불러도 될까요?"

"그럼요. 지구 반대쪽에 와서 동갑네를 만났으니 저도 반갑습니다."

나는 그에게 한국에서 여행사와 계약된 대로 일정을 말해줬다. 융프라우에서 산악 열차를 타고 하산. 인터라켄으로 가서 일박. 로마시 바티칸으로 가서 베드로 성당과 박물관 구경. 로마 구경. 물에 도시 베네치아 구경. 성모마리아가 발현했다는 이태리 최남단 피렌체의 두오모 성당. 밀라노의 싼 마리노 성당. 그리고 프랑스로 가서 루브르 박물관을 볼 것이며, 프랑스에서 지하 도버 해협을 가로지르는 기차를 타고 영국에 가서 대영 박물관과 시내 관광을 하고 귀국할 것이라고 가이드에게 들은 대로 대충 이야기를 해줬다. 그리 말하는 나를 동

갑네는 물끄러미 바라보더니

"내가 고산병이 있어서 여기서는 그리 어려웠지만, 나는 어느 나라나 다 다닐 수 있게 준비하고 왔습니다. 나도 귀국 시에는 마지막 여행 예정지 런던에 들러 대영박물관을 보고 갈 예정입니다."

"네에?"

나는 놀랐다. 그 동갑네는 이어서

"여행 일정은 나와 거의 비슷합니다. 독일도 들러볼까 하는데 그것은 일정을 보아가며 결정할 것입니다."

"그래요? 제 일정에는 독일은 없습니다."

"나와 동행한다면 동갑네가 가고 싶은 곳도 다 다니게 해주고 경비도 다 대주겠습니다. 내가 이렇게 말하는 것은 당신은 내가 꼭 하려 했던 융프라우 등정을 하게 해준 사람이니 그에 대해 보답을 하고 싶습니다."

들어 보니 이해는 가지만 그가 말하는 대로 해준다면 그 경비가 보통이 아닐 텐데 믿어지지 않았다. 하룻저녁 2인용 5성급 호텔비가 500루블인데 3성급이라 해도 300루블은 될 것인데? 그것만 해도 하루 40만원이 넘는 금액이다. 돈은 나도 충분히 있으니 돈은 그렇다 치고, 정말로 믿기지 않는 것은 어떻게 지정하는 곳을 그 동갑네가 찾아갈 수가 있냐는 것이다. 그러나 나는 그 동갑네의 이야기가 이해가 간다. 그래도 사양을 했다.

"농담이 과하시네요. 제가 도와 드린 것은 그저 처지가 저와 비슷한 것 같아서 작은 도움을 드렸을 뿐입니다."

"아니 내가 동갑네한테 농담할 사람같이 보입니까? 사람은 큰일에서만 감동하는 것은 아닙니다. 작은 일에서도 큰 감동을 할 수도 있는 것입니다."

그렇다! 그의 말은 맞는 말이며 인품이 마음이 든다. 그는 이어서 "나는 여행을 다닐 만반의 준비가 다 돼 있습니다. 또한, 내 비서도 있으니 걱정할 것은 없습니다."

'비서가 있다면 같이 움직여야 하는 게 아닌가!' 나는 속으로 이상하다 생각했다. 그 동갑네는 혼자였고 그의 옆에는 아무도 없었다. 비서가 있다는데 뭐, 더 물어볼 필요가 없는 게 아닌가! 더 묻지 않았다. 비서를 데리고 여행을 다닐 정도라면 높은 자리에 있었던 사람이거나 부자일 것 같다.

융프라우 정상에서 다시 출구인 얼음 동굴 쪽으로 두 사람은 발을 떼놓았다. 들어오던 굴과는 사뭇 다르게 그 얼음 동굴은 아주 넓었으며 입구 쪽 들오던 사람들보다 더 많은 사람이 동굴 출구 쪽을 향해 가고 있다. '다른 얼음 동굴과 통하는 곳이 있는 것인가?' 가면서 보니 나가는 곳은 세 곳이 있다. 카페까지 잘 찾아가야 할 것 같다. 얼음 동굴 바닥은 몹시 미끄러웠다. 나가는 얼음 동굴에는 사람들이 미끄러지지 않게 가라고 긴 은색 스테인리스 스틸 파이프가 굴 옆으로 길게 붙어있었다. 두 사람은 그 파이프를 붙들고 천천히 굴을 빠져나가기 시작했다. 굴은 입구 쪽 굴보다 아주 긴 것 같다. 잘은 모르지만 아마도 굴은 산허리를 돌아 카페로 가는 길인 것 같다. 그 굴을 파기 위해 동원되었던 각종 기구와 수십 년 동안에 걸쳐 얼음 동굴을 파다가 죽은 자들의 사진도 많이 진열돼 있었다. 그리고 여러 동물이 조각상과 사람의 조각상 들에 화려한 네온사인이 번쩍이며 비춰 주고 동굴 안을 휘황찬란하게 보이게 했다. 굴을 들어올 때와는 아주 다른 동굴이었다. 용케도 사람들을 잘 쫓아 왔는지 동굴에서 다른 곳으로 가지 않고 처음에 왔던 카페까지 필요하면 산소캔을 사용하며 잘 왔다. 기차역으로 오라는 시간은 벌써 많이 넘었다. 내가 가이드를 놓쳤다는 것은 아는 동갑네는, 자기는 카페 입구 벤치에 있을 터이니 가이드를 못 찾으면 그리로 오라고 했다. 가이드를 못 만나면 기댈 곳은 그 사람뿐이다. 가이드를 못 만나면 어떻게 될까? 그것은 여행을 자주 다녔기에 혼자 처지면 대사관을 찾아가면 된다고 하여 그리 큰 걱정은 안 해도 될 것 같다. 알았다고 하고는 혹시나 하고 이곳저곳을 다녔다. 나이가 제일 어린 듯한 이십 대 연예인 같아 눈길을 주었던 동행 한 사람을 카페에서 만났다. 말도 한번 해본 적이 없는 그가 참으로 반갑다. 그는 가이드가 나를 찾으러 다닌다고 했다. 나를 찾던 가이드는 나를 못 찾자 얼마 후에 일행들이 있는 곳으로 왔다. 가이드가 객지에서 친구를 만난 것만 같이 반갑지만, 그에게도 미안했고 일행들에게도 정말 미안했다. 가이드 그는 역으로 가기 전에 수많은 사람 틈에서 나를 찾느라고 한참 애를 썼을 것이다. 이제 그들과 카페 한구석에서 전부 모여 있다가 역으로 가면 되는 것이다. 가이드는 20명이 전부 모인 자리에서 화가 났는지 목소리가 좀 컸다.

"이병호 씨를 찾는 시간이 걸려서 좀 늦게야 인터라켄 호텔에 도착할 것입니다."

라고 했다. 나는 동행들을 쫓아다닐 수가 없었다. 그것은 숨길 수 없는 나이 때문이었다. 사과했다.

"죄송합니다. 나이 때문에 좀 늦어진 것 같습니다."

가이드는

"어차피 늦었으니 40분 후에 떠나는 다음 열차에 탑승하겠습니다. 이곳 카페에서 먹고 싶은 것을 사서 드시고 20분 후 카페 입구로 오세요. 이병호 씨 다음부터는 제 말을 꼭 따라야 합니다. 다른 일행들에게 피해를 주면 안 됩니다."

하고는 어디론가 갔다. 그것은 일종의 경고성 발언이었다. 나이 때문에 그리된 것을 한탄할 수는 없지만 그래도 속이 울컥하고 마음이 편치 않다. 같이 온 젊은이들을 따라다닌다는 것은 정말로 어려울 것 같은 생각이 들었다. 이 여행을 하기 위해 설악산을 오르내리며 체력을 길렀으나, 고산병 증세는 나이는 안 통한다는 것을 체험한 것이다. 나는 그 동갑네가 기다린다는 곳으로 다시 가서 그를 만났다. 다시 모이는 시간이 20분이라니 두 사람은 컵라면에 물을 받고 의자 쪽으로 가서 앉았다. 긴장됐던 목을 축여야 하는 데는 짭조름한 컵라면이 최고 인기였다. 많은 한국인이 사려는 것은 거의 한국의 컵라면과 커피였다. 호텔에서 수십 년 전에 있었던 생각하기도 싫은 그 이상한 그 꿈을 꾸고서 융프라우 얼음 동굴에서 그 동갑네를 만난 것이다. 오직 복수만을 생각하며 살아왔던 인생인데 융프라우 높은 산에서 그 응어리를 뱉어내고 온다는 것은, 그 동갑네와 만나 이야기를 하다가 잊어버렸다는 것을 기억해냈다.

17

동갑네와 둘이 유럽여행 시작

　얼음 동굴을 빠져나온 후 융프라우 산장 카페에서 컵라면을 먹으며 동갑네는 나에게

　"인터라켄까지는 같이 가고 거기서부터는 가이드를 따라가지 말고 나와 같이 갑시다. 동갑네가 여행사와 계약했던 곳을 다 다녀보게 해 드리겠습니다."

　그의 얼굴을 봐도 국내에서 좋은 회사 사장이던 고위 공직자를 했던 사람 같아 보였다. 팔십이라는 나이에 걸맞지 않은 얼굴이다. 자세히 보아도 70세도 안 돼 보인다. 그러니까 평생 고생을 한 번도 안 한 사람 같다.

　"동갑네도 일정이 있으실 것 아닙니까?"

　"일정이야. 내가 맘대로 해도 됩니다. 여행해보면 꼭 내가 좀 더 보고 싶은 곳이 있어도 가이드는 그냥 시간을 재촉하니 진짜 보고 싶은 것을 못 보는 게 패키지여행 같습니다. 내가 혼자 온 이유는 따로 있습니다. 같이 올 친구 한 사람이 있었는데 그가 갑자기 병원 신세를 지는 바람에 혼자 왔습니다. 말씀드린 대로 내가 경비는 다 부담할 터

이니 저와 같이 여행을 더 하고 싶은 생각은 아예 없으신지요?"

동갑네의 말은 맞는 말이다. 패키지여행은 일정이 아주 빠듯하다. 시간에 쫓긴 가이드는 그저 빨리 걸으며 현장에서 꼭 들어야 할 설명을 하는데 그 설명을 들으려면 가이드와 아주 가까이 있어야만 한다. 빨리 재촉을 하며 뛰듯이 가는 가이드를 쫓아다닌다는 게 쉬운 일이 아닐 것 같다. 나는 아무리 생각해봐도 같이 온 가이드와 함께 다닌다면 문제가 있을 게 뻔한 것 같다. 자신 있다고 처음 출발한 얼음 동굴에서 뒤처져 가이드와 떨어졌었다. 나이가 팔십인 내가 어떻게 그 젊은 50대 사람들을 쫓아다닐 수가 있을까? 나이는 못 속인다더니 내가 그 꼴이 되었다. 동행들에게 사과는 했으나 정말로 그들을 다 쫓아다닐 수가 있을까? 걱정도 됐다. 가이드는 나에게 화풀이 경고성 말도 했다. 또한, 전국에서 모인 일행들과는 일면식도 없는 사람들이 아닌가! 동갑네 그의 말을 따르자면 나의 여행 일정은 다 무시되어야 한다. 그 동갑네는 확실히 보통 사람은 아닌 것 같으니 약속을 위반하지는 않을 것 같다. 그의 말을 따른다면 진짜 보고 싶은 곳에 오래 머물 수도 있다는 생각이 들었다. 내가 그렇게 등정하고 싶어 했던 융프라우 정상은 올라가 보았으니 앞으로는 유럽 여행이다. 그렇다! 내가 가 보고 싶은 곳만 가 볼 수 있다면 그 팔십 먹은 동갑네와 같이 유럽 여행을 하는 게 백번 나을 것 같다!'

"제 여행 일정을 바꾸려면 여행사에 허락도 필요할 것 같고 가이드의 허락도 해야 할 것 같은데요?"

"한번 가이드에게 물어보세요. 아마도 가이드는 환영할 겁니다. 그 이유는 가이드는 동행한 사람들의 안전이나 길 안내를 책임진 사람인데 한 사람 관리를 안 해도 되니 그는 좋다고 할 것입니다."

그 동갑네의 말은 딱 맞았다. 나를 안내할 가이드에게 물어보니 그

는 단번에

"혼자 여행을 하시고 귀국하신다면 이제 저는 손님에 대하여 모든 책임을 안 져도 되지요?"

옆에 서 있던 동갑네가 말을 받았다.

"그 책임은 제가 집니다, 걱정 안 하셔도 됩니다."

하고는 승낙을 바라는지 나를 쳐다보았다. 돈이야 필요하면 나도 내면 되겠지! 그래! 동갑네를 따라가자! 그편이 젊은 그들을 따라다니다 못 쫓아간다면 길을 잃어 어려움을 당하고, 가이드에게 피해를 주고 망신을 당하는 것보다는 나을 것 같다! 그래도

"그래요? 그러면 동갑네가 약속하신 대로 호텔비 기타 경비 귀국 비행기까지 진짜 책임지실 겁니까?"

"그런 것은 걱정하지 마세요. 나는 약속을 지킬 것입니다. 귀국 비행기는 돈을 지급한 것이니 가이드에게 이야기하고 항공사에 며칠 연기해달라고 시키세요. 그렇게 항공사에 등록하면 일정에 따라 귀국 비행기는 언제든지 바꿀 수 있습니다. 한국에서 버스표 반납하고 다시 표 끊어 버스 타는 것과 같은 것입니다. 귀국 비행기는 일자에 따라 탑승료가 고정돼 있지 않습니다. 어떤 날은 갑자기 비행기 표가 두 배까지 뛸 때도 있습니다. 그것은 참고 사항입니다."

참, 아는 것도 많은 동갑네 같다. 그의 말을 믿어보기로 했다. 설령 귀국 비행기 탑승료를 안 내준다 해도 나는 현금도 있지만, 비자카드가 있지 않은가! 호텔비용이든 뭐든 걱정할 것은 없다. 그렇게 생각할 수 있었던 것은 스마트폰을 로밍해놓았기에 언제든지 가이드와도 연락도 할 수 있다. 무슨 일이 있으면 여행사와도 연락하기로 했다. 그게 이중 안전핀이 아닌가! 그래도 스위스만 해도 4개의 언어를 국민이 동시에 쓰는 나라인데 스마트폰에 영어 번역 앱만 있는 나는 가

이드와 떨어져 길을 잃으면 언어가 문제라는 생각이 들었다. 그래 동갑네와 같이 다녀보자! 동갑네에게

"동갑네를 믿고 따라가겠습니다."

하자 그는 엄지와 검지를 동글게 말아 OK 좋다는 표시를 했다.

나는 가이드에게

"저 동갑네를 따라 혼자 가겠습니다. 젊은이들을 따라다니기에는 힘이 듭니다."

"혼자 따로 여행하셔도 여행사에 내신 돈은 환불이 안 됩니다."

"아 그거 걱정하지 마세요. 런던에서 떠나는 비행기 표나 한 삼일 정도 늦추어 예약해 주세요."

"항공사에 전화는 해 놓겠습니다. 비행기 표는 가지고 계시다가 여권을 보여주고 교환하세요."

동갑네는 우리 일행과 함께 융프라우 산장에서 산악 열차를 타고 케이블카를 타고 또 버스를 타고 인터라켄에서 내렸다. 동갑네가 같이 가자는 제의만 안 했으면 죽이 되든 밥이, 되든 가이드를 쫓아다녔을 텐데……. '나는 인터라켄에서 내려 호텔에 맡긴 가방을 찾았다. 동갑네가 숙소를 경치가 좋은 곳으로 하자며 다른 호텔로 나를 데리고 갔다. 호텔 직원이 카운터에 있다가 반갑게 맞는다. 스위스는 한 나라 안에서도 4개 국어를 동시에 쓰는 나라이다. 동갑네는 그와 어떤 말로 대화하는지는 모른다. 인포메이션에서 대화를 끝낸 그에게 나는 호텔 비용을 동갑네에게 물어보았다.

"이 호텔에서 묵는 비용이 얼마라고 하나요?"

"하루 방을 하나 쓰면 300루블이고 두 개 쓰면 500루블이랍니다. 방에 침대는 두 개이니 앞으로는 호텔에서 그냥 방 하나에서 쉬는 게 어떠세요? 나도 저 아래 호텔에 맡긴 가방을 찾아서 올게요."

"네 그게 좋을 것 같네요. 그런데 비서는 어디에 있나요?"

"비서? 이게 비서지."

그는 스마트폰을 보여준다. "아하." 그 동갑네의 비서라는 것은 챗GTP라는 것을 알았다. 미국에서 22년 11월에 만든 챗GTP 2.0이다. 그 기술은 불과 몇 개월 만에 엄청난 속도로 발전하여 영어를 할 줄 아는 사람은 구글에서 직접 내려받아 챗GTP4를 사용하고 있다. 동갑네가 혼자 어디든 다닐 수 있다고 큰소리친 것은 챗GTP4 앱 바로 그것이었다. 그것은 전 세계 언어를 다 번역하여 통역도 해주는 앱이다. 그런 챗GTP4를 사용할 줄 아는 사람은 젊은 사람들도 못 보았다. 그 동갑네가 부럽기만 하다. 챗GTP5가 만들어지면 앞으로 놀라운 일이 지구상에서 벌어질 것이다. 그러면 지구촌 사람들은 상상을 초월한 세상에서 살게 될 것이다.

"동갑네 술을 마시나?"

"네 잘 먹는 편이었으나 요즈음은 좀 줄였습니다."

"저 아래 다른 호텔에 체크 아웃을 하고 맡긴 가방을 찾으러 갔다 오는 동안 여기서 계세요."

동갑네는 호텔에서 나갔다 들어오면서 여행 가방을 들고 들어왔다. 슈퍼를 들렸는지 연어회를 많이도 사 왔다. 그게 술안주 아니던가! 빵과는 다른 식사 대용이니 즉시 입에서 침이 돈다.

"자 여행에 힘도 들었으니 우리 한잔하고 샤워하고 잡시다."

냉장고에는 물과 각종 술이 잔뜩 들어있다. 그것은 어느 호텔이나 먹고 체크아웃할 때 돈을 주면 되니 그냥 먹어도 된다. 여행을 오니 좋기는 한데 일정에 차질이 생길까 봐, 비행기를 타고서는 술은 자제하고 있었다. 연어회를 보니 이거 참! 침이 먼저 나와 반긴다. 그 동갑네는 여행을 자주 다녔는지 가방을 열자 맥가이버 칼이 있었다. 연어

가 들어있는 케이스는 칼도마였다. 그는 칼로 연어를 썰어놓고 그의 가방에서 국산 초고추장을 꺼내놓고는

"동갑네 술은 무슨 술을 잘 드셨나? "

"회에는 소주가 최고인데 여기 소주는 없지 않습니까?"

"그거 만들면 됩니다. 맥주에다 양주를 섞으면 그게 소줍니다. 좀 독하긴 하지만요, 회에는 그래도 독한 놈이 좋지요?"

나는 국내에서야 소주와 맥주를 타서 마셔 봤지만, 양주를 타서 먹어 보지는 않았다. 통로계원들과 술을 마실 때는 주로 맥주였고 가끔은 소주를 탄 맥주를 마셨다. 그는 양주인 조니워커와 맥주를 섞고 냉장고에서 꺼낸 얼음을 컵에 넣고 컵 주둥이를 컵으로 막고 흔들며

"이렇게 하면 칵테일이지요. 자 안주도 좋으니 한잔합시다."

두 사람은 술잔을 들어 올렸다.

"치얼즈." 내 영혼이 갑자기 영어 나라로 들어온 것 같다. 우리가 술을 마실 때는 거의 '건강을 위하여.' 또는 '건배.'하는데 좀 색달라 보인다.

"치얼즈" 하고는 술이 맛이 있는 듯 온더록스로 마시며 연실 물을 마신다. 술잔이 비자 그는 또 맥주에 양주를 컵에 붙고 컵 주둥이를 컵으로 막고 흔들며 나를 쳐다보면 웃는다. 그의 말대로 그것은 칵테일이 맞다. 멋진 까만 제비옷을 입고 칵테일을 만드는 전문가 자세는 아니었어도 시늉은 잘 냈다.

"양주를 마시려면 탄산수와 안주를 많이 먹어야 해요. 여기는 탄산수가 없으니 물을 먹으면 됩니다. 좀 취해도 내가 책임질 터이니 걱정하지 말고 양껏 드세요. 기상콜을 조금 늦춰 달라면 됩니다. "

생각해 보니 그렇게 석 잔만 먹으면 꽤 취할 것 같다. 그는 두 잔도 홀짝 하고는 물 한 잔을 따라 마신다. 그리고 연어회를 먹었다. 그런

데 이상했다. 나도 모처럼 칵테일한 양주를 석 잔이나 마신 것이다. 뱃속은 벌써 얼얼한데 내 몸 어디에선가 술을 한 잔만 더 달라고 나를 꾄다. 이왕에 버린 몸! 그냥 한 잔만 더 먹을까? 목에서도 찬성했는지 침이 고인다. 그런 폭탄주를 넉 잔이나 마시니 양주도 두 사람이 거의 한 병에 3분의 2를 먹었고 맥주는 네 병이다. 알다가도 모를 일이지만 술김인지 내가 건강해서인지 몸이 미쳤는지, 하여간 술은 취하지 않은 것 같다.

동갑네 그는 누구인가? 참으로 궁금했다. 그것은 인터라켄 호텔에서 오십 년 전에 징역형을 선고받는 꿈을 꾸고 만난 사람이기 때문이다.

"동갑네 여행을 오신다면 친구보다 사모님과 함께 오셔야 하는 게 아닌가요?"

"그 이야기는 하지 맙시다. 내 맘이 아프니까요."

그러니까 그의 아내가 무슨 이상이 있다는 이야기이다. 그게 무얼까? 궁금하지만 입을 다물었다. 나 또한 여자 이야기를 할 수가 없는 게 아닌가! 그는 나보다 주량이 센지 폭탄주를 그리 마셨어도 몸가짐에 흐트러짐이 안 보인다.

"동갑네. 그래도 하나는 가르쳐 주시면 안 되나요?"

"하나가 뭔가요?"

"동갑네의 전직 그게 궁금합니다."

"차차로 알게 될 겁니다. 오늘은 나도 기분이 아주 좋은 날입니다. 이제 샤워하고 잠 좀 잡시다."

두 사람은 판도라의 상자에 숨겨진 선과 악의 두 얼굴을 가진 인연 속으로 그리 들어갔다.

1) 고양이는 쥐가 다니는 길목에서 기다린다.

　나도 술에 취해 실수할까 봐, 그에게 어떤 말이든, 들어볼 기회를
노려보기로 하고 더 말을 더 걸지 않고 샤워를 하고 잤다. 여행 중 아
침 여섯 시면 모닝콜이 울리는 데 시계를 보니 일곱 시이다. 술김에
잠을 푹 잤나 보다.

　몸이 가볍다. 가이드와 같이했다면 피곤하고 일찍 일어나서 다니려
면 힘들 것인데……. 동갑네를 따라오기를 잘했다고 생각했다. 식당
으로 내려가니 사람들은 별로 없다. 다 먹고 떠났다는 뜻이다. 어제
술을 많이 마셨으니 한국 같으면 해장국집으로 달려갔을 것이다. 선
진국 유럽? 식당에 가 보니 빵 조각에 우유, 그리고 커피. 망고 주스,
수프, 베이컨이 다이다. 속이 울렁거리니 진짜 먹을 게 없다. 잘 안 먹
는 우유를 마시면 설사가 날 게 분명하다. 무언가로 배 속을 채워야
여행을 할 것이 아닌가! 그놈의 몽둥이 같은 빠리 바께뜨는 이빨이
좋아야 먹지 그냥 물어뜯었다가는 정말 이빨이 뽑힐 것같이 질겼다.
뜯어 먹다가는 그만두고 커피를 한잔 따라 놓고 식당 내무사열을 취
했다. 달걀이 한쪽 구석에 숨어 있다. 들고 흔들어 보니 삶은 달걀이
다. 그게 반갑다. 두 개를 가지고 좌석으로 갔다. 동갑네는 뭔지는 모
르지만, 오렌지 주스인지 노란색 주스를 마시고는 빵을 찢어서 베이
컨과 먹고 있다. 아이고! 그 짠 베이컨을 그는 잘도 먹고 있다. 식사를
다 한 후에 호텔에서 체크아웃하려는 그에게

　"이번 호텔 비용은 내가 계산할게요."

　하니 그는 싱긋이 웃으며

　"그거 내가 책임진다고 하지 않았나요?"

　체크아웃한 그는 호텔 로비에서 가방을 들고는

"로마로 갑시다. 그곳에는 내가 연락을 해 놓았으니 같이 가기만 하면 패키지로 온 여행객들보다는 좀 더 편하게 많은 구경할 수 있을 겁니다."

"경비는 반분해서 서로 내기로 하시지요?"

"그거 따지지 마세요. 특별한 경비가 나오면 그때 가서 생각해봅시다."

가방을 들고 따라나섰다. 그 동갑네에 대하여 점점 궁금한 게 많아진다. 로마 누구에게 이야기해 놓았다는 말인가?

"로마에 아시는 분이 계신가요?"

"아냐 한국에서 친구에게 부탁해 놓았어."

갈수록 태산이다. 로마시는 그 자체가 박물관이지만 로마 하면 역시 베드로 대 성당이 아닌가! 인터라켄에서 여행객을 싣고 다니는 벤츠 버스 기사에게 가서 몇 마디를 주고받더니 나를 타라고 한다. 신비한 느낌을 주는 그 동갑네의 이름도 물어볼 수가 없다. 고양이는 쥐가 다니는 길목에서 기다린다. 그렇게 기회를 보기로 했다. 그 버스를 타고 출발하여 몇 시간 만에 로마에 도착했다. 로마 호텔에 들어가 체크인하고 가방을 방에 두고 나왔다. 로마는 무척 덥고 시내는 그저 관광객으로 인산인해였다. 추운 북극에서 갑작스레 열대지방으로 온 것만 같았다. 베드로 대성당 앞까지 택시를 타고 왔다. 우리가 성당 앞에 도착 한 시간은 오후 한 시경이었다. 길옆에 입장을 기다리는 단체로 여행을 온 많은 사람이 모여 있다. 성당을 들어가는 입구는 길거리에서 줄을 서서 기다리다 들어갈 수 있는 줄과 광장에 모여 있는 사람들이 들어가는 입구가 따로 있으니 입구는 두 개였다. 베드로 대 성당을 입장하기 위하여서 모인 전 세계에서 온 관광객이 입구 우측 넓은 광장에 모여 있는데 언뜻 봐도 수천 명은 되어 보인다. 입장표가 없으

니 동갑네는 어찌하려는가 궁금했다. 스마트폰을 조몰락거리든 그는 조금 후에

"지금 이 자리에서 한 이십 분 정도를 기다리랍니다. 기다려 봅시다."

성당 입구에서 500mL 물 한 병에 2루블을 주고 사서 한 번에 훌쩍 마셨다. 술을 먹고 난 후 물로 해장을 한 셈이다. 물값이 2루 불이면 한국 돈 2,860원이다. 물을 들고 팔러 다니는 사람들은 전부 2루블에 물을 판다. 휘발유 1L에 한국에서는 1,400원 정도인데 여기서 물 1 l 면 5,720원이다. 슈퍼라도 2,360원일 것이다. 기름값보다 물값이 비싸다는 것을 알았다. 물이 공짜인 한국은 천국이다. 그러니 식사 후에는 맥주를 마시는가 보다. 동갑네에게

"소변을 보고 싶은데 어찌 아무리 봐도 화장실이 안 보이네요"

고 하자, 동갑네 그는

"시간이 조금 있으니 나를 따라서 오세요. 어차피 요기는 좀 해야 할 테니 빵집으로 갑시다."

성당 입구 길 건너 빵을 파는 곳으로 갔다. 빵을 두 개 사 먹고서는 소변을 보고 나왔다. 유럽에 화장실을 쓰려면 공짜는 없다고 한다. 거의 다 화장실 앞에서 돈을 내든지 카드로 기계에 결재하든지 둘 중의 하나란다.

2023년 7월 14일의 로마 시내는 섭씨 40도였고 하늘의 태양은 불덩이만 같았다. 그런 것을 보고 찜통더위라고 하나 보다. 가만히 있어도 비지땀이 줄줄 흐른다. 손수건으로 땀을 연신 닦고 젖은 손수건을 꾹꾹 짜냈다. 한국말을 하는 사람이 있다. 지구 반대편에서 와서 만나니 반갑다. 그들을 데리고 다니는 가이드, 그는 무척 더운지 양산을 쓰고도 연신 손부채질하며 서 있다. 그에게 궁금한 것과 성당으로 들

어가는 절차를 물어보았다. 그 줄을 서는데도 예약을 한 입장표를 가진 사람들이란다. 관광객들은 성당 입장 예약을 하고도 새벽 6시에 성당 입구로 와야 성당 맨 앞쪽 부근을 차지할 수 있단다. 06시에 와서 기다리면 09시에서부터 관광객 입장을 시킨단다. 그러니까 3시간을 성당 입구에서 기다려야 한다는 이야기이다. 자기네들은 오후에 예약이 되어있기에 기다리는 중이라고 했다. 그곳에서 들은 이야기는 잘못하면 종일 기다려도 표가 없으면 입장을 못 할 수가 있다고 한다. 그래서 입장할 수 있는 암표상이 있는데, 암표는 최하 20루블이란다. 20루블이면 한국 돈으로 약 28,600원 정도이니 그리 비싼 것은 아닌 것 같다. 베드로 성당 한번 구경하려면은 새벽잠을 잘 생각은 말아야 점심 식사 전에 성당의 중요 부분 일부를 볼 수 있다고 한다. 수많은 사람 짐 검사까지 하고 들여보내니 줄에 선 사람도 멈춰서서 있는 것 같다. 한 10여 분 있으니 한 젊은 남자가 부근에 와서 주위를 두리번거린다. 한국인이 맞는 것 같다. 그 사람이 찾는 사람이 우리인가? 그는 우리를 쳐다보더니

"한국에서 오셨지요? 이 법원장님이십니까?"

"그렇습니다."

나는 깜짝 놀랐다. 서두르지 않고 조심히 그 동갑네에게 접근하며 그의 전직을 알아봐야 할 것 같다. 그것은 수십 년 전에 징역형을 선고받는 꿈을 인터라켄 호텔에서 꾸고서 그 동갑네를 만났기 때문이다. "피고에게 징역 3년을 선고한다." '나이도 같으니 혹시 그가 나를 판결한 판사?' 가슴이 두근두근한다.

"주교님은 지금 갑자기 교황님이 감기 증상이 심하여 그곳에 추기경님들과 같이 계십니다. 그래서 제가 대신 나왔습니다."

교황님이 감기가 들렸다는 것은 며칠 전 서울 KBS 뉴스에서 보았

다. 그렇다면 주교라는 사람은 교황님의 측근이라는 이야기가 아닌가! 동갑네는 젊은 그에게 악수를 청하고

"아 그래요? 감사합니다."

"여기 현장을 보시다시피 성당을 들어가려면은 몇 시간 기다리는 것은 기본입니다. 법원장님이 오신다고 하니 주교님께서 예약을 해놓으셨으니 저와 같이 패스를 보이며 그냥 들어가시면 됩니다. 따라서 오시지요."

"동갑네 한 사람이 더 있습니다."

"그거 상관없습니다. 두 명이라고 하셨지만, 혹시나 해서 주교님이 네 명을 예약해놓았습니다. 그냥 저를 따라서 오세요."

법원장. 그것은 퇴직 전의 직함 같다. 그렇겠지! 믿는 구석이 있으니 큰소리를 치고 나를 데리고 온 것 같다. 그는 나와 동갑이니 내가 감옥 간 같은 시기에 판사를 했을 것이다. 감옥 생활을 3년이나 했기에 단번에 느낌이 왔다. 아! 전관예우! 그는 돈이 나보다 훨씬 많은 사람일 수도 있을 것이다! 동갑네 그는 친구와 같이 여행하기로 하고 주교 그의 안내를 받으려고 혼자서 여행을 온 사람이었다. 친구가 병원에 가는 바람에 혼자서 로마 교황청 주교를 찾아온 것이었다. 동갑네 그는 주교를 만나기 전에 스위스에 들러 인터라켄에서 자고 융프라우 정상 가기 전에 얼음 동굴에서 고산병으로 지쳐 있었다. 동갑네는 친구가 못 오게 되자 나를 대신 같이 여행하자고 한 것이 분명해 보였다.

성당 입구에서도 들어가는 절차가 복잡했다. 안내하는 사람을 따라가니 그냥 통과가 쉬웠다. 안내하는 그 청년이 아니면 어떻게 들어가야 하는지를 모르니 참으로 난감할 뻔했다. 청년이 예약 표를 보여주면 그곳에서 다른 표를 하나 주었다. 그 표를 가져야만 성당 입구 직

원에게 보이고 성당 인으로 들어갈 수 있다. 성당 입구에서는 비행기를 탈 때와 같이 수상해 보이면 성당 직원이 몸수색하고 짐 검사도 한다. 안내하는 사람을 따라가니 몸수색도 예외 됐다. 성당 안에 에어컨이 있는지는 모르나 많은 사람의 열기가 더하니 무척 더웠다. 에어컨은 고양이 앞에 붙들린 쥐처럼 찍소리도 못하고 있나 보다. 여행객들은 그저 가이드를 쫓아다니느라고 정신없이 다니는 것 같다. 차후 신부님이 될 젊은이는 우리를 안내하며 곳곳에서 천천히 설명을 해줬다. 동갑네를 따라오기를 아주 많이 잘했다는 생각이 든다. 대리석으로 만든 장인들의 예수상과 성모 마리아상 그리고 라파엘이 그린 천장 벽화, 그리고 수많은 사람이 그린 명화가 그 큰 복도 그려져 있다. 라파엘은 벽 천정에 어떻게 저런 명화를 그렸을 것인가? 놀랍다. 그런 그림을 그리려면 거꾸로 서서 그려야 되는 게 아닌가? 수십 년에 걸쳐서 그렸다 해도 어떻게 그림 색이 많이 변하지 않았을까? 그림을 그리고 개방했을 때는 아마도 아주 선명했을 것이다. 복도 곳곳은 대리석 석상이 즐비하다. 라파엘 그림 중 가장 큰 것은 가로가 약 8m는 돼 보이고 세로는 약 10m는 될 것 같다. 엄청난 크기의 그림이다. 그림들은 액자에 넣은 그림이 아니라 전부 벽화였다. 성당 안을 뱅글뱅글 돌아다니며 보니 들어갔던 곳 같기도 하고 처음 본 것 같기도 한 그림과 조각상이 많기도 하다. 성당 미사를 드리는 장소에 들어갔다. 그곳은 제대만 있지, 의자는 하나도 없었다. 시간이 얼마나 지났는지는 모르지만, 화장실이 또 가고 싶어 그에게 이야기하니 그는 우리를 성당 밖 광장으로 데리고 나갔다. 그곳은 교황님이 5층에서 밖을 내다보며 강복을 내리시는 것을 TV에서 본 것 같다. 엄청난 크기의 성당이니 마당도 참 넓고 넓다. 성당 마당에 이태리와 바티칸시의 국경선이 하얀 페인트로 그려져 있다. 사람들은 그곳을 자유롭게 드나들었다. 북한과 우리도 저랬으면 얼마나 좋을까! 화장실은 광장 옆 건물 우체국 부근에 있었다. 다시 성당으로 들어갔다. 성당 여러 곳을 천천히 보려면 종일 다녀도 세세히는 못 볼 것 같다. 전 세계에서 여행을 온 사람들은 가이드를 졸졸 따라다니며 시간 때문인지 그저 뛰듯이 따라다닌다. 우리는 천천히 안내인의 설명을 들으며 여유 있게 다니며 세 시간가량을 다니며 구경을 했다. 동갑네를 따라온 것은 아주 잘한 일이었다. 한 바퀴를 다 돌았는지 안내인은 성당 안쪽 골목 복도를 한참을 가더니 한 곳에 서서는

"여기서 잠시 기다리세요."

그곳 복도를 보니 나무로 만든 긴 의자가 있다. 의자에 앉는 게 아니라 주저앉듯 의자에 처박혔다. 세 시간 이상을 안내인을 따라 돌아다녔으니 다리가 너무나 아팠다. 등산하며 다릿심을 길렀지만 구경하느라 힘들다는 생각이 어디로 도망갔었나 보다. 로마 날씨는 섭씨 38도라고 하니 옷이 다 젖을 정도로 땀이 났다. 동갑네 그도 나이에 비해 체력이 대단하다는 생각이 든다. 그림을 보며 설명을 하는 안내인의 입만 쳐다보며 다녔으니 인간은 어느 한 그곳에 집중하면 배고픈 줄도 모르고 시간 가는 줄도 모르나 보다. 복도에 딸린 방을 들어갔다 나온, 안내인이 따라오라고 한다. 커튼이 사방에 처져 있는 방에는 책상 두 개와 소파 두 개만 달랑 있다. 책상에는 전화기가 놓여 있었다. 앉아서 기다리니 조금 후에 한 사람이 들어온다. 보니 그는 빨간 모자를 쓰고 있다. 주교 모자이다. 그가 방에 들어오며 오른손을 들고 고개를 끄덕하고 다가오자 동갑네는 그의 손을 냉큼 잡고는

"안녕하십니까? 덕분에 좋은 구경 잘했습니다."

"법원장님 여기까지 오시느라고 수고가 많으셨습니다. 형님이 특별히 잘 모시라고 하셨으나 제 사정상 신학생을 보냈습니다. 신학생 그

는 부제품을 받기 전에 바티칸에 와서 공부하는 중입니다. 바로 부제품을 받고 사제서품을 받을 겁니다."

"사제 서품을 여기서 받습니까?"

"아닙니다. 그 학생이 소속된 한국의 교구 주교님이 부제, 사제서품을 주십니다."

"아마도 이 성당을 혼자 다녔으면 복도가 똑같이 보여서 들어왔던 길도 못 찾았을 겁니다. 듣던 대로 정말 대단하군요."

"여기 성당을 설명을 들으며 자세히 다 보시려면 천천히 한 이틀은 보셔야 할 겁니다. 목도 마르시고 시장도 하실 테니 제 집무실로 가시지요. 여기에서 식사는 다 서양식입니다. 여기 성당에서 생활하는 한국 신부님들과 신학생들도 많습니다. 다 교육을 위한 것도 있지만 실제로 성심을 갖게 하려는 세미나, 주로 그런 교육을 받고 귀국합니다."

안내를 잘해준 젊은이에게 수고했다고 인사를 하고는, 주교를 따라 갔다. 주교는 세 종류의 빵과 포도주를 내놓았다. 그중에서 제일 반가운 게 물이었다. 식사가 끝나자.

"제 형님이 부탁하셨으니 제가 아는 사람을 한 분 소개해 드리겠습니다. 유럽에서 볼 곳도 알아서 안내하겠지만, 가 보고 싶은 곳이 있으시면 그분에게 말씀하시면 다 알아서 안내해드릴 것입니다. 한국에 오랫동안 유학했던 분으로 한국말을 아주 완벽히 잘합니다. 그분은 이태리 사람이고 제가 잘 아는 가톨릭 신자분이십니다."

"감사합니다"

조금 있으니 키가 큰 외국인이 문을 열고 들어와서는 오른손을 들고는

"안녕하십니까? 반갑습니다."

주교는

"제가 말씀드린 분입니다. 잘 모시고 안내를 부탁합니다."

"네 알겠습니다. 걱정하지 마세요. 제가 모시고 다니겠습니다."

우리 두 사람은 그 안내인과 같이 방을 나오니 주교가 성당 입구까지 나와 배웅을 했다. 동갑네 얼굴을 다시 한번 쳐다보았다. 그 동갑네는 스마트폰만 아니라 믿는 구석이 있었구나! 동갑네 그를 따라나선 것이 참 잘했다는 생각이 또 들었다. 소개받은 안내인과 로마 시내로 들어가 저녁 식사를 했다. 안내인 그는

"오늘은 많이 걸어 피곤하셨을 테니 예약하신 호텔서 주무시면 내일 아침에 제가 모시러 가겠습니다. 야경도 볼 것이 많지만 오늘은 그냥 쉬십시오."

"네, 감사합니다."

우리 두 사람은 짐을 맡긴 호텔로 갔다. 땀으로 흠뻑 젖은 옷이 문제였다. 우선 벗어서 세숫비누를 칠하여 걸어놓고 샤워하고 옷을 다른 옷으로 갈아입었다. 몇 시간을 버스로 이동하고 세 시간 이상을 성당 구경을 했으니 피곤하다. 그곳에서도 술은 당연한 듯 이어졌다. 아침에 호텔에서 식사 시간이 끝나고 로비에서 있으니 안내인 그는 약속대로 시간에 맞춰 호텔 로비로 왔다. 셔츠와 양말이 덜 말랐다. 비닐봉지에 넣어 가방에 넣었다.

"오늘 어디로 가시려는 계획은 있으신지요?"

동갑네는 나를 쳐다본다. 목적지를 결정해도 좋다는 표시이다.

"안내하는 분에게 그냥 관광을 맡기는 게 좋을 듯합니다."

그러자 안내인이

"로마에는 볼 것이 많습니다. 트레비 분수, 시저 신전, 원로원 세베루스 아치 등. 우선 로마가 곧 박물관이니 옛 유적인 콜로세움을 보러

가시지요."

"그러시지요. 이곳의 지리와 고적을 잘 아실 터이니 알아서 구경을
시켜주세요."

그는 우리를 데리고 곳곳을 보여주며 설명을 자세히도 해주었다.
옛것을 중히 여겨 손을 대지 않은 채 보관되고 보호하고 있는 곳 쓰
러질 것만 같은 건물들. 시저 신전 로마 황제들은 이곳에서 모든 행
사를 치렀던 것이 아닌가! 네로 황제가 죽자 건물 옥상에서 태웠다
는 건물 꼭대기에는 큰 둥그런 돌이 보인다. 안내인 말은 그 동근 돌
안에서 네로 황제를 화장했다는 것이다. 둥그런 돌로 만든 악마가 입
을 벌리고 있는 곳도 가 보았다. 나쁜 사람이 그 입에 손을 넣으면 악
마는 그 손을 꼭 문단. 그 돌 입구는 반들반들하니 거짓말 같다. 택
시도 타고 다니기도 하고 걷기도 했다. 섭씨 40여 도가 되는 로마시
를 종일 다니며 구경을 했다. 땀에 젖은 속옷이 문제가 될 것 같다. 가
지고 온 속옷은 두 벌 정도이다. 팬티와 양말을 빨아 의자에 걸쳐 놓
아도 하룻저녁에 마르지를 않으니 버리기로 했다. 두 사람은 상점에
들어가 속내의와 팬티 또 양말을 여러 개 샀다. 그 이튿날도 안내인
의 안내에 따라 로마 시내 관광을 다니면서 두 곳을 들려 식사를 하
고 호텔로 갔다. 그 안내인 말대로 로마의 도시는 오랜 옛날의 역사인
데 시바 신전 등 유적들 사진에서 보던 것과 같지만 현장 감이 사진
만 못해 보였다. 그 이튿날도 시내 구경을 하고는 야경을 보러 이곳저
곳을 다녔다.

"피렌체로 가서 역사를 보고 싶고 두오모 성당도 보고 싶습니다. 안
내해 주십시오. 그곳은 성모님이 발현하셨다는 곳이니 꼭 가 보고 싶
습니다."

"그곳을 가려면 여기서 관광버스가 있습니다. 시간마다 있습니다.

약 네 시간에서 다섯 시간 정도 걸립니다. 이태리의 최 남쪽이지요."

그 이튿날 4시간 이상을 달린 버스는 이태리 최남단인 피렌체가 한 눈에 보이는 언덕으로 올라가서 주차했다. 사람들은 내려서 피렌체 사진을 찍기에 분주했다. 안내인은 피렌체는 원래 피렌체 공화국이었으며, 이곳은 지동설을 주장한 갈릴레이가 태어난 고향이라고 설명을 했다. 갈릴레이가 지동설을 주장한 것은 망원경으로 하늘을 관찰하다가 내린 결론이라고 했다. 그거야 책에서 보았지만, 갈릴레이의 고향이 피렌체인 것은 처음 들었다. 안내인은 피렌체에 대하여 성모마리아가 발현한 곳이 이곳 두오모 성당이라며 자세한 설명을 하였다. 그의 말을 듣다가 역사를 너무나 잘 아는 것 같아서 유럽 역사를 물어보았다.

"인류가 태어나서 유럽에서 문화가 발달을 시작한 시기는 언제부터인가요?"

"인류문화가 발달한 것은 편히 살려는 필요가 동기 유발이 되어 창의적으로 폭발된 시기입니다."

"그렇다면 지적 폭발 창의적 천재가 가장 많이 나왔던 시대는 언제일까요?"

"첫째 헤라클레스의 아테네 시기. 둘째 르네상스 시대의 피렌체. 셋째 산업 혁명의 영국. 그 세 시기 중 천재의 밀도가 가장 높게 나왔던 시기는 바로 레오나르도도 다빈치. 미켈란 제로가 활동했던 피렌체 시대입니다. 르네상스의 피렌체 시기에 도제식 교육이 주로였고 유럽이나 한국은 지금도 도제식 교육을 하고 있습니다."

"모르는 것을 가르쳐 주셔서 감사합니다."

가장 크다는 두오모 성당을 안내인이 가르치는데도 윤곽만 보인다. 다시 버스를 타고 두오모 성당 앞으로 갔다. 버스는 사람들을 내려 주

고는 떠났다. 성모마리아가 발현했다는 역사의 현장이었다. 그 크기
와 종탑의 높이는 정말로 높다. 400년에 걸쳐서 대리석으로 지었다
는 성당과 종탑이 같이 연결된 것인데도 100m가 넘는 것 같아 떨어
져 있는 다른 건물만 같다. 그 규모는 정말로 대단히 컸다. 관광을 온
사람들이 종탑 바로 아래 통로를 걸어 다니는데 땅바닥에서 보니 그
들의 크기는 성냥개비보다도 작아 보인다. 아주 작은 인형이 움직이
는 것만 같다. 망원경으로 보아야만 사람으로 보일 것 같다. 우리는
예약이 안 됐으니 그곳에는 올라가지 못할 것 같다. 성당과 그 일대를
구경하고는 안내인이 예약한 이탈리아에서 제일 유명하다는 돼지 통
갈빗집으로 갔다. 우리나라에 30여 평 정도의 싸구려 식당만 같다. 건
물은 빛바랜 청색이고 아주 오래됐다는 게 눈으로 보인다. 식탁도 형
편없고 의자는 비로드를 씌운 빛바랜 완전 고물 의자였다. 두 번만 유
명하다면 놀라 자빠질 만한 조그만 식당이었다. 사람들이 아주 많다.
이태리 최고라는 돼지 통갈비 구이집인데, 배가 고팠으나 우리 입맛
에는 별로였다. 우리나라 쓰레기통에 버려도 주워가지 않을 에어컨은
섭씨 40도에 있으나 마나 하다. 식당이 너무 더우니 입맛이 없나보다
생각했다. 동갑네 그도 갈비 하나를 들고 먹다가는 향 때문인지 그만
두고 식탁에 있는 물을 컵에 따라 조금 마시고는 왝왝한다. 그 맛을
보니 그것은 식초였다. 그것도 유명한 거란다. 아이고! 아니다 싶다.
안내인은 우리가 먹으려다 그만둔 남은 것까지 입에 쓸어 넣다시피
돼지 통갈비를 아주 맛있게 먹는다. 소변을 보려고 화장실로 가 보니
반 평 정도의 아주 작은 크기이고 화장지 쓰레기 더미가 변기 위에까
지 올라와 있다. 이게 쓰레기장이지! 이게 선진국 화장실? 참으로 놀
랍다. 소변을 보려고 들어가서 문을 닫으니 아직 소변도 보지 못했는
데 전깃불이 탁 꺼진다. 꽉 막힌 좁은 화장실은 전깃불이 나가자 지하

감옥만 같다. 가슴이 답답하니 소변이 나오려다 도로 들어갈 정도이다. 불이 나갔다고 말을 하려고 움직이니 불이 들어온다. 우리나라 아파트 복도에 사람이 오면 불이 들어왔다가 꺼지는 그런 시스템이었다. 그 이유를 안내인에게 물어보니 이태리의 전기는 다 수입이란다. 그래서 전기를 아끼기 위해 그렇단다. 이런 곳이 선진국? 글쎄, 아니 올시다만 같다! 종교관, 국가관, 국민성은 선진국 같다는 생각은 들지만, 식당 안 인테리어. 분위기, 서비스는 우리나라보다는 형편없다는 생각이 든다. 선진국이라는 이태리 식당, 호텔에도 비데가 없는 화장실 문화는 그들은 한국에서 배워가야 할 것 같았다.

피렌체에서 단테의 생가를 마지막으로 관광을 마치고 피렌체에서 1박하고 물에 도시 베네치아를 가 보기로 했다. 안내인은 베네치아도 그전에는 베네치아 공화국이었다고 한다. 그러고 보니 이탈리아도 우리나라 삼국시대와 마찬가지였을 것이라는 생각이 들었다. 동갑네가 법원장을 했다니 피렌체 호텔에서 전 법원장의 행적을 알고 싶었다. 그러나 그는 호텔에서도 장시간 여행에 피로한지 술만 마시고는 그냥 샤워하고 잠을 자자고 한다. 수수께끼 같은 동갑네의 전직에 관한 것을 어떻게 해야만 알아볼 수가 있을까? 그 이튿날 안내인은

"여기에서 베네치아, 밀라노 그곳까지는 관광차로 약 4시간 정도가 걸립니다. 차가 밀리면 좀 더 시간이 길어질 수도 있습니다."

다시 버스를 타고 물에 도시라는 베네치아로 갔다. 들어가는 입구는 바다 3m 위에 건설된 다리였다. 물은 완전히 회색빛이었으며 오염되었는지 바닷물은 아주 더러워 보였다. 알고 보니 그것은 석회가 섞인 바닷물의 색깔이었다. 베네치아는 바다 갯벌에 인공으로 만든 섬이며 그곳에 성당과 집을 지은 것이란다. 베네치아의 물은 거의 석회 물이란다. 그래서 호텔에서 샤워실 목욕탕 안에 구멍을 막는 고무

바킹이 없다고 한다. 곳곳에 성당이 보인다. 언뜻 한눈에 본 것만 해도 다섯 개가 넘는다. 바다에 놓인 다리를 건너니 베네치아 시내였다. 수상 도시라는데 성당으로 둘러쳐진 도시만 같다. 물에 도시 베네치아 수상 관광을 나섰다. 배는 조금 큰 배와 작은 수상택시들이 물살을 가르며 연신 드나들고 있었다. 베네치아 원주민들은 자기 집에 가려면 배를 타고 다니니 베네치아는 확실히 물의 도시였다. 안내인에게 물어보니 베네치아는 바다였는데 그것을 메꾸어 건물을 지었다고 한다. 그리고 아직도 공사를 하는 현장도 데려가 보여주었다. 돌을 배로 싣고 와 바다를 메꾸고 있었다. 수상택시를 타려니 그것도 차례를 기다려야 했다. 시간이 아깝다는 생각이 든다. 수상택시를 타고 지나가는 곳마다 성당이 보인다. 베네치아에 그리 많은 성당이 있다는 것은 생각지도 못했다. 수상택시에서 내려 제일 큰 성당엘 가 보았다. 그 건물은 성당 같이 보이지를 않은 크기의 성당이다. 그 광장 옆에 성당이 또 하나가 있었다. 옛날에 교도소 건물을 성당으로 개조했다고 한다. 성당 앞에 광장은 무척 넓었으며 건물 앞에는 공연장도 있었다. 그곳에 가서 앉으면 돈을 내야 한단다. 그 일대를 걸어 다니며 보는 데만도 하루가 걸렸다. 호텔에서 보니 안내인의 말대로 세면대나 목욕실 안에 고무바킹이 없다. 베네치아에서 다시 버스를 타고 패션의 명가 밀라노로 갔다. 그곳에 있는 광장은 세계의 패션이 다 모여 있는 관광지였다. 광장과 상점에는 사람들이 넘쳐나게 많고, 그곳에 있는 싼 마르코 성당도 지금까지 보던 성당과는 다른 큰 성당이며 첨탑은 이십여 개가 넘어 보인다. 가장 높은 첨탑에는 황금으로 만든 마리아상에 세워져 있다고 한다. 성당 첨탑의 높이는 108m라니 정말 놀랄 정도로 높았다. 성당 둘레를 한 바퀴 도는데도 30분은 더 걸린 것 같다. 성당 안을 들어가 보았다. 어느 성당이든 내부는 거의 비슷하다, 미사를 집전하는 제대가 예수상과 성모상이 있고 성당 내부 벽은 웅장하고 여러 가지 색유리로 만든 모자이크는 화려했다. 로마가 유럽을 지배했으니 성당 규모도 그리 큰 것만 같다. 성당 부근에는 광장이 잘 조성되어 시민의 휴식처로 이용되고 있다. 성당 광장을 벗어나면 바로 쇼핑센터로 연결이 됐다. 명품을 파는 점포들이 늘비하다, TV에서 보던 거리이다. 그곳은 사람들로 북새통을 이루고 있었다. 패션의 이태리를 말해주고 있었다. 서양인데도 사거리에 그림이 있는데 그 그림을 밟고 돌면 오래 산단다. 그것 또한 무속 신앙이 아닌가! 사람들은 그 앞에서 기다리다가 차례가 되면 그림에 들어가 도는 사람들이 많다. 그곳도 섭씨 40도라니 무척 더워 옷이 흠뻑 젖었다. 밀라노에는 큰 규모의 유명한 3,000명이 관람할 수 있다는 스칼라 극장이 있다. 저녁에만 운영하는데 예약을 안 하면 들어갈 수가 없다고 한다. 아주 오래된 건물인데 전부가 대리석으로 만들어져 있다. 그 건물뿐만이 아니라 그 시내의 건물은 전부 대리석으로 지어져 있다. 오래되었어도 모양은 그대로라고 한다. 주위의 그 많은 대리석을 어디에서 가져왔을까? 얼마나 많은 사람을 동원하여 건물을 지었을까? 안내인은 아주 오랜 시간 동안에 지어진 건물이며 재건축은 법으로 금지돼 있다고 한다. 밀라노에서 시내 관광을 온종일 하고는 또 호텔로 갔다.

동갑네는 프랑스 파리로 가서 루브르 박물관엘 가자고 한다. 안내인과 기차를 타고 2시간 이상을 가서 호텔에 가서 짐을 맡기고 다시 택시를 타고 파리 루브르 박물관엘 갔다. 택시보다 걸어가는 게 빠를 것 같다는 생각이 들 정도로 길은 자동차로 막혀있다. 소매치기가 많으니 짐과 여권을 조심하라고 한다. 엄청난 크기의 박물관인데도 박물관 광장에는 사람들은 넘쳐나게 많다. 전 세계에서 모인 사람들이니 인종 시장엘 온 것 같다. 뉴욕의 야간 인종 시장과는 대조가 될 수 없을 만큼 천차만별 사람들이 넘쳐난다. 날씨가 더우니 관광객들은 윗옷을 거의 벗고 한 손에 아이스크림을 들고 얇은 티셔츠만 입고 다니는 사람들이 많다. 박물관은 조각상을 전시한 전시실과 명화를 그린 대형 그림은 거의 벽에 그려져 있다. 복도와 지하 내부 공간은 그야말로 옛날 화가들의 명화가 곳곳에 전시되어있다. 세계 최고의 박물관답다. 그곳에는 교과서에서 본 유명한 그림들이 너무나 많다. 몇 호나 되는지 모르는 엄청난 크기의 그림들이 엄청 많다. 안내인은 그림 앞에서 서서 자세히 설명해준다. 그가 아니면 나와 동갑네는 그저 수박 겉핥기 구경만 할 뻔했다. 레오나르도 다빈치가 그렸다는 신비스러운 그림 모나리자. 그림은 가로 약 53cm 세로 77cm 액자에 담겨 있었다. 대형 그림에 비하면 그것은 아주 작은 그림에 불과했다. 그래도 그 그림이 왜 반가울까? 그게 보고 싶어서 여기에 온 것이 아닌가! 한참을 서서 쳐다보았다. 성질난 얼굴? 미소 띤 얼굴? 슬픈 얼굴? 아무리 봐도 그렇게 보이지는 않고 그냥 평범하지만, 그 세대에 예쁜 여자였을 것은 확실한 것 같다. 루브르 박물관에서 그 많은 명화를 보면서 당시에 화가들의 실력이 정말 대단 하다는 것을 느꼈다. 황제들의 얼굴을 그린 초상화가 액자에 담겨 한곳에 모여 진열돼 있는데 그곳에 당시 화가들의 얼굴을 그린 그림이 같이 있었다. 그것은 바로 화가들이 아주 좋은 대우를 받았다는 언어라고 안내인이 설명했다. 그만큼 예술인들을 우대했다는 이야기도 된다. 그림들은 무척 오래된 것인데 색상이 옛날 그린대로 그대로인지는 모르지만, 아직도 선명하다. 그림은 잘 모르지만 그런 그림 하나만 가지면 큰 부자가 아닌가! 조각가들이 만든 조각상들도 아주 많이 있는데 세월의 무게인지 다리와 팔이 떨어져 나간 것도 많이 진열돼 있다. 그 박물관 구경을 하는데 안내인은 아주 자세하게 이야기를 해주며 따라다녔다. 4시간 이상이 걸렸다. 구경하다 보니 벌써 저녁때가 되었다. 일박하고 안내인이 안내하는 파리에 최고급 식당을 가 보기로 했다. 그곳은 58층인데 최고층인 58층에 레스토랑이 있었다. 그래도 최고 식당인지 아마도 지금껏 다닌 식당 중에서 제일 크고 넓고 깨끗했다. 우리나라 호텔 뷔페식당에 있는 메뉴는 전연 없고 그곳에 식사메뉴는 감자튀김에 역시 세 종류의 빵이다. 와인은 주문해야 가져다줬다. 파리 최고라니 손님들을 보니 옷도 좀 깔끔하게 입은 사람들이 많다. 화장실을 가 보니 그곳은 우리나라 고속도로 공중화장실보다도 못하다. 파리에서부터 호텔 숙박료와 동갑네가 반대했어도 일부 경비는 내가 부담했다. 그 이튿날 시내 구경을 하려고 나와 택시를 잡았다. 시내에는 무슨 데모 한다는데 많은 사람이 깃발을 들고 다닌다. 데모대 때문에 차에 갇혀 있어야 했다. 안내인의 말로는 파리는 무슨 조그만 일만 있어도 데모를 한단다. 데모대에 시내가 꽉 막혀 택시에서 내려 걷는 게 빠르다며 안내인은 택시에서 내리자고 했다. 파리 개선문을 걸어가서 구경하고, 에펠탑을 보러 택시를 타니 그 길도 인산인해다, 걸어가는 게 빠르다며 내렸다. 안내인은 이리 뛰고 저리 뛰며 돌아와서는 줄을 서서 엘리베이터 탑승 차례를 기다리려면 3시간은 기다려야 한다고 한다. 시간이 아깝다. 너무 오래 서서 기다리면 지칠 것 같다. 물을 연신 마시며 걸어서 올라가는 사람도 많다. 동갑네와 나는 걸어서 올라가기로 했다. 그곳에서도 줄을 서도 30분은 기다려야 했다. 에펠탑을 걸어서 올라가는 것은 추억을 만들기 위한 것도 있지만 80세라는 나이에 대한 도전이기도 했다. 힘은 들겠지만, 동갑네가 잘 따라올지가 궁금해 연실 옆을 보며 올라갔다. 안내인은 경호원같이 뒤에서 천천히 따라왔다. 드디어 전망대 꼭대기까지 올라왔다. 파리 에펠탑 전망대를 한 바퀴 돌며 보니 파리 시내가 정말 한눈에 다 보인다. 애꾸라 불

리던 때가 생각나서 혼자 피식 웃었다. 파리의 제일 큰 건물이라든 우
리가 들렀던 식당 건물은 성냥개비만 하다. 에펠탑을 내려와서 식사
하고 택시를 잡아타고 파리의 유명한 몽마르뜨 대 성당을 구경하러
갔다. 성당으로 가는 길은 전부 작은 점포들이 성당 입구 아래까지 모
여 있었다. 우리나라 길가에 점포들과 거의 흡사하다. 아주 높은 산은
아니지만, 그곳에서도 파리 시내가 다 보인다. 직업이 없는 젊은 아이
들이 몰려다니며 사인을 해달라고 쫓아다닌다. 안내인이 그들을 막았
다. 그들이 내미는 판에 사인하면 사인을 했으니 무조건 돈을 달라며
쫓아다닌단다. 선진국이라는 데도 직업이 없는 아이들은 그렇게 억지
를 부리며 사는 애들도 있다는 게 놀랍다. 호텔에서는 동갑네와 매일
저녁 술을 마시며 잠에 곯아떨어지고는 했다.

파리 세느강에서 유람선을 타고 야경을 구경했다. 서울 한강 유람
선보다도 못하다는 생각이 들었다. 세느강변은 노점상들이 참 많다.
세느강 강가에 목로 벤치에서 커피를 시켰다. 한국의 에소프레소보다
가격이 비싼 에스프레소 커피 맛도 보았다. 세느 강가에는 세계 각 곳
에서 온 많은 사람이 걸어 다니니 인종 시장 같다는 느낌이 들었다.
가이드를 병아리처럼 졸졸 따라다니는 패키지여행을 다녔다면 이리
편하게 여유 있는 여행을 하지는 못했을 것 같다.

파리에서 숙박하고 이제는 영국으로 갈 참이다. 안내인 그를 따라
다니기만 하면 됐다. 파리에서 도버 해협을 건너는 "유로스타" 지하철
을 타고 런던으로 가려니 여권 등, 짐 검사를 비행기 탑승 절차 때처
럼 한다. 그것도 차례를 기다리느라. 두 시간 정도가 걸렸다. 해협 지
하철 사고 예방을 위하여 그리하는 것 같다. 안쪽으로 들어가 한 시
간 이상을 줄을 서서 짐 검사를 마친 후 역에 들어갈 수가 있었다. 자
주 다니는 기차가 아닌지, 2시간가량을 기다려야 했다. 역 안에는 각

종 음료수를 파는 점포가 또한 시계 등 명품을 파는 점포와 술을 파는 면세점 등이 많다. 시간이 있으니 음료수 하나를 사서 들고 아이쇼핑을 하러 다녔다. 양주를 파는 곳을 들어가 보았다. 발렌타인이나 시바스 리갈 등 각종 유명 양주가 엄청 많다. 저렴한 판매가격을 보고는 놀랐다. 발렌타인 17Year가 우리나라 돈 사만오천 원 정도이다. 살까 말까 망설이다 그만두었다. 그걸 가방에 넣으면 무겁고 다른 짐이 가방에 다 들어가지 않을 것 같았기에서였다. 동갑네는 양주를 세 병이나 샀다. 그리고는 봉투에 담아서 들고는 한 병은 안내인에게 준다.

"이거는 호텔에서 먹는 반의반 값도 안 돼요. 아주 싸게 먹는 거지요. 런던에서 귀국할 때는 면세점에서 양주를 좀 사서 갈 겁니다."

역시 동갑네는 양주를 좋아하나 보다. 그는 술은 잘 마시나 담배는 안 피웠다. 아이 쇼핑만 하며 다녔다. 유럽인들인지 어디 사람인지는 모르나 사람들은 빵과 음료수를 사서 들고는 거리를 걸어가며 먹고 다닌다. 서울 같으면야 젊은이들이면 그렇다 하겠지만 이곳은 젊던 나이를 먹었던 다 그리하고 다닌다. 빵집에 들어가 보니 앉을 자리가 없다. 빵을 사서 길거리서 먹으려니 어찌 유치원 아이들이 된 것 같아 의자 있는 곳으로 가서 앉아서 먹었다. 서점 앞을 지나다 보니 서점 안에는 사람들이 정말 많다. 아! 파리는 문화도시답게 서점을 찾는 사람들이 많구나! 시간이 되어 도버 횡단 열차에 탑승했다. 열차의 창문은 사람들이 다 닫아서 밖은 보이지 않았다. 그저 ktx같이 기차기는 바퀴 소리만 약하게 들릴 뿐이다. 런던에 관광 일정을 안내인이 자세히 설명해준다. 런던 시내를 벗어나 아일랜드로 간다면 한 육 일쯤 필요하다고 한다. 한, 삼 일만 다니면 런던은 대충 볼 것은 볼 수 있다고 한다. 런던에 도착하자마자 우선 그 동갑네와 상의를 하고 안내인 그에게 연기해 놓은 비행기 표를 한 비행기에 가도록 두 사람을 예약하라고 했다. 그랬더니 아시아나 직항이 나흘 후에 있다고 한다. 올 때 불편함이 생각이 나서 나도 비즈니스석에서 누워서 귀국하려고 했으나 비즈니스석 좌석이 없어서 안 된단다. 나는 표를 교환한 것이기에 일반석에 타야 했고 동갑네는 자리가 있는 비즈니스석을 예약했다. 비즈니스석 탑승료는 우리 돈 500만원이었다. 그런 것을 보니 패키지여행은 참 저렴했다. 런던에 이름있는 식당으로 가서 식사하고 오성급 호텔 맨해튼에 들어갔다. 시내지만 호텔 주변은 전부 1층 가옥들이 있고 호텔도 고층이 아닌 3층이었다. 미국 뉴욕 워싱턴과 비슷하다. 양탄자가 깔린 호텔은 깨끗했다. 호수가 적힌 방만 있으니 무슨 어릴 적 다니던 초등학교 교실만 같다. 안내인이 있기에 방은 두 개를 잡았다. 동갑네는 안내인과 호텔 밖으로 나가더니 또 연어와 참치를 사 왔다. 딱 봐도 동갑네는 회를 무척이나 좋아한다. 식사 대용으로 회를 먹었다니 알만하다. 회는 생선이니 생선을 먹어서 동갑네는 건강한 것인가? 구경 다니고 호텔에 오면 피곤하니 그저 술 한잔하고는 피곤한지 잠을 자자고 한다. 그러니 내가 동갑네에게 궁금한 그의 전직에 대한 것을 물어볼 시간도 없었다.

　안내인은 런던 템스강에 놓인 런던 브릿지 구경을 시켜주고 런던 시내를 이틀이나 데리고 걷기도 하고 택시도 타며 정부 청사, 국회 의사당 빅뱅도 보여주었다. TV에서 보든 박근혜 대통령이 영국 여왕과 금마차를 타고 손을 흔들며 가던 곳, 버킹엄궁 정원에도 들어가 보았다. 꽃이 만발한 그곳은 관광객들이 사진을 찍느라 여념이 없다. 시내를 관광하고는 안내인은 피곤하다며 다른 방으로 갔다. 호텔 방은 2인용이니 침대도 두 개가 있고 탁자가 있고 의자도 두 개가 있다. 어느 호텔이나 그와 비슷했다. 그 이튿날은 템스강의 유람선을 타보았다. 강변 길가에는 찻집도 많고 각종 수제품, 또 생활용품 물건을 파는 노점상들이 장사진을 이루고 있다. 다녀봐도 살만한 게 없다. 그만큼 우리나라 수준이 높다는 이야기이다. 호텔은 둘이 앉아 술을 주거니 받거니 해가며 마시는 장소로서도 참 좋다. 두 사람은 또 앉아서 폭탄주를 마셨다. 술 몇 잔 마시면 그는 또 잠을 자자고 할 것이다. 동갑네를 만나서 술을 마시는 것도 열흘째이다. 술은 그와 나를 아주 친한 친구처럼 만들어 가벼운 농담도 할 정도가 되었다. 그걸 보면 술은 확실히 신기한 약인 것 같다.

18
스위스 인터라켄에서 꾼 꿈은 예지몽이었다

1) 기다림이 알아낸 진실

꼭 등정하고 싶었던 스위스 융프라우 등정도 성공리에 끝냈다. 동갑네 덕에 로마의 고대 유적과 바티칸의 베드로 대성당 구경도 했다. 친절한 안내인의 설명을 들으며 이태리와 프랑스를 다녔다. 보고 싶었던 프랑스 파리 국립 루브르 박물관 또 런던 대영박물관도 구경했다. 이제는 런던에서 이틀 저녁만 자면 한국으로 갈 것이니 마음도 느긋해졌다. 그러나 동갑네에 대한 궁금증은 풀리지 않았다. 동갑네가 전 법원장이라고 하니 그가 전에 판사였을 게 아닌가! 바티칸에서 부제품을 받을 학생이라는 사람이 이 법원장이라고 했으니 이 씨는 틀림없다. 그는 십여 일 동안 나와 같이하면서도 법원에 관한 이야기는 한 번도 안 했다. 더욱 조심스럽게 말을 했다. 그런데? 폭탄주 한 잔을 마신 그가 먼저 말을 걸어왔다.

"이제 여행도 다 끝나가네. 동갑네 본 함자는 어떻게 되시나?"

"이름요?"

"그렇지."

'아! 지금껏 침묵을 지키며 그 동갑네 입만 쳐다보고 있었는데, 이제 기회가 왔구나!

혹시 그 동갑네라는 사람이 나를 판결한 이명수 판사였다면 그도 50여 년 전의 일이지만 머리가 좋은 사람이니 단번에 나를 알아볼 수도 있겠다! 인터라켄 호텔에서 꿈을 꾸고 로마 바티칸 대성당 앞에서 동갑네가 법원장을 했다는 이야기를 듣고는 여행 내내 법원에 대해 그의 이야기를 듣고 싶었지만, 항상 말조심했다. 나이가 똑같고 또한 판사였다니 혹시나 하고 가짜 이름으로 둘러댔다. 나는 전주이씨 효령대군파는 맞는다. 이름을 바꾸어 말을 했다.

"제 이름은 이내호입니다. 전주이씨입니다."

"어느 파이신가?"

"네 효령대군파입니다."

"호. 왕손이시군."

이제야 고대하던 그의 신원을 알아볼 기회가 될 것 같다.

"동갑네는요?"

"나? 내 이름은 이명수야."

나는 깜짝 놀랐다. 나도 모르게 떡 벌어진 입을 얼른 손으로 막았다. 하마터면 아! 소리를 지를 뻔했다. 나이도 똑같으니 의심은 하고 있었는데 수십 년 전에 나를 판결한 판사 이름과 똑같다.

"시조는 이연동이지만, 고려 때 문하시중을 지내셨고 영해군에 책봉되었네, 전주이씨에서 분파하여 이연동을 시조로 하여 영해 이씨가 된 것이지. 그러니까 같은 전주이씨이네 반갑군."

아! 이게 어쩐일인가? 동명이인도 있을 수 있지만, 동갑네 전 법원장이 나를 판결한 판사일지도 모른다. 그를 다시 한번 쳐다보며 50여

년 전의 일을 떠올리려 애써도 그가 판결할 때 두 번 본 것뿐이고 수십 년이나 지났으니 그 얼굴이 기억이 나지 않는다. 그가 진짜 나를 판결한 판사가 아닐지도 모른다는 생각도 난다. 그러나 나를 판결한 판사와 이름이 똑같지 않은가! 그가 판결한 것을 슬쩍 물어보면 그는 어떤 대답을 할까? 뭔가 꼬투리를 잡았다는 생각이 들었는데 말을 잘 못하는 실수를 하면 안 될 것 같다. '이제는 표정 관리를 하며 정말 일류 배우 노릇을 해야 한다.' 책에서 읽어 본대로 사람을 사귀는 법 즉 칭찬은 무쇠도 녹인다고 하지 않았든가! 칭찬을 적당히 해가며 그의 정체를 알아낼 셈이다.

"동갑네는 아마도 머리가 천재일 것 같습니다. 사법시험을 붙은 것도 그렇지만 법원장까지 됐다는 것은 천재가 아니고는 안될 일 아닌가요?"

그의 표정이 밝아져 보인다. 아마도 천재라는 말에 우쭐했나 보다. 당연하겠지!

"천재는 뭐 열심히 살다 보니 그렇게 된 것이지."

"사람은 신이 아니니 판사를 하다 보면 오판도 할 수가 있겠지요?"

"오판이라는 것이 없을 수는 없겠지. 그러니 2심이 있고 3심이 있는 게 아닌가? 검사가 작성한 서류를 보고 판결을 하는 것인데 가끔 검사가 작성한 것이 잘못됐다는 것이 시간이 한참 지난 후에 발견되는 것도 있었지."

그는 꽁무니를 빼려는지 검사에게 오판을 미룬다.

"오판인데 공소시효도 지나고 피고가 형을 마친 사건도 혹시 기억이 있으신가요?"

"내가 판사가 되고 강간 사건을 다룬 적이 있었는데. 그 판결이 내가 부장판사가 되기 위한 진급 심사에서 오심이라는 확증이 나와 내가 진급에서 탈락이 됐지."

판사들이 진급 심사를 받는다는 것은 처음 들어 본 이야기이다.

"아! 판사님들도 진급 심사를 받으시나요?"

"당연하지."

"판결하신 것이 오판이라고 생각되는 판결도 혹시 있으셨나요?"

"어느 판사든 오판이 전연 하나도 없다면 그것은 거짓말이지. 그것을 2심 3심에서 가려내는 겁니다. 내가 사법고시에 합격하고 연수원을 나와 판사 발령을 받았을 때의 국내 환경은 열악했지. 국민은 너무나 가난하여 피고가 되어도 변호사를 선임하지 못하는 경우가 참 많았어. 그러면 판사는 검사가 보낸 서류를 믿을 수밖에 없었지, 그래서 오판이 생기는 거였어."

동갑네는 판결에 오판은 검사들의 조서에도 문제가 있었다는 이야기이다.

"그렇다면 가난은 없는 죄가 있는 죄도 될 수가 있겠네요?"

"꼭 그렇다고 볼 수는 없지만, 옛날에 돈이 없어 변호사를 선임 못하면 법을 잘 모르는 피고는 아무래도 불리했겠지."

"머리가 천재시니 아마도 아주 먼 사건도 다 기억하시겠지요. 조금 전 말씀 하신 강간 사건은 어떻게 해서 오판이라고 결정이 됐었나요?"

"내가 판결한 것을 오판이라고 할 판사가 누가 있겠는가? 내가 판사를 한 지가 10년이 됐을 때 부장판사 자격이 생긴 거지, 그런데 오판 하나가 불거져 나온 거야. 그것은 강간 사건인데 변호사를 선임하지 않은 사건이었어. 당시 같이 있었다는 중대장과 술집 주인을 증인으로 심문하지 않고 원고의 증언과 검사 서류가 확실한 것 같아 그냥 판결했는데 내가 실수를 한 거지. 피고는 정말 자기는 강간을 안 했다고 강력히 주장했는데 그것을 확실히 집어보지 않은 채 판결한 거였어."

'어! 이게 무슨 소리야? 혹시 이건 내 사건을 이야기하는 것 아닌가? 그가 나를 판결한 판사가 거의 틀림없어 보인다!'

"그게 어디에서 일어났던 사건인가요?"

"그거 강원도에서 있었던 사건이야. 그런데 사건의 피고가 서울에 사니 서울서 재판을 받은 거지."

그가 말하는 날짜를 계산해 올라갔다. 판사가 되고 10년이라. 그러면 21~22세에 대학 졸업 전이나 후에 사법시험에 합격했다면 20~22세 전에 판사가 되고 10년 전후 부장판사 진급 대상자라면 나를 판결한 판사일 것 같다. 다시 확인차 물어보았다.

"그 사건이 초겨울에 난 것인가요?"

"으응. 아마도 그랬을 거야. 그런데 그거는 왜 자꾸 물어봐?"

엉뚱한 대답으로 돌렸다.

"내가 판사가 됐으면 얼마나 좋았을까 하는 생각에서요."

"판사 그거 좋은 직업 아냐. 사람이 사람의 죄를 판단한다는 게 얼마나 갈등이 많은데."

"그 중대장이라는 사람은 기억하고 계시나요?"

"중대장이라는 것은 기억하겠는데 이름은 기억이 안 나. 아마 나이 탓인가 보지."

아! 확실히 내 사건이었구나! 중대장 이야기라면 그게 확실한 게 아닌가? 내 사건임을 직감한 것이다. '내 이름을 가짜로 댄 것이 얼마나 잘한 것인가!' 더 확실한 사실을 알고자 진짜 피고인의 이름을 대고 물었다.

"그 재판의 증인이 중대장이고 피고가 이병호인 재판이 서류 재판이었다는 것인가요?"

"그렇다고 보아야겠지."

그는 이병호라는 이름을 거론했는데도 말이 없다. 그것은 피고의 이름을 확실히 기억하고 있다는 증거가 아닌가! 그래! 피고 이름이 맞으니 확실히 내 재판이구나! 드디어 동갑네 법원장 그가 나를 판결한 판사라는 게 확인된 순간이다. 만세라도 부르고 싶다. 이것이 내가 여행을 온 이유는 원수를 갚지 못했으니 답답한 마음을 풀기 위함도 있었고, 스위스의 그 좋은 경치도 보고 싶었기에 이다. 그런데 원수를 발견한 것이다. 가슴이 두근거리며 덜덜 떨려온다. 어떻게 할 수 없는 분노가 치밀어 올라오니 자리를 잠시 피해 안정을 해야 할 것 같다. 일단은 술에 취한 척 방에 있는 화장실로 들어갔다. 방에서 들으라고 일부러 화장실에서 손가락을 입에 넣고 왝왝대며 억지 토악질을 했다. 그리고 변기에 앉아 생각에 잠겼다. 마음을 좀 가라앉혀 내 표정을 그에게 노출하지 않아야 한다. 몇 번이나 캑캑 소리를 내고 변기에 앉아 있다가 다시 방으로 들어갔다. 이제는 그도 내 원수 세 명 중 한 사람이 아닌가! 연극배우 노릇을 하며 그에게 복수할 기회를 잡아야 한다. 일류 배우 뺨치는 배우가 되어야 한다!

"동갑네 죄송합니다. 아마 회에 작은 가시가 제거되지 않은 게 있었나 봅니다. 그래서 토를……."

"그러네! 그런 경우도 있지. 회 속에 작은 가시는 안 보일 수가 있어."

그 말을 하고는 그는 술잔에 남을 술을 홀짝 마셨다. 나는 숨을 크게 들이쉬고는 본론으로 들어갔다.

"말씀 중에 공소시효도 다 지나간 판결인데 그게 어떻게 수면으로 올라왔나요?"

동갑네 그는 술에 취한 것 같으나 또박또박 말을 해나갔다.

"그려, 그게 문제가 돼 수면으로 올라오게 된 것은 원고인 연대장이 이혼 소송을 한 사건인데 피고가 재판에서 불리하게 된 거야. 피고는 결혼 전인 처녀 때 아이가 있었던 것을 숨긴 것이라 원고의 승소가 거의 확정 단계였지. 그들이 합의를 못 한 문제는 피고가 재산을 더 받으려는 것이었는데. 그게 잘 안되자 피고는 자기 남편이 진짜 강간 범인인데 술에 취한 친구에게 뒤집어씌운 것이라는 재판정에서의 피고의 말이 문제가 되었지. 그래서 법원은 재조사를 명령하게 된 거야. 원고는 피고의 부정을 들어 이혼 소송을 냈는데 확실한 증거에 의해 원고의 승소가 거의 확실한 사건인데 피고가 내놓은 그 말 한마디로 다시 조사가 시작됐지. 그게 그냥 넘어갈 일이 아니었어. 진짜 강간범은 군에서 진급하며 대령까지 되었는데 그 친구는 3년 감옥을 살았으니 그게 문제가 안 되겠어? 법률상으로는 돌이킬 수는 없게 된 것이지만, 그들의 이혼 소송도 검토를 다시 하게 되었지. 그때가 하필 내가 부장 진급 심사를 받던 중이었거든. 그 강간 사건은 내가 판결한 사건이니 그게 내 진급에 영향을 미친 거지. 그러니까 8년 전에 내가 그 사건의 원고가 중대장 시절 내가 판결을 한 것이 오판이었든 거야. 나도 깜짝 놀랄 일이었어. 그러니 내가 판결하여 3년 징역을 살은 사람은 얼마나 억울했겠어, 그 원고는 강간한 진짜 범인과 혼인을 한 것인데. 그 사건에서 피고는 이병호가 진짜 강간범이 아니고 당시 중대장이었던 자기 남편이 진짜 강간범이라고 증언한 것이야. 그것은 공소시효가 다 지나간 뒤이고 다시 재판할 수도 없는 사건이었지. 그래서 그 판결을 법원에서 그냥 묻어 버린 거야. 나는 그 각서 사건 때문에 진급 심사에서 떨어졌지, 당연한 것 아닌가? 그러니 그것은 잊을 수 없는 사건이 된 거라 확실히 기억에 남았지."

조현사와 유창이의 이혼 재판, 그 민사 사건이 떠오르면서 동갑네의 진급에 영향을 미친것이라는 것이다. 나는 정말로 놀랐다. 세상에 이런 일이 있다니! 이병호라면 그게 나 아니던가! 또한, 유창이가 연대장이라니 놀랄 일이다. 수십 년간 마음속으로 찾아 헤매든 오리무중(五里霧中)이었던 사건의 실마리가 풀린 것이다. 그랬다! 내가 인터라켄 호텔에서 꾼 징역 3년이라는 꿈이 예지몽이었구나! 스위스를 찾아왔던 것도 미궁 속으로 빠져들어 갔던 것을 깊이 생각하다 보면 혹시나 알 수가 있을까? 했던 여행이 아니었든가! 아! 드디어 모든 게 확실히 확인된 것이다! 내가 연기만 어설펐어도 묻힐 뻔한 일이었다. 확실히 그가 나를 판결한 판사였음이 확인된 것이다. 그의 말 중에는 분명히 이병호라는 이야기를 했다. 나를 판결한 판사인 동갑네도 검사의 조서로 판결했다고 실토하고 있다, 기가 막힌 이야기가 아닌가! "세상에 이런 일이!" 분노가 치밀었다. 그랬다! 내 강간 사건 그것은 확실히 마녀사냥이고 판사의 오만과 편견의 판결이었다. 나는 갑자기 속이 매스꺼움을 느꼈다. 그의 얼굴을 한번 쳐다보고는 먹던 회를 입에 물고는 다시 화장실로 가서 캑캑댔다. 현기증이 일어 변기에 주저앉으니, 참을 수 없는 분노와 함께 지나간 감옥 생활이 머릿속을 뚫고 쳐들어왔다. 화장실에서 나왔으나 무슨 대책이 없다. 다만, 일류 배우가 되어야 하며 화제를 바꾸어야 한다고 생각했다. 독한 술을 두어 잔 더 마시고 가슴을 진정시키며 비로소 여유를 찾았다, 이제는 그와 동행하면서 그 생각을 곱씹으며 내 표정 관리를 하면서 일류 배우가 되어야 한다. 그래야 연대장이 되고 난 후의 유창이 소식도 알 수가 있을 법도 하다. 융프라우 그 얼음 동굴이 그에게는 문제가 되고 나와 만나는 사건이 된 것이다. 정말 "세상에 이런 일이라"할 만큼 깜짝 놀랄 일이다! 나도 유창이가 그 여자를 강간했으리라는 것은 확실하다고 수십 년 동안 믿고 있었다. 유창이라는 놈이 강간하고 내게 뒤집어 씌웠다고 한 감옥 감방장의 말, 그것도 딱 맞아떨어졌다. 유창이 놈은 내게 소개해 주겠다고 한 조현자라는 처녀를 강간하고 전 부인과 이혼을 하고 조현자 씨와 재혼 했다는 것을 처음으로 알았다. 그리고 그들은 8년이나 같이 살다가 어떤 일인지 또 이혼 소송을 하는 중에 여자가 억울하니 이혼에 위자료 이야기를 소송에서 이기기 위해 남편의 강간 사실을 들고나와 재소송을 하여 승소한 게 아닌가! 그 바람에 이명수 판사는 진급 심사에서 떨어지고…….

가슴이 떨려오지만 내 억울함이 확실히 벗겨지는 순간이기도 했다. 어머니가 살아만 계셨다면 이 소식은 어머니에게 희소식이 됐을 것이다. 김유창 참으로 재주도 좋은 놈이다. 연대장이면 대령이 됐다는 이야기 아닌가! 스타가 될 수도 있는 대령이 아닌가! 마음을 가라앉히려 노력하나 술잔을 잡은 손이 떨려왔다. 수십 년간 복수를 위해 살아왔는데 유럽에 와서야 유창이가 대령이 되었다는 사실도 알게 되었다. 그를 찾을 수 있는 꼬투리를 잡은 것이다. 행여 다 된 밥에 코를 빠트리면 안 되지! 지금껏 동갑네와 다니며 말조심하며 인내를 했던 것이 잘했다는 생각이 들었다. 보안사 지하실에서 곤욕을 치르고 마음속으로만 연실 되뇌던 원수 갚는 일을, 이제 다시 시작할 것이다. 그러려면 우선 동갑네 전 판사가 사는 집을 꼭 알아내야 한다. 그러다 보면 혹시 유창이 행적도 알 수 있을 것이 아닌가! 마음속은 떨리지만 아주 아무 일이 아닌 듯 천연덕스럽게

"사시는 곳은 어디이신가요?"

"서울 강남 압구정동."

"부자 동네에 사시네요. 저는 방배동에 사는데요. 바티칸에서 들을 때 법원장님이라고 하시던데 어느 곳 법원장님을 하셨는지요?"

"그거? 대전에서도 했고 부산에서 하다가 퇴직했지."

"대단하신 분을 만나 동갑네라고 부르다니 영광입니다."

"뭐, 영광까지."

"한 가지 더 궁금한 것은 계 모임을 하는 분이 바티칸의 주교님 형님이시라는데 그분은 누구이신가요?"

"그거 알아서 뭐 해."

"그냥요. 법원장님과 모임을 같이 한다면 전부가 대단하신 분 같아서요."

"하긴 그래, 주교의 형님은 장·차관을 한 사람이었지. 모임에는 김유창이라는 장군 출신도 있고. 그렇지."

유창이? 또 깜짝 놀랐다. 이게 웬일인가? 잔을 바닥에 놓칠 뻔했다. 수십 년 동안 전연 행방을 모르던 유창이. 전 법원장 출신 이명수 씨가 유창이를 언급하니 얼마나 놀랄 일인가! 이명수 씨가 방금 이야기한 것은 연대장, 대령이라고 하지 않았나! 자세히 알아봐야 하겠다. 어떻게 해서든 그 유창이라는 장군을 확인하고 싶다. 신문에서 ROTC 출신들이 장군이 됐다고 했으니 유창이가 장군이 됐을 수도 있는 게 아닌가! 정말로 궁금하다.

"제가 동갑네라고 하기에는 너무 죄송하네요, 앞으로 법원장님이라고 불러야겠습니다."

"한번 동갑네라고 했으면 동갑네지 바꿀 일이 있나?"

"아이고 정말 영광입니다. 장군이라는 분은 투 스타이셨던 분인가요?"

그것을 물어본 것은 ROTC 출신으로는 군단장급인 별 세 개는 없는 것으로 아니 그리 물어본 것이다.

"유창 씨는 부군단장인 투 스타 출신이었지, 우리 모임은 거의 다 동갑네야. 김 장군 그는 우리 같은 단지 아파트에 사는 사람이었어. 우리 모임은 원래 40여 명이 모여 00대학교 동기회를 결성 했는데 그게 벌써 오십 년 전이야. 그리 시간이 가다 보니 뿔뿔이 흩어지게 되니 그 동기회는 그냥 무산되고 만 거지, 그런데 오래 살다가 보니까 여덟 명이 우리 같은 아파트 단지에 살게 된 걸 알았어. 그래서 다시 모여서는 이름을 바꾸어 팔인회로 했는데 같은 동에 사는 장군 출신과 골프를 치러 같이 다니다가 우리 모임에 들어오게 돼서 구인회가 된 거야."

유창이 그가 구인회에게 들어오게 된 이유는 물어볼 필요가 없는 게 아닌가!

그런데 동갑네는 유창이가 투 스타이며 성이 김 씨라는 것을 말한 것이다. 이거 분명히 뭔가가 있어 보인다. 놀랄 일이다. 어떻게 해야 그놈을 찾을까 항시 생각하고 있었는데……. 어떻게 해야만 그가 장군이라는 유창이를 한번 만나볼 수가 있을까?

이 문제는 잘 생각해야 할 것 같다. 소뿔도 단김에 빼야지! 부탁해 보기로 했다.

"제가 동갑네에게 어려운 부탁을 해도 될까요?"

"무슨???"

"귀국하셔서 동창 모임을 하실 때 제가 그 자리에 한 번만 참석하게 해주실 수 있는지요?"

"나를 동갑네가 손을 잡아 융프라우 등정을 성공시켜 줬는데, 그게 그리 어려운 부탁은 아니니 들어 줄 수도 있겠지."

"약속하실 수 있나요?"

"왜? 그러는 거지?"

"너무도 훌륭한 분들이 모인 모임일 것 같아서 호기심이 많습니다."

"와 보면 별것이 아닐 텐데? 모임에 내가 한번 불러 주지."

"지금 말씀을 약속으로 들어도 될까요?"

"그러지요."

　만날 약속을 지킨다는 그 말을 듣자 가슴이 울렁거리기 시작한다. 이제는 전 법원장이 사는 주소와 유창이 놈을 확인해야 한다. 그 간사한 놈 그놈이 진급했다면 투 스타 아니라 쓰리 스타도 될 놈이지! 유창이라는 놈이 투 스타가 된 것이 틀림없다면 어찌해야 할까? 감옥에서뿐만 아니라 평생을 이를 사리물고 만나면 죽인다고 하지 않았나! 동갑네 앞에서 내 표정을 잡으려고 해도 당최 안되는 것 같다. 이 어려운 표정을 배우라면 어찌 연기할까? 하여간 평생을 찾던 자를 유럽 여행에서 그가 대령이 됐다는 새로운 사실을 알아낸 것이다. 귀국하여 확인된다면 이제는 원수 놈들에게 복수해야겠다는 생각뿐이다. 억울하게 징역 3년을 산 것만 생각이 나고 어머니 얼굴이 떠오른다. 그러니 런던 시내 관광에 큰 관심이 없어졌다. 안내인이 가 보자고 하여 가 본 런던 시내 한복판에 넓은 공원은 거위 오리 백조들이 한가하게 놀고 있다. 조용하고 맑은 하늘이었다. 연일 안개와 비가 오는 런던 날씨라는데 많은 사람은 런던 중심부 공원에서 맑은 날씨를 즐기고 있었다. 안내인은 세계 최고 높이의 런던아이를 가 보자고 한다. 현장엘 가 보니 그곳도 줄을 서서 세 시간은 있어야 차례가 올 것 같다. 올라가봤자 런던 시내만 볼 것이 아닌가? 그보다도 엄청난 융프라우 아이거 북벽 최신형 케이블카를 타보지 않았던가. 런던아이는 별로 맘에 안 든다. 시간이 아깝다. 파리에서 에펠탑도 걸어서 올라가 보았으니 런던아이 관광을 포기하자고 하니 동갑네는 좋다고 했다. 대신 차를 타고 런던 교외로 나가 몇 시간을 돌아다니며 이것저것을 보았다. 내일이면 이제 입국하기 위해 런던 공항으로 가야 한다. 동갑네는 비행기 안에서는 비즈니스석으로 가니 어떤 이야기이든 할 수가 없을 것이다. 수단과 방법을 가리지 않고 그와 다시 만나는 자리를 만들어야 한다. 어떻게 해야 할까? 동갑네 모임에만 간다면 동갑네 주소를 모를 것이 확실하다. 번갯불이 치듯 뇌리에 꽂히는 것이 있었다. 동갑네 그는 회 마니아가 확실하다. 그렇다면 회 이야기라면 관심이 있을 것 아닌가! 관심을 보인다면 그 동갑네가 사는 주소도 알아낼 수가 있을 것이다.

"동갑네는 회를 무척 좋아하시는가 봐요?"

"그렇지 마누라가 살아있을 적 나의 퇴직 후 식사 준비는 시장에 가서 회를 떠 오는 게 시장을 보는 것이었지. 마누라는 물회도 잘 만들었지. 그게 나의 식사였으니까."

그 동갑네의 아내가 죽었다는 사실을 알았다. 또한, 주소를 알아낼 감을 잡았다.

"동갑네. 제가 선유도에 어선을 가지고 있는 친구가 있습니다. 넉 달 전에 그 친구 집에 갔다가 방어회로 포식을 한 적이 있습니다. 그 친구와 고기를 잡으러 나갔었습니다. 그런데 전날 놓은 그물을 잡아당기는 데 엄청 힘이 들었어요. 고기가 많이 잡혔다고 했는데 그물을 올리다가는 깜짝 놀랐지요. 정말로 큰 방어였어요. 그 크기가 60cm가 확실히 넘었으니까요. 그런 놈이 세 마리나 끌려 올라왔습니다. 손으로 그중 한 놈을 잡으려 하자 그놈이 꼬리를 냅다 나를 때리는 바람에 나는 바닷속으로 빠질 뻔했어요."

거짓말도 좀 보탠 것인데 그 말을 듣고는 동갑네는 관심을 보인다.

"그렇게 큰 고기가 많습니까?"

'그렇지! 관심을 안 보일 리가 없지! 이제 됐다 싶다.'

"방어 제철에는 그 고기는 어린 고기랍니다."

"하긴 큰 방어는 1m가 된다고 하니 그럴 수도 있겠네요."

"그 친구에게 제가 부탁을 하면 최고로 좋은 회를 드실 수 있을 겁니다. 그곳에는 살아있는 싱싱한 방어나 광어나 도다리, 우럭을 회를 떠서 즉석에서 먹으니 정말 맛이 육지와는 확실히 다르더군요. 제가 그 회를 맛보게 해드릴 수가 있습니다."

"어떻게요?"

"아! 그거 걱정하지 마세요. 제가 직접 선유도에 가서 친구가 고기를 잡는 곳을 따라가서 법원장님께 드릴 것을 잡아 회를 떠서 보내드리겠습니다. 어떤 종류의 고기가 잡힐지는 때에 따라 다르니 잘 모르지만, 요즈음은 택배가 하루면 도착하니 현지에서 드시는 것과 똑같습니다. 법원장님 주소와 전화번호를 알려주시면 됩니다."

"그래요? 아마도 여기 시장에서 파는 것은 살아있다고는 해도 어항 속에 갇혔던 고기이니 스트레스를 받아 고기 살이 금방 잡은 그것과는 다를 것 같네요. 좋아요. 주소는 강남구 압구정동 현대 아파트 000동 0000호이고 전화번호는 010-0000-0000입니다. 핸드폰에 입력하세요. 그러면 나도 동갑네에 전화를 알겠지요."

그렇게 하여 그 동갑네 주소를 알아내는 데 성공했다. 회 작전은 성공작이었다. 그것은 환희였다. 그 주소는 내가 사는 곳에서 가까운 곳이었다. 네 이놈들! 기다려라! 이제는 유창이 놈만 잡으면 일단은 유창이와 판사 두 사람에게 복수할 참이다. 입력한 스마트폰의 번호를 꾹꾹 눌러 내 번호를 동갑네 핸드폰에 입력이 되게 하였다.

"그곳은 아마 마구로는 안 잡히지요?"

그는 참치를 마구로라고 불렀다. 역시 회 마니아 같다.

"모르기는 해도 마구로는 제주도 그 밑으로 더 가야 잡히나 봐요."

일은 동갑네와 약속 한 대로 그리 착착 진행되리라는 보장은 없다. 그러나 동갑네로부터 전화를 받을 때까지는 어떤 말이든 조심하고 참아야 한다. 그리고 이를 사려물었다. 친구 유창이가 확실하다면 그놈 주둥이로 강간 사실을 불게 하고 꼭 복수를 꼭 할 것이다. 이제는 확실히 유창이를 알아내고 그의 주소와 전화번호를 알아내는 일이 급선무이다. 어떻게 해야 같은 아파트 단지에 사는 유창이 아파트 동 호수를 알 수가 있을까? 그동안 안내했던 안내인이 우리를 택시로 런던 공항까지 데려다주고 수속까지 밟아주고 간다고 하자, 동갑네는 그에게 얼마인지는 모르나 봉투 하나를 건네주었다. 비행기를 타면 그는 비즈니스석이니 이제는 인천공항에서나 만날 수 있을지말지이다.

19
화려한 상류사회 모임

1) 전 법원장 동갑네 계원들

귀국 후 열흘이 되자 동갑네로부터 전화가 왔다. 사흘 후에 모임이 있으니 서울 광진구 워커힐 호텔 부근 이화장으로 오후 5시까지 오라는 것이다. 숨죽이며 기다리던 그 소리를 들으니 그것은 환희였고 철통방어의 적진을 뚫은 병사가 된 기분이다. 가슴이 두근두근한다. 이제 원수를 갚을 기회가 올 것 같다. 이제 동갑네가 말한 김 장군이 내 원수가 확실하다면 어찌할 것인가? 감옥에서 3년이나 이를 갈았고 평생을 복수해야 한다는 게 "내가 살았던 이유이고 목표"인데 그냥 둘 수는 없다! 유럽 여행을 간 것이 복수할 기회를 잡은 것이 확실한 것 같다! 전 법원장 동갑네가 약속한 초청 날짜를 기다리는 게 어찌 그리 길은 지, 밖에 떠 있는 해도 장 그 자리에 서 있는 것만 같다. 빨리 가라고, 떠 있는 해 등을 떠밀고 싶다. 애타게 기다리던 날짜가 되었다. 나는 유창이가 언뜻 보아서는 몰라보게 짙은 검은색 선글라스를 쓰고 모자를 푹 눌러쓰고 옷도 젊은이들이 입는 옷을 입었다. 택시를 타고 이화장으로 향했다. 워키힐 부근의 이화장은 대형 고급식당이었다. 약속 시간보다 일찍 가서 문가에서 기다리며 유창이를 확인하려 하였는데 차가 막히는 바람에 약속 시각 임박해서 도착했다. 고급식당인 이화장의 입구부터 눈이 부실 정도로 휘황찬란한 네온싸인과 조명등이, 나를 어리둥절하게 했다. 넓은 홀에 산데리아 불빛 아래에서, 많은 사람이 저녁 식사를 하고 있었다. 작은 무대에는 피아노가 있고 그 앞에서 젊고 아름다운 미녀가 바이올린을 연주하고 있었다. 단번에 기분을 바꾸어 주는 바이올린의 선율, 일반 식당과는 완전히 다른 분위기이다. 그런 식당에서 식사한다는 것은 꿈도 못 꾸어 본 일이다. 두리번거리자 직원이 나와서 누구를 찾느냐고 묻는다. 전 법원장 이명수 씨를 이야기하니 바로 안내해준다. 특실이었다. 식당에는 대형 홀 외 특실이 몇 개가 있었다. 아! 상류층 부자들의 모임이니 특실에서 모인 것이구나! 그렇겠지! 그 특실 방문을 열자 안에는 중국식 큰 테이블에 요리상이 차려져 있고 의자가 돌려가며 10개가 있다. 그 안에 사람들을 살펴보니 여덟 명이 앉아 있다. 고개를 꾸벅하고 들어갔다. 언뜻 봐도 유창이와 비슷한 사람은 없다. 나를 쳐다본 동갑네가 손을 들어 올리며 오라는 신호를 보냈다. 공부 시간에 장난치다가 학교 담임한테 불려가는 듯 허리를 구부리고 그쪽으로 갔다. 아! 아직 한 명은 안 왔으니 내가 늦은 건 아니구나! 동갑네가 일어서서 나를 인사를 시켰다. 나는 모자만 벗고 선글라스는 쓰고 서서 한꺼번에 꾸벅 인사를 하고는 다시 모자를 썼다. 나머지 들어올 한 사람이 유창이면 몰라보게 하기 위함이었다.

"어이, 친구들 내가 유럽에서 만난 동갑네야! 내가 신세를 많이 졌어. 그래서 이리로 부른 거지 이 사람 이름은 이내호야"

그랬다! 술에 취한 자리에서 내가 가짜 이름을 불러 줬는데, 그는 내 이름을 확실히 기억하고 소개를 했다. 역시 머리가 좋은 사람이다. 동갑네는 구인회라며 일일이 소개하는데 전직 장관, 차관도 있었으며 ○○ 회장, 변호사, 교수, 대학교 총장 등을 소개해나갔다. 그들 중에는 카이스트 AI 김 박사도 있었다. 소개를 받고 보니 그들은 성공한 우리나라 최고의 지식층이었다.

"김 장군 이 사람 어디 갔지?"

"뭐 바쁜 일이 있다며 나갔어."

그 소리에 내 몸은 심장이 멈춘 것 같다. 가슴이 두근두근한다.

"아! 그래서 안 보였구나!"

방안에 들어와 두리번거릴 때, 그는 나를 알아보고 방에서 나간 것일까? 김 장군이 김유창이라고 했는데! 들어올 때 원래 한 사람은 없었는데! 다른 사람 이야기를 해도 귀에 들리지도 않는다. 둥근 식탁에는 송이버섯구이, 채소 샐러드, 각종 생선회, 랍스타, 등 이름 모를 요리들이 식탁에 꽉 차 있다. 각종 요리와 한식 요리 등 그것을 진짜 산해진미 음식상이었다. 옛날 임금님도 이런 밥상을 받아본 적은 없을 것 같은 요리에 양주. 맥주, 와인 등 술도 차려져 있었다. 나는 부자들인 아파트 통로계원들과도 고급식당을 다녀보았지만, 이런 최고급 식당을 가 본 적이 없다. 아! 우리나라 최상류층의 모임 정말 대단하구나! 식당 분위기와 테이블에 차려진 음식을 보며 주눅이 들었다. 그것은 서양의 왕들이나 하는 만찬이라고 해야 할 것 같다. 그 방에는 홀 서빙이 두 명이 손님들의 등 뒤에서 이리저리 다니며 손님들의 시중을 들고 있다. 아마도 특별한 분들의 모임이니 그렇게 방을 꾸미고 식탁도 준비한 것인지, 원래가 그런 방인지는 모르나 처음 보는 최고급 식당이다. 사람들이 술을 마시며 식사가 시작됐는데 첼로를 든 여인이 들어왔다. 연주를 시작하니 분위기가 금시 확 바뀌었다. 음악은 방 안의 분위기를 바꾸고 사람의 심장을 요리조리 긁어주는 것만 같다. 유럽의 식당 주인이 와서 보면 울고 갈만한 식당이다. 그들은 무료함과 따분함을 달래기 위해 벌이 꽃을 찾아가듯이 최고급 음식점을 찾아다니는 것으로 보인다. 그리고 자기만족을 얻기 위한 자리인 것 같다. 고생한 흔적이 없는 말끔한 얼굴들. 입은 옷들도 길거리 패션이 아니다. 그들은 우리나라의 최상위 사람들이 아닌가! 그들은 식사하면서 양주를 온더록스로 마시는 사람과 스트레이트로 마시는 사람들이 있었다. 동갑네는 술잔에 얼음을 넣고 나에게 술잔을 만들어 줬다. 스트레이트로 마시는 사람들은 술잔을 들고 조금 마시고는 탄산수를 연신 마신다. 동갑네가 내게 따라준 양주는 안주와 어울리는 유럽에서 먹던 양주와는 아주 다른 맛이었다. 입에 착착 붙는다. 그들은 그저 먹으면서 자기들 이야기만 하지, 나에게는 관심도 없다. 당연하지 않은가! 그 요리는 정말 성대하게 차려져 있었고 써빙을 하는 사람은 돌아가는 식탁에 안주가 떨어지면 즉시 같은 곳에 다른 요리를 가져다 놓았다. 와인도 가격이 싼 것은 아닌 것 같다. 강남 술집에 재벌 2세들의 하루, 저녁 술값이 수백만 원이라더니 그게 이해가 간다. 과연 오늘의 모임 식사 대는 얼마나 될까? 양주에 또 써빙하는 사람 또 첼리스트에게는 팁도 줘야 할 것 아닌가! 확실히 다른 세상이 온 것 같다. 그들 모임이 다시 결성된 것은 20년 전이란다. 동기이니 어릴 적 동리 아이들처럼 그들의 대화는 부드럽지만, 언중유골이라, 가시 돋친 말도 서슴지 않는다. 나도 돈은 있지만 저런 친구들은 한 명도 없질 않은가! 정말로 부럽다! 어떻게 저리 곱게 나이를 먹었을까? 그들을 유심히 살펴보니 술은 먹되 알코올 중독자는 아닌 것 같다. 또한, 담배를 피우는 사람들이 한 사람도 없다. 아⋯⋯. 그래서 저리들 건강한 것인가? 상류사회 사람들 그들은 다 성공한 사람들이었다. 그들은 우리나라 0.5% 이내 노년을 그리 풍족하고 여유롭게 사는 상류 사람일 것이다. 누구든 상류사회 사람들을 부러워할 것이 아니라 "나는 성공 한다."라는 생각으로 노력을 하면 되는데……. 내가 사는 아파트 통로계 사람들도 다 목표를 이룩한 성공한 사람들이다. 그래도 이런 호화판 식당에는 와본 적이 없을 것 같다. 성공하지 못한 사람들은 그저 습관에 젖어 자기 직장에서 어떻게든 안주하려고 하고 에고(Ego)에 갇힌 생활을 한다면 성공할 수가 없을 것이다. 동갑네 모임에 화제는 정치 이야기였고 나는 그들의 이야기에 관심도 없고 끼어들 처지도 아니기에 그냥 듣고만 있었다. 코미디인지 뭔지 하여간 그들의 정치 이야기는 식탁 위를 징깅징깅 밟고 돌아다녔다.

그들의 말이 식당 안을 휘젓고 난무해도 오직 내 생각은 김유창이 이놈이다. 그 자리에서 없어진 자가 김유창이라면 더욱 그가 친구일 거라는 의심이 든다. 회식이 끝나자. 나는 동갑네에게

"초대해줘서 고맙습니다. 오늘 아주 호강했습니다. 기회가 된다면 한번 모시겠습니다."

집으로 와서는 여러 가지 상념에 머리가 아플 정도였다. 만약에 이 화장에서 유창이가 나를 알아보고 도망간 것이라면 아마도 그는 그 모임에 안 나오려고 할 것이다. 이제는 동갑네 전 법원장을 어떻게 구슬리던 김유창이의 집 주소를 알아내는 것이 우선일 것 같다. 전화번호도 알면 좋겠지만 그가 이병호라는 것을 알면 전화를 받겠는가? 어떻게든 유창이를 확인만 하면 다음 일은 계획을 하리라 마음을 먹고 며칠 동안 집에서 고심했다. 아! 그랬지! 고민을 풀 열쇠를 찾은 것이다. 동갑네 법원장에게 흘러가는 소리로 들은 것은. 같은 동리 한 아파트 단지에 산다는 것이었잖아! 고심하다 보니 그게 생각이 난 것이다. 이제 그 아파트 단지 입구 앞에서 기다리면 될 것 같다. 낮이고 밤

이고 지키면 그놈이 빠져나갈 수가 있을까? 변장하고는 그 아파트 단지 정문에서 지키기 시작했다. 그러나 그것은 실패작이었다. 부자 동네 모든 고급 승용차는 진한 선팅했기에 차 내부는 보이지도 않는다. 그리고 얼굴도 수십 년이 지났는데 바로 옆에서 보아야 확인이 될 것 같다. 어떤 다른 방법이 있을까? 그렇다! 그 고민의 해결 방법은 동갑네 집에 회를 보내고 그 집을 한번 찾아가서 그와 이야기를 하다가 구렁이 담 넘듯 슬그머니 김유창이의 아파트 호수를 알아보면 될 것도 같다.

20

또 시작한 복수를 향한 길

동갑네 전 법원장과 유럽에서 한 약속을 지키기 위해 선유도(仙遊島)로 가기 위해 군산으로 갔다. 선유도로 처음 내려가 선배에게 배를 사주었을 때는 새만금 방조제를 만드는 대역사가 진행되고 있었다. 그동안 일 년에 3번씩은 내려갔었다. 10여 년이 지나자 군산에서 선유도는 신시도를 거쳐 자동차로 갈 수가 있게 되어 군산에서 30분 거리로 좁혀졌다. 내가 내려간다고 하자 이 선배는 차를 가지고 군산으로 왔다. 나를 보자 내 온몸을 끌어안고 진한 반가움을 표시했다.

"아니? 그런데 웬일이야? 미리 소식도 없이 갑자기."

"선배한테 부탁할 게 있어서 왔어."

"나에게 뭔 부탁이 있을까? 또 취직시켜 달라고 하려고? 하하하."

"그려 이번에는 온 길에 아주 여기서 살려고 왔지."

"대환영이지. 방도 있겠다 같이 살면 되겠네."

"잘됐군. 이제 그 방이 내 별장이라고 생각하면 되겠네."

"그래 그 방은 친구 별장이지."

"여기에 갑자기 온 것은 다른 게 아니고 보통보다는 좀 큰 광어나

우럭 또는 방어를 잡아서 회를 떠서 보낼 곳이 있어. 그것을 부탁하려
고 온 거야."

"그럼 전화를 하지. 이 먼 곳까지 와. 하긴 와서 만나봐야 좋지만."

"내가 고기 크기를 보고 보내려고 그래. 하여간 요새 잡히는 어종이
뭐야?"

"요즈음은 여기에 문어가 많이 잡혀 그리고 광어. 우럭은 크기가 작
아 방어는 재수가 좋아야 큰놈이 잡힐 것 같아. 제철이 아니거든. 12
월은 돼야 많이 잡혀."

"그래? 우럭이든 광어든 방어든 우선 잡히는 큰놈을 회를 떠 줘."

"그거야 어려운 게 아니니 우선 집으로 가서 소주 한잔하자고 집에
잡아놓은 고기도 많아."

"집에 잡아놓은 고기가 많이 있어?"

"네가 보았잖아. 집 마당에 파놓은 어항. 그곳에는 항시 고기가 있
지."

"참 그렇지!"

동갑네 전 법원장과 약속을 지키려니 고기를 가두어 놓았다는 그
통에 고기가 궁금해지고 보고 싶다. 집으로 가서 그 통속을 보고는 놀
랐다. 며칠 전에 잡은 거라는데 큰 놈이 많다.

"저 정도면 아주 큰 건데!"

"하긴 시장에서 파는 고기보다는 큰 편이지. 큰놈은 여기 보관했다
가 주문이 오면 택배로도 보내지만, 군산은 내가 직접 가져다줘 여기
있는 고기는 아주 큰 것은 아니야."

"여기서 서울은 택배 바로 되지?"

"그럼 내가 군산까지 안 가도 여기서 택배로 부치면 어느 곳이든 육
지면은 내일 오전 중에 배달이 돼."

"잘됐다. 고기 회를 떠서 내일 아침에 이 주소로 보내줘."

"그래 알아서 보내 줄게. 택배는 염려 말고 술이나 한잔하자고."

두 사람은 선유도 앞바다가 보이는 캐노피 안에 앉아서 마음 편히 회와 술을 마셨다.

정말 별장에 온 기분이다. 나는 술을 마시고 새로 만든 방에서 내 집같이 잠을 편하게 잤다. 그 이튿날 선배는 새벽에 일어나 우럭과 방어회를 떠서 강남 동갑네 집으로 택배로 보내고는 또 전과 같이 술 한잔하자고 한다.

"선배 이제 나는 오후에 갈게."

"말도 안 되는 소리 하지 마, 몇 달 만에 왔으니, 낚시도 하고, 회 떠서 술도 실컷 먹고 가. 방도 따로 있잖아."

그는 쳐놓은 그물을 걷은 후에 다음 물때에 낚시하잔다. 그물로 잡는 것은 고기를 줍는 것이고 낚시는 실력이란다. 사실로 한번 해보니 확실히 실력이었다. 낚싯대를 잡고서 고기가 물었나 안 물었나를 아니 정말 고수가 확실하다. 그물로 잡는 것과는 또 다른 희열을 느꼈다. 자빠진 김에 쉬어가게 됐다. 이틀 후에 서울 동갑네한테서 아주 좋은 회를 보내줘서 고맙다고 전화가 왔다. 그가 그물을 꺼내는 동안에는 그가 데려다준 갯바위에서 참돔 낚시를 했다. 칙사 대접받듯이 5일을 잘 보냈다. 첫 번 작전은 실패했으니 유창이를 잡으려고 세운 두 번째 작전을 시작했다. 동갑네에게 회를 보내고 열흘 후에 동갑네에게 전화했다.

"먼저 이화장에서 정말 산해진미를 맛보았습니다. 얻어먹고서 그냥 있으면 안 되지요. 말씀드린 대로 제가 한번 대접하겠습니다. 날짜만 알려주시면 그리로 가겠습니다."

"뭐 그리도 할 것은 없는데? 식사비가 많아 부담이 갈 텐데?."

"아닙니다. 그런 건 걱정 안 하셔도 됩니다. 한번 꼭 불러만 주십시오."

"그러지 뭐. 이달 모임은 지나갔으니 다음 달에는 꼭 불러 주겠네."

"감사합니다."

21
상류사회 2, 3차 모임

이번 모임에 가면 김유창이 네 정체가 확실히 드러날 것이다. 이번에도 도망간다면 너는 틀림없이 김유창이다. 날짜를 보니 아직도 10여 일이 남았다. 기다림의 시간이 엄청나게 먼 것만 같다. 다른 사람들은 나이를 먹으면 시간이 뛰어간다고 하는데 …. 5. 4. 3. 2. 1. 땡. 이번에도 진한 선글라스를 쓰고 모자는 젊은 애들이 쓰는 모자를 쓰고 옷도 좀 고급스러운 옷을 백화점에서 사서 입고 이화장 모임에 갔다. 약속된 시간보다 더 일찍 가서 문가에 앉아 있다가 유창이가 들어오면 슬그머니 나가 식사비를 카드로 결제하고 밖에서 유창이를 기다리다가 쫓아 나가 사는 집을 알아볼 참이다. 다음 일은 계획을 하면 될 터이니 우선 김 장군이라는 사람이 유창이인 것만 확인하면 되는 것이다. 약속한 시각에 맞추어 테이블 가운데에 술과 요리가 차려지기 시작했다. 동갑네 전 법원장이 시켰는지 먼젓번 요리와 거의 다 비슷한 요리상이었다. 그 방은 전에 방보다는 작은 방이지만 전 모임에 참석했을 때와 똑같았다. 그곳도 전과 같이 테이블이 빙글빙글 돌아가게 돼 있고 써빙이 분주하게 움직인다. 먼젓번에 만났던 분들이기에 안면도 있고, 우스갯소리를 한 분을 보니 마음에 안정이 온다. 그래서 웃는 사람은 기억에 남는가 보다. 한 사람이 들어올 때마다 일어나서 예의를 차렸다. 아홉 명이랬는데 일곱 번째 동갑네가 들어와 반갑게 인사를 한다. 이제 두 명이 남았다. 그 둘 중의 하나가 유창이일 것이다. 심장이 뛰는 소리가 귀에서 들리는 것 같았다. 그랬다. 먼저 보지 못한 사람 하나가 들어와 자리에 앉았다. 어라? 저 사람이 그날 있었었나 없었었나 구별이 안 된다. 이제 한 사람 만남은 것이다. 긴장은 최고조로 높아져 숨쉬기조차도 멈출 것만 같았다. 마지막 한 사람이 들어왔다. 동갑네 전 법원장이 일어서서

"어, 김 장군 인사해, 먼젓번에 자네는 바쁘다며 그냥 갔지?"

딱 봐도 유창이가 아니다! 그가 의자에 앉았다. 큰 기대가 무너져 내리니 펑크 난 타이어가 바람 빠지듯이 내 힘이 쭉 빠졌다.

"먼저는 식구가 갑자기 어지럽고 쓰러질 것 같다고 전화가 왔어, 그래서 인사도 없이 그냥 도망치듯 빨리 간 거지 미안합니다."

"아니 미안하기는 그게 더 급한 거지."

김 장군 그는 유창이가 확실히 아니었다. 유창이 놈을 만나기 위해 이 자리를 만들기에 얼마나 공을 들였든가! 긴장이 풀리는 것인지 기대가 무너져서인지 첼로를 연주해도 흥이 나지를 않는다. 이번에는 틀림없이 만날 것이라고 했는데…… 시간이 갈수록 구멍 난 자전거 주부같이 몸이 점점 축 늘어졌다. 이제 어떻게 하지? 복수의 칼을 간 지가 수십 년이다. 유창이를 만난다는 것은 이제 포기해야 하나? 아니지! 코로나에 걸렸어도 복수를 해야 한다며 악을 쓰고 숨을 쉬지 않았던가! 그가 살던 00 구청에 갔다가는 개인정보라며 그의 호적 또 주민등록도 알지 못하고 쫓겨났었다. "내가 사는 이유" 중 하나는 오직 원수를 갚는 게 아닌가! 한숨이 나왔다. 그 맛난 진수성찬에도 젓

가락을 대기가 싫다. 동갑네가 나를 살펴보았는지

"아니? 왜 안 먹고 앉아만 있어? 무슨 일이 있나?"

"아닙니다. 어찌 아침 먹은 게 소화가 안 되는지 속이 거북해서요."

동갑네 그는 당장 그는 홀 서빙에게

"이봐요. 호텔 앞에 나가 약국에서 까스명수나 소화제를 하나 사다 줘요."

하며 세종 대왕을 한 장을 준다. 그냥 있어도 될 것인데 생각해주니 고맙다.

남자들은 만나며 제일 먼저 군대 이야기부터가 자연히 나온다. 그러지 않으면 여자 이야기들을 한다. 그 나이들에 여자 이야기를 할 리도 없지만, 그날도 그들은 정치 이야기에 여념이 없다. 그러다가 여자 이야기가 슬그머니 삐져나왔다.

"크루즈를 타고 세계 일주 한 번 하는 게 어때?"

"좋기는 하겠지만 그런 것도 고추가 매울 때 가야 재미있지, 오뉴월 소 불알 늘어지듯 늘어진 고추를 들고 전쟁에 나가겠나? 괜히 심장만 놀래주고 올걸?"

"하하하 하긴 그려."

"고놈이 고개를 숙인 것도 문제지만 전립선 그게 문제지."

"맞아 남자들은 나이를 먹으면 다들 그것 때문에 골치가 아픈데. 여자 이야기가 끼어들 틈이 없지."

그들은 이야기하는 내내 자식에 관한 이야기는 없었다. 그들은 다 고위직을 했으니 자식들도 다 잘살든지 고위직에 있든지 할 게 아닌가? 이상했다. 왜? 그럴까? 자식 자랑은 팔불출이라는 것을 알고 자식 이야기는 안 하는 걸까? 양주 몇 잔 마신 것이 목덜미부터 얼얼하게 하더니 뱃속까지 얼얼하게 해 놓았다. 술꾼들이 한 아파트 한 동에 사니 뻔한 거 아닌가! 모인 그들은 한 사람도 술을 안 먹는 사람이 없으니 동갑네 말대로 그들은 다들 술, 친구들일 것 같다. 나는 그들의 말에 대꾸는 노래 후렴처럼 미소를 가끔 짓는 게 다였다.

나는 식사 대를 계산하면서 깜짝 놀랐다. 아니? 열 명 한 끼 식사 대가 550만원이라니. 계산서에 보니 첼로 연주자 팁은 10만원이었고. 양주, 와인 값은 다 있는데 맥줏값이 빠졌다. 이왕 쓴 거지만 그래도 궁금해 물어보았다.

"어찌 맥주가 계산에서 빠졌네요?"

"맥주는 몇 병을 먹던 공짜입니다."

처음 듣는 소리였다. 그렇다면 그들의 한 달 모임에 회비는 얼마일까? 그걸 보고 천차만별? 또는 하늘과 땅 차이? 아하! 참으로 나는 세상 물정 모르고 살았구나! 이제야 상류사회가 무엇인가를 본 것이다. 근 세 시간 반에 걸친 고급식당에서의 그들의 이야기는 귀에 들어오는 게 하나도 없었다. 그저 왼쪽 귀로 들어와 오른쪽 귀로 나갈 뿐이었다. 집으로 와서 계산서를 다시 한번 보다가는 궁금하여 하얏트 호텔에 전화했다. 부패 식사비를 물어보니 연회석 식사비는 고급 와인 포함하여, 일 인당 30만원이라고 한다. 아구야! 그렇구나! 그러고 보니 이화장의 식사비는 호텔보다도 더 비싼 고급 음식점이었다.

먼젓번의 답례라며 그 모임에 동갑네가 나를 초청했다. 나는 단번에 응했다. 동갑네 전 법원장도 복수의 대상인데 그와 자주 만나야 할 것 아닌가! 그들은 또 정치 이야기부터 시작했다. 성폭행 사건과 연루되어 자살한 000 이야기가 시작됐다. 나는 그놈의 성폭행 때문에 징역을 살았으니 온통 그들이 어떤 말을 할 것인지 신경이 갔다. 귀를 기울였다.

"성폭행 말이야, 그게 판결이 판사마다 조금씩 다른 것 같은데 그거 어찌 생각해?"

"성폭행 판결? 인체는 2차원과 3차원의 세계를 다 가지고 있는 요술 램프야. 그러니까. 인체는 이차원의 세계에 살다가 남자가 사정할 때와 여자가 오르가즘 느끼는 것은 삼차원의 세계를 느끼는 거지, 2차원 3차원 그걸 안 배운 판사는 아마도 없을 거야. 그러니까. 성폭행을 한 놈은 2차원의 고추 그놈이지."

"그래서 고추를 어찌 하겠다는거야?"

"사람은 죄가 없고 죄는 고추가 지었으니 고추만 징역에 처해야지."

"그래 그러면 판결은 어떻게 해야 잘하는 것인가?"

"고추에게 징역 2년 하면 끝이지."

"뭐라고? 그러면 징역 2년을 받은 고추를 어떻게 할 건데?"

"몸은 죄가 없으니 고추만 감옥에 넣어야지."

"뭐라고? 그러면 몸은 어찌하고."

"감옥 방문에 구멍을 내는 거야. 그리고 고추만 집어넣어야 해. 그러면 되는 거야."

"그러니까 죄 없는 몸은 감옥 문밖에 서서 있든지, 그러잖으면 고추를 떼서 감옥에 주고 나오면 되는 거지."

"에이 이 사람아."

하하 하하.

"어이! 총장! 지금의 재판은 정말 공정하게 하고 있다고 보는가?"

"글쎄. 권력을 가진 자와 일반인들과의 재판은 국민이 이해가 안 가는 재판이 있는 것도 같다."

"유전 무죄 무전 유죄는 아니고?"

"사법부 판단에 또 국회에서 짬짬이 이야기가 나온다는 것은 그게 사실인지 아닌지는 모르지만, 국민이 보는 눈은 아니 땐 굴뚝에서 연기가 날까? 일 것이야.”

“사법부가 편 가르기에 동참한다면 그것도 끔찍한 일이지. 짬짜미나 편 가르기 그 말이 나온다는 것 자체가 있어서는 안 될 일 아닌가?”

“천하태평 시대였던 요순시대로 거슬러 올라가지 않는 한 정권에 아부하여서 한자리하려고 하는 판들과 정권을 잡으려 기망을 하는 자는 아마도 방탄복을 입고 다닌 시절이 올 수도 있을 거야.”

“그런 일이 일어날 수도 있겠지. 그러면 나라는 세계에 망신을 당하는 초유의 사태가 되겠지.”

“위정자들은 국민을 소 돼지로 보지 말고 정신 차려야 해. 그런 것들을 방지하는 데에는 AI 판사를 도입하면 정치를 하는 자들이 함부로 날뛰지는 못할 거야.”

“그런 말이 절대 나오지 않게 하려면은 바로 검사 판사 변호사까지도 다 AI로 교체하면 되지 않을까?”

“그려! 그렇게 되면 법꾸라지들도 없어질 터이고 범죄도 많이 없어질 것 아닌가?”

“AI가 없으면 못사는 시대가 10년 내 도래할 것이다. 일본은 지금 여관도 공장도 다 AI가 하는 곳이 많아지기 시작하지 않았나?”

“EU는 어느 부분만큼은 AI가 재판에 관여해서는 안 된다는 조항을 넣고 AI가 재판하는 법을 통과시켰다. AI의 수치상은 사람보다 똑똑하므로 충분하게 이용하고 있다고 본다. 우리나라도 지금은 판사나 검사들이 검색하면 볼 수 있게 AI에게 법 조항 및 판례를 기억시켜 놓았으니 그것을 이용하는 판검사는 조사나 판결하기가 훨씬 쉬워졌을 거야.”

“그러면 뭐 해 판사 맘대로 판결하면 그만인걸.”

"그러니까 AI 판사제를 도입하자는 게지."

"현재의 법 체재는 고관대작들에게만 유리하게 되어있어, 법꾸라지들이 이리저리 시간을 끌다가 보면 국민은 그 사건을 잊어버리게 되지. 언론도 계속 떠들지 않는다면 구렁이 담 넘어가듯 처리될 수도 있겠지."

"미국에는 변호사 시험에 붙은 AI도 있다. 앞으로 387개에 달하는 직업은 70% 이상이 없어질 것이다. 중국에는 지금 홍콩을 기점으로 생긴 법원 판결에 참여하는 속기사가 다 없어졌다. 앞으로는 AI 시대가 올 것이야."

"그렇다면 김 박사가 보기에 AI 시대는 법에 판결은 어떤 일이 벌어질까?"

"지금은 국민이 가만히 있지만, 재판은 공정해야 하니 국민은 AI가 재판해야 한다고 들고 일어서겠지."

"그렇게 된다면 사회는 혼란이 오지 않을까?"

"그 큰 흐름을 정치권도 사법부도 막지를 못할 거야."

"정말로 AI 시대에 판사. 검사. 변호사, 보조를 전부 AI가 맡게 된다는 말인가?"

"그럴 확률이 10년 후 면 99%야."

"그러면 재판은 확실히 공정해질 것인가?"

"AI가 어떻게 감정까지도 세밀하게 조절할까?"

"그게 문제는 되겠지만 특별한 경우가 아니고는 AI 재판을 국민은 환영하지 않겠나? 거기에 완벽한 양자컴퓨터가 나온다면 세상은 완전히 다른 세상이 될 것이며 비트코인은 공기 중에 떠도는 휴지가 될 것이고 이 세상 암호란 암호는 다 뚫릴 것이다."

"10년 후면 전쟁도 AI가 맡아서 할 것이다. 상상도 못 하는 세상이 올 게 분명하다."

"호오 국회의원 나리들이 제 밥그릇 챙기기에 여념이 없을 터인데 AI를 인정할까?"

"AI 판사 도입하자는 김 박사 말이 맞아 우리나라는 꼭 그렇게 해야 질서가 잡힐 거야."

"쳇GTP 발달로 언어의 국경이 없어졌다. AI의 진행 속도는 가히 놀랄 만하지, 세계 모든 언어 번역은 물론 세계의 전 신문도 내 나라말로 읽어볼 수도 있고 들어 볼 수가 있다. 앞으로의 도제식 교육은 꼭 필요한 것 외에는 쓸모가 없어질 것이니 많은 부분이 철폐될 것이 분명하다."

"참 좋은 세상이 왔는데 법의 집행이 그리되었으면 얼마나 좋을까."

"싱귤레리티(singularity)(AI와 사물 인터넷이 결합)가 발달하고, 거기에 양자컴퓨터만 활성화된다면 세상을 완전히 바뀔 것이야."

"법은 국회의원 그네들이 만드나 우리나라 법을 꼭 지키는 국회의원은 몇 명이나 될까? 아마도 AI 법을 만들라고 하면 아마도 국회에서뿐만 아니라 변호사들과 법조계에서도 난리를 칠걸."

"헌재는 제 구실을 하는가?"

"제구실은커녕 편가르기를 하는 씨름장이지 정치판을 싸움터로 만드는곳이야."

"그렇다면 어찌하는게 좋을까?"

"헌재는 옥상옥이야 대법원이 있는데 헌재가 왜? 필요해."

"국민투표라도 하여 국민들이 꼭 필요하다면. 헌재 판결도 AI에게 맡겨야 해."

"인공지능을 가진 AI가 미국 변호사 시험에 합격한 것은 맞아, 놀랄 일은 그 AI가 변호사 시험에 합격했는데 상위권 10% 안에 들어갔다는 것이야."

"AI가 진짜 판사가 되어 판결한다면 정말 잘할 수 있을까?"

"시켜보면 현재의 법 판결보다는 확실히 틀릴 것입니다. 다만 걱정되는 것은 AI는 감정이 없다는 것이 문제가 될 수도 있어. 그러니 인공지능 연구를 좀 더 해야 할 것이야."

"에이 그런 거 얘기하면 술맛 떨어져. 그만하자. 우리는 이제 뒷방 늙은이가 된 것이고 머리 좋은 애들의 세상이 될 거 아냐? 나름대로 살겠지."

"그건 아니야 앞으로 우리나라를 짊어지고 갈 아이들에게, 교훈이 될 말을 우리는 해주어야 하네. 그리고 중요한 지식의 책이 중요함도 또 공자 시대의 고전 이야기도 아이들이 읽어보게 하여 일깨워줘야 하네. 그래야 우리 아이들이 도덕도 잘 알게 될 것이고 세계를 장악할 게 아닌가?"

"구체적으로 말을 해봐. 그게 무언지."

"아이들에게 탈무드 식 교육을 할 자료를 만들 때 공자 맹자 이야기도 같이 교과서에 넣는 일이야. 그리고 마이크로 소프트나 구글이 거의 독점하다시피 하는 챗GTP 신기술을 배우게 환경을 조성해 주는 일이야. 그러면 우리나라 아이들이 세계를 장악하게 될 것이고 우리나라는 요순시대와 같이 천하태평 시대를 맞게 될 것이야."

"맞아. 전 세계 인구 0.1%도 안 되는 유대인이 세계를 장악한 것은 탈무드의 영향이고 그들은 탈무드를 지키며 살기에 세계를 장악하고 있는 거야. 자율 주행 자동차 기술은 중국이 지금까지는 최고잖아. 스마트폰으로 차를 부르면 오니 앞으로 차를 돈 주고 살 필요가 없겠지."

"역시나 카이스트 박사다운 말이군."

"우리가 내일 갈지라도 우리가 아이들에게 인격도 잘 가르쳐 주고 가야 해. 그게 우리의 사명이라고."

참으로 잘 지적한 맞는 말 같다. 그러나 그들의 말을 들어줄 정치인 또 젊은 세대들이 있을까? 앞으로의 우리나라를 짊어지고 갈 사람들은 젊은 세대들이다. 정치인이나 또 국민 중 젊은이들이 정신 못 차리면 잘 사는 나라에서 나락으로 떨어진 필리핀이나 아르헨티나를 보라는 게 그들의 종합 의견이다. 동갑네 계원들 그들은 독한 술을 마시지만, 말하는 것을 보니 세상사도 훤히 뚫고 있으며 술은 즐길 뿐이지 알코올 중독자들은 확실히 아닌 것 같다. 그만큼 그들은 술을 마시기는 자제를 하며 마시는 사람들이 확실한 것 같다. 말을 하면서도 농담 섞인 말이지 술에 취하여 횡설수설하지는 않는다. 역시나 나이가 있고 경륜이 있는 상류사회 사람들이니 그럴 만도 하다.

7부

"세상에 이런 일이"
이것은 기적이었다

22

원수를 갚을 기회를 잡았다

2020년 중국 우한시에서 발생한 코로나가 전 세계를 팬데믹으로 몰고 갔다. 우리나라도 46,000여 명의 사망자를 냈다. 내가 사는 아파트 통로계 계원 두 명이 죽는 사고가 터졌다. 나와 동거인도 코로나에 걸려 음압실에 입원해 죽을 고생을 하고 25일 만에 퇴원했다. 그의 딸은 맹학교 선생님이 되고 결혼을 하였기에 같이 살지는 않았기에 코로나는 걸리지 않았다. 나는 그 후유증으로 한 달 이상을 고생했다. 2023년 6월 코로나 범유행이 독감 수준으로 풀리자, 외국 여행도 자유화됐다. 그래서 7월에 유럽 여행을 갔다 올 수가 있었다. 자이안트 통로계 모임은 다시 시작했다. 내가 사는 아파트 통로계 모임에서 코로나 전에는 매월 걷는 회비로 동남아 여행도 가끔 가고 전국에 이름난 맛집을 찾아다녔다. 15명이 매월 만나는 모임은 친척이 없는 나에게는 이웃사촌들이었다. 나는 23년 7월 유럽을 다녀온 후 아파트 통로 계에서 대게 철이라며 대형 버스를 전세하여 23년 12월 초, 동해안을 1박 2일 일정으로 여행을 떠났다. 서울에서 강릉을 거쳐 울진에서 대게를 먹고 펜션에서 1박하고 동해안 관광도 하고 포항 죽도 시장을 가서 방어회도 먹고 마른 해산물 쇼핑도 하고, 시장 구경을 하고 오기로 한 것이다. 그런데 나는 그곳 죽도 시장 식당에서 화장실을 가다가 유창이와 겉모습이 아주 비슷한 사람을 보았다. 수십 년 동안 오리무중(五里霧中)이라 찾을 수가 없었던 유창이인데 그가 정말 유창이일까? 나는 여행 모자를 쓰고 선글라스를 썼으니 그는 아마 나를 보아도 몰라볼 것 같다는 생각이 들었다. 그의 얼굴을 자세히 볼 수 있는 3m 앞을 스쳐 가며 보니 그는 확실히 김유창이다. 하마터면 깜짝 놀라 "유창이 네 이놈"하고 소리를 지를 뻔했다. "세상에 이런 일이"라고 할 만큼 유창이를 우연히 만난 것이다. 가슴이 떨려오며 분노가 치밀어 올랐다. 유창이는 짙은 회색 양복에 붉은 넥타이를 매고 있었으며 나이 탓인지 얼굴은 많이 여위었다. 그래도 유창이 어릴 적 모습이 완전히 없어지지는 않았다. 나는 그를 보자 어머니가 생각났다. 수십 년간을 벼르고 별렀지만, 지금은 어찌할 수가 없다. 오랫동안 숨어 있던 분노가 치를 떨게 했다. 그는 젊고 발랄해 보이는 여자와 젊은 남자 한 명과 앉아서 식사하고 있었다. 가슴이 두방망이질을 치기 시작했다. 이걸 어떻게 하나? 잘못하면 평생 생각한 복수를 망치고 만다. 동갑네 계원 중에 유창이가 있을 거라는 생각은 실패작으로 끝났는데 이번에는 유창이와 딱 마주친 것이다. 어떤 수를 쓰든지 유창이를 잡아야 한다. 두근거리는 가슴을 쓸어내리며 입을 닫고, 고양이처럼 살금살금 계산대로 갔다. 직원 여자에게 세종대왕 두 장을 손에 쥐여주며 귓속말로

"저기 회색 양복에 붉은 넥타이를 맨 사람이 아는 분인가요?"

"그럼 애, 저분은 약 한 달 전에 보았고요, 오늘 다시 왔습니다. 왜? 그러시나요?"

"저분에 대해 아는 것이 있나요?"

"잘은 모르지만, 저분은 이사님이라 하던데요."

"누가 언제 그러든가요?"

"같이 식사하는 여자분이 오늘 이사님! 이사님! 그렇게 말하던데요. 아마 포철 이사님이겠지요."

'뭣이라? 포항제철 이사? 포항제철 이사라면 이제 유창이를 찾는다는 것은 일도 아닐 것이다. 아! 이제는 됐다! 하늘이 복수하라고 나에게 기회를 준 것이다!' 나도 모르게 이가 악물어졌다. "감사합니다"가 입속에서 잔치하고 머릿속에서는 연신 환호를 불렀다. 그들에 식탁을 보니 한창 먹는 중이다. 그들 세 명이 밥 먹는 시간이 끝날 동안 그를 감시할 수 있을 것이다. 재빨리 계모임으로 가서 통로계 회장에게 양해를 구하고 동거인에게는 내가 여기서 볼일이 있으니 그 버스를 타고 집으로 가라고 했다. 그리고 나는 유창이를 미행하기로 했다. 한 30분쯤 있으니 식사를 다 마쳤는지 젊은 남자가 일어서니 두 명도 따라 일어선다. 젊은 남자가 카운터에서 계산을 하고 그들은 식당을 나섰다. 유창이 놈은 여자와 함께 어디론가 간다. 포철 이사라니 서두를 필요는 없지만 바로 뒤를 따르며 미행을 시작했다. 그들은 식당을 나와 좀 떨어진 주차장 쪽으로 간다. 아! 차를 가지고 왔구나! 차 번호를 알아두면 혹시나 유창이 놈을 찾을 때 확실히 도움이 될 것이다. 차 종류와 번호판 사진을 찍으려고 유창 이놈 뒤를 5m 정도를 띄우며 따라갔다. 그들은 벤츠 차 앞에서 멈추고 여자가 운전석으로 가서 앉았다. '그렇겠지! 횟집이니 소주 한잔했을 수도 있고 나이도 있으니 운전을 하지는 않을 것 같다! 벤츠의 차 뒤에서 스마트폰으로 번호판 사진을 찍었다. 그들이 차를 타고 떠났으나 포철 이사라면 붙잡을 수 있으니 큰 걱정은 안 해도 된다! 평생을 복수만을 위하며 살았는데 수십 년이 지난 오늘에서야 유창이 그놈을 만났으니 가슴이 계속 두근두근한다. 그러나 유창이가 그 나이에 포철 이사라니 역시 재주도 좋은 놈이구나. 그런데 젊은 남자와 그 여자는 누구일까? 궁금하다.'

포항제철 이사라면 금방 찾을 수 있을 것이다! 이제 수십 년간 벼르던 복수를 할 기회를 잡은 것 같으니 축배를 들어야 할 판이다. 마음을 진정시키기 위해 식당으로 가서 고래고기를 시켜서 소주와 같이 먹었다. 그리고 포항 시내 여관을 잡았다. 여관 계산대 직원에게 포항제철에 가서 포철 이사라는 사람을 찾으려면 어떻게 해야 하느냐고 물었다.

"포항제철 그 안을 들어가시려면 우선 주민등록증과 차가 있어야 할 것이고 정문에서 면회 신청을 하면 됩니다."

한시라도 마음이 급하다. 일단 포철을 한번 가 보기로 하고 택시를 타고 포항제철 정문을 가 보았다. 여관에서 듣던 대로 포철은 엄청나게 큰 부지 입구에 정문이 있다. 정문 옆에 있는 면회실은 간단한 음료수와 커피와 빵을 파는 코너도 있었다. 교대 시간인지 많은 사람이 밀려 나오기 시작했다. 그 많은 인파 중에 또 나오는 수많은 차량에서 유창이 차를 만난다는 것은 안 될 것 같다. 다시 예약한 여관으로 갔다. 이제 유창이가 근무한다는 곳을 알았으니 서두르지 않고 침착히 계획을 해야 한다.

이튿날 09시가 되자, 즉각 포철 안내대로 전화를 했다.

"여보세요? 포항제철 안내 데스크지요?"

"네 그렇습니다."

입에 침도 안 바르고 거짓말이 술술 나왔다.

"저는 지금 월남 전쟁터에서 생과 사를 같이 했던 친한 친구를 찾고 있습니다. 그 친구가 포철에 있다고 하여 만나고 싶어서 전화한 겁니다. 개인정보를 말씀하지 마시고 그냥 알려주시면 참 감사하겠습니다. 부탁드립니다."

"아, 그러세요? 만나면 참 반가우시겠네요."

"그렇습니다."

"누구를 찾으시나요?"

"김유창 전 육군 대령입니다. 포철 이사라는데요?"

"제가 여기 팀장입니다. 그런 분은 없습니다."

"포철 이사님이라고 하던데요?"

"죄송합니다. 잘 알아보시고 전화 주세요. 감사합니다."

"딸깍."

아! 다 된 밥에 숟갈만 들면 될 줄 알았는데 이게 무슨 일인가? 택시를 잡아타고 죽도시장으로 달려갔다. 죽도 시장은 크고 넓으니 모임을 했던 식당을 찾으러 숨도 안 쉬고 뛰어다니다가 그 식당을 찾았다. 카운터에서 "저. 저. 저."하고 보니 카운터에 팁을 쥐여준 여자가 없다.

"저기요. 어제 점심때 여기서 카운터 보시던 젊은 여자분은 어디 가셨나요?"

"아! 알바! 그 사람 정식 직원 아닙니다. 알바로 어제 하루 일을 한 사람입니다."

젠장 이걸 뭐라고 해야 하나! 그렇다고 잡힐 고기를 놓칠 일은 없겠지!

"그럼 그분은 언제 또 알바를 하나요?"

"바쁠 때만 부르지요. 타임제입니다. 한 시간에 10,000원을 줍니다."

그랬구나! 1만원을 받는 알바에게 2만원을 쥐여줬으니 알 만도 하다.

"그분과 서로 연락하는 전화는 있을 게 아닌가요?"

"있지요. 그런데요, 아무한테나 전화번호 알려주면 안 되는 거 아닙니까?"

참. 이거 환장하겠다. 그럴 때는 꼬리를 흔들어야 한다. 신사임당을 꺼내 그에게 내밀었다.

"이거 물어본 팁입니다."

"아이고 이렇게 많이 줘요?"

"그 아르바이트 분 전화번호나 알려주세요."

"제가 알려줬다고는 하지 마세요."

"네 걱정하지 마세요. 무슨 큰일이 아니니까요. 그분에게 제 친구 근무처를 알아볼 것뿐입니다."

"000-0000-0000입니다."

아, 참 어렵다! 긴장도 된다. 전화를 들고 번호를 누른 후 숨도 안 쉬고 총 떠난 총알처럼 말했다.

"아. 안녕하세요? 어제 포철 이사라는 분을 물어봤든 사람입니다. 포철에 그 사람의 이름을 대고 알아보니 그런 이사는 없다고 하던데요? 혹시 그 이사라고 하는 사람과 식사 하러 오신 분 중에서 아시는 분이 있으시나요?"

"없는데요? 그분과 같이 온 사람이, 이사님. 이사님. 해서 포철 이사님이구나! 했지요, 그리 생각하고 있는 것 외에는 아는 게 없어요."

젠장……. 또 헛다리를 짚은 것이었다. 유창이는 이제 내 손에 하며, 기대했던 것은 오리무중(五里霧中)으로 다시 원위치했으나 어쨌든 유창이를 본 것은 큰 수확이다. 그는 분명히 김유창이였다. 다시 포철 안내대로 다시 전화를 했다.

"포철에서 이사님이라고 불리는 분들은 어떤 분들인가요?"

"그거요 엄청 많지요. 협력업체에도 이사님이 많이 있으니까요."

아! 그거였구나! 여관으로 가서 안내대에 컴퓨터를 잘하는 사람이 있느냐고 물어보니

직원들은 거의 컴퓨터를 잘한단다. 이제는 됐다 싶다. 소개받은 젊은 여관 직원인 그는 나이가 30살이나 될 듯 말 듯하다.

"저기 젊은 선생 말여, 포철 협력업체를 뒤져서 김유창 이사를 찾을 수가 있을까?"

"협력업체가 하도 많으니 쉽지는 않아 보입니다."

그에게 신사임당 두 장을 내미니 그의 얼굴색이 달라진다.

"사장님 제가 최대한도로 검색해 보겠습니다."

역시나 돈은 작든 크든 그 힘이 있다. 가슴이 두근두근하는 하루를 여관에서 보냈다. 그는 그다음 날 내 방으로 찾아왔다. 그를 보자, 숨도 안 쉬고 따발총을 갈겨댔다.

"김유창 이사를 찾았나요?"

"네 찾았습니다. 거의 하루 동안 검색을 하느라 엄청나게 고생했어요."

"아! 정말 수고 많았어요. 서류 좀 봅시다."

그는 유창이 회사의 주소며 재무제표, 직원 현황, 년 매출을 인터넷에서 검색하여 프린터기로 복사를 해서 가져왔다. 그리고 하나하나 집어가며 설명을 한다. 인터넷 세상이라더니 정말 신기하기도 하다.

"그 회사는 성림산업이라고 본사는 서울이고 등록된 직원은 대표이사 포함 6명입니다. 자본금이 5천만원이니 그리 큰 회사는 아닙니다. 업종은 고물상입니다. 그러나 지금은 고철을 동남아, 중국 등지에서 수입하여 포철에 납품하는데 년 매출은 3억 미만입니다."

"김유창 이사는 회사 대표이사입니다."

대표이사 난에 보니 태어난 해가 1944년이다. 유창이가 확실했다.

이제 긴장됐던 마음이 조금 가라앉았다.

"응? 벤츠를 타고 다니던데?"

"벤츠나 BMW 등 중고차는 국산 차 중고차와 값이 거의 같습니다. 고장 나면 수리비만 많이 들기에 인기 없는 차입니다."

"그래요? 나는 벤츠를 타고 다니기에 엄청나게 큰 포철의 이사님인 줄 알았는데."

"년 매출 3억 미만이면 직원 급료 주고 운영비 빼면 큰 이익을 내는 회사는 아닐 겁니다."

"아! 정말 수고가 많았습니다."

그 청년에게 수고비로 신사임당 녁 장을 주었다. 년 3억원이면 10년이라야 30억원이다. 나보다는 부자는 아니구나! 그렇다면 내가 그보다 훨씬 더 잘사는 사람일 것 같다. 원효 형님은 복수는 내가 그보다 잘사는 것이라고 했다. 그게 사실이라면 나는 그보다 돈도 훨씬 많을 수도 있다. 원효 형님 말 대로라면 나는 원수를 갚았다고도 생각할 수가 있는 것이다. 그러나 아니지! 원수를 갚아야지!

"수고하셨습니다."

본사가 있는 서울에 가면 확실히 알겠지만 그를 유인하기도 굉장히 어려울 것 같다. 일단은 서울 주소로 가서 그 사무실을 찾고 동정을 살펴보기로 했다.

포항 여관에서 복사해서 받은 강남구 압구정동 8층 빌딩 주소로 가서 유창이 회사를 찾았다. 대형 건물 정문 앞에는 수위가 네 명이 있고 대형 유리문 옆에는 각 회사의 간판이 많이도 걸려 있다. 글씨를 읽어보니 성림산업이라고 쓰여 있는 곳은 5층에 있었다. 주소를 확인하고는 그 이튿날 변장을 하고 빌딩을 들어가려니 그곳에서도 수위가 앞을 막아선다.

"어디를 찾아가시나요?"

성림산업과 유창이 이야기는 하면 안 될 것 같다는 생각이 든다.

"아! 내일 전화를 해보고 약속을 하고 오겠습니다."

유창이가 서류대로 확실히 성림산업 그 회사를 운영하는지도 확인해 봐야 안다. 다른 수단을 마련해야 할 것 같다. 지하로 들어가는 그 빌딩 지하주차장은 차 인식 기계가 버티고 있기에 택시를 타고 그곳을 들어가려면 등록 안 된 차는 들어가지 못할 것 같다. 그 빌딩 먼발치에서 벤츠의 번호를 되새기며 기다려보기로 했다. 열흘 이상을 기다려도 그 벤츠 차는 그 빌딩 근처에도 보이지 않았다. 시간은 자꾸 가는데 일은 진척이 안 되니 초조해지기 시작했다. 다른 방법을 써야 할 것 같다. 교차로에 한번 사람을 찾습니다, 하고 내볼까! 하고서 평생 한 번도 본 적이 없는 교차로를 뒤적이다 보니 광고란이 보인다. 설령 교차로에 "김유창"씨를 찾습니다. 하면 그가 모르는 전화로 전화를 할까? 아니 될 것 같다! 그런데 교차로를 뒤적거리다 보니 눈에 번쩍 뜨이는 게 있다. "못 받는 돈 받아들입니다." 전화010-0000-0000. "고민 해결해 드립니다. 심부름 쎈타010-0000-0000번.", "한국흥신소 전화 대표번호1500-0000."

아! 내가 왜 이런 걸 몰랐을까? 이것만 알았으면 보안사 지하실에 끌려가서 죽을 고생을 안 했을 것 아닌가! 정말로 나는 모르는 게 너무나 많은 바보였다! 내 가슴을 스스로 한번 쳤다. 비밀리에 흥신소를 이용하자. 그들은 정말로 수사관을 뺨칠만한 자들로 회사를 차리고. 돈을 받고 일을 하는 탐정들이 아닌가! 좋다! 돈이야 주면 되지! 심부름센터에 전화해 보니 폭행도 돈만 주면 해준다고 한다. 일단은 유창이를 한번 만나서 왜? 나를 강간범을 만들었나? 그의 이야기를 꼭 듣고 싶은 것이다. 심부름센터보다는 흥신소가 믿음이 간다.

1) 유창이를 찾는 것을 흥신소에 부탁

흥신소에 전화했다.

"김유창 씨는 육군 대령이었으며 1972년도에는 00부대 0중대 대위 중대장이었습니다. 1972년도부터 지금까지의 그의 행적을 알고 싶은 데요."

흥신소에서는 그것은 너무 오래돼서 정보를 알려면 로비비가 필요하다며 많은 금액을 요구했다.

"김유창이를 찾는다는 것을 절대 비밀로 해주셔야 하는데 그게 가능하겠습니까?"

"흥신소 업무는 그게 생명입니다. 직원에게도 함구령을 내리고 조사를 하니 그런 걱정은 안 하셔도 됩니다."

흥신소 사무실을 찾아갔다. 막상 흥신소 사무실을 가 보고 깜짝 놀랐다. 그렇게 많은 사람이 근무할 줄은 생각도 못 했다. 흥신소에서는 어떤 분야를 조사하느냐에 따라 계약금이 다르다고 한다. 정보담당, 추적 담당, 전자 장비 담당, 전국 각 지역에 흥신소 지점망, 흥신소 담당 팀장은

"계약하면 어떻게 추적하며 조사가 어떻게 진행된다는 것도 계약자에게 보고해드립니다."

"어떤 방식으로 알려주시나요?"

"급한 게 아니면은 전화로는 절대 연락 안 합니다. 그것은 사건이 노출될 위험이 있기 때문입니다. 사건 의뢰자와 미팅 약속을 한 후에 만나서만 사건 조사 내용을 알려 드립니다. 일차 의뢰하는 사람이 자동차가 있으면 그 차에 추적 장치를 답니다. 차가 없는 사람에게는 흥신소 자체 비밀이기에 알려 드릴 수가 없습니다."

그들은 추적 장치며 기타 여러 가지 기계들을 보여준다. 그들의 장비를 보고는 믿음이 간다. 무슨 형사 콜롬보처럼 혼자서 쫓아다니며 추적을 하는 게 아니라, 직원들은 유능한 대학교를 나와 전문성을 가진 사람들이라고 한다. 그들이 요구하는 금액은 상상외로 많았다. 백만 원 단위가 아니라 천만 원 단위이기 때문이다. 내가 돈을 악착같이 번 것은 유창이에게 복수하기 위한 것이니 그 돈이 아까울 리는 없다. 내가 알고 싶은 것과 김유창이 행적을 알아봐 달라고 흥신소와 정식 계약을 했다. 계약하자, 흥신소에서는 사흘 후에 다시 방문해달라고 한다. 사흘 후에 흥신소 사무실을 방문하자, 그들은 아주 궁금했던 유창의 과거를 어떻게 추적한다는 것을 서류로 보여주었다. 내가 직접 나서서 찾으려고 하던 것과는 상대가 되지도 않는다. 그들은 극비 사항이라며 비밀을 꼭 지키라고 하고 고위직과의 연결망도 알려주었다. 그들은 내가 그들에게 준 벤츠 차 번호를 알아본 결과 그 차는 보험회사 여직원 차라고 했다. 참으로 빠르기도 하다. 나도 놀랐다. 벤츠 차가 유창이 차라고 믿다니. 참으로 내가 그리도 어리석은 사람일 줄이야!

　"김유창 씨가 사는 곳은 서울 00동 00 아파트입니다."

　포항 여관에서 젊은이가 알려준 주소는 예전에 살던 주소였다. 또 헛수고를 또 할 뻔했다. 흥신소 직원들은 정보를 보내주기 시작했다. 김유창 씨는 00 아파트에서 부인과 함께 살고 있습니다. 타는 차는 제네시스입니다. 김유창 씨가 직접 운전은 하지 않고 운전사가 있습니다. 그가 포철에 납품하는 수입 고철은 현재는 많지 않고 그저 작은 회사라고 생각하시면 됩니다."

　이제 확실히 유창이가 사는 집도 타고 다니는 차도 알았다.

　"유창이가 대령이 된 후부터의 일을 자세히 조사하여 주세요."

한 달여 후에 흥신소에서 연락이 왔다. 유창이에 대한 정보는 유창이가 군에서 근무할 때의 같은 동료들을 추적하며 제대 후에 만난 사람들까지 추적을 시작했다고 했다. 또한, 유창이가 사업을 하며 고용했던 사람들도 추적하며, 현재 김유창이가 포항제철에서 만나고 있는 사람들과도 접촉하여 그의 과거를 자세히 조사한 것이라고 했다. 맞다! 그리해야 하는 것을 주먹구구식으로 찾으려 했으니 내가 얼마나 어리석은 사람인가! 두 달 후에 흥신소에서 나에게 보고한 내용은 놀랄 만한 이야기였다. A4 용지 500여 페이지에 달하는 보고서를 여기에 다 쓸 수는 없다. 간단하게 줄거리만 밝힌다.

〔 김유창 씨는 육군 대령 때 알았던 미군 정보부 소속 퇴직 소령인 브라운이라는 사람에게 6·25 때 인천 상륙 작전에 미군 배가 여러 척 침몰했다는 귀한 정보를 들었다. 그중 큰 배가 세 척인데 그는 그것을 건져 올려 고철로 팔자는 사업을 하자고 유창 씨에게 제의하였다. 바다에 가라앉은 배는 그게 바로 노다지라는 금맥과 같은 것이다. 유창 씨는 수락하고 비밀리에 보물선을 건져 올릴 자금을 모집했다. 순식간에 자금을 확보했다. 1차 배를 건져 올려 포철에 납품하여 대박이 났다. 2차 배를 건지다가 잠수부가 잠수병으로 죽는 사고가 발생하자. 전직 미군은 그 해결이 어렵다는 것을 알고 손을 떼고 미국으로 갔다. 유창이는 그 사망한 잠수부 가족들과 어렵게 합의를 끝내고 다시 일을 시작하여 2차 배는 물론 3차 배까지 건져 올려 대박을 터트렸다. 그 사업을 하는 중에 그 건져 올린 고철을 분해할 장소가 마땅치 않자 인천 앞바다 바닷가에 철망을 치고 작업을 하였다. 국유재산 불법 점유였다. 그 사실을 안 조직들이 몰려들어 많은 돈을 요구하며 작업을 방해하자, 유창이는 큰 조직과 손을 잡고 작은 조직들을 막았다. 그런데 어느 날 손을 잡고 같이 일을 하던 잠수부 팀장이 지금

껏 일한 침선(沈船)과는 아주 다른 큰 침선(沈船)의 사진과 해도를 가지고 와서 좋은 조건으로 계약을 하자고 하였다. 배 건지는 작업을 총지휘했으니 그의 말을 믿었다. 60m 물속은 개인은 해류 때문에 직접 들어가 볼 수는 없는 것이다. 유능한 잠수부만이 들어갈 수가 있는 것이다. 그저 배 위에서 잠수부가 사진기를 가지고 들어가는 것만을 그와 같이 가서 보고 이틀 후에 그 잠수부 팀장이 사진을 현상해서 가져왔다고 하여 보니 정말로 큰 배였다. 잠수부 팀장의 말을 믿고 큰돈을 수표와 약속어음을 주고 계약을 했다. 만반의 준비를 하고 작업을 시작했는데 물속 60m 지점에 그런 배가 없었다. 그래서 다시 확인차. 일하던 잠수부들을 몇 명을 불러서 크레인이 설치된 배에서 바닷속으로 내려보냈다. 그들은 배로 올라와서는 수심 60m 지점에 그런 배는 확실히 없다고 하였다. 위치를 잘못 집었나 해서 해도(海圖)를 몇 번을 확인하였다. 대형 크레인이 설치된 지점은 그 잠수부가 가져온 해도와 일치하였다. 큰일이 벌어진 것이다. 계약한 잠수부 팀장을 찾아 나섰다. 수표로 지급한 것과 약속어음을 거래 중지시키려니 그 잠수부 팀장은 벌써 돈을 찾아간 뒤이다. 그 잠수부 팀장에게서 약속어음을 회수하지 않으면 직원들의 급료 문제 등 여러 가지 일이 현금이 없으니 큰일이었다. 약삭빠른 잠수부 팀장은 그 어음도 어음을 할인하는 데서 50%도 안 받고 헐값으로 돈과 바꾸어 간 것이 확인되었다. 그리고 도망간 잠수부들을 알아보니 잠수부 팀장과 짜고서 벌린 사기극이었다. 유창 씨는 그 사건으로 전 재산의 반을 날렸다. 그리되자 유창이는 회장님, 회장님 하며 쓸개라도 빼줄 듯 굽실거리는 조직들과 술 속에 빠져, 회사는 책임 경리과장 혼자서 모든 사업 일을 보고 있었다. 유창이는 아침부터 술을 시작하면 온종일 술에 취해 있었다. 회사는 건성으로 왔다 갔다만 하니 경리과장은 회삿돈을 모두 빼돌리고 잠적을 했고 회사는 부도가 났다. 그러니 유창이는 더욱 술 속으로 들어가게 됐고 간경화라는 병까지 덮쳤다. 나머지 고물을 팔다가 보니 중국에 고철이 싸다는 것을 알고 그 고철을 중국에서 수입하기로 했다. 중국 고철에 대하여 알고 보니 그 고철은 베트남에서 온 것이었다. 중국은 동남아 고철 시장 중계 역할만 했다. {지금은 우리나라 법 조항이 너무 까다로워 이익이 점점 들어 들고 있어 그 일도 점점 축소되고 있습니다.}

이것이 흥신소에서 알아낸 유창에게 관한 종합 줄거리 보고서였다. 처음 듣는 대단한 정보를 알아낸 것이었다. 흥신소는 세세하게도 조사를 하고 있었다. 당시에 있던 해양법 조항에는 해양 폐기물 및 해양 오염 퇴적물 관리법에 침몰 된 배에 관한 자세한 법은 없었다. 그러니까 유창이는 고물상 허가를 내고 일을 시작한 것이다. 임자 없는 배니 물속에서 폭파하여 꺼내서 더 잘게 절단하여 고물로 포철에 납품하면 되는 사업이었다. 인천 앞바다 모래사장 오천여 평은 김유창의 고물상이 되었다면 그것은 땅 짚고 헤엄치기라 할 것이다. 그런데 식당에서 옆에 있든 남자는 누구일까? 그게 궁금했다. 흥신소로부터 들은 정보는 어떻게 그리 자세히 알아냈는지 감탄할 지경이었다. 흥신소에 유창이를 계속 감시하라고 했다. 그리고 흥신소 직원과 같이 유창이의 차를 미행하여 따라가기도 해보았다. 미행은 유창이 차 소음기 옆에 추적기를 달고 전화를 도청하며 그가 다니는 곳을 몇 번이나 보여주었다. 유창이가 다니는 곳도 몇 군데 안 된다는 것도 알아냈다. 흥신소는 보고는 정확하다는 것을 믿었다. 또한, 유창이가 사는 아파트까지도 확실히 알게 되었다. 그러나 어떻게 해야 복수를 할지 뾰족한 대책을 세우지 못했다. 시간은 점점 가니 흥신소에 지급할 돈은 계속 늘어만 갔다. 내 어머니와 내가 지난 일을 생각하면 그 돈을 아깝지 않다. 복수하는 것도 중요하지만 유창이 이놈 입에서 지난 사연을 듣고 꼭 듣고 싶다. 사연을 들은 후에는 라스콜니코프처럼 그의 머리를 도끼로 찍어버리려고 마음만 굳힌 상태이다. 김유창 너는 이제 내 손안에 든 쥐다. 절대로 실수하지 않을 계획을 세우고 이제 복수할 참이다. 유창이는 잡아놓은 쥐이다. 이제는 느긋해졌다. 유창이 일을 먼저 처리하면 나는 다시 감옥에 갈 수도 있다. 그러면 판사에게 복수는 못 할 것이다. 전 법원장 동갑네 일부터 처리하고 유창이 일은 빈틈없는 계획을 세우고 하기로 했다.

23
원효 형님

 형님과 전화는 서로 자주 하지만 복수하려고 도끼를 준비한 것도 말을 했다. 형님은

 "동생 사람이 만나는 것은 인연이라고 했어. 그것은 악연이 될 수도 있고 좋은 인연이 될 수도 있는 거야. 잘 생각해. 아무리 악연이라도 살생은 안 돼. 원수를 갚으면 그게 또 내 가슴에 뭉쳐 풀리지를 않는 거야. 다시 생각해봐. 그를 만나도 그렇게 복수를 할 생각은 하지 말아. 복수는 또 복수를 낳게 돼 있어. 천륜을 어기면 안 돼. 주소를 알면 그동안 동생이 겪은 일이며 어머니 이야기까지 편지를 써봐. 그러면 그도 사람이니 생각이 있을 것 아닌가? 동생은 소중한 존재야, 살인을 저지르고 감옥에 간다면 다시는 바깥세상을 못 볼 수도 있을 거야."

 "만약에 제 형편과 똑같이 되었대도 형님은 그리하실 수 있을까요?"

 "내가 내 아버지 이야기를 했었지? 다 용서해야 해. 그게 인륜이 아니던가! 동생 내 말을 명심하게 원수를 갚으려는 것은 욕심이고 성냄

이고 어리석음이야. 그런 탐진치(貪嗔痴)를 벗어나야 진정 원수를 갚는 것이 옳은 것인가를 알게 될 것이야. 죽이지는 않겠다고 가슴속으로 아주 깊이 맹세하고 그를 만나 봐. 그도 사람이야. 응어리진 것을 용서하려면은 마음의 훈련이 필요하다. 탐진치(貪嗔痴)를 버려."

부처님, 공자님, 맹자님 말씀인지도 모르지만 하여간 형님은 부처님만 같다. 지난 일이 없었던 일이라고 아무리 부인을 하고 친구 유창이를 용서하려 해도 도저히 용서할 수 없었던 것은 무엇일까? 그것은 기억이고 한군데 집중된 풀리지 않는 에고(Ego)였다. 유창이 그는 고삐 풀린 듯한 저열한 타락 감각이 남보다 앞선 것뿐일지도 모른다. 원효 형님은 공식적인 학교는 다닌 적이 없지만 스스로 독학을 하여 그의 지식은 정말 놀라울 만했다.

1) 형님이 가르쳐준 꿈에 대한 해석과 진정한 행복

바로 눈앞에 아롱거리는 물체가 점점 가까이 온다. 그것은 유창이였다. 기다리고 기다리던 때가 아닌가! 나는 도끼를 꺼냈다. 그리고 그에 정수리를 찍었다. 벌건 피가 하늘까지 붉게 물들였다. 이제는 할 일을 한 것 같다. 나는 원수를 갚은 거라고! 큰소리를 몇 번이고 질렀댔다. "어머니 원수를 갚았어요." 지옥의 뿔 달린 사자가 내 앞으로 가까이 오고 있다. 곧 잡힐 것만 같다. 내가 죽은 것인가? 헷갈리지만 하여간 도망하여야 할 것 같아 냅다 뛰기 시작했다. "오지 마. 오지 마." 큰소리를 지르다가 깜짝 놀라 깨었다. 또 악몽을 꾼 것이다. 그와 비슷한 악몽을 꾼 것은 한두 번이 아니다. 보안사 지하에서보다도 더한 끔찍한 체험을 한 꿈이었다. 일어나 보니 얼마나 힘을 쏟았는지 옷이 땀에 흠뻑 젖었다. 복수 생각만 하다 보니 그런 꿈을 꾼 것 같다.

아! 이제 계획을 다 세우고 만날 참인데 가슴이 답답하다.

다시 형님을 찾아갔다. 만나서는 지난 밤 꿈 이야기를 했다. 형님은 "라마나 마하리쉬"의 말이라며 설명을 해줬다.

"육체는 세 단계를 구성하고 있다. 눈을 뜨고 사물을 보며 생각하는 상태, 꿈을 꾸는 상태, 깊이 잠이든 상태. 육체는 이 세 가지 상태를 반복 경험하면서 사는 것이다. 내가 깨어있을 때는 현실의 세계를 항상 체험한다. 그러나 올바른 생각을 누구나 똑같이 가질 수는 없는 것이다."

"그렇다면 제가 꾼 꿈은 어떻게 보세요."

"어느 사람이든 에고(Ego)에 갇히게 돼 있다. 동생은 에고에 갇혀 아직 헤어나지를 못하고 있는 거야. 그래서 그런 꿈을 자주 꾸는 거야."

"꿈이라는 것은 도대체 무엇이며 어떻게 해석해야 할까요?"

"꿈에서 육체는 절대 실재하지 않는다. 착각의 힘으로 왜곡된 마음의 외향적인 측면에서만 육체가 실재하는 것처럼 보인다. 만약에 꿈에 육체가 실체라고 한다면 꿈꾸는 동안에도 사람은 존재해야 한다. 꿈꾸는 시간 동안에 육체가 존재하는가? 꿈을 꾼다는 것은 스크린에서 상영되는 영화와 같은 것이다. 살아있는 것 같지만 가서 만져보면 스크린뿐이다. 만약에 스크린을 모른 체, 그 영화를 본다면, 그것을 실제라고 착각을 할 것이다. 그것이 꿈이다. 인간은 육체가 나라는 착각에 빠지는 것도 또한 이와 같은 이치이다. 꿈이 실재하는가? 극장에서 돌아가던 영화가 끝나면 화면에 무엇이 남는가? 그것을 잘 생각해 보면 우리는 화면 속에서 살다가 화면이 끝나면 없어지듯이 그렇게 사라지는 것일 뿐이다. 불교에서는 모든 것은 공이라는 말을 한다. 아무것도 없다는 뜻이다. 동생이 횡재하기 전에 꾼 어머니에 대한 꿈은 정몽이라고 하는 거야 일생에 한 번이나 꿀까 마나 하는 꿈이지. 그리고 친구에 대해 꾸는 악몽은 허몽이고. 무언가 앞으로 나타날 것을 예고해 주는 꿈을 예지몽이라고 해. 꿈이라는 것은 누구나 다 꾸지만, 해석을 잘해야 하나 그것을 꼭 믿지 말고 그저 열심히 살면 되는 거야. 운명에 대한 것을 푸는 주역 또한, 꿈을 해석하는 것이라고 해도 과언은 아니라고 본다."

그렇다! 어머니를 쫓아가다가 설산 위에 엄청나게 큰 궁궐을 보고 그 아래 샘에서 물을 마신 꿈은 정몽이고, 유창이에 대한 꿈은 허몽이며 악몽이고. 유럽에서 수십 년 전의 재판 꿈을 꾸고 전 법원장 동갑내기를 만난 꿈은 예지몽이었구나!

"어렵게 생각했던 꿈을 잘 이해하게 해 주셔서 감사합니다. 그런데 어머니 꿈과 유창이 꿈에 대한 것을 말씀드렸을 때는 제게 왜 지금과 같은 말씀을 해주시지 않은 것인가요?"

"꿈은 지나고 보아야 하는데, 그것을 어찌 속단하고 말을 해줄 수가 있겠는가?"

"그랬군요. 감사합니다. 원수를 갚는 것을 포기하고 싶지 않으니 어찌합니까?"

"원수를 갚는다고 굳게 생각하는 것 그것은 에고이다. 에고(Ego)는 후회를 만드는 것이다."

"저도 한편 생각하면 어릴 적 친했던 친구를 도끼로 머리를 쪼갠다는 복수심은 너무하다 싶지만, 그는 나를 감옥으로 보내고 내 어머니까지 미쳐 죽게 한 장본인 아닙니까?"

"아버지 같은 일도(一道) 스님은 사람이 태어남은 우주에서 선택되었기에.라고 말씀하셨다. 동생도 그렇고 나도 이 세상에 태어난 것은 우주에서 선택된 자이다. 그러므로 사는 동안에 후세 사람들을 위하여 또는 어려운 사람들을 위하여 사는 것이 선택된 자들이 할 일이 아닌가 생각한다."

"형님이 생각하시기에 태어남이 선택이라면 죽지 않아야 하는 게 정상이 아닐는지요?"

"태어남과 죽음은 우주의 섭리라고 생각한다. 그것이 윤회한다고 생각한다."

감옥에서 많은 책을 읽고 배운 것도 많지만, 형님은 누구도 따라올 수 없는 철학자만 같다. 자신을 성찰하며 사는 삶. 비록 안마사이나 정말로 존경스럽고 고귀한 삶을 사시는 분이다.

"동생은 이제 많은 돈을 소유한 사람이 됐다. 돈 그게 행복을 가져다주지는 않는다.

돈은 삶을 사는 데 편하게 살게 해주는 것일 뿐이다. 탐진치(貪嗔痴)를 버려야 진정한 행복이 보이는 것이다."

"형님의 삶을 제가 옆에서 보고 있으니 제가 그걸 모를 리가 있겠습니까? 형님이 말씀하시는 것을 지키기에는 제가 너무나 모자랍니다."

"나 자신이 무엇이라는 자아(自我)를 모르면 아무리 많은 돈이 쌓아도 만족을 모르며 행복도 안 보이는 것이다. 행복은 긍정적이고 유쾌한 사람에게 오는 것이다. 내가 하는 일이 업적이 되어야 하고 그것이 나의 행복의 척도라고 생각하여야 한다. 탐진치를 생각하며 공부하고 사색하는 삶을 남에게 보여줘라. 그래야 삶에 끝자락을 우아하고 존엄하게 보낼 수 있을 것이다. 아버지 같은 일도(一道) 스님은 그렇게 사시고 입적하셨다. 그런 참삶은 많은 사람에게 행복과 용기를 주었을 것이다. 가면을 쓰고 사는 삶, 그것이 진정한 행복이 될 수는 없는 것이다. 인생은 허무한 것이다. 아무것도 아니라는 말이다. 복수는 자신의 욕심이고 자기 충족이야. 용서해. 그것이 진정 복수인 거야. 동생 친구는 남에게 씻지 못할 해를 가했으니 아마도 평생 편안한 밤잠을 못 이루었을 것이야."

"저 또한 복수심으로 밤잠을 못 이룬 날이 많았습니다."

"인간은 선과 악의 양면의 감정을 한꺼번에 가진 동물이야. 어떤 면을 따르느냐에 따라 삶의 질은 달라지는 거야."

"형님 정말로 고맙습니다. 형님이 항상 저에게 말씀하시는 탐진치를 버린다는 것이 쉬워 보이지를 않습니다. 어떻게 탐진치를 버릴 수가 있을까요?"

"세상에 모든 일은 또 가장 어려운 일은 아주 미세한 것에서 출발하는 것이다. 작고 사소한 일에 애정을 쏟고, 봉사하는 데 최선을 다하면 하루하루가 행복하며 위대한 일을 이루는 기반이 되는 것이다. 사람들은 타고난 환경에 탓을 돌리지만, 그것은 습관이 되고 그 습관에 젖으면 자아를 잊어버리고 습관의 노예로 살게 되는 것이다. 동생이 탐진치를 버리지 못하는 것은 나라는 게 무엇인가를 알지 못하기에이다. 내가 선택해서 혼자의 고독한 시간을 만들면 나를 발견할 수 있는 시간이 온다. 처음부터 만족한 고독을 가질 수는 없다. 자주 혼자가 되어 명상하게 되면 모든 상처를 치유할 수가 있는 것이다. 그러므로 고독의 시간을 갖는 것은 아주 중요한 일이다. 고독의 참뜻으로 들어가면 자기 자신도 모르게 뚫어진 탐진치(貪瞋痴)의 구멍을 메꾸는 시간이 될 것이다."

"그러면 탐진치를 버리면 깨달음을 가질 수 있을까요?"

"탐진치를 버린다는 것은 노력의 결과이기도 하지만 깨달음의 입구이다. 에고(Ego)는 창도 없는 지하 감옥이지만 깨달으면 찰나에 지하를 나온다. 그러면 밝은 세상이 보이는 것이다. 그것은 누구에게나 있는 것이다. 다만 그것을 모르고 생각하지 않는 사람은 에고(Ego)에서 벗어나지 못한다."

아! 그렇다! 놀라운 말씀이다!

"형님이 탐진치를 버렸다는 것은 제가 옆에서 보아 잘 압니다. 형님은 지금 어떤 면에서 행복하다고 생각하십니까?"

"행복은 현재 바로 지금, 이 순간이 행복이야, 지금 당장 나는 내 손으로 밥을 먹을 수 있고. 옷을 입을 수 있고. 내 발로 걸을 수 있으니 그게 행복이 아닌가? 행복을 찾아 나선다면 어디에 가서 찾을 건가? 내 환경에 맞추어 사는 거야! 먹고 자고 입을 것만 있으면 돼. 더 바란다면 그것은 욕심이야. 나는 건강하고 작은 것이지만 남을 도울 수 있으니 그것이 내 큰 행복이야."

"그래도 보통 사람들보다는 어려운 게 많지 않습니까?"

"당장 여기 있는 장애인을 보아. 그는 나보다 더 어렵지 않은가?"

그 말에 할 말을 잊었다. 그렇다! 행복이란 먹을 수 있고 입을 게 있고. 내 발로 걸을 수 있고 내 눈으로 사물을 볼 수 있고 건강하니, 나는 원효 형님보다는 한참 더 행복한 사람이다.

"형님 보통 사람이 탐진치를 버리고 깨달음을 가졌다면 그에게 어떤 현상이 일어날까요?"

"그것은 오랜 수행을 하면 찰나에 빛이 마음에 문을 여는 것이라고 일도 스님께서 말씀하시었다. 그러면 탐진치가 무엇이었든 가를 확실히 알고 깨달음을 갖게 되면 이 세상이 달리 보이는 것이다."

"그 깨달음이란 시간이 있는 것인가요?"

"그 시간이라는 것은 우리 시간으로 1초도 안 되는 짧은 시간일 것이다. 그것을 찰나라고 한다."

"그러니까 깨달음을 갖는 시간은 시간이라고도 볼 수가 없군요."

"그렇다."

"형님은 죽음과 삶에 대하여 어떤 생각을 가지고 계십니까?"

사람은 태어나면 성장하고서 바로 죽음을 향하여 간다. 마음과 내 삶에 과거와 육체의 개념 판단 등에 의해 생기는 에고(Ego)는 자연 발생하는 마음이다. 그 삶에 존재했던 과거에 집착한 것이 에고인데 에고는 마음이니 그것은 생각이 지배한다. 소멸하지 않는 에고에서 벗어나려면 내 생각이 정상이었다는 것을 허물어야 한다. 그것을 일 깨우는 것은 깨달음이다. 깨달음이란 순간적으로 오지만 파괴할 수 없는 그 마음 너머에 무엇과 연결된 자아(自我)이다. 그러면 마음의 굴레를 벗어나 나라는 존재가 무엇인가를 알게 되는 것이다. 깨달음을 얻기 위해 수도를 하는 자들의 공통점이다. 죽음은 매미가 허물을 벗듯이 번뇌와 집착에서 벗어나는 한 과정이라고 생각한다. 사람이 산다는 것은 우주의 시간에서는 찰나라는 순간에 지나지 않는다. 삶의 시간이란 우리의 잣대일 뿐이다. 그리고 윤회할 것이다."

어떻게 인생철학을 정리하여 한마디에다 표현하는 걸까? 참으로 놀랍다. 대학교 철학과 교수님이라도 형님을 따라가는 사람은 없을 것 같다. 원효 형님 그는 스스로 내면을 닦고 깨달음을 가진 사람만 같다.

"자유롭다는 건. 부 명예 등 다양한 욕망으로부터의 자유로움을 말한다. 결국, 인생은 잘 놀다가 어느 시점이 되었을 때 홀가분한 마음으로 떠날 수 있어야 한다. 삶에서 홀로 선다는 것은 이러한 집착에서 벗어나야 자유로워지고 삶을 더욱 잘 살 수 있게 된다는 것을 의미한다. 완전한 자유를 말하는 거야. 나 자신조차 잊을 수 있어야 그 개념을 아는 것이다. 이는 명상의 개념과 가깝다. 혼자의 진정한 의미는 내가 홀로 있어도 괜찮은 상태를 뜻한다."

"형님 저에게 좋은 말씀을 더 해주실 것은 없나요?"

"독서를 하거나 음악을 듣는 일과 집안을 꾸미고 내 몸을 꾸미고 고독을 즐기는 것은 아주 좋은 삶이다. 쾌락 추구는 공허하고 성취되지 않는 욕심으로 이끈다. 쾌락에 집착하면 그것은 고통의 근원이고 끊임없는 투쟁일 뿐이다. 짧은 인생에 나의 발자취를 남길 수 있도록 살아야 한다. 좋은 친구를 만나려면 내가 먼저 좋은 사람이 되어야 한다. 화가 치밀었으면 심호흡을 하며 대처하라. 그것을 참지 못하면 불화가 일어난다. 동생도 항시 책을 읽고 있지만, 항상 공부를 게을리하지 마라. 나이가 든다는 것은 무르익는다는 뜻이며 인생의 절정기가 가깝다는 이야기이다. 성찰하며 사는 삶을 살기를 바란다. 내일을 걱정하며 살면 인생을 망치는 것이다. 내일 일은 내일에 오늘 일은 오늘에 해라, 올 것은 오고 갈 것은 간다. 내가 사는 것은 지금, 이 순간이다. 그것을 마음속 깊이 넣고 살아라. 한순간의 선택이 한 평생을 좌우하는 것이다. 그것이 행복이나 불행이냐를 결정한다. 삶은 단 한 번이다. 돈이 많다고 꼭 행복한 것은 아니다. 나를 낮추고 겸손하게 사는 것이 행복이다. 동생, 어렵게 살든 동거인 딸을 공부시켜 학교 선생님이 되게 해주고 나니 남는 게 무엇이었든가? 그게 행복이라는 걸세."

원효 형님은 확실히 많은 책을 읽었다는 것이 늘 표시가 났다. 말 한마디 한마디가 나를 깨우쳐 주는 말이었다.

"형님, 감사합니다."

형님의 말 한마디 한마디가 마음속에 와서 박힌다.

"형님 말씀은 깊이 새기겠습니다. 형님! 정말 건강하게 오래 사셔야 합니다."

"유창이라는 친구에게 원수 갚는다는 것은 서두르지 말아. 동생이 살아있는 한 언젠가 때가 올 것이야. 그때가 와도 좋게 해결을 해."

"네, 잘 알겠습니다."

　형님 앞에서 말은 그리했으나, 유창이 그를 용서하고 싶은 생각은 없다. 계획대로 할 것이다. 다른 사람들은 한낱 시각장애인 안마사 이원효 하겠지만 나는 아니다! 이 세상 살면서 그런 이런 훌륭한 마음을 가진 분을 본 적이 없다. 내가 형님으로 모셨다니 참으로 영광이고 내 복이다. 나는 형님과 의형제를 맺으면서 형님이 외롭고 고독해서 나를 동생으로 삼지 않았나 생각했었다. 그러나 그 형님과 살다 보니 그것은 내 큰 착각이었다. 형님은 인생이 무엇인가를 깨닫고 행복한 삶을 사는 사람이었다.

24

동갑네 복수 계획 1차 실패

이제는 그 전 법원장 동갑네에게도 나를 알려야 할 것 같다. 지금까지 친한 척해가며 만난 사람인데 어떤 방식으로 알려야 할까? 그동안 그를 만나면서 배우 노릇을 했으니 나의 본색을 들으면 그는 어떤 표정을 지을까? 그것도 궁금하지만, 나는 어떤 표정으로 그에게 말을 할 것인가? 며칠을 두고두고 생각했다. "이병호를 기억하고 계시는가요?" 할 것인가? 첫말은 아마도 그리해야 할 것 같다. 그는 이병호 성폭행 판결 때문에 진급에 탈락하였다고 했다. 그 이야기를 하려면은 단둘이 있어야 한다. 그리고 어떻게 복수할 것인가도 미리 생각하고 준비해야 한다. 아무리 생각을 해도 동갑네를 다시 만날 수 있는 자리를 마련하는 묘안이 떠오르지 않는다. 고민하다가 무릎을 팍 쳤다. 그렇다! 前 법원장 동갑네, 그는 밥보다도 회를 더 좋아한다. 그를 유인하는 것은 싱싱한 생선회다! 결정하고는 선유도 선배에게 부탁하여 대방어 횟감을 보내 달라고 했다. 선배는 알았다고 하며 대방어를 못 잡으면 군산에 가서라도 구하여 바로 보내주겠다고 약속을 했다. 그리고 이틀 후 전화가 왔다. 대방어를 구했으니 내일 보내준다고 한다.

그 선배는 그 약속을 꼭 지킬 것이다. 이제 됐다 싶다. 동갑네에게 전화했다.

"동갑네! 아주 싱싱한 회가 내일 제게 배달될 겁니다. 같이 드실 수가 있으실까요?"

"그래요? 그거 좋지요. 대환영입니다. 그런데 회는 무슨 고기 회인가요?"

"이번 회는 대방어회입니다. 방어는 한 마리가 최하 10kg 정도는 돼야 하는데 이번 것은 15kg짜리이랍니다. 아주 횟감으로는 최고지요."

"그렇지 횟감으로 방어 15kg짜리는 정말 최고지. 아니, 그런 걸 어디서? 제주도에서 잡았나요?"

"아닙니다. 내 친구가 어제 잡았대요. 방어를 잡고서는 바로 제게 연락을 한 겁니다."

"그거 우리 집에 와서 같이 먹으면 안 될까요?"

그것은 내가 기다리던 아주 반가운 소리였다. 그 집엔 아무도 없을 것 아닌가! 단둘이 만나 어떤 일이든 하려는 작전이 딱 맞아떨어질 것 같다.

"내일 오전 중에 방어회가 제집으로 오면 회를 가지고 동갑네 집으로 갈게요."

그와 약속을 하고는 그에게 질문할 것을 종이에 적기 시작했다. 요점뿐만이 아니라 그에게 행동할 것도 생각해 두었다. 회는 정확히 그 이튿날 오전 10시에 집으로 배달되었다. 그것을 보니 가슴이 두근두근한다. 동갑네 前 법원장 그를 유럽에서 만난 후 한국에서 만난 것도 네 번째이다. 감옥에서의 생각은 그 판사를 만나기만 하면 죽여 버린다고 벼르지 않았던가! 그러나 그와 함께 유럽에서 지낸 시간은 좋은 추억이었는데 안면몰수 하고 어떤 복수를 한다는 게 그리 쉬워 보이지는 않는다. 그러나 어떤 일이든 할 일은 할 것이다! 그런데 막상 지난 일을 그에게 이야기하며 어떤 합의를 해야 할까를 생각하니 가슴이 먹먹하다. 그의 집으로 가서 회를 차려놓고 먹다가 멱살을 잡을 것인가? 그러지 않으면 인정사정없이 주먹질과 발길질을 하고 그에게 지난 이야기할 것인가? 집으로 들어가자마자 회칼을 들고 이야기를 시작할 것인가? 생각해 보면 그를 처음 만났을 시 그는 나에게 정을 베풀지 않았던가! 도끼로 노파의 머리를 찍겠다고 벼르던 죄와 벌에 주인공 라스코리니니코프가 아마도 나의 지금 심정일 것만도 같다. 범죄를 기획하고 실행한다는 게 얼마나 힘든 것인가도 인식이 됐다. 동갑네 前 법원장은 어떤 보상을 하겠다고 할까? 먼저 런던에서 말한 것은 거짓말이었다고 할까? 원래 배운 사람들의 머리는 비상해서 자기가 한 말도 교묘하게 하지 않았다고 발뺌을 할 수도 있을 것이다. 그는 많이 배운 사람이니 자기변호를 위해 무슨 할 말은 할 것 같다. 확실한 결정은 그를 보아가며 해야 할 것이다. 회 보따리를 들고 그의 아파트에 도착해서 초인종을 눌렀다. 잠시 후 문을 열어주는 그의 얼굴에는 함박웃음이 그려져 있었다. 웃는 얼굴에 침 못 뱉는다고 하지 않았던가! 참으로 처음부터 난제다.

"안녕하십니까?"

그는 내가 들은 짐을 얼른 받으면서

"어서 오게, 아이고! 엄청 무겁네. 이렇게 많아? 오늘 포식하게 생겼네."

거실 입구에 신발을 벗어놓고 들어서다가는 깜짝 놀랐다. 거실을 보니 다른 두 명이 앉아 있다. 젠장! 동갑네는 회를 먹자고 같은 아파트 단지에 사는 구인회 모임의 친구 두 사람을 초대하고 기다리고 있었다. 그들은 두 번이나 이화장 식당에서 본 사람이다. 또 헛다리를 짚었으니 헛웃음이 나오려 한다. 손으로 얼른 입을 막았다. 어떤 기회를 만든다는 것이 이리 힘들다는 것을 알았다. 거실 긴 소파에 앉아 있던 두 사람이 동시에 일어나

"또 뵙게 되어 반갑습니다."

한다. 도망친 꿩을 보고 포수가 하는 소리. 이걸 보고 "꿩새 울었다고 하나 보다."

속은 뒤집히지만, 일류 배우가 돼 고개를 까딱했다. 동갑네는 회 보따리를 들고는 식탁으로 가서는 회 보따리를 풀었다. 방어는 사 등분을 하여 스티로폼 박스에 들어있었다. 횟감을 본 그들은 남의 속도 모르고 감정을 담아 크게 탄성을 지르며 연신 감탄사를 내뱉었다.

"야!~ 이거는 고급 호텔 부페에도 없는 것이야."

방어가 식탁에 올려지자,

"와! 이렇게 큰 것은 많지 않을 거야! 이거는 확실히 15kg이 넘는 거래, 믿을 수 있는 것은 방어가 15kg 이상이 되면 회 색깔이 틀려 진한 갈색이거든 봐! 이거 아주 진하지?"

동갑네가 회를 썰어서 접시에 놓고는

"술맛이야 밸런타인데이 30년 산이 최고지만. 오늘은 시바스 리갈이야. 싼 양주지만 맛은 괜찮아."

술을 마시는 일이 또 시작됐다. 그래 그들은 오늘 만나 회를 먹으면서 무슨 이야기를 할까? 초고추장이 이화장 식당보다 맛이 없다고 할 것인가? 그 신물 나는 정치 얘기를 또 할 것인가? 아니면 늙은이들이 여자 이야기를 할까? 회 한 점을 입에 넣고는 그냥 이게 원수 판사 너지! 하면서 꼭꼭 씹어댔다. 나무껍질을 씹는 것만 같다. 아무리 좋고 비싼 음식도 때에 따라서 맛이 변한다는 것을 그때야 알았다. 그들은

작은 잔에 따라놓은 독한 양주를 스트레이트로 마시고는 탄산수를 연신 마셔댄다. 아니나 다를까!

"00이가 구속될까?"

"법에 박사니까, 두고 봐야겠지."

또 시작이군! 그게 최고 뉴스였으니까! 그 자리를 벗어나고 싶지만, 그리도 할 수가 없다. 분위기를 깨는 것도 문제지만 내가 요청한 자리에서 빠질 수는 없는 게 아닌가? 막상 집으로 가면 더 허전할 것 같다. 그들의 잡담도 경청하여 주는 것도, 그들은 좋아할 것이다. 그들은 남의 속도 모르고 계속 마셔대며 정치 이야기만 하고 있었다.

나는 관심이 없는 그들의 이야기는 그냥 흘려들으며 양주를 서너 잔을 마셨다.

복수한다는 것이 실패했으니, 이제는 다른 방법으로 동갑네에게 복수할 계획을 세워야 한다.

25

동갑네를 선유도仙遊島로 유인誘引

1) 싱싱한 회에 유인된 회마니아 전 법원장 동갑네 그는 아주 현명
   한 사람이었다.

　두 신선이 마주 앉아 바둑을 두는 모습이라고 하여 선유도(仙遊島)
라는 이름이 붙은 곳, 이호용 선배를 만나려고 여러 번 가서 보았던
평화로운 곳. 바둑은 신선놀음이라지만 무언가? 선유도(仙遊島) 그 이
름 만들어도 신선이 생각이 나는 아름다운 섬 이름이다. 닭이 병아리
를 품은 듯 아늑해 보이는 아름다운 작은 섬. 그곳에서 사는 사람들은
복을 받은 사람들만 같다. 공기 좋고 고기 많고 먹을 것이 풍족한 곳
이니 천국이 따로 있는 것이 아니라 그곳이 천국만 같다. 선유도(仙遊
島) 그곳엔 항상 무언가 좋은 일이 일어날 것만 같은데 나는 왜? 평화
로운 선유도(仙遊島)로 가서 복수하려 하는가! 참으로 마음이 참참하
다. 원효 형님 말마다나 좋은 일이 있을 것으로 생각하면 좋은 일이
있을 것이다. 그것이 일체유심조(一切唯心造)가 아니던가. 그래! 이번
에 또 실패해서는 안 되지. 선유도(仙遊島)로 전 법원장 동갑네 그를

유인하여 단둘이 이야기를 해보자.

"동갑네 만난 지도 벌써 한 달이네요. 이제 회 먹은 것은 다 소화됐을 터이니 저랑 실제로 섬으로 가서 갓 잡아 온 고기를 직접 먹을 수 있는 곳으로 가 보시면 어떨까요? 요즈음 방어가 잡힌다는데요."

"그거 좋지. 그게 어디인데?"

"제 선배가 고기잡이하는 곳 선유도(仙遊島)입니다."

"아! 먼저 회 보내온 곳?"

관심을 보인다. 그는 회 마니아가 아닌가! 그를 유인하기 위한 작전에 그는 말려드는 게 분명해 보인다.

"네 그래요. 요즈음은 선유도는 새만금 방조제가 생기고 다리가 놓여 육지와 똑같습니다. 선유도 가는 게 아주 많이 쉬워졌습니다. 그런데 동갑네, 그곳에 제가 잘 방은 하나가 있지만, 침대도 없고 잠잘 곳이 불편해요, 그래도 괜찮으시겠어요?"

"등산도 했는데, 뭐! 그런 불편쯤이야."

핵심을 찔러 약속을 받아내야 한다.

"그러면 제가 삼 일 후로 예약을 해 놓겠습니다. 저하고 단둘이만 가시면 되겠네요."

"그러지 뭐!"

그는 미끼를 덥석 물었다. 그래! 이제 잘되면 동갑네 당신에게 내 원수를 갚을 수가 있을 것이다. 대방어를 못 잡으면 군산에서라도 대방어 살은 놈을 사다가 어항에 놓고 기다려 달라고. 선유도(仙遊島) 선배하고는 짝짜꿍해 놓았다. 어릴 적 초등생이 소풍날을 기다리듯 기다리는 삼 일도 멀기만 했다. 동갑네 그와는 한두 번 만난 게 아니니 정말로 세심한 계획을 해야 했다. 사람이 배우 노릇을 한다는 게 정말로 어렵다는 것을 느꼈다.

"저기 동갑네 세가 집 앞으로 제가 택시로 모시러 갈게요."

나는 동갑네와 만나 택시를 타고 고속버스터미널로 향했다. 고속버스를 타고 군산으로 가니 선배가 차를 가지고 마중을 나왔다. 선배에게 인사를 시켰다.

"전번에 몇 번 회를 보낸 제 선배입니다. 선배 인사드려요. 전에 법원장을 하신 귀하신 분이여."

"안녕하세요? 존함은 들어 알고 있습니다. 저는 이호용이라고 합니다."

"아이, 별말씀을 초대해줘서 고맙습니다."

나는 어떤 복수든 복수할 일에 가슴이 펄떡펄떡 뛰는데, 동갑네 그는 자동차 속에서 넘실대는 푸른 바다를 보며 마냥 기분이 좋은지 얼굴이 아주 기분 좋은 표정이다. '너 조금만 기다려! 내가 이병호라는 것을 알면 너는 깜짝 놀랄 것이다.' 그렇게 마음을 먹었던 것이 하루 이틀이 아니다. 그런데 오늘은 마음이 그리 독하지를 않은 것 같다. 그것은 평화로운 곳에 오니 아마도 마음에 평화가 온 듯하다. 선배 집에 가기만 하면 그 어항에 살아있는 큰 방어가 있을 것이다. 집에 도착하자마자 선배는 동갑네에게 어항에서 돌아다니는 등만 보이는 대방어를 보여주었다. 시멘트로 만든 큰 어항 안에 고기의 등은 물속에서도 아주 크게 보였다. 그 큰 방어를 보고는 동갑네는 감탄사를 연발했다.

"와! 정말로 이게 방어가 맞아요?"

"네 방어 중에서는 큰 대방어라고 15kg 정도 되는 방어입니다."

"와! 정말 크네요."

선배가 그물망으로 건진 방어가 숨을 쉬기 답답한지 냅다 요동을 치는 바람에 방어는 땅바닥으로 떨어져 팔딱팔딱 뛴다. 육지 호수에

서 큰 잉어를 맨몸으로 붙잡았다가 잉어의 날카로운 지느러미에 배
가 갈라져 엄청나게 고생했다는 이야기가 생각났다. 그놈이 얼마나
힘이 좋은지 어부가 아니면은 죽을 때까지 쳐다보고 있어야 할 것만
같다. 선배는 그놈의 꽁지를 갈고리로 찍어 붙들었다. 동갑네는 그것
을 쳐다보며 입맛을 쩍 다신다. 역시 회 마니아답다. 선배는 집 마당
캐노피가 처져 있는 곳으로 고기를 들고 갔다. 식탁도 있으니 회를 그
자리에서 떠서 먹기에도 참 좋은 곳이다.

선유도(仙遊島), 그곳은 출렁대는 바다와 작은 섬들이 점점이 보이
는 감탄사가 나올 만큼 아름다운 곳이다. 동갑네는 캐노피 아래 탁자
에 앉아 사방을 두리번거리더니 감탄을 한다.

"아! 선유도(仙遊島)가 이렇게나 경치가 좋은 곳일 줄은 정말 몰랐
네요. 이 집은 완전히 별장이네요."

"네 선유도(仙遊島)는 아주 살기 좋은 곳입니다. 저는 이 집에서 지
낼 방은 따로 한 칸이 있습니다. 제가 별장같이 쓰지요."

"그래요? 나도 그런 방이 한 게 있었으면 좋겠습니다."

"만들면 되겠지요."

그는 서서 동갑네가 방어 껍질을 벗기는 것을 유난히도 자세히 쳐
다보더니

"나도 고기 껍질을 벗기는 것을 배워야겠군."

"네. 고기 껍질 벗기는 거 그리 어렵지 않아요. 한 번만 보고 두어
번 실습해보면 금방 할 수 있습니다."

캐노피 아래 탁자에는 소주와 초고추장, 세 종류의 채소가 준비돼
있었다. 선배가 방어 껍질을 벗기고 큼직한 회 한 접시를 만들어놓았
을 때. 젊은 사람이 헉헉거리며 뛰어와서는

"선장님 방금 태일호에서 무전이 왔는데요 스크루에 그물이 걸려

꼼짝 못 하고 있답니다. 빨리 오셔서 구해 달라는데요."

그것은 내가 동갑네 판사와 단둘이 만나서 어떤 합의를 하려고 선배에게 시킨 것이었다.

"아 알았어. 빨리 가봐야겠네. 후배 회 잘 썰 수 있지요?"

"그럼요 얼른 다녀오세요."

선배, 그는 회칼을 칼 도마에 놓고 밖으로 뛰어나갔다. 이제 그 동갑네와 이야기를 할 모든 게 준비된 상태이다. 이제 본격적으로 준비한 말을 시작할 것이다. 동갑네는 눈요기만 하다가 회가 빨리 먹고 싶은가보다.

"우선 떠 놓은 것부터 천천히 먹으면서 회를 뜹시다."

동갑네는 소주와 함께 떠 놓은 회를 맛있게 몇 점째 먹었을 때, 나는 숨을 크게 한 번 쉬었다. 말을 하려니 금방 나오지를 않는다. 큰 한숨을 한 번 더 쉬고 그 본론을 꺼냈다.

"동갑네, 제가 누구인지 아십니까?"

"그걸 무어 색다르게 물어봐. 회나 먹자고."

다시 한번 물었다.

"제가 누구인지 아십니까?"

"응? 왜 그래, 이내호 아닌가?"

"아닙니다. 내 진짜 이름은 이병호입니다. 내 이름을 기억하시겠습니까?"

그는 놀랐는지 표정이 달라지고 씹던 회를 입에 문 채로 나를 쳐다보는 눈이 휘둥잔만해졌다. 이병호 그를 징역 3년을 선고한 게 10년도 안 돼 오판임이 밝혀져서 진급에 탈락했다니 그가 이병호 그 이름을 모를 리가 없다. 유럽에서도 이병호 이야기를 하지 않았던가! 그는 입에 있든 회를 뱉을 수는 없는지 꿀꺽 삼키고는

"농담하는 건 아니지?"

"제가 진짜 이병호입니다. 당신 때문에 내 인생이 쑥밭이 되었습니다. 그 바람에 어머니는 조현병에 걸려 돌아가셨습니다."

동갑네 전 법원장의 얼굴이 일순간에 일그러졌다. 심각해진 게 틀림없어 보인다. 나는 그를 압박하여 그를 이기려는 강한 눈빛을 그에게 보냈다. 그러나 그는 침착했다.

"그건 내 실수였지만, 나도 인간이네. 어떻게 완벽할 수가 있겠나?"

"나는 유럽에서 당신을 만나며 이야기하다가 당신이 나를 재판한 판사라고 런던에서 확정이 들었을 때부터, 나는 당신에게 어떤 복수를 할 것인가를 생각하면서 당신 주위를 떠나지 않은 것입니다. 실제 강간범은 감옥에 있을 때 감방장의 이야기를 듣고 친구였던 김유창이가 강간범이라는 것을 확신하고 있었습니다. 또한 김 장군이 김유창이라 하니 이제 됐구나! 하늘은 날 버리지 않았구나! 만나서 꼭 확인해야 원수를 갚을 게 아닙니까. 그래서 당신의 계원이라는 김유창 장군 그를 만나기 위해 많은 시간을 할애하여 당신 주변을 맴돌았소. 그러나 식당에서 확인한 결과는 그는 내 친구였던 사람이 아니었지요. 헛다리를 짚은 것이지요. 김유창이에게 원수를 갚고 그 사람 다음은 당신 차례였습니다. 그러나 지금은 흥신소와 연락하며 김유창이의 행적도 그가 사는 집도 다 알아냈으니 그는 이제 내 손안에 든 쥐요. 그에게는 처절하게 원수를 갚을 것이요. 이제는 김유창이에게 원수를 갚으면은 나는 다시 감옥으로 갈 게 분명합니다. 그러면 당신에게 복수를 못 할 것 아닙니까. 그래서 당신에게 먼저 복수를 하려는 것입니다."

그 말은 용기였고 엄포였다. 그동안 동갑네와 여러 번 만나다 보니 그런 말을 하는 것도 쉬운 일이 아니었다. 어쨌든 어떤 합의점이든 선유도(仙遊島) 이곳에서 찾아야 했다. 그는 내 이야기를 들으면서 나를 자세히 쳐다본다. 그리고 그는 나와 칼 도마에 있는 회칼을 번갈아 본다. 이 사건을 어떻게 해야 할 것인가를 생각하고 있는 것 같았다. 아마도 동갑네는 아! 이 사람이 나를 이곳으로 데려온 이유를 단박에 알았을 것이다. 나는 그를 똑바로 바라보며 다시 엄포를 놓았다.

"나는 토스트애프스키의 소설 죄와 벌을 읽고 주인공인 라스콜니코프같이 내가 3년간 징역살이를 하게 만든 원수를 도끼로 머리를 찍어 피가 분수처럼 되게 복수를 하려고 생각하고 있었습니다."

그 소리를 듣고는 깜짝 놀란 표정이다. 그러나 잠시 생각을 하더니 수많은 판결해본 판사답게 차분히 말을 시작했다.

"동갑네의 이야기는 잘 들었습니다. 사실이 그렇다면 나와 사생결단을 하려고 이 자리를 만든 것 같군요. 3년이라는 긴 세월을 내 오판 때문에 감옥에서 살며 이를 갈며 참아 왔다는 것을 알겠습니다. 그 책임이 나에게 없다고는 안 하겠습니다. 꼭 원수를 갚아야 한다는 집념을 내내 감추고 나와 만났었군요. 나는 당신의 말을 믿고 인정합니다. 당신의 감옥 3년 생활 그것은 누명이고 지나간 일이지만, 원수를 갚고 싶을 것입니다. 나는 법을 떠나서 당신에게 사죄의 말씀을 드립니다. 내 말을 다 들으시고 서로 합의점을 찾아갑시다. 그러면 죽이고 죽는 과정에서 벗어날 것입니다. 형사재판을 하는 판사는 피고들에게 유죄 유무를 판결하는 사람입니다. 판사 그는 신이 아닙니다. 법이라는 잣대로 판결을 한 후면 항상 마음이 편하지 않습니다. 매일 다루어야 하는 일이 내 마음에 들어서 선택한 것은 아니었습니다. 형사재판 판사는 괴로운 일을 하는 사람들입니다. 그래서 나는 민사재판부로 가기를 희망해 허락을 받아 일하다가 퇴직을 한 것입니다."

동갑네 그는 나를 한번 다시 쳐다보고는 이야기를 차분히 시작했다.

"하나의 예를 든다면 가까운 일본에서 2018년에 실제로 있던 일이고 신문에도 대서특필이 된 사건입니다. 그는 고등법원 형사 재판부 부장판사로 정년이 5년이나 남았는데 퇴직을 했습니다. 사람들은 그가 로펌으로 가서 큰돈을 벌 것으로 생각했습니다. 그러나 그 퇴직 판사는 요리학원에 가서 등록하고 1년 동안 요리 기술을 배워 자격증을 딴 후, 자기가 근무하던 고등법원 앞에 두 평짜리 식당을 개업했습니다. 손님이 많이 몰려온 것은 사실이지요. 손님들과 법원 사람들은 그 퇴직 판사에게 물었습니다."

"편하게 돈을 벌 수도 있는데 어찌하여 돈도 안 벌리는 이리 험한 일을 하십니까?"

그의 대답은 그랬습니다.

"나는 공부를 해서 판사가 된 후 뭇 사람들에게, 유죄를 판단하여 슬픔을 주는 역할을 했습니다. 유죄 판결은 나에게는 고역이었습니다. 그래서 나는 사람들에게 기쁨을 주는 사람이 되고 싶었습니다. 열심히 요리를 배워 손님들이 즐거워하는 것을 보는 즐거움이 돈보다 좋기에 이 길을 선택했습니다."

그는 말을 잠시 멈추고 숨을 깊게 한번 쉬고 말을 이어나갔다.

"그런 사례가 있듯이 판사는 정말 힘든 직업입니다. 내 지난 판결이 다 잘됐다고는 보지 않습니다. 회한이 몰려올 때는 술로 때운 게 한두 번이 아닙니다. 이제 나와 당신과의 관계는 죽고 죽이는 게 아니라. 서로 이해가 될 때까지 말을 하는 것입니다."

그는 원수를 갚으려는 나를 무서워하는 게 아니라 잘못을 인정하며 판사의 직업은 오판도 할 수 있으며 괴로운 직업이었다고 털어놓은 것이다. 그리고 이해가 되는 합의를 하자는 말이다. 조리 있게 차분히 말하는 그의 말을 듣고 나는 더 침착하게 짚어 나갔다.

"그렇다면 당신은 일본 판사의 이야기와 당신과의 관계를 말할 게 있습니까?"

"일본 판사의 이야기는 2018년이지만 내가 판사를 하고 퇴직을 하였을 때는 2000년입니다. 아버지의 생애를 말씀드리지요. 아버지는 무엇으로 살았는가! 나의 아버지는 육아사업을 하신 분입니다. 6·25 때 길가에 버려진 아이들을 모아다가 집으로 데려와 키우며 속칭 "고아원"을 만들고 아이들을 학교에도 보내고 하신 분입니다. 1950년 6·25전쟁으로 길거리에 버려진 전쟁고아들이 넘쳐날 때, 아버지는 그 불쌍한 전쟁고아들을 데려다가 밥을 먹이고 잠자리를 제공하고 키웠습니다. 많은 고아를 먹인다는 것은 어려운 일입니다. 힘들게 고아원을 운영하던 중 1953년 우리나라에는 한국 기독교 세계봉사회(Korea Christian World Service Association)라는 재단이 생기고 구호 활동을 하기 시작했습니다. 그때 아버지는 그 고아들을 키울 돈을 마련하기 위해 시내에 있는 한국 기독교 세계봉사회(Korea Christian World Service Association) 00 지부를 연일 쫓아가 사정을 하여 미국에서 보내오는 각종 헌 옷이며, 분유를 구해오셨습니다. 1953년부터 1957년까지 세계 구호 단체들로부터 우리나라에 들어온 젖소는 4,200마리였습니다. 그중에서 1953년 말경에는 다섯 마리의 젖소를 데려왔습니다. 이제는 젖을 짜서 아이들을 먹일 수가 있게 되었다며 웃으시던 아버지의 그 기쁜 표정을 지금도 잊을 수가 없습니다. 젖소의 머리를 만지며 아이들에게 풀을 뜯어다 먹이라고 말씀하셨습니다. 아이들도 정말로 기뻐하며 새로운 친구가 된 젖소들을 잘 키웠지요. 그리고 젖을 짜서 끓여 나누어 먹었습니다. 내가 여덟 살 때이니 나도 그 고아들과 한집에서 똑같이 자랐습니다. 기독교 신자이며 장로이신 아버지는 내가 고등학교 1학년이 되었을 때 내게 말씀하셨지요.

"너는 공부를 열심히 하여라. 그리하여 사법시험을 보아 합격해라. 그리고 판사가 되어라, 그리하여 힘없고 돈 없는 자들을 도와주어라. 사람은 사람을 사랑하는 마음으로 살아야 한다."

그러시고는 아버지는 내가 공부에 열중하게 할 수 있는 작은 방을 하나 만들어 주셨습니다. 고아들과 같이 살지만 어렵게 사는 고아들을 보면서, 나는 고등학교 때 아버지가 아주 훌륭한 분이시라는 것을 깨달았습니다. 나는 아주 공부에 전념했습니다. 시간 가는 줄도 모르며 열심히 공부했습니다. 매일 밤을 거의 새우다시피 노력했지요. 그 덕에 나는 많은 경쟁자를 이기고 소수의 사람과 함께 사법시험에 합격했지요. 그리고 판사가 되었습니다. 그러나 판사라는 직업은 그리 만만치 않았습니다. 뭇 사람들의 고뇌를 판단하여 벌을 주는 형사 문제 판사가 되었으니 그게 쉬울 리가 없지요. 남들이 보기에는 최고의 직업 같아 보이지만 사실은 아니었습니다. 나에게 할당되는 형사 사건은 엄청 많기에 퇴근이라는 것 자체가 없었으니까요. 종일 사무실 또는 법원에서 시달리다가 늦은 시간에 집으로 올 때는 또 바로 처리해야 할 밀린 사건을 심리하기 위해 묵직한 서류 보따리를 들고 집으로 퇴근해야 했습니다. 밥을 먹는 건지 먹은 건지도 생각이 안 날 때가 있었다면 거짓말이라고 하실 겁니다. 그러나 배가 고파야만, 아! 내가 밥을 안 먹었구나! 할 정도로 셀 수가 없을 정도로 많았습니다. 민사 판사로 옮기고 있다가 법원장을 하고 퇴직을 하려니 법무법인에서 엄청 많은 금액을 준다며 나를 불렀습니다. 그 금액은 내가 평생 판사로 받은 월 급료보다도 더 많은 금액이었지요. 법무법인에서 일하는 도중에 아버지가 위중하시다고 연락이 와서 급히 찾아뵈었지요. 아버지는 거의 더 생존할 가망이 없는 상태라는 걸 식구들은 다 알고 나에게 연락을 한 것입니다. 아버지는 유언이라며 나에게 "사람은 사람을 사랑하는 마음으로 살아야 한다." 그 말씀을 마지막으로 돌아가셨습니다. 집으로 가서 보육원 운영을 하는 것을 보니 엄청나게 쪼들리고 있었습니다. 그래도 어머니는 나에게 손을 벌리지 않으셨습니다. 새끼를 쳐서 늘어난 20여 마리의 젖소에서 나오는 젖을 짜서 고 아들에게 먹이기도 했지만, 정부에서 지원하는 금액은 50여 명의 원생 입에 풀칠할 정도였지요. 그래도 다행인 것은 휴전 중 통과된 법에 따라 원생들은, 학교 입학금 및 월사금을 내지 않고 고등학교까지 다닐 수가 있다는 것이었습니다. 나는 그동안 번 돈으로 재정이 약한 그 보육원을 인수하려 생각했습니다. 그 보육원을 내가 한다고 하니 노인이 된 어머니는 그저 "잘하는 일이다."라고 말씀을 하시고는 등을 두들겨 주셨습니다. 직원을 둔 보육원은 다시 활기를 찾았고 정상으로 돌아갔습니다. 로펌에 있으면서 그 보육원은 직원들을 고용해 십오 년 이상을 운영하다가 아들에게 사랑을 베풀라며 물려 주었습니다. 보육원은 돈이 벌리는 일도 아닌데 아들은 내 말을 듣고 따랐습니다. 지금은 내 아들과 며느리가 그 보육원을 운영하고 있습니다."

그는 내 말을 듣고는 직답을 피하고 배운 사람같이 다른 사연을 들어 나를 설득시키려 하는 것 같다. 나는 그의 말을 듣고는 바로 원효 형님 생각이 났다. 그의 총명함을 탐닉하는 것은 아니지만 나는 그를 경탄의 눈으로 바라보았다. 아! 내가 원수를 갚으려는 동갑네 법원장은 원효 형님같이 좋은 일을 하고 계셨구나! 복수하려는 마음이 흔들렸다.

"그렇다면 당신이 생각하는 나와 합의점이라는 것은 무엇입니까?"

"그것은 병호 씨가 결정하세요. 돈으로 보상하라면 그리할 것이고 다른 방법이 있다면은 말씀하세요. 억지가 아닌 서로 할 수 있는 보상 이야기를 하면 좋겠습니다."

나는 말도 안 되는 억지소리를 다시 했다.

"죄인도 아닌 나를 3년이나 감옥살이를 시키었으니 그 벌에 합당한 벌을 당신도 받아야 합니다. 당신은 내가 징역을 산 것에 두 배를 감옥에서 살아야 같은 보상이 될 것입니다. 어때요?"

동갑네 전 법원장은 차분히 말을 이어갔다.

"그것은 안 밴 애를 낳으라는 이야기밖에 안 됩니다. 마음을 가라앉히고 생각하면서 실현 가능한 이야기를 합시다."

그가 나를 판결한 판사라는 것을 런던에서 알고는 나는 일류 배우 노릇을 했었다. 그는 유럽에서 나에게 많은 돈을 쓴 사람이며 내가 조금 도와준 일을 아주 감사하게 생각하며 나에게 마음을 준, 유창이와는 다른 사람이다. 그는 경찰, 검사의 조사에 의한 판결을 했으나, 나는 변호사를 선임하지 못했으니 방어를 할 기회를 놓친 것이다. 내가 감옥 생활을 한 것이 전적으로 동갑네 전 판사 그의 잘못은 아니라는 생각이 든다. 나는 마음이 약해졌다. 그래! 그는 내 감옥 생활을 알고 있었으며 괴로워했었구나! 마음은 약해졌으면서도 다시 엄포를 놓았다.

"무죄인 자를 판사가 범죄자로 판결하는 그런 판결이 난무한다면 사회는 어찌 될까요? 가면의 정직한 자는 도둑질을 할 것이고 온순한 자는 칼을 들고 무당처럼 춤을 추다가 목을 벨 것이고, 정의라는 것은 악의에 찬 기쁨으로 책 속에서만 살게 될 것이 확실하고…."

숨을 멈추고 내 말을 듣고 있던 전 법원장 동갑네는 얼토당토않은 이야기라는 듯 삐뚜름한 표정으로 나를 쳐다보았다. 그것은 양심의 가책인가 내 말에 답인가?

"나는 돈으로 보상을 받을 생각은 없습니다. 나는 돈에 구애를 받지 않을 만큼 여유가 있습니다. 나는 오직 어떻게 하여 원수를 갚을 것인가만을 생각합니다. 죄 없는 사람을 3년이나 감옥에 가두는 것은 끔찍한 잘못입니다."

이 말은 폭탄이 떨어질 것이라는 경고이기도 했다. 그렇게 이야기를 해도 동갑에 전 판사 그의 얼굴에서 두려움을 찾아볼 수는 없었다. 몇 달이지만 그는 나를 친하다고 생각한 것 같다. 나 또한 그와 같은 생각이 전연 없는 것은 아니다.

"동갑네! 악을 악으로 갚으려면 안 됩니다. 우리가 만난 것은 우연이지만 그것은 인생에서 가장 중요한 인연이 됐습니다. 어릴 적 인연이나 나이 먹어 만난 인연이나 인연은 똑같은 것입니다. 악으로 맺은 인연도 좋은 인연으로 만들면 좋은 인연이 되는 것이고 선한 인연이라도 악에 인연으로 바뀔 수가 있는 것입니다. 동갑네의 감정은 충분히 이해합니다. 감정을 푸시고 내가 어떻게 해야 동갑네의 마음을 풀어줄 것인가를 말씀해 주세요."

내 이야기를 듣고 있던 그는 칼도마에 있는 회칼을 쳐다보며 몸이 움츠러드는 것 같다. 그래도 동갑네 그는 차분히 말을 시작했다.

"내 오판 때문에 당신 인생을 망치고 어머니까지 돌아가시게 된 동기가 되었다니 나는 당신에게 어떻게 해줘야 할지 모르겠습니다. 용서를 바랍니다. 그리고 사리에 맞는 보상 이야기를 했으면 합니다."

"나는 여러 가지 복수에 관한 책을 읽으며 어떻게 복수를 해야 하는지를 마음속에 넣고 있습니다. 확실한 증거가 없는 사건에는 헌법 제27조 제4항의 무죄추정(無罪推定)의 원칙(原則)을 따라야 합니다. 당신은 당시 판사로서 증거가 아닌 증언 위주로 판결했으니 그 법을 위반한 것입니다."

내 말에 그의 얼굴색이 약간 변한 것 같다. 그래도 그는 차분히 말을 이어갔다.

"맞는 말입니다. 그러나 잘 생각해 보세요. 모든 일은 좋게 생각하고 일을 하면 어렵게 매어진 매듭도 풀리는 것입니다. 나에게 요구할 것을 말씀하세요. 그리고 서로 좋게 합의합시다."

"그렇다면 당신이 생각하는 합의점이라는 것은 무엇입니까?"

"그것은 동갑네가 결정하세요. 돈으로 적당히 보상하라면 그리할 것이고 다른 방법이 있다면은 말씀하세요. 억지가 아닌 서로 할 수 있는 보상 이야기를 하면 좋겠습니다."

내가 감옥 생활한 것이 전적으로 동갑네 판사 그의 잘못은 아니라는 생각도 든다. 나는 마음이 약해졌다. 그래! 그는 내 감옥 생활을 알고 있었으며 괴로워했었구나.

동갑네 전 법원장 그는 차분하고 명석했다. 그가 나를 판결한 판사라는 것을 알았을 때는 우격다짐으로라면 멱살이라고 잡고 침을 얼굴에 침을 뱉고 싶지만, 지금은 그의 말에 동화되어 스스로 무너지고 있다는 것이 내 몸속으로 들어왔다. 그는 이 난제를 어떻게 해서든 풀어가려고도 했다. 그가 돈으로 해결한다면 나에게는 어떤 수단이 있을 것인가! 나는 돈이 필요한 사람은 아니니 원효 형님이 생각이 났다. 그는 보육원 사업을 했다고도 하지 않았나! 나는 그에게 내가 평소 생각했던 말을 했다.

"그러시다면 내 조건을 말하겠습니다. 나는 최고로 존경하는 한 분이 계십니다. 그분은 어려운 환경인데도 앉은뱅이 장애인 두 사람을 집으로 데려다 살고 있습니다. 그는 안마사 일로 그들을 부양하는 게 힘이 듭니다. 그를 도와주십시오."

"동갑네를 도와 달라는 게 아니고 그 시각장애인 안마사를 도와달라고?"

"네 그렇습니다. 저는 그분을 최고로 존경합니다. 세상에 그런 분은 본 적이 없으니까요."

동갑네 그는 내 얼굴을 뚫어질 듯 쳐다보더니 천천히 말을 이어갔다.

"내가 동갑네를 얼음 동굴에서 처음 만났을 때 어떤 생각을 했을까요? 물질 만능 시대에 노인은 한갓 거추장스러운 쓰레기 취급을 하는 정치권, 또 젊은이들도 문제지만 중요한 것은 정치인 또 젊은 사람들이 사랑할 줄 모른다는 것입니다. 그날 보셨지요? 융프라우 얼음 굴에서 내가 주저앉아 있을 때, 그 순간에 지나가는 사람 중 많은 사람이 한국 사람이었습니다. 눈이 있으니 그것을 못 보았겠습니까? 내가 숨이 가빠 주저앉아 있어도 아무도 거들떠보려 하지 않는 세상, 그것은 물질 만능 시대와 인권이라는 것을 내세워 인성교육을 말살시킨 학교 교육이 문제라고 생각합니다. 사람은 아주 큰 것에만 감동하는 것 같으나 아닙니다. 작은 것에서 사랑을 느끼고 감동의 싹이 트는 것입니다. 나는 나이 때문으로 그날 최고로 어려운 고비였지요. 그곳이 산소가 그리 희박하다는 소리를 못 들었습니다. 준비를 안 한 내 실책도 있었지요. 융프라우를 등정한다는 게 어렵다는 것을 얼음 동굴에서 알았을 때, 사람들은 본인도 힘이 드는지 다들 그냥 가는데, 내 손을 잡아 준 사람은 동갑네 한 분이었습니다. 나는 동갑네가 산소캔을 코에 대주고 손을 잡아 일으킬 때 깊이 감동하였습니다. 동갑네는 그것은 작은 일이라고 생각했겠지만, 나는 어떻게든 내 손을 잡아 준 데 대하여 깊은 감사를 드리고 싶어, 내가 동갑네에게 여행을 같이하자고 한 것입니다. 인생은 긴 것 같으나 젊다고 큰소리치는 그들도 바로 우리 뒤를 따라올 것입니다. 동갑네가 지금 제의하신 것은 내가 받아들일 뿐만 아니라, 그 사랑의 이야기를 하는 당신이 더 존경스럽습니다. 나는 내가 잘난 사람이라고 생각해 본 적은 없습니다. 그것은 아버지는 겸손히 살라고 말씀도 하셨습니다. 이제 나의 삶도 멀지 않았다고 봅니다. 내가 남길 발자취가 무엇인가를 생각해야 할 때입니다. 고목에 핀 꽃이 더 아름답습니다. 왜 그럴까요? 그 꽃은 세월의 어려움을 이긴 늙은 나무가 삶이 이런 것이라는 것을 보여주는 것이기 때문입니다. 젊음은 따라올 수 없는 아름다움일 겁니다. 그것은 젊음이 보여 줄 수 없는 진실을 보여주는 것이기 때문입니다. 사람도 마찬가지입니다. 아름답게 늙고 꽃을 피우는 것. 그것이 우리가 지향해야 할 삶의 지표입니다. 그것의 최종목표는 사랑입니다. 나는 그리 생각합니다. 사랑은 자기 식구들만을 사랑하는 것이 사랑일까요? 동갑네가 제의한 것은 내가 나서서라도 해야 할 일입니다. 나태했던 나를 일깨워 주셔서 감사합니다."

그리 말을 하고는 그를 나를 다시 한번 쳐다보았다. 어찌 보면 사랑이 가득하신 얼굴을 가진 원효 형님 마음과 같은 소유자인 것만 같다. 동갑네 그는 지금 사랑을 베풀려고 하는 것이다.

"그렇다면 제 제의를 받아들인다는 것으로 생각해도 되나요?"

"그렇습니다. 동갑네가 형님이라고 하는 분은 천사 같은 분이시군요. 좋습니다. 어떻게 도와 드리면 되겠습니까?"

"보육원을 운영하셨다니 저보다는 잘 아실 것 아닙니까?"

"그렇다면 작은 땅을 구매해 드리고, 사단법인을 만들어 그분을 이사장으로 만들어 드리겠습니다. 그곳에 집을 짓고 법인을 만들면 부동산 세금과 또한 전기세와 난방비도 조금 지원을 받을 수 있을 것입니다. 그러면 걱정이 좀 줄어들지 않을까요?"

아! 그렇게 하여 장애인을 도와줄 수 있는 법도 있구나! 나는 그의 말에 감명을 받았다. 벌떡 일어나 동갑네 손을 잡았다.

"감사합니다. 지금껏 버릇없이 무례하게 했던 말을 다 양해해 주시기 바랍니다. 제 마음은 여기서 다 풀겠습니다."

"아니요. 동갑네는 훌륭한 사람이요."

"제가 너무 무리한 요구를 한 것 같습니다."

"나는 이 약속을 지키기 위해 내가 말한 대로 각서를 써줄 것입니다. 공증해도 좋습니다."

"저는 동갑네 말을 믿습니다. 각서나 공증은 필요 없습니다. 유럽에서도 믿었기에 동행하지 않았습니까? 그렇게만 해주신다면 저도 거기에 동참하겠습니다."

결론은 그렇게 화해를 했지만, 사실 따지고 보면 그것은 용서가 아니고 네 조건을 충족한 거래였다. 거기에 한몫을 한 사람은 내 생각을 이해해 주고 내 뜻을 따라준 이호용 선배였다. 동갑네 전 법원장 그는 아주 현명한 사람이었다. 선유도(仙遊島) 합의는 나에게도 큰 기쁨을 주었다. 두 사람은 사이좋게 방어회를 맛있게 먹고 그날 밤을 그 선배가 내가 와서 살아도 된다며 만든 방에서 동갑네와 같이 잠을 잤다. 아마도 그리 편안한 잠을 잔 것은 처음만 같았다. 그 이튿날은 회를 실컷 먹고 선배 배를 타고 선유도(仙遊島) 일대의 섬인 장자도, 신시도, 무녀도, 비안도를 돌며 경치를 감상했다. 무릉도원이 따로 없는 것같이 아름다운 섬들이 옹기종기 모여 있었다. 동갑네도 무릉도원 같은 경치에 감동한 듯 감탄사를 연발했다.

"정말로 이곳은 명칭대로 신선이 놀다 갈 만도 한 선유도이군요."

이호용 선배는 먹다 남은 방어회 뜬 것을 거의 다 스티로폼 박스에 넣어서 주었다. 동갑네는 그저 맛있게 먹겠다며 돈을 주려 했다. 내가 나서서 돈을 받지 말라고 했다.

지금의 합의가 제대로 이루어진다면 원효 형님은 좋아하실 것이다. 선유도에서 군산까지 선배가 차로 데려다주고 서울로 돌아올 때는 서로 만면에 웃음을 띠고 전과 같이 말을 하는 사이가 됐다. 오히려 사이가 더 좋아진 것 같아 기분이 최고로 좋은 선유도 만남이 됐다. 그 선배와의 관계를 서울로 돌아오는 차 안에서 동갑네에게 말을 했다. 군에 있을 적에 라면 하나가 배 한 척이 된 사연을…….

동갑네는 그 이야기를 듣더니 내 얼굴을 다시 한번 쳐다보고는 고개를 주억거렸다.

"군인 이야기를 들어 보기는 했으나 나는 군인 기본 훈련만 받고 면제되었기에 잘 모릅니다. 그런 시련을 겪었으니 보통 사람들의 삶과는 다른 세상을 살아가고 있겠군요. 그리고 은혜를 갚는다는 것은 그리 쉽지 않은 일입니다. 동갑네는 아주 많이 배운 사람들보다 마음속에는 따뜻함을 가지고 있군요."

"좋은 말씀 감사합니다. 저는 배운 거라고는 중학교 졸업이 다이니 아는 게 없습니다. 앞으로 잘 부탁드리겠습니다."

"아니요. 나는 오히려 동갑네에게서 배울 점이 많다고 생각합니다. 학벌이라는 것은 나이가 70이 넘으면 아무짝에도 쓸데가 없는 것입니다. 오히려 많은 책을 읽어 본 동갑네가 아는 것이 더 많은 것 같습니다."

2) 원효재단 탄생

동갑네 그는 약속을 지키기 위해 서울로 오자마자 땅을 보러 다녔나 보다. 서울에 온 지 열흘도 안 돼 그는 적당한 땅을 보았으니 와 보라고 한다. 참으로 빠르기도 하다. 보육원을 운영해 보았으니 나보다는 그가 더 잘 알 것이다. 약속 장소에서 만나 가 보니 서울 은평구 불광동 족두리봉 아래 얕은 구릉 지대였다. 땅은 경사가 진 임야가 포함

되어 있지만 사용할 만한 토지가 대충 보아도 100평은 넘어 보인다. 누구도 그곳에는 집을 지을 생각은 못 했을 것이다. 신형 장비로 손질을 하고 축대벽만 쌓으면 아주 좋은 자리였다. 시내가 훤히 보이고 뒷산에는 작은 산봉우리가 있다. 공기도 좋고 형님과 두 명의 장애인도 참 좋을 것 같다. 도로라든가 모든 것을 다 검토해 보았나 보다. 그 땅이 좋다고 하자. 일은 속전속결로 진행되었다. 전 법원장 동갑네는 그 땅을 아주 싼 가격인 6,000만원에 사들여 사단법인 원효재단을 만들고 그 토지를 원효재단 명의로 해주었다. 거금을 들여 나와 약속을 지킨 것이다. 내가 원효 형님에게 해주어야 할 일인데 행정에 밝은 동갑네가 일하는 바람에 일은 빨리 끝냈다. 보육원 사업을 해본 분이니 그리 큰돈을 서슴없이 낸 것이다. 아! 훌륭하신 분이구나! 형님과 상의 하니 그곳에 집을 지으려면 어려운 사람을 더 받을 수 있도록 집을 두 개 동을 짓자고 한다. 그래서 건축은 원효 형님 집을 팔아 보태고 나머지는 내가 5,000여만원의 돈을 풀었다. 1층은 열다섯 명 정도가 생활할 수 있게 건평 80여 평에 큰 방을 다섯 개 만들고 사무실 조리실도 지었다. 2층에는 형님이 살 방을 만들고, 형님 나이를 생각하여 엘리베이터를 설치하였다. 그리고 장애인들의 문제인 변소와 목욕시설을 각 방에 설치했다. 걷지 못하는 사람들이 운동하라고 파이프를 쥐고 걸을 수 있는 시설도 만들어놓았다. 생각보다도 건축비와 시설비가 더 들어갔어도 원효 형님에게는 말을 하지 않고 내가 다 부담하였다. 공사는 70일 이내로 끝났다.

집이 완공되자. 원효 형님은 도와줄 장애인의 심사를 나에게 하라고 했다.

첫째. 자기 혼자로서는 생활하기가 정말로 힘든 사람.

둘째. 나이가 많은 사람을 우선순위로 한다.

셋째. 정부 지원을 받는 사람은 제외한다.

넷째. 가족들이 잘사는데 그냥 장애인이라고 떠밀려 오는 사람은 제외한다.

집에 있는 장애인 두 명과 함께하려니 모집할 장애인은 열세 명 정도였다.

이사를 하던 날 원효 형님은 나를 끌어 앉고 등을 두드리며

"동생이 내 소원을 이루어 줬네. 그것은 내가 스승님인 일도(一道) 스님에게 받은 것을 다 돌려주는 것 같은 일이네. 정말로 고맙다. 이제는 더 많은 장애인을 도와줄 수가 있을 것 같다. 아마도 동생은 나와 전생에 깊은 인연이 있었을 거야. 내 스승님인 일도(一道) 스님이 아마도 천국에서 아주 만족해하실 것 같다. 정말로 고맙다."

"아니요. 형님. 형님이 살아온 세월에 비하면 내가 한 일은 아주 작은 일입니다. 형님이 나를 도와주어 부자로 만들었으니, 형님은 제 평생 은인이니 제가 고맙다고 해야지요."

이사로서 심부름꾼으로서 첫 출근을 하는 길은 행복한 길이었다.

한 달이 지나자 소문이 났는지 장애인들이 몰려들기 시작했다.

사단법인 원효재단은 이제 돌아가기 시작했다. 장애인들을 최대 15명을 수용할 수 있는 시설이 됐다. 집을 다지어놓으니 어머니, 아버지, 동생 생각이 나서 눈물이 났다. 집이 완성되고 이사를 다 한 다음에 전 법원장 동갑네를 찾아갔다. 내가 건축한 도면과 시설 도면을 가지고 가서 설명하니 그도 많이 흡족해했다. 한편으로는 동갑네 법원장을 원수로 생각했으니 미안한 생각도 든다. 그 동갑네 말이 떠오른다.

"사람은 사람을 사랑으로 대하면 그것이 곧 내 행복입니다."

맞는 말이다. 정말 명언이다. 행복은 남을 도우려고 생각하고 실행

을 했을 때 맛보는 것이다. 나 또한 동거인 장애인 딸을 교육해서 그가 선생님으로 발령을 받을 때 행복감을 맛보지 않았던가! 석 달도 안 돼 열세 명이 다 차서 이제는 장애인을 더 받을 수가 없다. 사단법인 일을 운영해 본 적도 없기에 전 법원장 동갑네를 찾아갔다.

"어려운 부탁을 하러 왔습니다. 원효재단을 만들어 주셨으니 또 한번 더 도와주십시오."

"무슨?"

"원효재단에 고문직을 수락하여 주십시오."

"하하하. 나는 또 무슨 큰일을 해 달라는 줄 알았네. 그거야 내가 맡아 주지."

그래서 동갑네 전 법원장은 사단법인 원효재단 고문이 됐다. 그리고 원효 형님은 재단 이사장이 되고 나는 그곳을 관리하기 위해 이사로 등재를 했다. 마음 졸이며 기다리던 일이 다 끝나니 마음에 평화가 왔다. 남을 돕는 게 아니라 내가 편안한 마음을 갖게 됐으니 오히려 감사하다. 그것은 내가 감옥살이를 3년 한 보답이기도 한 것 같다.

장애인 시설을 하고 보니 돈 들어갈 곳이 너무나 많다. 주방에서 일하는 사람의 월급을 주어야 하고 주, 부식비, 기타, 생활필수품 등 아무래도 15명의 식구를 먹여 살리고 그들의 수족이 된다는 것은 벅찬 일이었다. 장애인들을 도와줄 도우미가 필요했다. 내가 혼자 이리 뛰고 저리 뛰고 하다 보니 나이 탓인지 당장 몸에 무리가 왔다. 각오는 했지만 이사가 아니라 장애인 심부름꾼이 됐다. 그렇게 살면서도 장애인들이 밥을 먹으면서 웃는 모습은 나의 행복이었다. 원효 형님은 그런 행복을 남을 돕는 것에서 찾았나 보다. 그런데 문제가 생겼다. 매월 들어가는 돈을 내가 지원하다 보니 그게 적은 돈이 아니다. 한 달 동안에 지출되는 것은 많은데 수입은 없다. 내가 그 재단에 넣은

것만 해도 1억원이 넘는다. 내가 다 부담해도 되지만 형님이 거절할
게 분명하다. 형님 소유 남은 땅을 매매한다 해도 산골짝 땅이라 그것
은 적은 돈이다. 얼마 안 가면 다 없어질 것 같다. 내가 돈이 없는 것
은 아니지만 형님의 걱정이 더 크다. 형님은 내가 얼마만큼의 큰돈을
가졌는지는 자세히 모른다. 형님은 법인 운영하는데 돈이 많이 모자
라는 것을 알아챘나 보다.

"동생 번 돈을 이곳에 쓰는 것은 좋지만 내가 부담되네. 어떤 다른
방법을 생각해 보자."

"형님 걱정하지 마십시오. 제가 힘 닿는 대로 돈을 보태며 일을 할
것입니다."

"동생, 정말로 고맙다. 그러나 어떤 방법이 있을지 생각해 보자."

"예 생각을 하다 보면 무슨 묘안이 있을지도 모르지요. 터무니없는
일도 해낸 현대의 정 회장님 같은 분도 있지 않습니까?"

혹시나 하고 동갑네를 다시 찾아갔다. 그는 우리 재단에 고문이 아
닌가! 나보다는 머리가 좋은 분이니 어떤 대책을 마련할 수도 있을
것 같았다. 동갑네는 한번 힘을 써 보겠다고 약속을 했다. 동갑네는
구인회 모임에 재단 이야기를 하여 도울 방법을 이야기했나 보다. 동
갑네 모임인 구인회 구성원인 전직 장·차관을 지낸 분들이 발을 벗
고 나섰다. 보건복지부에 서류를 넣어 정부의 지원을 받게 해주었다.
동사무소에서 한 달에 쌀 한 가마씩을 지원해 주었는데 생각하지도
않던 꿈같은 일이 빨리도 성사된 것이다. 이제 사단법인 일은 정상을
걷게 되었고 정부 지원금은 원효재단에 매달 생활비도 되었으며 재
단 장애인들이 편히 살게 도우미들도 고용하였다. 그리고 사무실 직
원도 채용하여 재단 일을 하게 했다. 순리를 따르며 남을 도와가며 생
활하려 한 형님이 생각하는 진정한 행복이 이루어진 것이다.

그런데, 어느 날 출근하는데 재단 정문 앞에 한 여자 노인이 이불을 뒤집어쓰고 앉아 있다. 나이가 80은 돼 보인다. 어디서 왔느냐고 물어도 대답을 안 한다. 언어장애인인가? 무슨 사연이 있는 분 같은데 말을 안 하기에 그냥 안으로 들어갔다. 저녁에 퇴근하려 하니 그 노인은 아직도 그 자리에 그냥 앉아 있었다. 온종일 아무것도 안 먹었을 텐데! 다시 물어보았다.

"어디서 오셨나요?"

그래도 그 노인은 아무 말이 없다. 그냥 퇴근했다. 그래도 어찌 마음이 찝찝하다. 그 노인이 입은 옷을 보나 얼굴을 보나 가난하게 살은 사람은 절대 아니었다! 사흘째가 되는 날도 그 노인은 그대로 앉아 있다. 그냥 두면 그 노인은 굶어 죽을 것만 같다. 방은 사람이 꽉 차서 더 들인 방도 없는데……. 원효 형님에게 이야기하니, 우선 데려와서 음식을 제공하라고 한다. 시키는 대로 했다. 좁겠지만 네 명이 생활하는 곳에 그분을 들어가게 했다. 2개월 동안 같이 원효재단에서 생활한 그 말 없는 그 노인을 알아보려고 지문 조회를 부탁했다. 아주 깜짝 놀랄 일이 벌어졌다. 그 노인은 아들이 둘인데 두 사람 다 서울에 OO 대학교 전직 교수였다. 대학 나온 며느리 얻으면 밥 얻어먹기는 틀렸다더니……. 그보다도 더 심한 핍박을 견디며 살다가 고려장을 당한 것이었다. 그 이야기를 들은 재단 고문인 동갑네 법원장이 적극적으로 나서서 부모 학대에 죄를 물어 고소하려고 준비했다. 그리고 그 노인에게 그런 사실을 말했다. 언어장애인 같기만 했던 노인은 펄쩍 뛰며 봉했던 입을 열어 반대했다. 그래서 자초지종을 듣게 됐다. 그 노인은 부부가 다 같은 학교 선생님이었다. 아들을 잘되라고 물려받은 재산을 팔아 유학비에 또 생활비까지 도와줬는데 그 노인의 남편이 죽자, 아버지의 남은 재산을 큰아들이 관리해준다며 자기 앞으로 돌려놓았다. 돈을 다 차지한 큰아들은 바쁘다는 핑계로 어머니인 나를 본체만체하고 남편 연금통장, 본인 연금통장까지 생활비로 가져갔다고 했다. 그리고는 집에 기르는 강아지보다 못한 생활을 했다고 솔직히 털어놓았다. 그런데 요양원을 데려다준다던 곳이 이곳이었단다. 큰 며느리가 길가에 내려놓고는 기다리기만 하면 된다고 하고 갔다는 것이다. 그런데 이곳이 요양원이 아니라는 것은 알았단다. 그렇지만 자식이 어떻게 벌을 받을지 몰라서 입을 봉하고 있었다고 한다. 정말로 안타까운 일이었다. 그런 사람은 벌을 받게 해야 할 것이라고 동갑네 고문이 발을 벗고 나섰다. 자식들에게 버림받은 그 노인에게 부모 학대죄는 형사 사건이니 구속이 될 수도 있는 사건이지만, 민사 소송은 자식들 버릇도 고치게 될 것이라고 설득을 했다. 그 노인은 민사 소송을 하는 데 동의했다. 동갑네 전 법원장은 두 아들의 재산 명시 신청을 했다. 재산 조사를 한 내용을 보고는 동갑네는 아연실색했다. 그 큰아들이라는 전직 교수는 아버지의 재산을 물려받을 때 어머니 몫까지 수억 원을 받았다. 그의 공시지가 재산은 30억원이었다. 그런데도 어머니를 고려장하고는 나는 모른다고 일관한 것이다. 동갑네가 아는 변호사에게 무료 변론을 신청하여 두 아들을 법정에 세웠다. 법정에서 그 이야기가 나오자, 그런 사실을 자세히 몰랐던 동생 전 교수도 놀랐다. 재판은 신속히 진행되었다.

서울지방법원 민사 재판정

사건 번호 가 00000 재산 환원에 대한 소송 건
재판장이 제1 피고인 큰아들에게 물었다.
"어느 과에 교수하셨습니까?"

"예. 물리학과 교수를 했고 지금은 퇴직했습니다."

"제2 피고인 동생은 어느 과에서 교수를 했습니까?"

"예 생물학과입니다."

"제1 피고는 부모를 어떻게 보십니까?"

"모든 만물은 다 원자로 되어있기에 원자의 덩어리라고 봅니다."

방청석에서 소리를 크게 지른다.

"저런 싹수없는 놈. 그래 그러면 네 어미를 원자 덩어리로 보았다는 것이냐?"

"예이 못된 놈 사람은 형체만 있다는 것이냐?"

"조용히 하세요. 지금 재판 중입니다."

재판은 법정 소란으로 잠시 중단이 되었다.

"종교는 있습니까."

"물리학자들은 거의 종교를 믿지 않습니다."

"검찰에서 조사한 바로는 제1 피고 큰아들은 재산도 많던데, 잘 키워주고 공부를 시켜주고 먹여준 부모를 버릴 수가 있습니까?"

"버린 게 아니라 요양원에 식구가 데려다 놓았다고 했습니다."

"자식은 부모를 공양할 의무는 없다고 봅니까?"

"부모에게 나를 낳아 달라고 한 적이 없기에 부모가 오히려 자식을 부양해야 한다고 봅니다."

"그런 생각은 어디에서 나왔습니까?"

"미국에 한 신문 뉴스에서 보았습니다."

방청석에서 난리가 났다.

"저런 쳐 죽일 놈, 네가 그 죄를 받을 것이다."

"저런 게 교수를 했다니 기가 막히는군. 에라 썩을 놈아."

"아니 저런 놈이 교수를 했다고?"

방청객 여러 사람이 소란을 피우자 재판은 중단되었다. 재개정한 후에 판사는 더 물어볼 필요가 없는 듯.

"다음 달 재판에서 두 피고에게 선고하겠습니다."

서울지방법원 민사재판정

사건 번호 가 00000 재산 환원에 대한 소송 건 개정합니다.

재산 환원에 대하여 아래와 같이 판결합니다.

주문

두 아들이 현재 거주하는 집과 재산은 조사한 바로는 거의 부모의 재산이었다. 피고 1인 큰아들은 아버지 어머니의 연금을 돌려 드리고 현재 거주하고 있는 집은 어머니 집이었으니 돌려드려라. 피고 2는 아버지에게서 물려받은 돈 2억원 중 1억원을 어머니에게 환원하라.

끝

이 노인 사건은 전 법원장 동갑네와 선유도 합의가 없었다면 생각하지도 못할 일이 성사됐다. 인성교육을 내팽개친 우리나라 교육 환경에 이런 사건은 우리나라에 단 하나뿐일까? 교육자들이 생각해야 할 큰 문제이다.

동갑네 판사와의 일도 원효재단 일도 마무리가 되었다. 이제는 내가 살아있는 동안 유창이에게 복수할 일 하나만 남았다.

3) 깨달음

형님 깨달음이란 무엇인가요?

"우리가 절실히 자아(自我)를 발견하기 위하여 노력할 때나. 또는 찰나에 내 마음속을 어떤 에너지가 쳐들어와 내 마음을 순식간에 바꾸어 놓는 것을 말한다. 깨달음 이란 내 마음속이든 뇌 속이든 육체 내이든 어딘가에 숨어 있던 에너지가 순식간에 내 생각의 영역을 들어온 것일 수도 있다. 우리는 그것을 볼 수도 없고 누구든 설명을 할 수가 없는 신비한 힘 에너지 자체이다. 또한, 그것은 인체 자체 속에 들어있는 어떤 힘이며 인체와 분리할 수도 없는 것이다. 스님들이나 어떤 사람이 참선할 때 자아(自我)(나는 누구인가?)를 발견하게 하는 것이다. 그렇게 되면 내가 가진 생각이 에고(Ego)였다는 것을 알게 되는 것이다. 그것을 보고 깨달음을 가졌다고 하는 것이다.

깨달음을 가지면 자아(自我)라는 다른 세계가 보이는 것이다. 그런 것으로 볼 때 에고(Ego)는 돌덩어리 같아 잘 안 깨지지만, 이중성을 가지고 있어 바람이 불면 날아가는 구름과 같다고도 할 수도 있는 것이다."

"그렇다면 형님. 생긴 인연을 어떻게 해야 지워질까요?"

"인연이 있다면 멀리 있어도 만나는 것이며 인연이 없었다면 가깝게 있어도 만나지 못하는 것이다. 그것은 누구도 막을 수 없었던 것이고, 일어날 일이기에 일어난 일이다. 절이 싫으면 중이 떠나야지. 절을 떠나라고 할 것이냐? 인연을 끝내려면 내가 떠나야 한다."

8부

도끼를 가슴에 품고 만난
　　　　　원수, 소꿉친구

26
빈틈없는 계획은 성공했다

　유창이에 관한 것은 손바닥 보듯 다 알고 있으니 그는 내 손에서 절대 빠져나가지 못할 것이다. 유창이가 나를 본다면 아마도 저승사자를 만난 느낌일 것이다. 유창이를 만난다면 당시에 왜 그랬는가를 그의 입으로 듣고 싶다. 그리고 나는 죄와 벌의 라스코리니니코프처럼 도끼를 휘둘러 머리를 정통으로 쪼개 피가 하늘로 솟게 해 놓을 것이다. 복수하고야 말겠다는 것이 "내가 살았던 이유" 중 하나이다. 나는 살인을 하고 자수하여 문초를 받을 때 사실대로 이야기하고 떳떳하게 법의 심판을 받을 것이다. 나의 사건이 뉴스화되면 그것은 오판에 의한 복수극이라며 대서특필이 될 것이다. 그러면 오판이 없도록 정부는 조치할 것이다. 내가 3년이나 감옥에 있었던 것은 법의 잣대 횡포이며 분명히 잘못된 일이다. 유창이가 다니는 곳은 흥신소가 보고하기에 다 알고 있다. 그래도 잘못하면 실패할 수도 있으니 심사숙고해야 할 일이다.

　'택배를 가장할까? 하고 아파트 현장을 가서 확인해 보니 택배는 아파트 경비가 받고 있다. 우체부를 가장하여 등기 이야기를 해도 경비실에 맡기라고 하면 그만이다. 또한, 홍신소에 부탁하여 아파트 입구 비밀번호를 알았다 해도 아파트 앞에서 벨을 누른다면 누구냐고 물어볼 게 뻔한 게 아닌가? 집안에서는 CCTV인 코콤으로 문밖이 다 보이니 그것도 안 될 일이다. 제네시스 차 번호는 알았으니 그 차가 지하 차고로 향할 때 쫓아가면 안 될까? 그것도 경비를 따돌려야 하고 제네시스 그 차에는 부인이 탔을 수도 있고 운전사가 있을 게 아닌가! 절대 실패하지 않을 계획을 아주 단단히 세 가지를 세웠다. 유창이에 대하여 알 만큼 알았으니 홍신소와는 거래를 청산했다. 1차 계획대로 그 아파트 앞에서 조금 떨어진 곳에서 배회하며 그 아파트 지하 차고를 들어가는 차들을 점검하기 시작했다. 아파트 지하 차고를 들어가는 아파트 사람들의 차는 자동문 열림 장치를 사용하나 그 외의 차들은 경비의 안내를 받고 들어가고 있다. 들어가는 차 중에는 엘리베이터 수리라는 글을 쓴 차도 들어가고 전기 점검을 하는 한국전력 차도 들어간다. 그들에게 차를 태워달라면 태워줄까? 안 된다고 할 것이다.

그런 차를 타고 들어간다 해도 문밖을 쳐다보고는 문을 안 열어 줄 것이다. 아침에 일찍 일어나 저녁때까지 매일 지하 차고에 어떤 차가 드나드는가를 보러 갔다. 홍신소 말대로 유창이의 제네시스는 짙은 썬팅을 해서 그 안에 누가 탔는지도 모른다. 완전한 복수를 하기 위해 서두르지 않고 한 달 동안 그 차를 감시했다. 유창이 차를 몇 번을 보아도 오전에 나가면 오후에 들어온다. 그 차를 그냥 따라갈 수는 없는 것이다. 그 안으로 들어가는 다른 차를 이용하고 세웠던 계획을 실행해야 한다. 며칠을 봐도 특별한 차는 드나드는 게 없다. 그래도 포기하지 않고 기다리며 아침부터 늦게까지 감시를 했다. 한 달째이다. 지하 차고를 수리할 곳이 생겼는지 페인트 통을 실은 트럭이 인부 대여섯 명을 싣고 오전 8시에 지하 차고로 들어간다. 아! 저것은 4년에 또는 5년에 한 번씩 지하 차고 바닥에 페인트칠하려는 것이다! 그들이 일하다가 점심을 먹으러 가든, 일이 끝나든 나올 것이다. 때는 이때다! 계획한 것 중 하나가 정확히 맞은 것이다. 택시를 타고 집으로 쏜살같이 가서는 헌 작업복을 입고 다시 아파트로 왔다. 점심시간은 아직도 많이 남아 있다. 밖에서 기다렸다. 아나나 다를까. 페인트공들은 11시 40분쯤 되자 차를 타고 나왔다. 예상은 적중했다. 아파트 출구로 나오는 차를 세웠다. 그리고 그들에게 말을 했다.

"여기 아파트 지하 공사를 하시나 보지요? 사장님이 누구신가요?"

"사장님은 공사장에는 일만 시키고 가셨습니다."

"아 그러세요? 제가 사장님께 부탁드릴 것이 있어서 그러는데요. 사장님 전화번호를 가르쳐 주실 수 있나요?"

"왜 그러시는데요?"

"제가 실직을 하고 돈이 없어서 일을 좀 시켜 달라고 하려고 합니다."

"아! 이 페인트 일을 하시려고요?"

"네 그렇습니다."

"여기 일은 페인트 냄새 때문에 인부 모집이 쉽지 않은데 사장님에게 이야기하면 환영할 겁니다."

그들은 그리 말하더니 사장님 전화번호를 가르쳐준다.

"감사합니다."

얼른 핸드폰에 입력하고 전화를 했다.

"저 사장님 여기 00 아파트 공사장에서 일하시는 분들에게서 전화번호를 알고 전화를 드렸습니다. 제가 일을 좀 하게 해주십시오. 일당은 조금 주셔도 됩니다."

"페인트 일을 해보았나요?"

"전문적이지는 않지만, 실직하고는 동내 여기저기를 다니며 일 년 동안 페인트 일을 좀 했었습니다."

"작업 중 냄새가 심하다는 것은 아시나요?"

"네 지하는 냄새가 더 심하다는 것은 알고 있습니다."

"일당을 얼마나 드리면 될까요?"

"일하면 얼마나 주나요?"

"숙련공 일당은 이십만 원입니다."

"저는 하루 십만 원만 주세요. 그것도 감사합니다."

"그래요? 친구분 중에서 더 일할 사람은 없나요?"

감이 왔다. 그것은 채용해준다는 이야기이다.

"네 제가 알아는 보겠지만 처지가 저하고 같은 사람은 없습니다. 저라도 채용해주시면 안 될까요?"

"지금 사시는 곳이 어디입니까? 그래야 차가 데리러 가고 데려다줄 게 아닙니까?"

일을 시켜준다는 말이 아닌가!

"아니요. 그럴 필요는 없습니다. 제가 그냥 현장으로 오면 됩니다."

"그 00 아파트 단지 지하 차고 페인트 공사는 그 단지 전체를 하려면 약 한 달 이상이 걸립니다. 그동안 일을 하실 수 있나요?"

"그럼요. 열심히 하겠습니다."

"그러면 내일 아침 8시까지 현장으로 오세요. 그곳에서 오늘 본 분 중에서 일을 시키는 분이 있을 겁니다. 그분이 반장이에요. 그분 말을 따르세요."

아! 드디어 내가 계획한 일을 할 수가 있겠구나! 한 달이라면 원수 갚을 시간은 충분하다. 확실히 일하기 위해 돈이 없는 척 엄살을 부렸다.

"공사 끝나면 돈은 주시는 거지요?"

"그럼요. 일을 시키고 돈을 안 주면 입건이 됩니다. 그런 건 걱정하지 마세요."

"감사합니다."

2차 계획은 유창의 차가 지하에 어디에 있으며 언제 나가고 들어오는가를 알아 확실하게 체크를 할 셈이다. 그 이튿날 일찍이 일어나 작업복을 입고 현장으로 갔다. 오전 8시 가 되자, 그 사장 말대로 차가 인부들을 싣고 들어온다. 손을 들으니 차를 세워 준다. 그렇게 하여 차 번호가 입력되어야 열리는 아파트 지하 주차장으로 들어가는 데 성공했다. 작업은 지하 3층 주차장에서부터 시작한다고 한다. 지하 3층 주차장에는 주차할 차량 번호가 적혀있다. 다른 차는 그곳에 주차하면 안 된다는 표시 아닌가! 주차 질서 유지를 위해 그렇게 해 놓았나 보다. 어려운 일이 한 가지 더 풀린 셈이다. 아침 8시에 만났으니 반장은 간단한 팩 우유와 빵을 하나씩 나누어 준다. 그것을 먹고 쉬다가 9시가 되자 일을 시작했다. 1차 공사할 만큼만 비닐 천막을 치는 작업을 시작했다. 지하 차고 바닥에 듬성듬성 긁힌 페인트를 긁어 평탄하게 하는 작업을 나에게 시켰다. 모터가 달린 사포를 돌리자 엄청난 먼지가 솟아올랐다. 모터로 공기를 흡입하여 밖으로 내보내도 그 지독한 먼지는 마스크를 쓴 코로 사정없이 들어왔다. 앞이 안 보일 정도이다. 아! 페인트공은 페인트만 칠하는 게 아니구나! 이 일을 한다는 게 이렇게 어려울 줄은 미처 생각하지도 못했다. 첫날이라 유창이가 사는 아파트를 확인해 볼 시간적 여유도 없다. 점심때가 되어 그들을 따라가서 점심을 먹고 왔다. 그 이튿날은 바닥 청소를 하고 페인트를 칠하는 일이었다. 페인트 색깔은 페인트 가게에서 색깔을 맞추어서 통에 싣고 온 것이었다. 나는 반장이 시키는 대로 색깔대로 통을 가져다주고 주차경계 테이프 붙이는 작업을 했다. 빨리 마르라고 시너를 섞은 페인트는 통째로 붓고는 붓으로 페인트를 평평하게 만드는 작업이었다. 두어 번을 그렇게 하여 페인트가 마르면 그 두께가 4mm 정도를 정확히 맞추어야 하는 작업이었다. 마스크를 했어도 냄새는 정말로 지독했다. 머리가 멍하니 술에 취한 것만 같다. 10시가 되자 어제같이 빵과 우유 팩 하나를 새참이라고 준다. 그리고 11시 30분이 되자 점심을 먹으러 간다며 차에 타라고 한다. 2차 계획대로 점심시간 동안 유창이 차가 주차하는 곳을 찾아야 하니 핑계를 댔다. 나는 지금 속이 좋지 않아 안 먹는다고 했다. 인부들이 점심을 먹기 위해 나가자, 나는 바로 지하 차고를 뒤지고 다녔다. 지하 3층 한쪽 구석에 가림막이 처져 있는 곳에서 유창이 제네시스 차를 발견했다. 그 차를 보니 가슴이 두근두근한다. 아! 유창이는 안 나갔구나! 위치를 알았으니 일하면서 그 차에 동태를 살필 수가 있게 되었다. 유창이가 사는 집을 올라가는 지하 주차장에는 엘리베이터가 두 대가 있다. 이제 유창이를 쫓아갈 계획을 세우면 될 것이다! 세 가지의 계획을 세웠다. 유창이가 차에서 내려 엘리베이터까지 가는 거리를 재고 몇 발자국인지를 세어보았다. 거리는 약 35m였다. 몇 번을 보통 걸음으로 세어보니 60보에서 65보였고 시간은 약 40초에서 45초 사이였다. 그의 차가 들어오면 창고에 숨겨둔 도끼를 가지러 갔다가 엘리베이터가 있는 곳까지 오면 전체시간은 약 1분 20초 정도였다. 달리기하여 약 30초 정도를 줄이면 되는 것이다. 유창이가 사는 13층을 올라가 보았다. 아파트는 복도식이었다. 13층까지의 엘리베이터가 올라가는 시간을 빼고 13층에서 1303호까지의 거리는 약 25m이다. 짐을 들고 보통 걸음으로 간다면 40보이고 천천히 가면 25초에서 28초가 걸렸다. 세 번에 걸쳐 연습을 했다. 시간은 거의 맞았다. 이제 유창이 차가 차고로 들어오는 것을 보면 나는 도끼를 감춘 지하 자재 창고로 뛰어가서 작업복에 도끼를 넣고는, 엘리베이터를 타려고 서 있는 유창이와 시간을 맞추면 되는 것이다. 작업복을 입고 마스크를 쓰고 안전모를 쓰면 유창이가 나를 알아볼 확률은 제로다. 13층에서 엘리베이터가 선다. 그러면 유창이가 내려서 자기 아파트인 1303호는 약 25m를 걸어가는 보폭은 약 40보에서 43보였다. 아파트 문 앞에서 서서 열쇠를 여는 시간은 7초 미만이니 총 시간은 약 30초에서 33초 정도이다. 그와 다섯 발짝 정도의 거리를 띄우고 쫓아가다가 나는 37보에서 잠시 멈칫멈칫하며 가다가 그가 아파트 문을 열 때 뛰어들어 순간에 그를 밀어붙이고 들어가면 되는 것이다. 확인하고도 실패를 하지 않기 위해 그 이튿날도 또 재확인했다. 그것을 머릿속에 넣고 다시 일하는 지하 3층으로 내려왔다. 지하에 칠을 하고 그 페인트 칠이 굳는 2일 동안은 주차 금지이다. 지하 3층에서 일을 하는 구역은 비닐로 칸막이를 해가며 일을 하니 일하면서도 비닐 밖으로 유창이 차가 나가면 확인할 수가 있다. 도색 한 게 마르면 그 위에 또 차량 번호를 새겨 넣어야 한다. 칠을 한 곳은 삼 일간은 주차하면 안 된다. 그 넓은 지하 주차장을 반만 칠하는 기간은 열흘 정도가 걸릴 것 같다. 그러니까 그 단지 지하 1, 2, 3층에서 만 25일에서 30일 동안 일을 한다는 이야기이다. 이제는 원수 갚을 일만 하면 된다. 그 이튿날 출근 시 손도끼를 가져다가 지하 3층 엘리베이터 옆 자재 창고에 숨겨 놓았다. 어떤 조건이 있어도 실패하지 않을 3차 계획 시나리오를 짰다. 그리고 페인트 일을 하면서 그 차를 감시했다. 이제 며칠 안으로 복수를 할 수가 있을 것이다. 일하면서도 신경은 온통 유창이 차가 있는 그곳을 집중하고, 포수가 멧돼지를 잡기 위해 총을 잡고 길목을 지

키듯이 기다리고 있었다. 내가 행동만 개시하면 너는 네 머리가 두 동
강이 나며 그 자리가 이 세상 끝자리일 것이다. 기다려라, 기획하고
연습한 모든 일이 잘될 거로 생각했다. 집에 동거인에게는 내가 일하
러 갔다가 안 오면 형님에게 연락하라고 하고 밀봉된 편지를 주었다.
그것은 내 유언장이었다. 일을 시작 한지 닷새째가 되는 날은 비가 온
다는 예보가 있어 오늘도 일을 할까? 했는데 괜한 생각이었다. 가 보
니 일은 예정대로 시작됐다. 11시가 넘자 천둥이 치는 소리가 들린다.
비가 많이 오려나 하고 일하다가 앞을 보니, 비밀 막을 친 옆으로 운
전사 옆에 유창이가 타고 밖으로 나간다. 비가 오는데 어디로 가는 것
일까? 오늘 내로는 들어오겠지. 11시 40분이 되자. 반장이 점심을 먹
으러 가자고 한다. 유창이의 동태를 살피기 위해, 나는 지금 배가 살
살 아파 밥을 못 먹겠으니 다녀들 오라고 했다. 팩 우유 한 개를 점심
으로 때우고 일을 하면서 유창이 차를 기다렸다. 그를 기다리는 시간
은 멈춘 것만 같았다. 나갔던 차가 오후 3시가 되니 들어온다. 계획한
것, 세 개 중 한 개와 딱 맞아떨어지는 순간이다. "때는 이때다!" 하던
일을 집어치우고 작업복을 입은 채 지하 엘리베이터 옆 자재 창고에
숨겨놓은 손도끼를 찾아 가슴에 품고 재빨리 엘리베이터 쪽으로 달
려갔다. 예상대로 그는 지하 3층에서 엘리베이터를 기다리고 있었다.
계획한 대로 시간이 딱 맞았다. 조금이라도 늦었으면 이번 일이 무산
될뻔했다. 유창이 옆으로 갔다. 유창이는 나를 힐긋 쳐다보더니 엘리
베이터가 내려오자 올라타려 한다. 나도 얼른 탔다. 내가 페인트공 옷
을 입고 마스크를 쓰고 모자를 푹 눌러 썼으니 유창이가 나를 알아보
지 못했다. 그는 다시 한번 흘끔 쳐다보고는 들고 있던 작은 백을 쳐
다보았다. 포장지를 보니 음식점에서 싸서 가져온 음식 같다. 준비하
고 계획 한대로 지금 절호의 기회를 맞은 것이다. 13층에서 엘리베이

터가 서자, 유창이는 백을 들고 내렸다. 나는 유창이가 엘리베이터에서 내리자, 맘속으로 발짝을 세며 나비같이 나래를 펴고 날아가듯이 뒤를 쫓았다. 유창이가 마흔 발짝을 갔을 때 나는 서른다섯 발짝에 속도를 낮추며 유창이를 따라붙었다. 유창이가 아파트 문 비밀번호를 누르고 아파트 문을 열었다. 유창이가 들어가려고 하자, 나는 냉큼 달려들어 그를 아파트 안으로 전광석화처럼 떠다밀어 넣었다. 그리고 아파트로 들어갔다. 몇 번이나 연습한 것이 딱 맞아떨어졌다. 유창이가 들고 온 종이팩에 들은 음식이 거실에 흩어졌다. 그는 아파트 거실에 쓰러진 채로 큰소리를 질렀다.

"누구여! 당신은 누구여!"

"나? 이병호."

하고는 나는 천천히 마스크와 작업모를 벗었다.

"뭐야?"

아파트 문이 열리는 소리가 나자 기다린 듯, 기쁜 표정을 짓고 거실로 쫓아 나온 여인은 쓰러진 유창이와 서 있는 나를 쳐다보고는 깜짝 놀라 심장이 멈춘 듯 얼굴이 굳은 채로 나를 흠칫 쳐다보았다. 유창이는 소스라치게 놀랐는지 나를 쳐다보고는 쓰러진 채로 멍하니 앉아 있다. 그는 나를 몰라보았다. 내가 예상한 대로였다.

"유창아 나를 몰라보겠냐?"

뭔가 이상한 낌새를 차린 듯 방에서 나온 그녀는 놀란 목소리로

"신고할까요?"

사색이 된 유창이는 벌벌 떨며 아~아~아~아니야!

유창이는 내 얼굴을 쳐다보다가는 몸이 굳었는지 거실 의자에도 앉지 못하고 거실 바닥에 앉았다.

"이병호?"

"그래 이병호다."

그는 내 목소리로 나를 알아본 것이다, 그의 눈은 당황하고 놀란 토끼가 된 듯했다. 내가 문가에 있으니 어디로 도망갈 곳도 없다. 아파트 안이니 고양이에게 붙들린 쥐였다. 그는 거실 바닥에 그냥 무릎을 꿇었다. 나도 그를 쫓아와 잡느라 정신이 없었다. 내 목소리도 떨렸다. 나는 그를 이글거리는 눈으로 쳐다보았다. 가슴이 벌렁거리며 심장 뛰는 소리가 내 귀로 들어왔다. 벅차오르는 가슴을 왼손으로 꾹 누르고 큰 한숨을 쉬고는 선유도에서의 그 긴박함에서도 동갑네 판사의 그 침착함을 생각하며 조용히 말을 했다. 군인 제대 후에 시장통에서 만났을 때는 말도 붙이기도 어려웠던 하늘만 같았던 친구였다. 그러나 이제는 그와 나는 처지가 바뀐 천지 차이가 나는 사람으로 변했다. 유창이 생활과는 비교도 안 되게 내가 큰 부자가 된 것이다.

원수를 잡았다는 생각이 들어서 그런지 유창이를 쳐다보니 살이 발발 떨린다. 이상한 일이었다. 차분히 말을 하려 해도 떨리는 목소리가 나왔다.

"살아있어 줘서 고맙다. 나의 거대한 분노는 지난 50년 여년 동안 하루도 너를 잊어 본 적이 없다. 내 어머니까지 조현병으로 죽게 한 너를 만나 복수를 하려고 지금껏 살아왔다. 네가 살아있다는 것을 안 지는 8개월 정도 됐다. 나는 네 모든 행적을 조사했다. 너의 행방을 알고부터는 너에게 어떤 벌을 줘야 할까? 그것은 감옥에서 읽은 죄와 벌의 책에서 읽어 본 것을 참작하기로 했다. 나는 네 뒷조사를 하여 너희 회사뿐만 아니라 네 모든 생활도 속속들이 다 알고 있다. 네가 이 자리를 피한다 해도 내 손아귀에서 절대 벗어나지 못한다. 원수를 갚기 위해 나는 오십 년 이상을 칼을 갈아왔다."

"병호야! 네게 죽을죄를 지었다. 할 말이 없다."

방에서 나와 서 있든 여자는 입을 봉한 채 굳은 얼굴로 두 사람을 번갈아 가며 쳐다보았다. 유창이 그의 얼굴을 아주 가까이서 보니 나이 탓인지 조금 야윈 마른 얼굴이다. 그는 거실에서 무릎을 꿇고 고개를 마룻바닥에 푹 숙였다. 나는 작업복 안에 있는 도끼를 만져보았다. 이제 이거 한방이면 너는 황천객이 되겠지! 계획한 일을 생각하니 나도 몸이 덜덜 떨린다. 나는 가쁜 숨을 천천히 몰아쉬다가 말은 하나 목소리가 떨리는 것을 숨길 수는 없었다.

　"너는 내가 쳐다볼 수도 없는 하늘 같은 친구였다. 나는 감옥에서 감방장이 범인이 너라고 지명을 했을 때도 믿고 싶지 않았다. 그러나 몇 개월을 생각해봐도 도저히 이해할 수가 없는 일은 네가 범인이라는 확신하게 해주었다. 그동안 수많은 고생을 다 하며 자리를 잡고 나는 너를 다시 찾아 나섰다가 누가 간첩 신고를 하여 헌병대 또 보안사에 끌려가서 상상하지도 못했든 고문을 당하고 나왔다."

　"병호야! 나는 네게 살려달라고는 하지 않겠다. 나는 소꿉친구인 너를 감옥에 보내고 평생 내 마음이 편했겠냐? 그러나 내 이야기를 한 번만 들어주었으면 한다. 지금에 와서 너에게 무슨 말을 한들 네 마음이 풀어질 리도 없겠지만 그 당시의 상황을 설명하고 싶다. 변명 같은 이야기이니 하지 말라면 하지 않겠다."

　죽이든지 말든지 맘대로 하라는 듯 고개를 거실 바닥으로 숙이고는 그는 입을 다물었다.

　"나는 팔 개월 전 너를 확인하고 사람을 시켜 복수할 수도 있었다. 너는 독 안에 든 쥐였다. 나는 네 변명을 네 입으로 꼭 듣고 싶어서 꾹꾹 참으며 오늘까지 참은 것이다. 나는 유럽 여행 중 나를 판결한 판사를 기적적으로 만났다. 그의 이야기로 네가 강간범이고 너는 대령까지 진급했으며 재혼 8년 후 조현자와의 이혼을 한 것을 알았다. 그 당시 나를 판결했던 판사는 진급에서 누락 됐다는 사실까지도 알고 있다."

유창이는 정말로 사실대로 당시의 이야기를 할까? 그렇지만 오늘 그의 변명을 들어보면 진실을 확실히 다 알 수 있을 것이다, 떨리는 가슴을 억지로 잠재우며 점퍼 안에 있는 손도끼를 한 번 더 만지며 떨리는 목소리로 말을 했다.

"너는 그날 어떻게 된 것인지를 거짓말을 하지 말고 진실로 말할 수가 있냐?"

"병호야! 지금 이 자리에서 거짓말을 해야 무슨 소용이 있겠느냐? 네가 벼르고 왔으니 그냥 빈손으로 오지는 안 했을 것 아니냐? 너는 나를 죽여도 분이 다 안 풀릴 것이다. 나는 너의 처분을 바란다."

1) 수십 년 만에 알게 된 강간 사건의 진실

유창이는 나를 정면으로는 못 쳐다보겠다는 듯 거실 바닥을 내려다보며 지난날의 기억을 더듬어 나갔다. 나 또한 주체할 수 없이 몸이 떨려오는 것을 느꼈다. 오히려 고양이에게 잡혀 온 쥐가 나만 같다.

"조 상병이 조현자의 사진을 가지고 왔을 때, 나는 참으로 미인이라는 생각도 들고 호감이 갔다. 막상 만나보니 그녀는 내가 본 여자 중에서 최고의 미녀였다. 네가 오던 날 같이 온 그녀의 동생을 부대로 보내고 내가 잠시 집으로 갔다가 네가 있는 곳에 와보니 너는 거의 만취 상태였다. 나는 솔직히 그녀가 탐이 났다. 나는 네가 내가 술을 안 먹는 것을 전혀 눈치채지 못하게 먹는 척만 했다. 네가 쓰러질 때까지 술을 더 먹인 것이야. 네가 쓰러지자, 나는 그녀에게 대들었지, 그녀가 반항하며 비명을 지르는 바람에 주인댁이 그 소리를 들은 것이야. 조금 후에 주인댁이 방 밖에서 무슨 일이냐고 물으며 방문을 열었지. 나는 아차 싶었다. 내가 엉거주춤 바지를 올리고 있는 것을 주인 여자가 본 것이야. 그 주인 여자는 네가 술에 곯아떨어진 것도 보고, 주인댁은 나를 다시 쳐다보고는 다 안다는 듯 묘한 미소를 보냈어. 빨리 수습해야겠다는 순간적인 생각이 들었지만, 그녀는 처녀이니 창피해서라도 설마 무슨 일을 하지는 않겠지 하는 마음도 들었고, 그녀는 자기 동생을 생각해서라도 내 말을 들어줄 줄 알았다. 그녀는 울고불고하며 "집 주인 여자는 중대장님이 강간한 것을 다 알고 있어요." 하면서 고소를 하겠다는 거야. 어떤 조건이라도 들어줄 테니까, 고소만은 하지 말라고 하자, 한참 후에 좀 진정을 한 그녀는 조건은 집을 얻어 주고 이혼하고 같이 산다는 각서를 써달라는 거야, 진급을 앞둔 나는 그녀가 요구하는 대로 각서를 써준다고 했지. 그래서 사건은 일단 끝난 것인데. 고향집 주인 여자가 자기에게 어떤 책임이 오지 않을까 하여 헌병대에 신고한 거야, 일이 크게 벌어진 거지. 사이렌 소리가 나자 주인댁도 방 밖으로 나와서 보고 헌병 두 사람이 들이닥치자, 나는 그 자리를 모면하고자 얼떨결에 나도 모르게 거짓말을 했다. 방에 여자를 건드린 것은 친구입니다. 지금 술에 곯아떨어졌습니다. 그 말이 돌이킬 수 없는 더 큰 문제를 만들게 된 것이야. 주인댁은 의심은 가나 확실히 보지도 않은 사건에 휘말리기가 싫었는지 헌병들에게 아무 말도 안 하고 있었다. 헌병들은 주인 여자를 한번 쳐다보고는 장교인 내 말을 믿고 그냥 갔어, 헌병들이 철수하면서 너는 민간인이니 경찰에 강간 이야기를 한 거야. 그래서 경찰이 찾아온 건데, 너는 그때까지도 인사불성이 되어 자고 있었어. 경찰은 너를 강제 연행하게 된 것이고, 나는 더 큰 일이 벌어진 것을 직감하고 조현자와 어떤 일이든 합의를 빨리해야 했다. 조현자에게 경찰 조사를 받으러 가기 전에 아침을 먹고 조사를 받으러 간다고 하고서 식당에서 내가 각서를 써주되 같이 살 것이니까, 강간한 것을 친구가 한 것이라고 해달라고 할 수밖에 없었다. 나는 정말로 너를 볼 면목도 없으니 너를 만나서도 말을 할 수가 없었던 것이야. 그래서 파출소에서 도망치듯 너를 피한 것이지. 경찰과 검찰에서 나와 대질신문을 해달라고 하는 것도 연락받았다. 나는 훈련을 핑계로 내가 진술한 게 틀림없다고 진술서를 써서 보내고 대질신문을 안 하는 것으로 끝냈다. 사건은 그렇게 된 것이야. 정말로 죽을죄를 지었다. 네가 경찰에서 검찰로 넘어갔을 때도 어쩔 도리가 없었어. 나는 정말로 죽고만 싶었다. 조현자에게 이혼은 금방 할 수가 없으니 조금만 참아 달라고 사정을 하면서 그녀를 부대 밖에 집을 얻어 주고 몰래 만나기 시작했어. 내가 진급을 하여 소령이 되었을 때, 부모님과 동생이 전염병으로 죽게 되고 많은 재산을 상속받았지. 6개월 이상을 몰래 만나다가 아내에게 부정이 발각된 거야, 현모양처를 버리고 내 자식과 이별을 한다는 게 그렇게 어려운 줄 몰랐다. 내 탓이니 모든 책임을 져야 했다. 부모로부터 상속받은 많은 재산 중 거의 반을 넘겨주고 본처와 이혼을 했어. 그렇게 돼서 조현자와 같이 살게 되었어. 내가 너를 감옥에 보내고 내가 너에게 할 수 있는 일은 하나도 없었다. 그저 군대에서 숨어 지내는 방법뿐이 없었다. 정말 미안했다. 너에게 큰 죄를 지었으니 내 마음이 편했겠느냐? 평생을 후회하고 살았다. 사랑해서 만난 것이 아닌 그녀와의 삶은 행복한 게 아니었다. 내 말을 믿을는지는 모르지만, 나이가 같은 너와 나를 대조해 본 그녀는 이왕 버린 몸 시집을 가려면 아무래도 내가 낫겠다는 생각이 들었을 것이야. 그녀가 해 달라는 대로 다 해주며 살다가 8년째에 그녀에게 아들이 있다는 사실을 알게 된 거야. 그녀는 고등학교 졸업 후에 한 동리의 총각과 연애를 하다가 임신을 한

408

것이야. 그것을 안 그녀의 어머니가. 남편이 죽어 혼자 사는 언니네 집으로 그 딸을 보낸 거야. 그래서 동리 사람들이나 친척 누구든 조현자에 대한 것을 아는 사람은 한 사람도 없었던 것이야. 재혼 6개월 후 그녀의 이모가 우리 집을 찾아오자, 조현자는 이모가 살기가 힘드니 돈을 좀 달란다는 거였어. 나는 이모가 가난해서 그런가 보다 생각하고 돈을 좀 보태 주라고 했지. 조현자가 이모에게 얼마를 주었는지는 나도 몰라, 나는 그녀에게 잡힌 한 마리 숫놈 사마귀였으니까. 그저 생활비를 조금 주었다고 해서 그런 줄 알았지. 그런데 그게 한 번으로 끝난 게 아니라, 6년 동안 계속 돈을 가져간 거지. 내가 연대장이 되고 재혼 팔 년째 되든 어느 날 집으로 퇴근을 하여 보니 처 이모가 와 있었는데. 아이 하나가 처 이모 손을 붙들고 있었다. 일 년에 한 번씩 와서 돈을 달래가는데, 또 온 것 같다는 생각이 들었지만, 그것도 벌써 일곱 번째였어. 전쟁 후라 잘사는 사람도 없지만, 군인들도 월급이 적으니 거의 장교나 중사 이상은 부대 일종계에서 쌀을 보내줘서 먹고살 때야. 아무리 가난하다고 해도 그건 아니다 싶었다. 아내는 운 것 같은 얼굴인데 나를 보자 방으로 그냥 들어가 버렸어, "오셨어요?" 하고는 아이의 머리를 쓰다듬어주려니 아이는 처 이모 뒤로 숨는다. 그런가 했다. 그런데 집안 분위기가 이상하게 냉랭하여. 처 이모에게

"무슨 일이 있었나요?"

처 이모는 통 바라진 소리로

"이 아이는 현자 아들이에요. 학교를 보내야 하는데 돈을 못 주겠다니 이제는 더 키워줄 수가 없어요."

"네? 그게 무슨 말씀이세요?"

상상조차 할 수 없는 일이 벌어진 것이다. 매년 와서 돈을 달래 가지고 가던 것은 이 아이의 양육비였다는 것인가?

"현자는 한 동리 학생과 만나다 임신을 한 것입니다. 여동생인 현자 엄마는 나를 찾아와 상의했지요. 이 사실을 현자 아버지가 알면 큰일이 나니, 나를 좀 살려 달라고 사정을 했어요. 그런 이야기를 하는 여동생이 불쌍해서 이 아이를 맡게 된 것입니다. 이 아이를 낳고 6개월 후에 현자는 사위를 만난 것입니다."

"나에게는 청천벽력과 같은 말이었다. 이럴 수가! 나는 내 실수로 어쩔 수 없이 조현자와 살게 되었지만, 그녀의 아들이 있다는 사실을 알고 배신감에 분함 뿐만 아니라 병호, 네 생각도 났어, 사실이야. 처 이모 이야기를 듣고 안방 문을 확 열고 보니 조현자는 울고 있었다. 나는 어안이 벙벙하고 이게 꿈일 거야 생각했어. 이 일을 어떻게 해야 하나. 아무리 생각해봐도 조현자와 싸움을 한다면 강간 사실을 말할 것 같아 큰소리를 칠 수가 없었다. 처 이모는 그날 그 아이를 떼어놓고 집으로 간다며 나갔어. 그 어린아이는 울고불고 난리가 났었지. 그날 처 이모는 아이가 학교에 가야 하니 더 많은 돈을 요구하다가 그게 합의가 안 되니 숨기려던 일이 터진 거야. 그 뒤로 처와 큰 갈등이 생기고 부부 싸움을 자주 하게 되었고 내 집은 편히 쉬는 곳이 아니라 들어가기도 싫은 집이 되었다. 그러다가 결국은 별거하게 됐다. 공소시효도 지나갔으니 설마 하고, 조현자의 불륜을 들어 이혼 소송을 법원에 제출했다.

그녀는 감췄던 꼬리가 드러나자, 최후 수단으로 나에게 위자료를 더 받기 위해 법원에서 8년 전에 있었던 일을 판사 앞에서 말을 한 것이야. 그것은 증거도 없고 공소시효가 지난 사건이지만 조현자와 나의 비밀이 수면으로 올라온 것이야. 판사는 이게 사실이냐는 듯 나를 경멸하는 눈초리로 쳐다보았다. 붉어진 얼굴을 들 수도 없었다. 수치심으로 죽고만 싶었다. 방청객은 비웃음이 아니라 경멸하는 눈초리로 나를 쳐다보는 사람이 많았다. 세 번의 재판에서 나는 전 재산 중 거의 반을 주고 합의 이혼을 하였다. 이제 사마귀 암놈 같은 그녀에게 잡힌 한 마리 숫놈 사마귀에서 탈출하게 됐구나! 많은 돈을 빼앗기게 된 것이나 한편으로는 속이 시원했었다. 재판이 끝나자. 그녀는 어정쩡한 냉소를 나에게 보냈다. 다. 이긴 재판이라며 호들갑을 떨던 나의 변호사는 꿀 훔쳐 먹다 들킨 벙어리였고, 원고의 변론을 할 때 도덕을 송두리째 흔들어 놓은 원고는 지구상에서 영원히 추방해야 할 것이라며 침을 튀겨가며 재판을 승리로 이끈 그녀의 변호사는 의기양양하게 어깨를 하늘로 추켜올리고 날 보라는 듯 그녀와 함께 재판정을 나갔다. 재판 결과를 정훈 참모로부터 보고 받은 사단장은 나를 불러 놓고

"야! 이 새끼야 어물전 망신은 꼴뚜기가 시킨다더니 군에 먹칠을 해? 그런 소문이 퍼지면 나는 지휘 책임까지 질 수밖에 없을 것이야."

그는 군홧발로 나의 정강이를 숨도 안 쉬고 대여섯 대를 찼고 나는 그 자리에서 무릎을 꿇고 쓰려졌다. 며칠 후 군단 정보부 한직으로 발령이 났다. 아침에 출근하여 신문이나 뒤적이다 점심 먹고 빈둥대다가 퇴근하는 그곳은 내가 할 일도 없는 곳이었다. 그것도 사단장이 봐준 것이었다. 출근은 해야 할 일도 없고 같이 있는 사람들의 얼굴도 볼 염치가 없었다. 내 사건을 직원들이, 알까 봐, 좌불안석했고 죄책감에 일 년을 못 채우고 나는 퇴직을 신청했다. 죽고만 싶었다. 네가 믿으려는지는 모르나 어차피 죽을 결심을 했으니 죽기 전에 너를 찾아 사죄하려고 고향을 갔었다. 네가 감옥에서 나왔고 네 어머니가 조현병에 걸렸다는 것을 동리 사람들에게서 들었다. 그러나 너의 행방은 전연 알 수가 없었어. 퇴직한 후 퇴직 미군 소령과 사업을 시작했다."

"그만."하고

나는 유창이 말을 막았다. 점점 살이 벌벌 떨려오니, 그 뒤의 이야기는 흥신소에서 다 조사하여 다 알았으니. 내가 더 들을 필요가 없다. 사실대로 말을 했는지는 모르지만, 어쨌든 그의 말은 일리가 있는 것도 있다. 수십 년이 지나고 나서야 진실을 유창이 입으로 들은 것이다. 그 옆에서 듣고 있는 여인이 동거인인지 재혼한 여자인지는 모르지만, 그 여자는 처음 듣는 이야기인 듯 귀를 기울이고 듣다가 방 안으로 들어가 버렸다. 그는 진실로 나를 찾아 사죄하고 싶었을까?!' 유창이는 말을 하면서도 눈물을 철철 흘렸다. '저놈이 말을 하기 전에 도끼 머리를 쪼갰어야 했는데…….

조현자에 대한 이야기는 처음 듣는 이야기였다. 그래서 나를 감옥으로 보냈단 말이지! 도덕을 가마솥에 삶아 꿀꺽 삼킨 이 인간말종아! 조금만 기다려 너는 지금 앉아 있는 자리가 황천 입구일 테니……. 그는 이제 마지막이라는 듯

"내가 어떻게 해도 너는 나를 용서하지 못할 것이다. 네가 어떤 요구를 해도 내가 할 수 있는 일이면 다 해줄 것이다. 나를 죽여도 너를 원망하지는 않을 거야. 네 처분만을 바란다. 나는 오히려 죽고만 싶었던 지난날보다 사실대로 너에게 다 털어놓으니 지금, 이 순간이 마음이 편하다."

내 가슴속에서는 복수라는 욕망의 용광로가 부글부글 끓고 있었다. 떨리는 몸에서 나오는 피맺힌 절규가 유창이 그를 향했다.

"나는 평생을 너에게 원수를 갚을 것만을 생각하며 살아왔다. 내가 너를 죽이고 감옥에 다시 가게 된다면 죽어 버리려고, 유서도 써놓았다."

"병호야 살려달라고는 안 할게, 나는 너에게 용서받지 못할 죄를 지

412

은 거야. 네 처분만을 바란다. 나는 너에게 속죄하기 위하여 얼마 전부터 새벽에만 기도하러 아파트 상가에 있는 교회에 다니고 있다."

"뭐야? 나에게 속죄하기 위하여 교회를 다닌다는 것은 털끝만 한 양심이겠지! 그래 네 죄를 회개하기 위해 교회를 다녔다면 내가 충족할 만큼 네 죄를 빌었냐? 죄를 빌려면 당사자인 나에게 빌어야 정상이지, 어찌 신이라는 깃발 아래 무릎을 꿇고 그 속으로 들어가 숨으려 했느냐? 조현자 그녀는 네가 본대로 너를 유혹했는지도 모른다. 그러나 분명한 것은 너는 도덕적으로 타락했다는 점이다. 그래 교회에 가서 네 신에게 경배하여 내 맘을 편하게 해줄 무엇을 찾았느냐?"

그는 고개를 더 숙였을 뿐 말이 없었다. 나는 그의 변명을 듣고 새로운 눈을 뜨고 거실에 앉아 있는 유창이를 바라보았다. 내 앞에 무릎을 꿇고 있는 유창이는 스스로 질서를 어기고, 정숙한 아내를 버렸으니, 엄청난 고통을 겪었을 것이다. 재혼은 그를 행복하게 해주지 못한 것 같다! 유창이는 암창난 개를 발견한 수캐같이 치마만 입은 여자라면 치마 속을 들추고 들어갈 위인이며 술집 여자에게 사족을 못 쓰고 대들었던 그는 단 몇 분 만에 폭삭 늙은 것만 같았다. 사건의 진실은 유창이 혼자서 저지른 것이 아니고 조현자도 한몫을 했다는 이야기이다. 이제야 인연이라는 그 사건의 판도라 상자가 확실히 열린 것이다.

27

양자 역학 속의 인연

1) 인연(因緣)과 에고(Ego)의 깨달음

나는 인연을 끝내기 위해 어릴 적 친구를 도끼로 죽일 것인가? 작업복 안에 있는 도끼를 쥐고 눈을 감았다. 개미가 가는 소리도 들릴 만큼 고요가 거실을 감쌌다. 머릿속에서, 많은 생각이 뭉쳐 돌아가기 시작했다. 너는 내 어머니까지 죽게 한 장본인이다. 원수를 갚는 일, 그것은 나의 삶을 바꾸어 놓았다. 죽여야 하나 말아야 하느냐? 나는 어느 길을 선택해야 하는가? 작업복 안에 있는 도끼를 오른손으로 힘을 쥐고 꽉 쥐었다. 결행할 참인데 숨을 쉬기조차도 힘든 시간이 내 가슴속으로 파도처럼 밀려 들어오는 것 같더니 갑자기 내 몸이 바람에 사시나무 떨듯 떨려오기 시작했다. 몸이 주체할 수 없이 떨려오자 나도 모르게 눈이 감겨졌다. 의식이 멈춘 것만 같았다. 손가락 하나도 움직일 수가 없다. 그런데 내가 어떤 공간 에너지 속으로 빨려 들어가는 것 같다. 형용할 수 없는 부드러운 빛이 내 몸을 감싸며 돌았다. 세상에서 가장 부드럽고 영롱한 밝은 빛이 내 앞에 펼쳐졌다. 빛의 세계였다. 표현이 안 되는 어떤 말로도 설명할 수 없는 상상할 수도 없는 빛이었다. 그 빛에 존재는 경이로웠다. 그 빛 속에서 영화가 상영되는 것같이 돌아가는 세상의 모든 물질이 화면으로 보여주었다. 수백 년 사는 소나무가 싹이 트고 바로 커서 자라서 순식간에 고목이 돼 모래알로 변하고 이백 년 산다는 거북이도 태어나서 눈 깜짝할 사이에 늙어 죽어 가 먼지가 되는 그런 세상이다. 사람이 태어나고 죽어 모래가 되는 것도 보여줬다. 밝은 빛이 사막의 신기루같이 느껴질 때, 나는 눈을 떴다. 몸의 떨림이 멈췄다. 알 수 없는 일이다. 나는 차원이 다른 세계의 영롱한 밝은 빛의 세상으로 순간 이동을 하고 경험을 한 것이다. 그 밝은 빛은 정체의 세계는 어떤 과학으로 또 현재까지의 발전된 양자 역학으로도 설명할 수 없는 또 다른 영적 세계였다. 정신이 들자. 양자역학책에서 읽은 내용이 번갯불처럼 빨리 지나가기 시작했다. 인간, 동물, 식물 등 모든 물질 빛이나 바람, 눈이나 지진 같은 다양한 자연현상도 보이지 않는 세계에서는 모두 고유의 주파수로 진동한다. 이 진동 때문에 생기는 움직임을 '파동'이라고 하며 인간을 포함한 모든 물질은 고유의 파동을 발산한다. "파동"이라는 말은 영적인 의미로 흔히 말하지만 양자 역학에서는 '파동방정식'이라는 단어로 사용된다. 뱀은 적외선을 보고 곤충은 자외선을 볼 수 있다. 이는 같은 생물이라도 보이는 세계가 완전히 다르다는 말이다. 그러기에 음양학에서도 보이지 않는 것을 '기(氣)'라는 것으로 표현한다. 마음이라는 것도 보이지 않는다. 우리가 이 우주에서 보는 것은 오직 5%이고 나머지 95%는 전혀 보이지 않는 미시세계이다. 그러니 우리가 보고 사는 세계는 5%의 실물만 보고 95%는 모르고 살고 있다는 뜻이다. 하물며 영적인 세계를 이해할 수가 있을까? 양자 역학으로 보이는 세계는 입자성이 있고 보이지 않는 세계는 파동성을 보인다. 그렇다! 물리학에서 말하는 물질의 파동 즉 내 몸은 무당이 신들릴 때처럼 에너지 파동으로 떨다가 같은 파장의 에너지파의 다른 세계의 파동으로 잠시 들어갔다가 나온 것이다. 거시세계는 볼 수 있으나 미시세계는 볼 수가 없는 것이다. 그러나 둘의 관계는 '프렉텔'이다. 서로 닮았다는 말이다. 물리학에서 이야기하는 "초끈이론" 그것은 흔들림이다. 그렇기에 무당들이 "파동"을 겪으며 그 속을 다니는가 보다. 내가 전연 알지 못했던 이런 세상도 있었구나! 그렇다! 힌두교 경전에 쓰여진 "인간의 대부분은 전혀 알지 못하는 숨겨진 세상에 접근할 수 있는 초자연적인 능력이 있다." 그것은 미시세계를 말하는 것이었다. 나는 보이지 않는 미시세계 속을 무당처럼 들어가 본 것이다. 내가 보고 느낀 것을 설명할 수 있는 사람들은 무당이거나 죽었다가 깨어난 사람들의 증언뿐일 것이다. 양자 역학적으로 설명한다면 양자 중첩과 양자 얽힘으로 설명할 수가 있을 것 같다. 인간이 하나의 작은 우주이든 원자의 뭉침이든 시간이란 원래 없는 것이다. 다만 인간들이 편의를 위해 만들어놓은 수치일 뿐이다. 인간은 양자 역학이 적용된 세상에서 사는 것만은 분명하다. 물리학자 베르너 하이젠 브르크의 컷,과 디펙 초프라의 말이 아니더라도 인간은 작은 우주일 수도 있다.

나는 양자역학 속에 '초끈 이론'도 읽었다. 그것을 생각하지 못하고, 그저 눈앞에 보이는 고전 물리학의 중력과 전자기력과 같은 법칙 또 인간사의 평범한 사회 생활상만을 생각하며 살아온 것이다. 양자 역학은 보이지 않는 미시세계를 연구하는 학문이다. 양자 역학의 발달은 내가 본 영적 세계도 해명할 때가 있을 것이라고 나는 확신한다.

우주 만물은 일순간 지나가고 있는데 그 속에 사는 내 삶은 1초도 안 되는 짧은 순간이라는 것을 순식간에 느꼈다. 그 짧은 내 삶 속에서 갈등이라니. 형님 말대로 인생 다 허무하고 아무것도 아니고 일순간 다 지나갈 것인데 무엇을 위해 살인을 하려고 하나! 당시에 유창이와 나의 입장을 바꾸어 놓고 생각해 본다면 나는 과연 성욕을 이겼을까? 유창이와 똑같은 행동을 했을 수도 있다. 그것은 그가 술집 여자에게 하는 행동을 보고도 웃었으니 똑같은 부류라고 생각하기 때문이다. 그런 생각이 드니 내 앞에 무릎을 꿇고 있는 유창이가 달리 보였다. '내 지난 모든 일이 어찌 유창 탓만인가! 내 탓도 있지!' 찰나에 깨달음이라는 자아(自我)가 평생에 에고(Ego)를 순식간에 깨버린 것이다. 나는 유창이를 한 번 더 쳐다보았다. 유창이 자신이 내가 알고자 했던 진실을 본인 입으로 확인이 됐으니 이제는 다 잊어버리자! 그리고 오른손으로 도끼를 꺼냈다. 두 손으로 도끼를 잡고 도끼를 천정에 닿을 듯 높이 쳐들었다. 무릎을 꿇고 앉아 나를 쳐다보고 있던 유창이는 얼굴이 백지장처럼 하얘지며 무서운 망령을 본 듯 양손을 들어 올렸다. 그리고 죽이라는 듯 고개를 떨구었다. 이제 유창이와 나의 이 세상의 인연은 이것으로 끝이다. 평생을 용틀임 치던 복수의 회오리바람은 찰나의 깨달음 앞에 힘을 잃고 쳐들었던 도끼는 유창이가 앉아 있는 마루를 향했다. 폭탄이 터진 듯 "꽝" 소리가 거실을 흔들자, 유창이는 뒤로 벌러덩 나가 자빠졌다. 거실 주방에 그릇들이 지진이 난 듯 덜그럭거리며 부딪치는 소리가 났다. 몇 개의 그릇이 바닥으로 떨어지며 파열음을 냈다. 4kg의 도끼날은 마루에 아주 깊이 박혔다. "꽝" 소리에 놀라 쓰러졌던 유창이가 눈을 뜨고 멍하니 나를 쳐다보았다. 그는 정신이 반쯤은 나간 것 같다. 거실에 박힌 도끼를 보는 내 눈에서 눈물이 주르르 흘러내렸다. 나는 유창이를 한번 쳐다보고는 두어 발짝을 걸어가 아파트 문, 손잡이를 틀어 문을 열었다. 복도로 나오니 하늘이 대낮처럼 몇 번인가 환해지더니 귀청이 떨어지도록 벼락 치는 소리가 들려왔다. 잠시 서서 하늘을 쳐다보았다. 어머니 장례식날처럼 하늘은 눈물을 줄줄 흘리기 시작했다. 아! 이 또한 지금 하늘이 내 평생의 삶의 이야기를 일 순간으로 줄여서 해주는 것이구나! 나는 하늘을 한 번 더 쳐다보고 마흔다섯 발짝을 걸어가 내려가는 엘리베이터 스위치를 눌렀다.

에필로그

　이 책은 인연이 얼마나 중요한 것인지를 이야기했습니다. 선善의 인연因緣도 악惡의 인연으로 변할 수가 있고, 악惡의 인연因緣도 선善의 인연因緣으로 바뀔 수가 있습니다.

　사람으로 태어난다는 것은 2억 대 1 이상의 경쟁력을 뚫어야 하고, 선택된 한 명이 바도 당신입니다. 귀하고 귀한 존재인 만큼 행복하게 살아야 합니다. 내가 사는 동리 이웃이 바로 인연의 시작입니다. 좋은 인연의 맺음은 행복의 척도입니다. 큰 권력과 부의 욕심을 채웠다면 진정 행복할 것인가? 진정한 행복은 탐진치貪瞋癡를 버려야만 가질 수 있습니다. 탐진치貪瞋癡를 버리지 못하고 가진 권력과 부의 행복은 시간이 지나면 신기루에 불과할 것입니다.

　사람은 언제 어디서 어떤 일이 나에게 닥칠지 모릅니다. 내가 알지 못한 어려운 일이 내 앞에 딱 벌어지면 어떻게 해결할 것인가요? 거기에 항시 대비하려면 다양한 지식이 필요한 것입니다. 지식은 내가 배우고 실제로 경험한 것에서 얻을 수 있는 것입니다.

　책은 내가 태어나서 모든 세상만사 풍파를 미리 경험하게 하여 갈 길을 인도하고 기쁨과 슬픔을 동시에 가르쳐 주는 선생님이라고 봅니다. 무지無知는 나를 곤경에서 구해주지 못합니다. 어느 소설이라도 그 속에는 상상의 힘으로 그 당시의 환경 내용과 비슷한 사회를 그리고 있을 것입니다. 당시의 역사 보고寶庫라 볼 수도 있고 나를 가르치는 선생님입니다.

이 한 권의 책에서 당신의 인생을 또 인연을 생각하며 살 수 있다면 이 책은 성공을 한 것이라 저자는 생각할 것입니다.

한마디 더 붙인다면, 세계 최고의 부자 "워런 버핏"의 말이 아니더라도 "책을 읽지 않고 부자가 된다는 것은 있을 수가 없다."입니다.

책을 많이 읽고 부자가 되든, 그저 편히 놀면서 살든지 선택은 자유입니다. 후회도 자유입니다.